KB074024

아쿠타가와 류노스케의

삶과 문학

윤 상 현

지식과교양

머리말

우리나라에서도 잘 알려진 아쿠타가와 류노스케(芥川龍之介)는 일본 다이쇼 시대(大正, 1912~1926)를 대표하는 단편 작가이다. 물론 그가 근대를 살아간 작가라 하더라도, 오늘날까지 그의 작품이 영화화되거나, 그가 죽은 후 아쿠타가와 상(賞)이 제정되어 매년 일본 국내 우수한 단편 소설에게 상을 수여하는 등 여전히 그의 이름이 알려져 있다. 이렇듯 현재에 이르러서도 그의 작품은 폭넓은 독자층을 형성하고 있으며, 동시에 그와 관련된 작가론, 작품론 연구 또한 끊임없이 이루어져 오고 있다.

이처럼 현대에 수많은 작가와 작품들이 넘쳐나고 있음에도 불구하고 아쿠타가와의 작품이 계속하여 읽혀지는 이유는 무엇일까? 그것은 무엇보다 그의 작품에는 시공을 초월한 보편적 인간상이 나타나 있기 때문이다. 바꾸어 말하면 그의 작품에 등장하는 주인공들, 특히 광인이나, 바보들이 각각 자신들의 주어진 운명을 거부하고, 초인이나 성인으로 향하는 모습은 마치 아쿠타가와의 창작 모습과도 흡사하다. 즉 아쿠타가와의 주어진 운명, 특히 생모의 광기가 자신에게도 유전되어 죽을 수 있다는 운명을 거부하고 스스로 자신의 운명을 창조하여 천재이자, 작가로서 신(神)이 되고자 하였던 것이다. 동시에 한편으로 그의 이러한 창작 노력의 이면에는 광인도 천재도 아닌 단지 한사람의 평범한 인간으로 살고자 했던 너무나 인간적인 그의 모습을 엿볼 수가 있다.

따라서 본서는 이러한 아쿠타가와의 삶과 문학을 크게 둘로 나누어 살펴보고자 하였다. 우선 1부에서는 아쿠타가와의 성장 및 배경과 함께 그의 작품에 나타난 예술지상주의 재현 양상을 구체적으로 고찰하고자 하였다. 그리고 2부에서는 다양한 관점(예를 들어 신화와 상징, 의식의 흐름, 콤플렉스, 도상해석학, 범죄학 등)을 가지고 아쿠타가와 작품을 분석하여 기존의 연구와 다른 낯설지만 새롭고 다양한 읽기를 시도하고자 하였다.

물론 우리가 문학 작품을 읽고 분석하는 행위는 해당 작가와 작품을 이해하는 것만으로 머문다는 뜻이 결코 아니다. 그것보다는 우리 세대보다 앞서 살았던 한 인간이 자신에게 주어진 운명에서 벗어나고자 했던 고뇌와 투쟁이 단순히 일회적으로 끝나는 것이 아니라 우리 모두의 고뇌와 투쟁이라는 연장선상에 있다는 사실이다. 그러한 까닭에 우리가 한 작품을 통해 한 작가의 내면세계를 알아간다는 것 자체가 지금 살아가는 우리들의 실존적 문제에 대한 하나의 해결방안을 제시해 주고 있다고 말할 수 있겠다. 그러한 까닭에 문학작품을 읽는 행위는 결과적으로 자기 자신을 조금씩 알아가는 결코 쉽지 않는, 하지만 하지 않으면 안 되는 여정이라 비유할 수 있으며, 그러한 의미에서 본 아쿠타가와의 연구서가 우리 각자 다른 여정에 조금이나마 안내서로 도움이 되었으면 하는 바람이다.

사실 이번에 출판하게 된 『아쿠타가와 류노스케의 삶과 문학』은 기존의 『神이 되고자 했던 바보 아쿠타가와 류노스케』(지식과교양, 2011)를 수정, 보완한 것이다. 1부는 예전과 다름없지만, 2부에서는 새로이 두 편의 논문을 실어, 아쿠타가와의 작품을 이해하는데 좀 더 도움이 되고자 하였다. 아무쪼록 일본 문학을 접하는 독자분이나 인문학을 연구하는 분들에게 참고가 되었으면 한다. 마지막으로 현재 여러 모로 출판시장의 어려움에도 불구하고 저의 연구와 변역을 기꺼이 출판해 주신 지식과교양 윤석산 사장님께 무한한 감사의 말씀을 드리고 싶다.

윤 상 현

| 목차 |

제 2 부 아쿠타가와 작품의 현대적 재해석

제 1 부

아쿠타가와의 광기와 예술지상주의

I
서 론

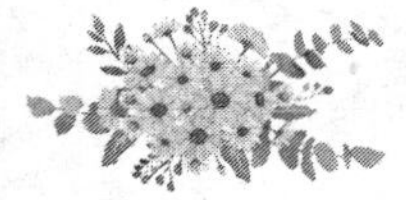

1. 연구 목적

아쿠타가와 류노스케(芥川龍之介, 1892~1927)는 일본근대문학의 대표적 단편소설 작가이다. 아쿠타가와(芥川)는 자신의 인생을 총정리한 자전적 작품인 「어느 바보의 일생(或阿呆の一生)」(1927)에서 '인생은 한 줄의 보들레르만도 못하다'라고 언급하고 있는데, 이 말이야말로 지금까지 많은 연구자들에 의해 아쿠타가와가 예술지상주의 작가라고 불리게 된 계기가 되었다.

예술지상주의라고 하면 '예술을 위한 예술(L'art pour l'art)'[1]을 가

---

1) 1818년 프랑스 철학자인 빅토르 쿠쟁(Victor Cousin 1792~1867)이 처음 만들어낸 뒤, 1830년대부터 1870년대를 풍미한 예술 이론의 표어가 되다시피 한 말이다. 그 후, 테오필 고티에(Théophile Gautier, 1811~1872)는 1835년에 발표한 『마드모아젤 모팽(Mademoiselle de Maupin)』 서문에서 '무용(無用)한 것만이 진정 아름답다. 유용(有用)한 것은 모두 추하다'고 언급하고 있듯이, 가장 먼저 예술 지상적 유미주의를 내세우며 예술을 예술 그 자체의 목적으로 표방하고 예술이 가지는 그 어

리키는 말로, 예술의 유일한 목적은 예술 자체가 미(美)에 있으며, 도덕적 · 사회적 또는 그 밖의 모든 효용성을 배제되어야 한다는 예술의 자율성과 무상성(無償性)을 강조한 문예사조이다.

이러한 예술지상주의 흐름은 일찍이 일본 메이지(明治) 말기인 자연주의 이후에 그 영향[2]이 나타나 있다.

아쿠타가와 스스로도 '1890년대는 내가 믿는 바에 의하면, 가장 예술적인 시대였다. 나 또한 1890년대의 예술적 분위기 속에 있는 한

떤 도덕성, 사회성, 효용성도 일체 거부하였다. 또한 그는 시인 보들레르와 플로베르 등이 고티에를 표방하고 나섰을 만큼 시 문학의 거장이자 선구자이다. (『두산세계대백과사전 16』, 두산동아 백과사전 연구소, 1996. p.392) 또한 노요리 스스무(野寄勉) 아쿠타가와의 예술지상주의에 관련해서 '예술적 형성 속에 윤리적 의미를 보려고 하는 미적 엄격주의와 반속적(反俗的) 탐미주의가 있다고 한다면 아쿠타가와의 경우, 향락주의적인 예술을 위한 예술에는 수긍할 수 없다. … 중략 … 원래 인생이나 자연을 유형화하여, 사실주의보다 낭만주의를 우위에 두어, 예술의 무한성과 절대성을 믿고, 예술에 의한 근대적 자아의 확립을 목표로 하였다'고 말하면서 아쿠타가와의 '예술과 생애와의 일관성'을 언급하고 있다.
志村有弘 編, 『芥川龍之介大事典』, 勉誠出版, 2002, pp.98~99.

2) 일본의 예술지상주의 도입과 관련해서 보를레르에 자극을 받은 나가이 카후우(永井荷風)가 귀국 후 처음 자신의 문학창작에 예술지상주의를 도입하였다. 그 이후 악마주의자로 불린 타니자키 쥰이치로(谷崎潤一郎), 기교파로 불린 아쿠타가와 류노스케들은 일반적으로 예술지상주의의 대표 작가로 알려져 있지만, 이 예술적 태도를 어디까지나 강조하려고 할 만큼 강렬한 정열은 보이지 않았다고 말해도 좋다.(『世界大百科事典 9』, 平凡社, 1981, p.114) 그리고 에비이 에이지는 아쿠타가와의 예술지상주의를 당시 일본 문학사와 관련해서 아쿠타가와의 경우 '예술지상주의라고 하지만, 반속적 탐미적 향락주의와는 명확히 선을 긋는 예술적 형성에 있어 동시에 윤리적 의미를 보려고 하는 일종의 미적 엄격주의이며, 구체적으로는 요시이 이사무(吉井勇)에서 타니자키 주변까지는 부정적, 비판적' 있으며 '어디까지나 자아의 진척을 꾀하고, 그것과 신적인 것과의 일치, 바꾸어 말하면 자아의 절대화라는 지평에 이상(理想)'을 두어, 이러한 '자아나 개성의 절대화를 시도하면서, 결국 그 한계에 당착해 버렸을 때, 아쿠타가와는 상대화 즉 사회화를 꾀할 수 없었다'고 말하고 있다.
海老井英次, 「文学史のなかで」, 『国文学』, 学燈社, 1990.6, pp.47~52.

사람이었다. 이러한 시대적 영향은 쉽게 탈출할 수 있는 것이 아니다'(「하기와라 사쿠타로군(萩原朔太郎君)」 · 全集8 · p.278)라고 언급하고 있는데, 이것은 당시 아쿠타가와가 19세기 후기부터 말기에 걸친, 예를 들어 모파상, 보들레르, 스트린드 베리, 니체 등과 같은 서구 예술지상주의적인 '세기말 문학'[3]에 영향을 입은 바가 컸다.

그런데 나루세 마사카츠(成瀬正勝)는 『다이쇼 문학(大正の文学)』에서 '서구문학 영향에서 적어도 19세기 말부터 20세기 초에 나타난 서양문학을 후진성보다는 동시대성으로 받아들이려고 한 의식 하에 일어난 서구화주의 운동이며, 또한 중년기 문학이 아닌 청춘기 문학이라고 하는 자각 하에서 청춘의 폭발임이 틀림없다'[4]라고 서술하고 있는데, 구체적으로 아쿠타가와는 「1919년도 문학계(大正八年度の文芸界)」에서 당시 일본근대문학과 관련하여 다음과 같이 예술에 관해 언급하고 있다.

즉 자연주의(自然主義)가 진(眞)이라는 것을 문예상의 이상으로 하고 있었던 것에 대해, 미(美)를 표어로 유미주의(唯美主義)가 등장하였으며, 또한 반자연주의 경향으로서 선(善)을 이상으로 한 인

---

3) 세기말 사상은 프랑스를 시작으로, 1890년대 유럽 각국에 널리 퍼진 인간 정신의 퇴폐적 경향, 다시 말해 회의주의, 유물주의, 염세주의, 찰나적 향락주의 등을 말한다. 『日本大百科全書』 13, 小学館, 1987.

4) 成瀬正勝, 「大正文学の問題點-明治から大正へ-」, 日本文学研究資料叢書 『大正の文学』, 有精堂, 1981, p.53. 또한 나루세는 아쿠타가와와 관련해서 '다이쇼 문학이 아쿠타가와 문학으로 상징된다고 한다면, 그 종언은 그의 죽음과 관련이 있다. … 중략 … 이러한 다이쇼 문학의 귀결은 단편소설의 예술적 완성에 내건 예술지상적 의식이 그 인공적인 조형만으로 만족할 수 없었으며, 원시적인 삶을 동경하면서도 그곳으로의 거리를 메우기 위한 비약을 주저한 지점에서 좌절하였다고 말할 수 있다'(p.56)라고 서술하고 있다.

도주의(人道主義)가 발생하였다고 말하고 있다. 특히 자신을 포함한 그 이후의 신진작가들 역시 '의식적으로 혹은 무의식적으로, 자연주의 이래 대대로 일본 문단에 군림한 진, 미, 선이란 세 가지 이상을 조화'(「1919년도 문예계」· 全集3 · p.279)시키려고 하였다.

바꾸어 말하면 아쿠타가와는 그 당시 서구의 문학 사조와 일본 전통적인 문학 흐름을 융합하면서 자신의 독창적인 문학 창작 세계를 모색하고자 하였던 것이다. 그 예로 1914년 1월 21일 아쿠타가와는 친구인 이가와 쿄(井川恭, 후에 恒藤恭)에게 보내는 편지에서 '굳이 신의 신앙을 구할 필요 없다. 신앙을 구차한 신의 형식에 맞추니까 신의 유무론도 일어난다. 나는 이것의 신앙이다. 이것은 예술의 신앙이다'라고 언급한 바와 같이, 예술가는 무(無)에서 유(有)를 만들어 내는 조물주로서, 그가 창작해 낸 작품은 현실에서 독립한 영역에 있고, 일상 세계로부터 분리된 가치 있는, 인생의 모든 가치나 진실, 도덕을 예술에 종속하는 것으로 보고자 하였다. 이것은 신(神)에 대해 언제나 하위존재였던 인간(人間)이 신에 대해 대등하려고 하는 사상, 즉 신의 위치와 예술가의 위치가 대등한 것을 말한다. 말하자면 예술가(아쿠타가와에게 있어서 작가)가 신과 대등하기 위해서는 현실적으로 천재(天才), 아니면 초인(超人)적 존재가 되지 않으면 안 되는 이유가 여기에 있다.

쿠니야스 요우(国安洋)는 『'예술'의 종언(〈芸術〉の終焉)』 중 천재의 기술로서 예술을 '근대가 되어서 천재는 인간 속에 근원을 가진 예술제작의 능력으로서 확실한 위치를 가지게 되었다. 천재(Genie, genius, ge'nie)라는 언어는 라틴어의 '게니우스'에서 유래하였고, 원래는 모든 인간이 출생할 때부터 가지고 있었고, 그 운명을 안내하는

수호신을 가리키는 언어였지만, 나중에 그 수호신의 재주와도 닮은 인간의 천부적인 재능, 특히 창조적 능력을 의미하게 되었다. 그것은 신의 힘에도 비견되는 탁월한 능력, 보통 사람이 도달할 수 있는 한계를 훨씬 넘어서는 무의식적 원동력이다'[5]고 말하고 있다. 그러므로 작가를 신과 대등한 관계, 다시 말해 문학 창작을 신의 행위로 입증할 수 있는 경지의 세계를, 아쿠타가와는 작품의 궁극적 경지인 '황홀한 비장의 감격'이나, '찰나의 감동'이라 말하고 있는 것[6]이라 하겠다.

하지만 지금까지 논의한 아쿠타가와에게 있어 예술지상주의는 단순한 일반적인 예술지상주의로만 논하기에 어느 정도 한계가 있다. 이와이 히로시(岩井寛)의 『아쿠타가와 류노스케-예술과 병리(芥川龍之介-芸術と病理)』는 이 책의 부제가 '예술과 병리'라는 점에서도 추측할 수 있듯이, 아쿠타가와의 문학 창작과정을 정신분석적인 방법으로 접근하고자 하였다. 특히 〈예술지상주의자〉에서 '아쿠타가와 류노스케 문학은 태도철학(인생철학-인용자)의 결과가 아닌 그의 내면의 울적한 열등감 콤플렉스의 중압에서 탈출하기 위한 탈출구이며, 도피의 장소이고, 동시에 그곳만큼은 현실에서 보상되지 않는 열등감

---

5) 国安洋, 『〈藝術〉の終焉』, 春秋社, 1991, p.20.

6) 아쿠타가와는「문예적인 너무나 문예적인(文芸的な　余りに文芸的な)」에서 '문예상의 궁극적 목표는 - 혹은 가장 문예적인 문예는 우리들을 조용히 하게 할 뿐이다. 우리들은 그들의 작품에 접했을 때에는 황홀하다고 밖에 말할 수 없다. 문예는 - 혹은 예술은 그곳에 무서운 매력을 가지고 있다'(「문예적인, 너무나 문예적인」· 全集 9 · p.79)라고 언급하고 있다. 이에 관련하여 에비이 에이지는 '19세기 세기말 서구에서 개화한 예술지상주의적인 세기말 문학에 마음이 이끌리게 되었다. 이 예술을 지상으로 하여, 예술적 창조를 가지고 신이나 자연을 초극하는 것을 진정한 창조로 하려는 태도는 이때부터 말년에 이르기까지 아쿠타가와 마음속에 지속된 것이었다'고 서술하고 있다.
海老井英次, 『芥川龍之介論攷-自己覺醒から解体へ』, 櫻楓社, 1988, p.18.

을 어떻게 전부 끄집어내어 자유로운, 그런 의미에서 그가 정신적 평형을 위해 구하지 않으면 안 되는 장소이며, 그의 내면에 끓어서 솟구치는 열등감을 근저에 둔 승화의 장소라고도 할 수 있다'[7]고 언급하며, '열등감 콤플렉스'가 구체적으로 '모친이 광인이었다는 것에 정신적 충격'을 받아 생긴 것이라고 지적하고 있다.

또한 시모타 세이시(霜田静志)도 『예술 및 예술가의 심리(藝術及び藝術家の心理)』에서 '예술가가 훌륭한 작품을 창작해 내는 것은 어떠한 이유에 의한 것인가. … 중략 … 특히 각 예술가에 따라 작풍(作風)이 다른, 각각의 개성에 의한 특색 있는 표현을 하고 있는 것은 그렇게 될 수밖에 없는 필연적인 이유가 있음에 틀림이 없다. 표현 의욕은 내부에 채워지지 않는 의욕을 가져, 그것이 conflict(갈등)가 되어, complex(편향)를 형성하기에 이르러 비로소 격심한 것이 된다. 내부의 불만에 괴로우면 괴로울수록 그것을 무언가의 모양으로 밖으로 돌출해 내려는 것에 의해, 그 괴로움을 벗어나려고 한다. 여기에 표현작용이 일어나, 그곳에 생겨 난 것이 작품이 되는 것이다. 이렇게 해서 내부의 갈등이나 콤플렉스를 무언가의 형태로 이것을 바깥 세계에 방출한다고 하는 것에 있어서 정신이상자나 예술가나 같다. 단지 다른 점은 정신이상자의 작품은 반동(反動) 형성으로서의 작품인 것에 반해서, 예술가의 작품은 승화된 것으로서의 작품이다'[8]라고 서술하고 있다.

아쿠타가와 스스로도 인생에 관련해서 '유전이나 환경의 지배를 받는 인간희극의 등장인물이다. … 중략 … 우리들은 실로 여러 가지 잡

7) 岩井寛,『芥川龍之介-芸術と病理-』, 金剛出版新社, 1969, p.42.
8) 霜田静志,『藝術及び藝術家の心理』, 造形社, 1967, p.167.

다한 인연을 등에 짊어 메고 태어났다. … 중략 … 옛 사람은 이미 이 사실을 카르마라고 하는 한 단어로 설명했다. 모든 근대 이상주의자들은 대체로 이 카르마에 도전하고 있다'(「문예적인, 너무나 문예적인」 · 全集9 · p.71)라고 언급한 것처럼, 이상주의자 모두가 카르마-유전과 환경-속에 태어났으며 또한 도전하고 있다고 말하고 있는데, 그럴 경우 아쿠타가와에게 있어 카르마는 다름 아닌 생모 후쿠(ふく)의 광기에 의한 죽음-유전-과 양가(養家) 사람들의 에고이즘-환경-에 기인하고 있다. 그리고 이것이야말로 아쿠타가와의 문학 창작, 즉 예술지상주의의 출발적인 근원[9]이라는 점을 주목하지 않으면 안 될 것이다.

즉 아쿠타가와는 자신의 유전과 환경을 벗어나기 위해서, 말하자면 부모에게서 물려받은 광기에 의한 죽음의 불안[10]에서 벗어나기 위해 자신의 유전인 광기에 도전할 필요가 있었으며, 또한 양가 사람들의

---

9) 츠지 요시히로는 '아쿠타가와 류노스케 만큼 일상성에 내재된 자연적 현실을 거부하고, 뿌리치고, 그것이 그대로 광기에의 친밀한 통로가 된 작가는 없다. … 중략 … 아쿠타가와 류노스케의 문학/언어적 모든 노정은 광기에 씌워져, 광기와 함께, 광기를 동경하고 있었다고 말해도 좋을 것'이라고 언급하고 있다.
辻吉祥,「妖怪 · 怪異」,『国文学 解釈と鑑賞』, SHIBUDO, 2007.9, p.74.

10) 야마자키 마사카즈는 〈예술지상주의의 불안〉에서 '예술지상주의자는 때때로 실제 인생에 대한 과도한 반발에 의해 오히려 내심 속에 있는 불안을 나타낸다. … 중략 …예술지상주의는 예술이 실제 인생과는 다른 세계인 것을 주장하면 그것으로 충분함에도 불구하고 그 반론은 예술과 실제 인생을 가치상 대등한 위치에 두려고 하기 때문이다. … 중략 … 예술이 인생에 도움이 된다고 하는 관계를 거부한 것은 좋지만, 그들은 그 전에 예술이 그 자체로서 확실히 존재하는 것이라는 것을 독자적으로 증명하는 방법을 준비하지 않았기 때문이다. 그들에게 있어 예술이 그곳에 있다고 하는 확신은, 하나의 작품이 그들에게 주는 심리적인 자극에서 이끌어 낸 확신에 불과하였다'고 서술하고 있다.
山崎正和,『近代の藝術論』, 中央公論社, 1974, pp.9~10.

에고이즘에 의한 속박과 억압에서 벗어나기 위해 자유세계를 지향하고자 하였다. 그리고 그에게 있어서의 이러한 원망과 희구는 구체적으로 예술지상주의를 통해 이루고자 하였던 것이다.

코마샤쿠 키미(駒尺喜美)의 『아쿠타가와 류노스케의 세계(芥川龍之介の世界)』 중 〈예술지상에 대해서〉에서 '원래 아쿠타가와의 예술지상이라는 것은 인생을 어떻게 살아갈 것인가 하는 자기설문 아래에서 직접 이끌어 낸 답변이었다. 그것은 예술관인 동시에 인생관이었다. … 중략 … 영원히 초월하려는 자가 그 매개물로서 예술을 선택하여, 목표로서 설정한 것이다. 예술을 위한 예술이라고 하는, 예술이라는 화원에 엎드려 누운 타락한 예술지상이 아닌 점에 있어 그 의미는 초기나 후기도 일관하고 있다고 말할 수 있다'[11]고 서술하고 있는 바와 같이, 그의 문학창작은 단순히 작품을 통한 '예술을 위한 예술'이기보다는 오히려 한 개인의 인생관에 있어서 실존적 측면을 논할 필요가 있다.

따라서 본 연구는 우선 아쿠타가와의 문학 창작을 예술지상주의 관점에서 논하고자 한다. 그리고 아쿠타가와의 예술지상주의가 단순히 예술을 위한 예술보다는 그의 출생과 성장 환경을 벗어나기 위한 과정[12]이었음을 알아보고자 한다. 이것은 아쿠타가와에게 있어 문학 창

---

11) 駒尺喜美, 『芥川龍之介の世界』, 法政大学出版局, 1967, p.200.

12) 세누마 시게키는 '아쿠타가와 류노스케의 문학 내용을 형성하는 사상 골격은 이미 이 시대에 확립되었기 때문에, 노년이나 죽음을 사용하여 그 불행한 최후를 미리 취한 결과가 되었다고 해석할 수가 있다'고 말하고 있는데, 특히 여기서 말하는 노년은 구체적으로 양가의 노인들, 그리고 죽음은 생모 후쿠의 죽음이라 유추할 수 있다.
瀬沼茂樹, 『大正文学史』, 講談社, 1985, p.211.

작을 통한 예술지상주의가 자신의 주어진 운명을 극복[13]하려고 하는 노력의 결과였으며, 그의 문학 작품을 이해하는데 하나의 주제가 될 수 있을 것이다.

2. 선행 연구 검토

이러한 관점에서 아쿠타가와와 그의 예술지상주의와의 관련성을 논할 때 빠뜨릴 수 없는 것이 생모 후쿠의 광기에 의한 죽음, 그리고 양가 사람들의 에고이즘이라 생각할 수가 있다. 왜냐 하면 이 두 가지는 아쿠타가와의 일생에 걸쳐 영향[14]을 주고 있으며, 동시에 이러한 광기와 에고이즘에서 벗어나려고 하는 노력에 있어 그의 새로운 문학 창작, 즉 예술지상주의가 시작되었다고 말할 수 있기 때문이다.

우선 후쿠의 광기에 의한 죽음에 관련해서 에비이 에이지는 '생모가 광인이었다는 것은 계속해서 류노스케의 생애에 어두운 그림자를

---

13) 코마샤쿠 키미는 '아쿠타가와는 자기가 영원히 초월하려고 하는 왕바보의 한 사람이었다는 것을 고백하고 죽었지만, 그러면 그는 무엇에 의해 영원히 초월하려고 하였던 것인가. 말할 필요도 없이 예술이다. … 중략 … 아쿠타가와의 태도철학은 정신단련주의 쪽과 관련된 것이 아닌, 정신문화의 창조에 궁극적인 가치를 본 것이다'라고 서술하고 있다. 駒尺喜美, 앞의 책, p.198.

14) 아쿠타가와 스스로 '유전, 환경, 우연-우리들의 운명을 관장하는 것은 필경 이 세 가지이다'(〈운명(運命)〉, 「난장이의 말(侏儒の言葉)」(유고) · 全集9 · p.348)라고 술회하고 있으며, 또한 후기 작품 중 1927년 발표된 「갓파(河童)」에서는 아이가 태어나기 전 ' 너는 이 세상에 태어날 것인가, 아닌가 잘 생각한 다음에 대답해라' 라는 질문을 받자, 아직 어머니 뱃속에 있던 아이는 '나는 태어나고 싶지 않습니다. 그 이유로 우선 제 아버지의 유전은 정신병만으로도 큰일입니다'(「갓파」 · 全集8 · p.315)라고 대답하고 있다. 여기서는 '아버지의 유전'이라고 말하고 있지만, 아쿠타가와에게 있어서는 어머니의 유전이라 볼 수 있다.

던져 주었으며, 특히 소설가가 된 아쿠타가와에게 있어 하나의 금기(禁忌)로서 의미를 가져 고백이나 사소설을 회피하는 작가적 존재에도 영향을 미쳤다'[15]고 언급하고 있으며, 토고 카츠미(東郷克美)도 '감상을 포함한 고독이나 적막감 의식은 청년기에 있어 통용되는 것이라고는 하나, … 중략 … 아쿠타가와의 경우는 역시 광인의 어머니를 가졌다고 하는 불합리한 숙명의 문제에 우선 맞닥뜨리지 않으면 안 된다'[16]고 서술하고 있다.

1892년 10월 말 아쿠타가와가 태어나서 7개월 후, 후쿠(1860~1902)는 돌연 발광하여 1902년 11월 28일(아쿠타가와가 10살 때) 광인인 채로 죽었다. 당시 후쿠의 광기와 죽음은 어린 아쿠타가와에게 있어 커다란 충격을 주었으며, 그 후 이것은 아쿠타가와의 일생 동안 자신도 언젠가 발광하여 죽을지도 모른다는 불안과 공포를 초래하게 되었다.

예를 들어 초기 작품인 「늙은 광인(老狂人)」에 나타난 '숙명의 한탄'과 「사상(死相)」에 나타난 '요절할 증거'는 바로 생모 후쿠의 광기와 죽음에 대한 유전의 공포가 그대로 작품 속에 투영되고 있다고 볼 수 있다. 와타베 요시노리(渡部芳紀)는 '죽음의 두려움은 노년의 두려움이기도 하다. 습작기의 아쿠타가와가 노년과 죽음을 자주 작품에 들고 있는 것은 아쿠타가와가 그것에 대한 흥미와 공포를 나타낸 것이다'[17]라고 언급하고 있으며, 타케모리 텐유(竹盛天雄) 또한 '아쿠타

---

15) 海老井英次, 앞의 책, p.18.

16) 東郷克美, 「芥川龍之介の『寂莫』-初期書簡集を讀む-」(石割透 編, 『日本文学研究資料集 20 芥川龍之介-作家とその時代-』, 有精堂, 1987, p.60).

17) 渡部芳紀, 『芥川龍之介 一冊の講座 日本の近代文学 2』, 有精堂, 1982, p.72.

가와의 문학적 출발기에 있어서 … 중략 … 작가를 깊이 그러나 천천히 고충의 심연으로 떠밀어 넣고 있는 미칠 수 있다는 모자(母子) 간의 낙인이 무의식적 변형작용으로서 자기 표출되어 있는 것은 아닌가'[18]라고 지적하고 있다. 여기서 '무의식적 변형작용으로서 자기 표출'은 다시 말해 아쿠타가와가 후쿠의 광기와 죽음이 자신 또한 그러한 주어진 운명을 살아가야 한다는 것을 작품 속에 표현한 것이라 하겠다.

그러나 이러한 타케모리의 언급은 어디까지나 아쿠타가와의 초기 작품에 한정하여 논하지 않으면 안 된다. 왜냐하면 아쿠타가와는 자신에게 둘러싼 광기와 죽음을 인정하면서도, 한편으로는 부모로부터 물려받은 유전을 무의식적이 아닌, 의식적[19]으로 벗어나 자신의 새로운 운명을 모색하고자 하였기 때문이다.

요컨대 아쿠타가와는 후쿠의 광기의 유전을 천재의 유전으로 바꾼다면 죽음 또한 삶으로 바뀐다고 생각하지는 않았을까. 그리고 이러한 광기를 천재로 바꾸는 작업이야말로, 그에게 있어서는 새로운 문학 창작, 즉 예술지상주의였다고 생각할 수 있다.

아쿠타가와는 1927년 「어느 옛 친구에게 보내는 수기(或旧友へ送る手記)」에서 '너(久米正雄 -인용자)는 저 보리수 아래에서 에토나의 엔페도크레스를 서로 말한 20년 전을 기억하고 있을 것이다. 나는 그 시대에 있어 스스로 신이 되고 싶은 한 사람이었다'(「어느 옛 친구에

---

18) 竹盛天雄, 「二人の父と狂える母-芥川の眼-」(菊地弘 編, 『日本文学研究大成 芥川龍之介 II』, 国書刊行會, 1995, p.75).

19) 아쿠타가와는 「예술 그 외(藝術その他)」에서 '예술 활동은 어떤 천재라도 의식적인 것이다'라고 언급하고 있다.

게 보내는 수기」· 全集9 · pp.279~280)라고 언급한 바와 같이, 그는 새로운 문학 창작인 예술지상주의를 통해 스스로 자신의 주어진 운명인 광인의 아들을 거부하고, 창작의 신으로써 작품에 등장하는 인물에게 새로운 운명을 창조하여 천재의 아들임을 입증하고자 하였다.

그 구체적인 예로 아쿠타가와는 새로운 문학 창작인 '역사소설군(歴史物語)' 속의 광인(狂人)이나 '기독교소설군(キリシタン物語)' 속의 우인(愚人)을 초인(超人)이나 성인(聖人)으로 승화시킴으로써 죽음에서 영원한 삶을 부여하고 있음을 알 수 있다. 이것은 아쿠타가와 그 스스로가 자신의 문학 창작에 등장하는 인물들의 운명을 바꾸는 예술상의 신(神)이 되고자 하였던 것과 동시에, 일상 세계에 있어 자신의 광기의 유전이 보통 사람들(常人)보다 우위에 있다는 천재의 유전이라는 것을 증명하고자 하였던 것이다. 그러므로 아쿠타가와는 작품 속의 주인공들에게 나타난 예술지상주의의 경지인 법열('황홀한 법열', '찰나의 감동')을 통해 자신이 천재임을 증명하여, 현재 자신의 운명마저 극복하려고 하였다. 그러한 점에서 아쿠타가와의 예술지상주의는 예술을 위한 예술이라기보다는, 오히려 한 인간의 비극적 운명에 대한, 한 개인의 실존적 문제에 대한 도전으로 생각해 볼 수가 있다.

그리고 아쿠타가와의 문학 창작에 있어 중대한 영향을 끼친 것이 바로 양가 사람들의 에고이즘이다. 나카무라 신이치로(中村眞一郎)는 '일상생활은 결국 번뇌와 괴로움이 가득한 사바세계의 연속에 지나지 않았다. 만년의 그에게는 연달아 이 사바세계가 덮쳐 온 것처럼 보인다. 그리고 이러한 괴로움 속에 가장 가까이 있으며, 또한 가장 집요하였던 것은 집-근대 일본 문학자가 거의 예외 없이 주제를 그곳에서 구하지 않으면 안 되었던 집이었다'[20]라고 서술하고 있으며, 요시다 세이이치(吉田精一) 또한 '일반적으로 서민층의 유서 깊은 집안은 대부분 중산층에서 성장하는 것과 비교해 오히려 예의범절이 까다롭고, 의리를 중시하고, 관습을 지키며, 규칙이 엄하다. … 중략 … 이러한 분위기 속에서 유년기부터 거의 모든 일생을 보낸 그의 성격은 따라서 그의 작풍이나 문예태도에 빠뜨릴 수 없는 영향을 주었다'[21]라고 말하고 있다.

사실 아쿠타가와는 후쿠의 발광 이후, 아쿠타가와 가(芥川家)에 맡겨져 양가 사람들에게 자라게 된다(나중에 재판을 거쳐 아쿠타가와는 13세(1904년) 때, 정식으로 아쿠타가와가의 양자가 됨). 에도(江戸) 취미가 강한 아쿠타가와 가는 가족 모두가 문학과 미술을 좋아하였다. 양아버지 도쇼(道章, 1849~1928)는 중국화, 전각, 하이쿠, 분재 등 다양한 취미가 있었으며 또한 가족 모두가 잇츄부시(一中節)를 배우며 연극을 보러 가기도 하였다. 아쿠타가와도 쿠사조오시(草双紙)를 좋아하며, 『서유기』나 『수호전』을 읽으며 성장하였다.

이러한 양가의 분위기 속에서 이모 후키(ふき, 1856~1938)는 어린 아쿠타가와에게 가장 영향력이 컸던 사람이었다. 아쿠타가와는 「문학을 좋아하는 가정에서(文学好きの家庭から)」속에서 그녀가 '가족들 중에 얼굴이 가장 나와 닮아'있으며, '성격상에서도 공통점이 가장 많'고, 만일 '이모가 없었다면 오늘과 같은 내가 있었을지 어떨지 모른다'(「문학을 좋아하는 가정에서」 · 全集2 · p.128)고 말하고 있듯이,

---

20) 中村眞一郎, 『芥川龍之介 現代作家論全集 8』, 五月書房, 1958, p.16.
21) 吉田精一, 『芥川龍之介』, 三省堂, 1942, p.11.

후키는 일생을 독신으로 어린 아쿠타가와를 돌보았으며, 그 또한 후키를 어머니처럼 믿고 따랐다.

그러나 아쿠타가와가 22세 때인 1914년 여름부터 다음해 걸쳐, 어릴 적부터 친했던 아오야마(青山) 여학원 영문과에 다니던 요시다 야요이(吉田弥生)와 교제하였으나, 양가 사람들 특히 후키의 반대로 그의 첫사랑은 실패하고 말았다. 당시 아쿠타가와는 친구 이가와에게 '나에게는 이대로 회피하지 말고 나가야 한다고 강요하는 것이 있다. 그것은 나에게 주위와 자기와의 모든 추악함을 보라고 명령한다'(1915년 3월 9일)라고 쓰고 있는데, 이를 계기로 아쿠타가와는 지금까지 알고 있었던 양가 사람들의 사랑이 한낱 노인들의 에고이즘에 지나지 않았다[22]고 하는 인식의 전환을 하게 되었다.

그 예로 아쿠타가와는 1915년 11월『제국문학』에「라쇼몬(羅生門)」을 발표, 창작 경위에 대해 쓴「그 당시 자신의 일(あの頃の自分の事(別稿))」에서 '당시 쓴 소설은「라쇼몬」과「코(鼻)」두 작품이었다. 나는 반년쯤 전부터 불쾌하게 구애받던 연애문제의 영향으로, 혼자 있으면 기분이 침울해져 그 반대로 가능한 한 현실에서 벗어난, 가능한 한 유쾌한 소설을 쓰고 싶었다'고 말하고 있다.

아쿠타가와는 일생 동안 양가 사람들의 봉건적 가풍에서 자유로운 행동을 못한 채 언제나 그들에게 속박되어 살아왔지만, 결국 이것을 계기로 아쿠타가와의 일상 세계를 둘러싼 양가 사람들의 에고이즘에서 벗어나 자유세계를 지향하고자 하였으며, 그것은 다름 아닌 허구

---

22) 1916년8월1일, 아쿠타가와는 친구인 야마모토 키요시(山本喜譽司)에게 보낸 편지에서 'Y(요시다 야요이-인용자)의 일로 완전히 집안의 신용을 잃어버리고 말았다'고 술회하고 있다.

세계, 즉 현실 세계에서는 불가능한 작품 속에서만 가능하였다. 따라서 에고이즘에 가득 찬 현실 세계가 아닌 문학 창작에서 아쿠타가와는 자신의 자유에 대한 해방을 꿈꾸었으며, 나아가 새로운 이상 세계를 구하고자 하였던 것이다.

이와 같이 선행 연구에 나타난 후쿠의 광기에 의한 죽음과 양가 사람들의 에고이즘은 아쿠타가와의 인생뿐만 아니라, 그의 작품을 이해하는데 있어서도 중요한 의의가 있다고 말할 수 있다. 그러나 이러한 선행 연구가 아쿠타가와와 그의 전(全) 작품 간의 유기적 흐름에 있어 충분히 연구되어 있지 않는 것도 사실이다. 요컨대 지금까지 아쿠타가와의 작품에 대해 예술지상주의라고 하는 이름하에 연구되어 온 단행본이 부재[23]하고 있다. 또한 아쿠타가와의 예술지상주의 작품이라 하면 여전히 「게사쿠 삼매경(戲作三昧)」이나 「지옥도(地獄變)」, 「기독교 신자의 죽음(奉公人の死)」[24]과 같이 일부분 밖에 논하지 않은 것도 그 예라 하겠다.

---

23) 이누이 에이지로는 「芥川龍之介研究文獻目錄」에서 1990년에서 2007년 6월까지 간행된 아쿠타가와와 관계된 주요한 단행본 목록이 열거하고 있는데, 그 중에 부분적으로 예술지상주의와 관련된 사항이 있을지는 모르나, 한 권으로 연구된 단행본은 아직까지 출판되어 있지 않은 실정이다.
乾英治郎, 『国文学 解釋と鑑賞』, SHIBUDO, 2007.9. pp.201~207.

24) 호소카와 마사요시는 '그의 작품에 등장하는 인물들은 많게는 일상에 있어 서민의 한사람으로, 그들이 어떠한 사정으로 일상에서 일탈, 아니면 소외된 인물로 등장하면서, 한편으로 작가는 그들의 인생과 일상이 어떻게 교차해 가는가를 마치 자신의 분신을 지켜보는 것처럼 따뜻한 마음을 가지고 그리고 있다. 그것은「게사쿠 삼매경」(1917), 「지옥도」(1918), 「기독교 신자의 죽음」(1918)이라고 하는 소위 예술지상의 경지를 그린 작품군의 주인공을 주시하는 시점에 있어서도 엿볼 수 있다'에서 말하고 있는 것처럼, 많은 연구자들이 소위 아쿠타가와의 예술지상주의를 표방한 작품으로 주로 위의 세 작품을 열거하고 있다.
細川正義, 「芥川の社會認識」, 『国文学 解釋と鑑賞』, SHIBUDO, 2007.9, p.95.

따라서 이러한 선행 연구를 토대로 작가 아쿠타가와와 그의 전 시기의 작품을 예술지상주의라고 하는 테마로 비교, 분석한다면 또 하나의 새로운 아쿠타가와론(論)이 성립될 것이라 생각한다.

3. 연구 범위와 방법

다음과 같은 관점에서 아쿠타가와의 작품에 나타난 예술지상주의의 흐름을 고찰하고자 한다. 그의 문학 창작과정은 한마디로 자신의 유전(후쿠의 광기에 의한 죽음)과 환경(양가 사람들의 에고이즘)에서 벗어나 천재의 증명에 의한 삶의 추구와 일상 세계에서 자유세계로 향하는 과정이라 말할 수 있다. 따라서 이러한 예술지상주의의 흐름으로 그의 작품 시기[25]를 나누어 본다면 크게 세 시기로 구분할 수가

---

25) 아쿠타가와의 작품 시기에 관련해서 호리 타츠오는 '나는 그의 전 작품을 대체로 두 시기로 나눌 수 있다고 생각한다. 그 전기(前期)는 「코(鼻)」를 시작으로 「마 죽(芋粥)」, 「어느 날 오이시쿠라노스케(或日の大石內藏助)」, 「지옥도(地獄変)」, 「기독교 신자의 죽음(奉教人の死)」, 「남경의 그리스도(南京の基督)」, 「덤불 속(藪の中)」등 모든 작품을 걸쳐, 「로쿠노미야 아가씨(六の宮の姫君)」(나는 이 작품을 그의 전기 예술 중 가장 완성된 것으로 믿고 있다)에 이르기까지의 시기(1916~1921)이다. 그 후기(後期)는 소위 야스키치소설군(保吉物)을 시작으로 「한 줌의 흙(一塊の土)」, 「다이도지 신스케의 반생(大導寺信輔の半生)」, 「점귀부(点鬼簿)」, 「겐카쿠 산방(玄鶴山房)」, 「갓파(河童)」를 걸쳐, 「톱니바퀴(齒車)」에 이르기까지의 시기(1923~1927)이다. 그의 전기에 속하는 작품은 대부분 역사소설군인 것에 반해서, 그의 후기에 속하는 작품은 주로 전기 작품에는 거의 보이지 않았던 자전(自傳)적 색채가 강렬한 소설이다'(堀辰雄, 「芥川龍之介論-芸術家としての彼を論ず-」, 『堀辰雄全集』四卷, 筑摩書房, 1977, p.570)고 구분하고 있다. 한편 사토오(佐藤泰正)는 아쿠타가와 문학 작품론 사전에서 세 시기로 나누고 있는데, 우선 「늙은 광인(老狂人)」에서 「게사쿠 삼매경(戲作三昧)」(1917)까지를 전기, 그리고 「사이고타카모리(西鄕隆盛)」(1918)에서「오긴(おぎん)」(1922)까지를

있다.

우선 초기 작품(제 1기)은 「늙은 광인(老狂人)」(1909)을 시작으로 「광대탈(ひょつとこ)」(1915. 4)에 이르기까지의 시기(1909년부터 1915년 4월까지)로, 여기에 해당하는 작품에는 미정고 작품인 「사상(死相)」(1909), 「금병매(金瓶梅)」(1914)를 포함하여 「오카와 강물(大川の水)」(1914. 4), 「노년(老年)」(1914. 5), 「청년과 죽음과(青年と死と)」(1914. 9) 등을 들 수가 있다. 이 시기에는 주로 생모 후쿠의 광기에 의한 죽음이 그대로 작품에 투영되어 추상적, 감상적, 서정적인 죽음의 이미지가 나타나 있다. 그러한 의미에서 초기 작품에는 그의 예술지상주의적 작품 세계가 보이지 않는다. 하지만 아쿠타가와의 내면에 감추어진 불안과 공포의 근원을 찾을 수 있는 작품 시기로 앞으로 그의 예술지상주의의 계기를 규명하는데 중요한 의미를 가진다고 볼 수 있다.

그리고 중기 작품(제 2기)은 「라쇼몬」을 시작으로 「바다 근처(海のほとり)」에 이르기까지의 시기(1915년 11월부터 1925년 9월까지)이다. 이 시기에는 아쿠타가와에게 있어서 예술지상주의의 정점에 해당하는 작품으로, 크게 예술지상주의의 비상과 예술지상주의의 하강으로 세분화할 수 있다.

우선 예술지상주의 비상은 소위 '역사소설군'과 '기독교소설군'로 대표되는 비일상 세계 속에 만들어진 예술지상적 세계를 말하는데, 주로 작품 속에 등장하는 광인(狂人, 역사소설군)이나 우인(愚人, 기

중기, 마지막으로 「병아리(雛)」(1923)에서「난장이의 말(侏儒の言葉)」(유고)까지를 후기로 보고 있다.

佐藤泰正 編, 『別冊国文学 芥川龍之介必携』, 学燈社, 1979, p.75.

독교소설군)을 초인(超人)이나 성인(聖人)으로 승화시키는 것에서 엿볼 수 있다. 그리고 예술지상주의의 하강은 소위 '야스키치소설군(保吉物語)'로 대표되는 사소설(私小說)적 작품 속에서 일상 세계에 살아가는 보통(常人) 사람들의 예술지상적 세계를 다루고 있다. 그러므로 이러한 예술지상주의 작품에는 불(火)이나 불의 상징성을 갖는 꽃(花)을 통해 예술지상적 세계인 '황홀한 비장의 감격'이나, '찰나의 감동'을 구체적으로 나타내고 있음을 알 수 있다.

마지막으로 후기 작품(제 3기)은 「점귀부(点鬼簿)」(1926. 10)에서 시작하여 아쿠타가와가 자살하기까지의 시기(1926년 10월부터 1927년 7월)까지이다. 이 시기에 해당하는 작품에는 「겐카쿠 산방(玄鶴山房)」(1927. 1), 「신기루(蜃氣樓)」(동년 3), 「갓파(河童)」(동년 3), 「어느 바보의 일생(或阿呆の一生)」(동년 6) 그리고 유고인 「서방의 사람(西方の人)」(동년 8), 「속 서방의 사람(續西方の人)」(동년 9), 「톱니바퀴(齒車)」(동년 10) 등을 열거할 수 있다. 이 시기는 예술지상주의의 종언의 시기로, 지금까지 중기 작품에서 보여 왔던 예술지상적 세계가 막을 내리고, 다시 초기 작품의 세계로 회귀되고 있다.

특히 아쿠타가와가 「점귀부」에서 '나의 어머니는 광인이었다'고 언급한 바와 같이, 지금까지 후쿠의 광기에 의한 죽음에서 벗어나기 위해 예술지상주의를 추구하였던 아쿠타가와에게 있어 결국 자신은 천재가 아니라 광인의 아들이며, 언젠가 자신도 어머니와 같이 광기에 의해 죽을지도 모른다고 하는 불안과 공포를 그대로 고백한 것이라 하겠다. 하지만 후기 작품에서는 초기 작품에서 보인 추상적, 감상적, 서정적인 죽음의 이미지가 아닌, 당시 아쿠타가와의 건강 악화나 불면증, 환각 증세로 인해 구체적, 실제적, 현실적인 죽음의 이미지로서 다가오고 있는 것을 살펴볼 수가 있다.

따라서 'Ⅱ. 예술지상주의의 출발'에서는 아쿠타가와에게 있어 생모 후쿠의 광기에 의한 죽음과 양가 사람들의 에고이즘을 재검토하여 그의 초기작품에 나타난 죽음의 세계를 분석하고자 한다. 특히 1915년 11월 아쿠타가와가 『제국문학』에 발표한 「라쇼몬」의 창작경위를 통하여 지금까지 그가 쓴 초기 작품에 나타난 죽음의 이미지와는 달리 삶을 추구하고자 하는 주인공 하인(下人)의 모습을 통해서 죽음에서 삶, 현실의 에고이즘에서 허구의 자유세계로 나아가고자 하는 그의 문학 창작에 있어 예술지상주의의 출발점을 고찰해 보고자 한다.

'Ⅲ. 광인(狂人)과 우인(愚人)의 예술지상주의의 획득'에서는 종래 「지옥도」과 「기독교 신자의 죽음」에 나타난 아쿠타가와의 예술지상적 세계를 검토하면서 광인이 초인(혹은 우인이 성인)으로 바뀌어 가는 과정을 살펴보고자 한다. 이는 아쿠타가와가 예술지상세계에 들어가기 위해서 일상 세계에 사는 보통 사람(「게사쿠 삼매경」)으로는 불가능하며, 광인(혹은 우인)만이 예술지상세계에 들어 갈 수 있는 우월적 존재로서 자리매김하고 있다. 또한 그의 예술지상주의가 단순히 예술에 머무르는 것이 아니라 종교에까지 승화하는 양상을 고찰해 보도록 한다.

'Ⅳ. 예술지상주의의 비상(飛翔)에서 하강(下降)으로'에서는 '역사소설군'에 있어서 근대적 재해석과 '기독교소설군'에 있어서 죄 문제에 감추어진 인간성, 또는 아쿠타가와를 둘러싼 여성문제를 분석하고자 한다. 특히 「덤불 속」에 나타난 '진실'을 규명함으로서 보통 인간이 죄를 범해도 인식하지 못한다고 하는 에고이즘과 죄 인식의 부재 속에 아쿠타가와는 근대 인간성을 긍정하고 있으며, 이러한 자각이야말로 지금까지 그의 작품에 나타난 비일상 세계에 있어 광인과 우인의 예술지상주의 비상이 일상 세계에 있어 보통 사람의 예술지상주의로 하강하는 계기가 되었음을 살펴보고자 한다.

'Ⅴ. 보통 사람의 예술지상주의의 한계'에서는 「용(龍)」을 통해서 그의 문학 창작에 대한 새로운 시도, 즉 아쿠타가와의 예술지상주의에 있어 보통 사람에 의해 일상세계에 만들어지는 변화 양상을 고찰해 보도록 한다. 또한 「가을(秋)」을 중심으로 주인공이 일상생활 속에서 느낀 예술지상적 세계인 '찰나의 감동' 속에 '피로와 권태'를 통해서 그의 예술지상주의의 한계를 재검토한다.

'Ⅵ. 예술지상주의의 종언'에서는 1926년 아쿠타가와 스스로가 광인의 아들이라고 고백함으로써 예술지상주의의 종언을 고백하는 것과 함께 당시 문학 창작이 초기 작품에 나타난 죽음의 이미지로 회귀하는 모습을 살펴보고, 특히 「겐카쿠 산방」와 「신기루」에 나타난 시간과 공간의 상징성이나 보통 사람의 비인간성을 통해서 당시 건강악화였던 아쿠타가와의 일상 세계에 나타난 막연한 불안이 점차 죽음으로 형상화되는 모습을 유추해 본다.

이상과 같이 아쿠타가와 류노스케의 문학창작에 나타난 예술지상주의의 출발과 그 종언에 이르는 과정을 고찰함으로써 각 작품 분석 및 비교만을 논하는 것이 아니라, 그 예술지상주의의 흐름을 통하여 아쿠타가와 스스로가 지향하고자 했던 삶(生)과 문학 세계를 살펴보고자 한다.[26)]

---

26) 본문의 텍스트는 〈『芥川龍之介全集』(全12卷), 岩波書店, 1977~78〉를 사용한다. 텍스트는 편의상(작품 제목 · 전집 · 페이지) 순으로 표기하도록 한다.

II
예술지상주의의 출발

1. 비극적 운명과 예술지상주의의 계기

아쿠타가와 류노스케는 자신의 인생과 관련하여 '인생의 비극 제 1막은 부모와 자식이 된 것에서 시작하고 있다'(〈부모와 자식 또(親子又)〉, 「난장이의 말」)라고 말하고 있다. 이것은 그가 31세 때 서술한, 조금은 추상적 감상적인 말인지도 모르나, 확실히 아쿠타가와에게 있어서 인생의 비극은 부모와 자식의 관계, 즉 후쿠 그리고 양가 사람들(특히 이모인 후키)의 관계에서 시작되었다고 말할 수가 있다.

예를 들면, 그의 초기작품[1]에 관해서 미야사카 사토루(宮坂覺)는 '주제로 말할 것 같으면 늙음, 죽음은 그 문학의 출발점으로 시야에 확

---

1) 아쿠타가와의 초기 작품으로는 「오카와 강물」(1914, 4), 「노년」(1914, 5), 「청년과 죽음과」(1914, 9), 「광대탈」(1915, 4), 또한 미정고 작품으로서는 「늙은 광인」(1909), 「사상」(1909), 「금병매」(1914) 등을 들 수 있다. 다시 말해서 1915년에 쓰여진 「라쇼몬」 이전의 작품들이다.

보한 아쿠타가와 문학의 한 부분을 유지하고 있는 것은 말할 필요도 없다'[2]라고 서술하고 있는데, 미야사카가 말한 '죽음'이나 '늙음'은 구체적으로 그의 생모인 후쿠의 광기에 의한 '죽음'과, 에고이즘이 가득한 양가 사람들의 '늙음(노인)'을 가리키고 있다고 보아야 할 것이다.

실제 후쿠는 아쿠타가와가 생후 7개월이 되던 10월 중순경 발광하여, 1902년 11월 28일 42세에 세상을 떠났다. 그리고 생모의 발광 이후, 그는 평생 양가인 아쿠타가와 가에 맡겨 자라게 된다. 모리모토 오사무(森本修)가 '근대 작가는 그 자아형성에 있어 집과의 대립, 상극에 고민하고 전근대적 가족제도나 가족주의 · 도덕의 중압 · 장애로 괴로워하였다. 아쿠타가와 류노스케 또한 그 예외는 아니다'[3]라고 언급하고 있듯이, 여기에서 말한 '가족제도와 가족주의 · 도덕의 중압 · 장애'라는 것은 바꾸어 말하면, 양가 사람들(노인들)의 에고이즘이라고 볼 수가 있다.

물론 아쿠타가와에게 있어 이와 같은 생모의 광기와 죽음, 양가 사람들의 에고이즘이 그의 일생 동안 불안과 공포를 주었다는 것은 이미 밝혀진 주지의 사실이다. 그러나 이러한 광기와 죽음 그리고 에고이즘에서 오는 불안과 공포에서 벗어나려고 하는, 다시 말해 자신의 주어진 운명을 극복하려는 모습이야말로 그의 새로운 문학창작의 계기가 되었다는 것에 주목하지 않으면 안 된다.

특히 그가 23세 때인 1915년 11월『제국문학』에 발표한「라쇼몬」에는 지금까지 초기작품에 나타난 죽음의 세계와 전혀 다른 새로운 삶

2) 志村有弘 編,『芥川龍之介大事典』, 勉誠出版, 2000, p.532.
3) 森本修,『人間 芥川龍之介』, 三弥井書店, 1981, p.48.

을 향하는 주인공 하인(下人)[4]의 모습이 그려져 있다. 미타니 쿠니아키(三谷邦明)가 '이것(「라쇼몬」-인용자)은 성인식, 혹은 통과의례, 이니시에이션(initiation)라고 말해도 좋지만 … 중략 … 확실히 일상과는 다른 악 그 자체의 신성함, 즉 죽음=재생을 시도로 한 것으로 보지 않으면 안 된다'[5]라고 주장하고 있는 것처럼 '통과의례', '죽음=재생'은 아쿠타가와 스스로 말한 '정신적 혁명'[6]이라고도 생각할 수가 있다. 동시에 이러한 '정신적 혁명'(혹은 '정신적 비약')은 다름 아닌 새로운 문학 창작, 예술지상[7]과 관련되어 있음은 말할 필요도 없을 것이다. 즉 그의 예술지상주의는 생모의 유전에 의한 광기와 죽음을 천재와 삶으로, 그리고 현실세계에 있어서 양가 사람들의 에고이즘을 허구세계에 있어서 자유로 바꾸는 수단이었다고 말할 수가 있다.

따라서 본 절에서는 우선 아쿠타가와의 일생에 중대한 영향을 미쳤던 인물인 생모 후쿠와 양가 사람들에 대해 살펴보고자 한다. 특히 후쿠의 광기와 죽음이 그의 초기 작품에 나타난 죽음의 세계로 투영된 것을 엿보고, 동시에 자신의 운명을 새로운 삶으로 바꾸고자 하는 의

---

4) 하인(下人)은 신분이 낮은 자로, 헤이안(平安) 시대 후 장원(莊園) 영주(莊官)나 마름(地頭 -장원의 영주가 장원의 관리를 위해 두었던 직명)에 예속되어 경작, 잡무, 마부 등 잡역을 종사하였다. 그리고 전쟁에도 동원되었지만 전쟁에서 공을 세웠어도 무사신분이 아니기 때문에 상을 받지 못했다.

5) 三谷邦明, 「『羅生門』を讀む」, 『日本文学』, 日本文学協會, 1984.3, pp.9~10.

6) 아쿠타가와는 스스로 사사키(佐 木茂索)에게 보낸 편지에서 '나는 한 동안(23세 전후-인용자) 정신적 혁명을 받아 처음으로 괴테와 같은, 톨스토이와 같은 거장을 바로 보는 눈을 얻었다고 믿는 때가 있었다'(1919년7월31일)라고 말하고 있다.

7) 아쿠타가와는 예술지상주의와 관련해서 1927년 9월에 발표된 유고 「열 개의 바늘(十本の針)」에서는 '우리들이 중요시하는 것은 단지 과학 그 자체이며, 혹은 예술 그 자체인 것이다. - 즉 우리들의 정신적 비상을 공중에서 붙잡은 꽃다발뿐이다'(〈4 공중의 꽃다발(空中の花束)〉, 「열개의 바늘」 · 全集9 · p.297)라고 언급하고 있다.

미로 예술지상주의 출발점이라 볼 수 있는「라쇼몬」을 고찰해 보겠다.

1.1 생모 후쿠의 광기와 죽음

▲ 생모 후쿠와 아쿠타가와

▲ 아쿠타가와 4세 당시.
생부 니히하라 토시조와 숙부 아쿠타가와 도쇼(앉은 사람)

아쿠타가와는 1892년 3월 1일, 도쿄(東京) 교오바시구(京橋區, 현재 중앙구(中央區))에서 태어났다. 아버지 니이하라 토시죠(新原敏三, 당시 43세)와 어머니 후쿠(ふく, 당시 33세) 사이에 세 번째 아이로, 장녀 하츠(はつ)와 차녀 히사(ひさ) 그리고 막내인 아쿠타가와는 장남이었다. 그런데 아쿠타가와가 태어난 후 7개월이 되었을 때, 어머니 후쿠는 발광하였다.

모리모토 오사무는 '류노스케가 태어나기 전년(1891년 4월 5일)도에 장녀 하츠를 잃은 것이 자신의 책임으로 깊게 느꼈던 점, 장남 류노스케를 미신이라고 하지만 아이를 버리는 형식을 취하지 않으면 안

되었던 점, 가장 신뢰하고 있던 오빠 도도쿠(道德)의 죽음(1892년 6월 7일) 등에 마음을 앓고 있었기 때문이라고 전해지고 있다'[8]라고 후쿠의 발광 원인에 대해서 언급하고 있지만, 그 이외에도 아버지인 니이하라의 방탕한 생활[9]이나, 어머니의 내성적 성격 또한 발광의 원인으로 볼 수 있다.

이에 따라 어린 아쿠타가와는 자신의 어머니인 후쿠의 발광으로 인해 그녀의 친정인 아쿠타가와 가(家)로 가서 양육되었고, 나중에 10살이 되던 해 후쿠가 미치광이로 죽어간 모습을 지켜보면서 정신적으로 커다란 충격을 받았음은 쉽게 짐작할 수 있다. 그 예로 아쿠타가와는 당시 생모인 후쿠의 모습을 마치 '괴물에 가까운 여자'[10]와 같이 회상하고 있다.

---

8) 森本修, 앞의 책, p.51.

9) 오야마다 요시후미는 '그녀의 발광이 토시조(敏三)에게서 병독(病毒) 감염에 의한 것이라고 하는, 나의 가설 중 하나이다. … 중략 … 호색가였던 토시조에게는 류노스케와 같은 해의 서자(庶子)가 있었고, 그 한편으로 유산한 토시지(敏二) 남동생도 있었는데, 이것은 같은 적자(赤子)로 후쿠의 여동생인 후유(ふゆ)의 아이였다는 근거가 있다. 이러한 사실이 후쿠의 발광에 직접적인 계기가 되었다고 생각되어지며, 그 유산 또한 매독이 원인으로 볼 수 있다' (小山田義文, 『世紀末のエロスとデモン-芥川龍之介とその病い-』, 河出書房新社, 1994, pp.37~38)라고 서술하고 있다.

10) 예를 들어, 아쿠타가와가 4살이 될 무렵부터 중학시절까지 자신의 단편적 기억을 단문(短文)으로 모은 「추억(追憶)」(1826) 속에서 '나는 그때도 지금처럼 몸이 허약한 아이였다. … 중략 … 나의 기억에 남아 있는 것은 내가 마지막으로 경련을 난 9살 때의 일이다. 나는 열도 있고 해서, 잠자리에 누운 채로 이모의 머리카락을 묶는 것을 바라보고 있었다. 그 사이 어느 샌가 경련이 나는 가 했더니 쓸쓸한 해변을 걷고 있었다. 그리고 해변에는 인간보다도 괴물에 가까운 여자가 속치마인 채로, 투신자살을 하기 위해 두 손을 합장하고 있었다. 그것은 '이상한 수레'라고 하는 쿠사조오시(草双紙) 속의 삽화였던 거 같았다'(〈몽유(夢中遊行)〉, 「추억」 · 全集8 · p.129)라고 언급하고 있다. 여기서 아쿠타가와가 9살 때, 꿈속에 나타난 '괴물에 가까운 여자'는 바로 발광한 어머니의 모습이라 유추할 수 있다.

나는 한 번도 나의 어머니에게 어머니다운 애정을 느낀 적이 없다. 나의 어머니는 머리를 빗에 감아 위로 틀어 올려, 언제나 시바(芝)에 있는 친정에서 혼자 앉아 있으면서 긴 담뱃대로 뻐금뻐금 담배를 피고 있다. 얼굴도 작지만 몸도 작다. 또한 얼굴은 어떻게 된 일인지, 조금도 생기가 없는 회색빛을 하고 있다. … 중략 … 이러한 나는 나의 어머니에게 전혀 보살핌을 받아 본 적이 없다. 확실히는 모르나 한번은 나의 양모와 함께 일부러 2층에 인사하러 갔더니, 갑자기 머리를 긴 담뱃대로 얻어맞은 것을 기억하고 있다.

「점귀부」· 全集8 · p.180

1926년에 쓰여진 「점귀부」는 아쿠타가와의 만년 작품으로, 그 이전 작품에서는 생모 후쿠에 관한 일은 물론 자신의 사생활에 관련한 작품[11]을 찾아 볼 수가 없다.

그러나 이러한 아쿠타가와의 만년의 고백이야말로 역설적이게도 자신의 어머니가 광인이었다는 사실을 스스로 터부시하는 동시에, 그의 일생 동안 커다란 충격을 주었다는 것을 의미하고 있다고 보아야 할 것이다. 바꾸어 말하면 아쿠타가와는 그의 일상생활에 있어 항상 어머니의 광기와 죽음을 의식하고 있었으며, 그리고 이것은 의식적이

11) 아쿠타가와가 1925년에 쓴 「쵸코도 잡기(澄江堂雜記)」에는 '좀 더 자신의 생활을 써라, 좀 더 대담하게 고백해라'라고 하는 것은 자주 여러분이 권유하는 말이다. 나도 고백을 하지 않는 것은 아니다. 나의 소설은 적어도 나의 체험의 고백이다. 하지만 여러분은 동의하지 않을 것이다. 여러분이 나에게 권유하는 것은 나 자신을 주인공으로 하여, 나의 일신상에 일어난 사건을 넉살좋게 써라고 말하고 있다. 게다가 책 마지막 부분인 일람표에는 주인공인 나는 물론, 작중의 인물 본명, 가명을 죽 나열하라고 말하고 있다. 그것만큼은 거절하고 싶다'(〈고백(告白)〉, 「쵸코도 잡기」· 全集6 · p.203)고 서술하고 있다.

든 무의식적이든 그의 문학창작에 깊은 영향을 주었다고 볼 수 있다. 그 예로 그가 18살이 되던 해 닛코(日光)로 수학여행을 떠나, 그 날의 인상을 남긴 「닛코 소품(日光小品)」이 있다.

> 절 내부는 조용하여 사람이 있을 것 같지 않았다. 그 오른쪽으로 묘지가 있다. 묘지는 돌뿐인 산 중턱을 따라 늘어서 있고, 회색빛을 한 돌들 사이로 회색빛을 한 석탑이 몇 개라 할 것 없이 세워져 있어 황량한 느낌을 자아냈다. … 중략 … 나는 이 돌뿐인 묘지가 **무언가 상징**하는 듯 한 기분이 들었다.(진한색-인용자)
>
> 〈절과 무덤(寺と墓)〉, 「닛코 소품」 · 全集12 · pp.79~80

여기에서 언급된 '무언가 상징'은 소제목인 〈절과 무덤〉과 함께 죽음을 의미하고 있다. 그 당시 아쿠타가와가 쓴 일기 중 '죽는다는 것은 알고 있다. 이것은 누구라도 알고 있는 것이다. 그렇다 알고 있는 것이다'(葛卷義敏, 〈Ⅸ 1911년 일기(Ⅸ 明治四十四年の日記)〉, 『芥川龍之介未定稿集』, 岩波書店, 1968, p.301)에서나, 야마모토 키요시(山本喜譽司)에게 보낸 편지에서 '무엇을 해도 똑같은 짓이다. 결국은 똑같은 운명이 올 것이고, 누구라도 똑같은 운명을 만날 것이니까. 진실로 무엇을 위해 살고 있는가 모르겠다. … 중략 … 궁극에 이르는 곳은 죽음이다'(1911년 11일(년도 추정))라고 언급하고 있는 바와 같이, 어릴 적 후쿠의 죽음은 아쿠타가와에게 있어 어머니의 부재에서 오는 존재 불안의 원인이 되고 있으며, 그 결과 그의 의식 속에는 언제나 추상적 · 관념적 죽음을 연상하고 있다고 볼 수 있다.

그러나 여기서 주목해야 할 것은 아쿠타가와가 단순히 후쿠의 죽음에 대해서 불안이나 공포를 느낀 것이 아니라는 사실이다. 즉 그가 죽음에 대해서 불안과 공포를 가지기 앞서, 자신의 어머니가 광기에 의해 죽었다는 사실, 다시 말해서 어린 아쿠타가와의 눈으로 볼 때, 사람이 미치면 죽는다고 하는 이 믿음이야말로 그에게 있어 불안과 공포의 원인이 되었던 것이다. 그 예로 「어느 바보의 일생」(1927) 속에 그려져 있는 광인들의 모습에는, 만년 그가 후쿠의 광기에 대한 불안과 공포의 대상이 되었다는 것을 말해 주고 있다.

> 광인들은 모두 같은 쥐색 옷이 입혀져 있었다. 넓은 방은 그 때문에 한층 더 우울하게 보이는 것 같았다. 그들 중 한 사람은 오르간을 향해, 열심히 찬미가를 계속 치고 있었다. 그들 중 한사람은 정확히 방 한 가운데에 서서, 춤춘다기보다도 여기저기 뛰어 다니고 있었다. …중략… 그의 어머니도 10년 전에는 그들과 조금도 다름이 없었다.
>
> 〈2 어머니(母)〉, 「어느 바보의 일생」· 全集9 · pp.310~311

이시와리 토루(石割透)는 '아쿠타가와 문학의 근저에 있는 허무한 죽음의 음영, 흔적이야말로 생모의 모습을 불러일으키는 것이었다. 아쿠타가와에게 있어서 자신의 운명이 도달하는 곳은 후쿠의 모습이며, 그러한 생모의 삶에 자신의 삶이 서로 중첩되어 있다'[12]라고 지적하고 있지만, 실로 아쿠타가와는 이러한 후쿠의 모습(광기→죽음)을 보고, 자신 또한 후쿠의 유전에 의해 미쳐 죽을지도 모른다는 불안을 안고 있던 것이다. 게다가 1919년 3월 16일에는 생부(實父) 니이하라가

---

12) 石割透, 『芥川龍之介-初期作品の展開-』, 有精堂, 1985, p.16.

스페인 감기로 인해 사망하는데, 임종 전에 '머리도 미친 것처럼 보이고, "저렇게 깃발을 세운 군함이 왔다. 모두 만세를 외쳐라" 따위를 말하였다'(「점귀부」 · 全集8 · p.186)라고 언급되어 있듯이, 니이하라 또한 후쿠처럼 임종 전에 광기의 모습을 띈 사실은 아쿠타가와에게 있어 부모의 유전에 대한 불안과 공포가 더욱 가중되었다는 것을 추측할 수 있다.

이처럼 부모의 광기에 의한 죽음은 결국 자신 또한 그들의 광기의 유전[13]으로 말미암아 젊은 나이에 죽게 될 것이라 생각하게 되었고, 이것은 결과적으로 죽음으로 정해진 자신의 주어진 운명에서 벗어나, 스스로 삶의 긍정으로 바꾸지 않으면 안 되었다. 그리고 아쿠타가와가 생각해 낸 것은 부모한테서 물려받은 광기라는 유전을 천재라는 유전으로 바꿈으로서 죽음에서 삶으로 지향하고자 하였던 것이다. 따라서 아쿠타가와는 후쿠에게서 받은 광기라는 유전은 사실 광기가 아니라 천재의 유전이라는 사실을 입증할 필요가 있었으며, 그것을 다름 아닌 문학 창작을 통해 극복하고자 하였다.

그러한 의미에서 타케모리 텐유가 언급한 '사회적 신분적 낙인을 짊어지고, 동시에 연장자(비유적으로)의 당황해 하는 눈을 가진 존재를 주인공(예를 들어 「라쇼몬」의 하인이나 「코」의 나이구, 「마 죽」의 고이-인용자)으로서 선택하고 조형하여, 이야기 세계를 구축해 가려고 하는 곳에, 문학적 출발기에 있어서 아쿠타가와의 중대한 특질이

---

13) 예를 들어, 이러한 '광기'와 관련지어 아쿠타가와는 '유전, 환경, 우연-우리들의 운명을 지배하는 것은 필경 이 세 가지이다'(〈운명(運命)〉, 「난장이의 말」(유고) · 全集9 · p.348)라고 말하고 있다.

발휘되어 있는 것은 아닌가'[14]라고 언급한 것은 다시 말해서 아쿠타가와에게 있어 문학 창작은 바로 자신의 신체적 열등감(광기에 대한 유전)에 의해서 시작되었으며, 그와 동시에 이러한 신체적 열등감에서 벗어나려고 하는 자세야말로 그의 새로운 문학 창작의 출발-구체적인 삶의 지향-이 있다고 볼 수 있다.

1.2 양가 사람들의 에고이즘

앞에서도 언급하였듯이, 아쿠타가와는 후쿠의 광기로 인해 그녀의 친정인 아쿠타가와 가(家)에서 양육되었다. 그 후 1904년 8월 5일, 아쿠타가와가 13세가 되던 해, 도쿄 지방재판소에서 호주 상속인 배제 및 폐적(廢嫡) 절차를 걸쳐, 아쿠타가와 가와 정식으로 양자 결연[15]을 맺고, 일생 동안 양가 사람들과 같이 살게 된다. 아쿠타가와 집안은 대대로 에도(江戶) 막부 관리로서 유서 깊은 집안으로, 가족 모두가 문학이나 미술을 좋아하고 가부키 등도 자주 보러 갔다.

이가와 쿄(井川恭)에 따르면 양부인 도쇼(생모 후쿠의 오빠)는 온화한 성품으로 '몸집이 크고 마음이 느긋하며, 이마가 벗겨진 통통한 얼굴을 가진, 언제나 볼에 미소를 머금고 이야기하는 버릇'[16]이 있는

14) 竹盛天雄, 앞의 책, p.73.

15) 그 당시, 아쿠타가와 후유(ふゆ)가 토시죠의 후처로서 니이하라가에 입적하는 조건하에서 결혼을 하였다. 후유는 후쿠의 여동생으로, 후쿠가 발광한 후, 니이하라 집안으로 가사 일을 도우러 가, 얼마 안 있어 토시조 사이에 이복동생인 토쿠지(得二, 1899년 7월)를 낳았다.

16) 恒藤恭, 「青年芥川の面影」(吉田精一編, 『芥川龍之介 近代文学鑑賞講座』第11卷, 角川書店, 1967, p.244).

에도 풍류의 멋을 가진 사람이며, 양모인 토모(儔) 또한 '매우 상냥한 부인으로, 확실히 붙임성 있는 말투가 있는 것이 깊은 인상을 남기고 있다'고 말하고 있다. 하지만 이들 양가 사람들 중에서 특히 주목하여야 할 사람은 바로 후쿠의 언니인 이모 후키이다. 특히 이가와는 후키와 관련해서 '이마가 넓고, 눈이 약간 패인 얼굴로, 조금은 사팔뜨기이고 좀처럼 지기 싫어하는 사람이었다. 사람을 대하는 태도나 말투가 연극에 나오는 궁중에서 일하는 여자를 연상시키'[17]고 있으며, 예술적으로도 소질이 있다고 말하고 있다. 그런데 이 후키야말로 일생을 독신으로 살면서, 아쿠타가와를 친어머니처럼 돌보아준 사람이었다.

한편 토고 카츠미는 '류노스케가 10살 때, 아쿠타가와 가의 양부인 도쇼는 53세, 양모인 토모는 45세, 이모인 후키는 46세였으며, 이미 노인에 가까운 사람들이었다. 아쿠타가와는 자주 이모의 사랑에 대해 말하였지만, 그가 남긴 글에서 양모의 모습은 거의 보이지 않는다. 즉 아쿠타가와 가에서도 어린 아이에게 필요한 무언가가 결여되어 있다'[18]고 지적하고 있듯이, 어린 아쿠타가와에게는 어머니가 3명(생모 후쿠, 양모 토모, 그리고 의모(義母) 후유(ふゆ))있음에도 불구하고, 그들은 아쿠타가와에게 어머니로서의 역할을 제대로 할 수 없었다. 그 대신 이모 후키가 어머니 역할을 하게 되었는데, 아쿠타가와 또한 이런 후키를 잘 따랐다고 한다. 즉 아쿠타가와는 후키를 '누구보다도 사랑을 느끼고 있었다'(〈3 집(家)〉, 「어느 바보의 일생」)고 말하고 있는데, 그 예로 어느 날 생부 토시죠가 어린 아쿠타가와를 자기 집으로

17) 恒藤恭, 「旧友芥川龍之介」(吉田精一, 『近代作家研究叢書 21』, 日本図書センター, 1984, pp.98~99).
18) 東郷克美, 앞의 책, p.61.

데려 오려고 과자나 과일, 음료수를 권하며 집에서 도망쳐 오라고 설득하였으나, 그는 '그 권유는 한 번도 성공한 적이 없었다. 그것은 내가 양가 부모님을, 특히 이모의 사랑이 있었기 때문이었다'(「점귀부」 · 全集8 · p.185)라고 술회하고 있다.

이처럼 후키는 평생 동안 아쿠타가와를 위해 헌신을 하였고, 아쿠타가와 또한 이러한 그녀를 친어머니 이상으로 사랑하였다. 이러한 의미에서 후키는 아쿠타가와의 성장 배경에 커다란 영향력을 가지고 있으며, 특히 아쿠타가와가 작가로서의 꿈 또한 후키를 포함해 양가 사람들로부터-'문학을 하는 것은 누구도 전혀 반대하지 않았습니다. 부모님을 비롯하여 이모도 상당히 문학을 좋아하였기 때문입니다'(「문학을 좋아하는 가정에서」)-영향을 입은 바가 크다고 말할 수 있다.

그런데 1927년 초 아쿠타가와는 사토 하루오(佐藤春夫)와 대화하면서 '내 생애를 불행하게 한 자는 ××인 자야. 원래 이 사람은 나의 둘도 없는 은인이지만 말이야'[19]라고 말하는 부분에 주목할 필요가 있다. 왜냐 하면 여기에서 말한 '나의 둘도 없는 은인'이란 다름 아닌 자신을 위해 일평생을 바친 후키를 가리키고 있기 때문이다. 예를 들어 아쿠타가와는 「어느 바보의 일생」에서 후키와의 관계를 다음과 같이 언급하고 있다.

> 그의 이모는 이따금 2층에서 그와 싸움을 하였다. 그리고 그의 양부모에게 중재를 받은 적이 없는 것은 아니었다. 그러나 그는 이모에게

---

19) 佐藤春夫, 「是亦生涯」(關口安義 編, 『芥川龍之介研究資料集成 第4巻』, 日本図書センター, 1993, p.211).

누구보다도 사랑을 느끼고 있었다. 일생 동안 독신이었던 이모는 이미 그가 20살 때에 60살에 가까운 노인이었다. 그는 어느 교외의 2층에서 몇 번이나 서로 사랑하는 것이 서로 괴롭히는 것인가를 생각하기도 하였다.

〈3 집(家)〉, 「어느 바보의 일생」 · 全集9 · p.312

물론 후키가 평생을 독신으로 살면서 아쿠타가와에게 맹목에 가까운 사랑을 쏟았는데도 불구하고, 그것이 오히려 그에게 불행을 주었다는 사실은 쉽게 납득하기 어렵다. 하지만 1914년 여름부터 다음 해에 걸쳐 요시다 야요이(吉田弥生)와의 첫사랑[20] 파국에서 보인 양가 사람들의 에고이즘, 특히 후키의 에고이즘은 아쿠타가와를 둘러싼 현실세계가 자유가 아닌 구속된 세계임을 자각시키는 계기가 되었던 것이다.

당시 아쿠타가와가 이가와에게 보낸 편지에서 '어떤 여자를 옛날부터 알고 있었다. 그 여자가 어떤 남자와 혼약을 하였다. 나는 그 때가 돼서 비로소 그 여자를 사랑하고 있었다는 것을 알았다. … 중략 … 집안사람에게 그 이야기를 꺼냈다. 그리고 격렬한 반대를 받았다. 이모는 밤새도록 울었다. 나도 밤새도록 울었다. 다음날 아침에 못마땅한 얼굴로 나는 단념하겠다고 말했다'(1915년 2월 28일)라고 쓴 바와 같이, 이전까지 아쿠타가와는 다른 사람은 몰라도 오직 후키만은 자신의 결혼 문제에 대해서 전적으로 찬성하고 밀어줄 것이라고 생각했는

---

20) 당시 아쿠타가와는 이가와에게 보낸 편지에서 '내 마음에는 때때로 사랑이 태어난다. 끝없는 꿈과 같은 사랑이다. 어딘가 내가 상상한대로의 사람이 있는 것 같은 기분이 든다'(1914년 5월)라고 적으며, 야요이에 대한 심경의 변화를 솔직하게 표현하고 있다.

지 모른다.

그러나 이와는 달리 후키가 요시다와의 결혼을 절대적으로 반대[21] 하는 것을 본 아쿠타가와는 이 결정적인 배반으로 인해 지금까지 믿고 있었던 후키의 사랑이, 단지 노인의 에고이즘에 지나지 않았다고 하는 인식의 전환이 있었던 것이다. 예를 들어 아쿠타가와는 당시 이러한 자신의 심정을 친구 이가와 쿄에게 다음과 같이 말하고 있다.

> 에고이즘에서 벗어난 사랑이 있는지 어떤지. 에고이즘이 있는 사랑에는 사람과 사람 사이의 장벽을 건널 수 없다. 사람 위로 떨어져 오는 생활고의 적막을 치유할 수는 없다. 에고이즘이 없는 사랑이 없다고 한다면 사람의 일생만큼 괴로운 것은 없다. 주위는 추하다. 자신도 추하다. 그리고 그것을 눈앞에서 보고 살아가는 것은 괴롭다. 게다가 사람은 그대로 사는 것을 강요당한다. 이 모두가 신의 소행이라고 한다면 신의 소행은 미워해야할 조롱이다.
>
> 井川恭宛 · 1915년 3월 9일

세키구치 야스요시(關口安義)는 '양자라고 하는 신분은, 떳떳하지

---

21) 후키가 아쿠타가와와 요시다 간의 결혼을 반대한 근거로서 모리 케이스케(森啓祐)는 '야요이의 호적상 문제가 얽혀져 있는 것이 틀림없다. 애당초 이 이외에도 야요이는 류노스케와 같은 나이라는 점, 요시다 가(家)가 사족(士族)이 아닌 점, 게다가 누나 히사가 이혼한 남편 쿠즈마키(葛卷義定)가 쵸키치로(長吉郎, 요시다 야요이의 아버지-인용자)와 같은 고향으로, 두 사람의 결혼을 중재한 것도 실은 쵸키치로 부부이었던 점'(森啓祐, 『芥川龍之介の父』, 櫻楓社, 1974, p.172) 등을 열거하고 있으며, 미요시 유키오는 '니이하라(新原) 가와 가까운 여성과 결혼하는 것에 의해 류노스케를 생가 사람들에게 빼앗긴다고 하는 걱정도, 아쿠타가와 가의 사람들-특히 류노스케에게 헌신적인 사랑을 쏟아 부은 이모에게는 강하였다'(三好行雄, 『芥川龍之介論』, 筑摩書房, 1976, p.45)고 말하고 있다.

못한 점이 있었다. 유년시대에는 느끼지 못했던 속박이 성인이 되어 보니 너무나도 많은 것에 그는 놀랐다. 아무리 귀하게 키웠어도, 아니, 귀하게 키우면 키울수록, 그에게는 양부모에게 효도라고 하는 관례가 높게 솟아 있는 것을 인식하도록 강요되었던 것이다. 집이 얼마나 자신을 속박하는 것인가를 알았던 것이다'[22]라고 언급하고 있듯이, 아쿠타가와는 요시다 야요이와의 실연을 통해 단순히 양가 사람들뿐만 아니라 현실 세계를 둘러싼 모든 인간들이 가지고 있는 에고이즘의 추악함과 그것을 알면서도 일상생활을 영위하지 않으면 안 되는 속박된 현실의 한계 상황을 깨닫게 된 것이다. 그리고 이러한 인식은 곧 그에게 에고이즘의 세계에서 벗어난 자유세계를 추구하고자 하는 출발점이 되었던 것이다.

하지만 아쿠타가와는 '20년을 살아오면서 경박한 생활에 몰두하였던 것을 부끄럽게 생각합니다. … 중략 … 저는 이 외로움을 무언가에 의해 잊어버리도록 하는 것을 비겁하다고 생각합니다. 그러나 끊임없이 내가 이 외로움으로부터 벗어나려고 하는 것도 또한 어쩔 수 없는 사실입니다'(山本喜譽司宛 · 1915년 4월 23일)라고 말한 것처럼, 그가 추구하고자 하는 자유세계가 현실 세계에서는 불가능하다는 것을 충분히 알고 있었다. 그 결과 아쿠타가와가 생각해 낸 에고이즘이 없는 자유 세계는 바로 현실 세계가 아닌 새로운 문학창작-예술지상주의-에 나타난 허구 세계였던 것이다.

---

22) 關口安義, 『芥川龍之介』, 岩波新書, 2000, pp.44~45.
또한 요시다도 '이 연애는 상당히 호되게 그를 재기 불능케 하였다. 그는 이제야 심각하게 양자인 자신의 자유롭지 못함을 생각하며, 양부모가 그에 대한 애정에, 자칫하면 어둠에 빠뜨리기 쉬운 이기주의(적어도 그에게는 그렇게 생각했을 것이다)를 통감하였던 것이다'(吉田精一, 앞의 책, p.60)라고 서술하고 있다.

요시다 세이이치는 '이 하인(「라쇼몬」의 주인공-인용자)의 심리 추이를 주제로 하여, 아울러 살기 위해서 각양각색의 사람들이 가지고 있지 않으면 안 되는 에고이즘을 파헤치는 것이 이 작품의 주안점인 것이다. 양부모나 그 자신의 에고이즘의 추악함과 추악하지만 살기 위해서는 그것이 나쁘더라고 할 수밖에 없는 사실이라는 실감이 이 작품을 만든 동기의 일부분임이 틀림없다'[23]라고 지적하고 있는 것처럼, 「라쇼몬」 창작 이 후, 아쿠타가와는 그의 예술지상주의를 통해 현실 세계의 에고이즘에서 벗어나, 자기 해방[24]을 추구하고자 하였던 것이다.

2. 죽음에서 삶과 예술 세계로의 인식 전환

2.1 초기 작품에 나타난 죽음의 세계

아쿠타가와가 23살 때인 1914년 4월 『마음의 꽃(心の花)』에 야나

23) 吉田精一, 『芥川龍之介 近代文学鑑賞講座』第十一巻, 角川書店, 1967, p.39.

24) 아쿠타가와는 자살하기 한달 전, 하기와라 사쿠타로에게 '얼마나 내가 무정부적 자유를 동경해 왔던가. …중략… 그리고 아내와 자식이나 가정의 모든 것을 버리고, 자유로운 표류자 무리에 들어가고 싶어 한 점, 무로 사이세이(室生犀星)와 같이 감정이 이끄는 대로 자유로운 본능적 행동을 하고 싶었던 점, 모든 것을 그것들로부터 자유롭기까지, 자못 필사적인 열정을 갖고 과거를 일관했는가라는 점. 게다가 마침내 어떤 것도, 어떤 자유도 나에게는 절망이었다는 점을 슬프고 침울한 어조로 하소연 하였다'(하기와라 사쿠타로, 「芥川龍之介の死」(關口安義 編, 『芥川龍之介研究資料集成 第4巻』, 日本図書センター, 1993, p.197)라고 언급하고 있다.

가와 류노스케(柳川隆之介)란 이름으로 「오카와 강물(大川の水)」을 발표하였다. 이 작품에는 그가 생후 8개월부터 혼죠(本所)에 있는 아쿠타가와 집에 맡겨진 이래, 신쥬쿠(新宿)로 이사간 1910년 9월까지 생활하였던 오카와 강(현재 스미다 강(隅田川))에 대한 애착이 나타나 있다. 그러므로 여기에 쓰여진 '오카와 강변에 가까운 마을'은 바로 그가 18년간 살아온 유년 시절의 기억이 남아 있는 장소로, 당시 그의 어린 시절이 회상의 형식으로 그려져 있다.

> 나는 전부터 저 강물을 볼 때마다, 어쩐 일인지 울고 싶어지는 말할 수 없는 위안과 쓸쓸함을 느꼈다. 완전히 내가 살고 있는 세계로부터 멀어지고, 그리운 사모와 추억의 나라로 들어가는 듯한 느낌이었다. 이 느낌을 위해서 이 위안과 쓸쓸함을 맛보기 위해서, 나는 무엇보다도 오카와 강물을 사랑하는 것이다.
>
> 「오카와 강물」· 全集1 · pp.26~27

어린 아쿠타가와는 오카와 강물을 바라볼 때마다 '위안과 쓸쓸함'을 느끼고 있는데, 이것은 작품전체에 나타나 있는 '애절하다', '외롭다', '자유로운', '그립다', '순수한 본래의 감정'이라는 감상적 표현과 함께 대상(對象)에 대한 부재의 심정을 나타내고 있다.

그리고 이러한 대상의 부재는 그가 말하는 '사모와 추억의 나라'에 존재하여야 할 대상으로, 아쿠타가와에게 있어 바로 어머니의 존재라고 볼 수 있다. 즉 어린 그가 '밤과 강물 사이에 떠도는 죽음의 호흡을 느꼈을 때, 스스로는 얼마나 의지할 곳 없는 쓸쓸함에 괴로워했던가'라고 말하고 있듯이, 오카와 강물의 흐름 속에는 언제나 있어야 할 존재의 부재, 어머니의 죽음[25]을 생각나게 하는 것이다.

> 나는 자주 하릴없이 이 나룻배를 탔다. 강물의 흐름에 따라서 요람과 같이 가볍게 몸이 흔들리는 안락함. 특히 늦은 시간이면 일수록 나룻배의 적막함과 기쁨이 마음 속 깊이 배어 왔다.
>
> 「오카와 강물」· 全集1 · p.29

비록 미야사카 사토루가 '그에게 있어 오카와 강물에 떠있는 나룻배는, 당시 자신의 요람이고, 말하자면 "여성의 내포원리"를 느끼며, 안전이나 신뢰에 몸을 맡겨 자신의 혼을 해방하여 순수한 본래의 감정으로 살 수가 있었던 공간이었다는 것을 이해할 수 있을 것이다'[26] 라고 지적하지만, 사실 그가 말한 '여성의 내포원리'로서 '나룻배'는 이미 아쿠타가와에게는 존재하지 않는다. 오히려 그는 오카와 강물에서 느낀 감상적 표현과 함께 어머니의 부재 속에 나타난 추상적 · 관념적 죽음을 인식하고 있다고 보아야 할 것이다. 예를 들면, 같은 해 9월 아쿠타가와는 『신사조(新思潮)』에 희곡 「청년과 죽음과」를 발표하였고, 거의 같은 시기에 습작 「금병매」를 완성하였는데, 이 두 작품 속에는 죽음이 추상적 · 관념적으로 형상화된 모습으로 나타나 있다.

우선 「청년과 죽음과」중에는 청년A가 '죽음을 예상하지 않는 쾌락만큼 무의미한 것은 없지 않은가?'라는 물음에 청년B는 '나는 그 이

25) 이시와리 토루는 '오카와 강물은 그에게 죽음이라는 사라져 가는 어둠을 느끼게 한다. 감상(感傷)을 극도로 억제한 이 작품 문체 배후에서는 으스스하게 추운, 죽음에 접근한 작가의 호흡이 전해 오는 것 같다'라고 언급하고 있다.
石割透, 『芥川龍之介-初期作品の展開-』, 有精堂, 1985, p.28.

26) 宮坂覺, 「『大川の水』論」, 『国文学』, 学灯社, 1992.2, pp.66~67.

후 한 번도 죽음 따위 생각해 본 적이 없어' (「청년과 죽음과」· 全集 1 · p.58)라고 대답하고 있다. 또한 「금병매」 중에는 서문경이 '죽음의 공포를 알고 있다. 어쩌면 내가 알고 있는 것은 죽음의 공포뿐인지도 모른다'라고 말하는 반면, 반금련은 '밤이 깊어지면 죽음이 온 마을을 헤매고 있데 … 중략 … 사실 터무니없는 거짓말이라 생각되지만, 이렇게 혼자서 서 있으니까 왠지 그 말이 사실인 것 같은 기분이 들어'(「금병매」, 『芥川龍之介未定稿集』 · p.176, p.179)라고 말하고 있다.

특히 「금병매」에 관련해서 요시다 토시히코(吉田俊彦)는 '죽음의 문제에 집착하면서 자신의 생활원리를 정리하려는 서문경의 이론적 사색과 그 문제를 망각의 저편에 덮어 버리려는, 화재를 돌리려고 하는 반금련의 반사적 정서와의 대조성에 의해 구체적으로 그려져 있다'[27]라고 서술하고 있듯이, 서문경과 청년A의 말, 그리고 반금련과 청년B의 말 사이에 보이는 이러한 모순은 아쿠타가와가 어릴 적부터 죽음을 인식하고 있었으며, 동시에 그 죽음에서 벗어나 살아가고자 하는 삶의 원망(願望)을 갖고 있음을 엿볼 수가 있다.

이처럼 아쿠타가와는 어머니의 부재에서 오는 죽음을 항상 인식하고 있다. 그리고 이러한 죽음은 단순히 타인의 일이 아니라, 자신의 일-즉, 죽음의 유전-로 받아들이고 있는 것이다. 그러나 그의 내부에는 이러한 '죽음'과 '삶'이 서로 공존하면서도, 한편으로 삶을 지향하려고 하는 적극적인 자세를 갖게 되는데, 다음해 1915년 4월, 『제국문학』에 발표한 「광대탈」은 지금까지 작품에 나타나 있는 죽음과 달리, 아쿠타가와에게 있어서 삶을 향한 하나의 방법론을 제시하고 있다.

---

27) 吉田俊彦, 『芥川龍之介-『偸盗』への道-』, 櫻風社, 1987, p.24.

작품 내용은 전체적으로 주인공 야마무라 헤이키치(山村平吉)가 꽃놀이 배 안에서 바보 춤을 추던 중, 광대탈을 쓴 채로 뇌일혈로 죽는 장면이 그려져 있다. 헤이키치는 평소 동그란 얼굴에 머리는 조금 벗겨진, 눈가에 잔주름이 생긴, 어딘가 익살스러운 데가 있는 남자로, 누구에게도 저자세인 사람이지만, 술을 마시면 맨 정신일 때와는 달리, 대범해지며 왠지 모르게 누구 앞에서라도 거리낌이 없다. 춤추고 싶으면 춤추고, 자고 싶으면 잠자고 완전히 다른 사람으로 되어 버린다. 그리고 '그 기억이 남아 있는 자신과 지금의 자신을 비교하면, 아무래도 같은 인간'이라고는 생각할 수가 없으며, 급기야 자기 자신도 '어느 쪽 헤이키치가 진짜 헤이키치인지 물으면, 그 또한 전혀 알 수가' 없다.

> 그래도 바보 춤은 좋다. 노름을 하고, 여자를 산다. 어쩔 때면 여기에 일일이 다 열거할 수 없는 짓거리를 한다. 그런 짓을 하는 자신이 제 정신인 자신이라고 생각할 수가 없다. Janus라는 신에게는 머리가 두개 있다. 어느 쪽이 진짜 머리인가 알고 있는 자는 아무도 없다. 헤이키치도 마찬가지이다. 평상시 헤이키치와 술에 취할 때 헤이키치와는 전혀 다르다고 말하였다. 평상시 헤이키치만큼 거짓말을 하는 인간은 없을 것이다.
>
> 「광대탈」· 全集1 · p.118

헤이키치는 취해도 평상시의 자신이라고 생각할 수 없으며, 맨 정신일 때에도 매일같이 태연스럽게 거짓말을 하고 있다. 바꾸어 말하면 이것은 헤이키치의 삶이 일상 세계에서 자신의 본 모습을 철저히 감추지 않으면 살아갈 수 없다는 것을 말하고 있다.

사카이 히데유키(酒井英行)는 '거짓말을 하는 것은 다른 사람이 되었다는 것과 같은 뜻이다. 거짓말을 하는 것에 의해 참다운 자신을 감추고, 다른 사람이 된다. 세상 사람들로부터의 자기 은폐, 자기 방어이다'[28]라고 서술하고 있지만, 이러한 헤이키치 삶은 아쿠타가와에게 있어 일상 세계 속에 살아가기 위한 하나의 삶의 방법이었던 것이다. 즉 아쿠타가와는 자신과 다른 사람인 제 2의 자아[29]를 만들어 그 속에 자신의 모습을 감춤으로서 자신을 둘러싼 일상 세계-생모의 광기에 의한 죽음, 그리고 양가 사람들의 에고이즘-를 벗어나고자 하였다. 그러나 이러한 수동적인 삶의 방법은 그 스스로도 이미 한계를 나타내고 있는데, 왜냐하면 그것은 헤이키치의 죽음에 의해 비극적 결말을 맞이하고 있기 때문이다.

'가면을… 가면을 벗겨줘… 가면을' 촌장과 이발소 주인은 떨리는 손으로, 수건과 가면을 벗겼다. 그러나 가면 속에 감추어져 있었던 헤이키치 얼굴은 이미 보통 때의 헤이키치 얼굴이 아니었다. 숨은 멈추고,

---

28) 酒井英行, 『芥川龍之介-作品の迷路-』, 有精堂, 1993, p.18.

29) 아쿠타가와는 「어느 바보의 일생」의 〈35 어릿광대(道化人形)〉에서 '그는 언제 죽어도 후회없도록 열심히 생활할 계획이었다. … 중략 … 그는 어느 양복점 가게에 어릿광대가 서 있는 것을 보고, 얼마나 그도 어릿광대에 가까운가라는 것을 생각하기도 하였다. 하지만 의식 밖의 그 자신은 - 말하자면 제 2의 그 자신은 이미 이러한 마음을 어느 단편 속에 토로하고 있다'(〈35 어릿광대〉, 「어느 바보의 일생」· 全集9 · p.328)라고 말하고 있다. 여기서 사카이 히데유키는 '「어느 바보의 일생」의 〈35 어릿광대〉의 "어느 단편"은 「광대탈」(1915, 4)을 가리키고 있다고 생각한다'(酒井英行, 앞의 책, p.14)라고 서술하고 있듯이, 야마무라 헤이키치는 당시, 24살의 아쿠타가와의 자화상(〈제 2의 그 자신〉)라고 말할 수 있다. 이 이외에도 아쿠타가와의 '몹시 조심성이 많은' 성격은 마치 헤이키치의 '누구에게라도 저자세'인 성격과 상응하고 있다.

> 입술 색깔은 변했으며, 새파래진 이마에는 진땀이 흐르고 있다. 언뜻 봐서는 누구라도 이 사람이 그 애교 많고 익살스러운 말주변이 좋은 헤이키치라고 생각하는 자는 없었다. … 중략 … 단지 변하지 않은 것은 삐죽이 입을 빼물면서 멍한 얼굴을 선실에 있는 빨간 담요 위로 고개를 든 채, 조용히 헤이키치 얼굴을 쳐다보고 있는, 좀 전까지 그가 썼던 광대탈뿐이었다.
>
> 「광대탈」· 全集1 · p.121

헤이키치가 죽기 직전, 광대탈을 벗은 얼굴은 '숨은 멈추고, 입술 색깔은 변했으며, 새파래진 이마에는 진땀이 흐르고 있는' 얼굴이었다. 그러나 이 얼굴이야말로 그가 일생 동안 숨기고 있었던 그의 참다운 모습이었다. 그러므로 평소 때 헤이키치의 애교가 있는 익살스러운 얼굴은 바로 정상이라고 생각되지 않은 자신과 매일 거짓말을 하는 광대탈 그 자체였다고 볼 수 있다. 또한 이시와리 토루가 '실체가 불명하고, 맨 얼굴로는 항상 거짓말을 하고 있는 듯 생각하는 인간, 비참이나 고뇌를 도가(道家)의 가면으로 감추고 있던 사이에, 가면은 어느덧 맨 얼굴의 표정이 되어 자신의 실체와 착각해 버렸던 것이다. 그러한 허망한 모습이 아쿠타가와가 본 현실 세계에 살아가는 인간의 모습이었다'[30]라고 언급한 것처럼, 헤이키치의 수동적인 삶은 단지 일상세계 속에 주어진 자신의 운명을 회피하며 살아갔을 뿐, 자신의 운명까지 극복하지는 못한 한계점을 드러내고 있다고 보아야 할 것이다.

그러한 의미에서 앞으로 논할 「라쇼몬」에 등장하는 주인공 하인은 이러한 「광대탈」에 나타난 헤이키치의 삶의 방법과는 달리 자신의 운

---

30) 石割透, 앞의 책, p.46.

명을 능동적으로 극복하려고 하는 새로운 삶의 방법을 제시하고 있다. 그리고 하인의 삶의 자세는 앞으로 아쿠타가와가 주어진 운명-생모의 광기와 죽음, 양가 사람들의 에고이즘-에서 벗어나 적극적으로 자신의 운명을 개척하려고 하는, 다시 말해 죽음에서 벗어나 삶을 그리고 에고이즘에서 자유를 추구하고자 하였다.

2.2 「라쇼몬」, 삶의 세계로의 출발

▲ 아쿠타가와(오른쪽에서 두번째)와 제4차「新思潮」동인들

1915년 11월, 아쿠타가와는 『제국문학』에 「라쇼몬」을 발표하였다. 일찍이 에구치 칸(江口渙)은 '모든 장점이 자연스럽게 교차해 나타나 있는 점에서 그 준처녀작인 「라쇼몬」은 칭찬해 마지않는 작품'이다(『마이니치신문(毎日新聞)』, 1917년 6월 28일 제재)라고 말하고 있으며, 요시다는 '그 이전의 습작을 종합해서 한 걸음 성장하였다고 말할 수 있다. 그리고 이후의 역사소설군의 문학적 가치를 이룬 점에서나, 그의 작품 세계를 명확히 정한 점에서도 그의 문학에 있어 출발점을

이룬 작품으로서 중요한 위치를 인정하지 않으면 안 된다'[31]고 말하고 있고, 정인문은 '모티브에 관해서는 작가 자신의 설명(「그 당시 자신의 일(あの頃の自分の事)」, 1919)에 따라, 1915년 초 파경에 이른 연애와 관련을 중시하는 통설에 대해 1914년 가을, 감상적인 것에서 생명적인 것으로 옮긴 예술관 상의 변화와의 관련성을 보는 견해도 있다'[32]고 언급하고 있다.

이처럼 「라쇼몬」은 아쿠타가와 연구에 있어서 중요한 위치를 차지하고 있으며, 그것을 증명이나 하듯 지금까지 수많은 연구자들에 의해 논문이 200편 이상 나올 만큼 연구가 계속되어져 왔다. 또한 지금까지「라쇼몬」에 관한 연구는 작품 자체 분석보다는 당시 아쿠타가와의 문제(특히 연애문제)와 관련지어 논해온 것이 대부분이었다. 특히 본고에서는 위의 연구자들이 「라쇼몬」을 아쿠타가와의 문학에 있어 '문학적 출발'이나 '예술관 상의 변화'라고 말하고 있는데, 이것은 그의 이전 작품에서는 볼 수 없었던 새로운 문학 창작을 시도한 점에서 의의가 크다고 볼 수 있다.

따라서 이 점을 착안하여 당시 아쿠타가와와 관련하여 과연 그의 문학 창작에 있어 출발이나 변화가 무엇인지 구체적으로 논하고자 한다. 우선 아쿠타가와가 「라쇼몬」을 쓰게 된 경위에 대해서 다음과 같이 서술하고 있다.

> 당시 쓴 소설은 「라쇼몬」과 「코」두 작품이었다. 나는 반년쯤 전부터 불쾌하게 구애받던 연애문제의 영향으로, 혼자 있으면 기분이 침울해

---

31) 吉田精一, 앞의 책, p.76.
32) 정인문, 『芥川龍之介 作品研究(1)』, 제이앤씨, 2001, p.8.

져 그 반대로 가능한 한 현실에서 벗어난, 가능한 한 유쾌한 소설을 쓰고 싶었다. 그래서 우선 『옛날 이야기(今昔物語)』에서 재료를 얻어 두 개의 단편을 썼다. 썼다고 해도 발표한 것은 「라쇼몬」뿐이고, 「코」쪽은 도중에 포기하고 한동안 정리하지 않았다.

「그 당시 자신의 일」(別稿) · 全集2 · p.460

아쿠타가와는 「라쇼몬」의 창작동기로서 '나는 반년쯤 전부터 불쾌하게 구애받던 연애문제'를 말하고 있다. 여기서 연애문제는 말할 필요도 없이 요시다 야요이와의 실연문제이며, 동시에 양가 사람들의 에고이즘 자각이라 할 수 있다. 또한 그는 '혼자 있으면 기분이 침울해져 그 반대로 가능한 한 현실에서 벗어난, 가능한 한 유쾌한 소설'이라고 말하고 있는데, 여기에서 '현실에서 벗어난 가능한 한 유쾌한 소설'이란 것이 곧 「라쇼몬」과 「코」라고 볼 수가 있다. 그러나 작품 내용에 나타난 시대적 배경이나, 하인의 내적 갈등, 노파의 행위나 말 등을 살펴보면 「라쇼몬」은 결코 '유쾌한 소설'이라 볼 수가 없다.

그렇다면 과연 '유쾌한 소설'이라는 것이 무엇을 의미하고 있는가에 관해서, 미요시 유키오는 '「라쇼몬」이 성립하기 위해서, 실연의 체험은 부드러운 방아쇠였다. 그것은 부정할 수 없다하더라도 그 체험이 없었다면 「라쇼몬」세계는 불가능하였다고는 결코 말할 수 없다'[33] 라고 지적하고 있듯이, 「라쇼몬」의 창작동기가 그의 실연문제와 양가 사람들의 에고이즘 자각 이외에 또 다른 동기가 있는 것이 아닌가 추측된다. 그리고 그 동기야말로 그가 쓴 '유쾌한 소설'과 직접적인 관련

---

33) 三好行雄, 앞의 책, p.53.

이 있다고 생각할 수가 있다. 아쿠타가와는 「라쇼몬」 집필 중[34), 이가와 쿄에게 보낸 편지에 다음과 같이 쓰고 있다.

> 가끔은 몹시 외롭지만 어쩔 도리가 없다. 그 대신 지금까지의 나의 경향과는 반대인 것이 흥미를 끌기 시작했다. 나는 요즘 거칠어도 힘이 넘치는 작품이 재미있어졌다. 왜 그런지 나 자신도 잘 모른다. 단지 그런 작품을 읽고 있으면 외롭지 않은 거 같다.
>
> 井川恭宛 · 1914년11월30일

여기에 쓰인 '가끔은 몹시 외로움에 어쩔 도리가 없다. 그 대신 지금까지의 나의 경향과는 반대인 것에 흥미를 끌었다'라는 말은 '혼자 있으면 기분이 침울해져 그 반대로 가능한 한 현실에서 벗어난'(「그 당시 자신의 일」)이라는 말과 유사하다는 것을 알 수 있다. 그리고 '나는 거칠어도 힘이 넘치는 작품이 재미있어졌다'에서 '재미'라는 말은 '가능한 한 유쾌한 소설'의 '유쾌'라는 단어를 상기시키고 있다. '거칠어도 힘이 넘치는 작품'은 '유쾌한 소설'이며, 이것은 곧 「라쇼몬」의 중요한 창작동기가 된 것으로 생각할 수 있는 것이다.

그렇다면 '거칠어도 힘이 넘치는 작품'이라는 것은 구체적으로 무엇

---

34) 1914년 3월 10일 아쿠타가와는 이가와에게 보낸 편지에서 '한 일주일 전에 스가모(巣鴨)에 있는 정신병원에 갔더니 … 중략 … 그 다음에 의학 해부를 보러 갔다. 20구의 시체에서 발산하는 악취에 질리지 않을 수 없었다'라고 쓰고 있으며, 그것은「어느 바보의 일생」속에 '그는 그 시체를 바라보고 있었다. 그것은 그에게 어느 단편을,-왕조시대를 배경으로 한 어느 단편을 완성하기 위해서 필요하였던 것이 틀림없다'(〈9 시체(死體)〉, 「어느 바보의 일생」 · 全集9 · p.315)와 중복되고 있다. 따라서 어느 단편(「라쇼몬」)의 성립 시기는 1914년 3월 시체 견학에서 1915년 11월에 발표할 때까지의 사이였다고 볼 수 있다.

을 가리키고 있는지, 여기서 하라 젠이치로의 편지를 인용해 보고자 한다.

화가는 역시 마티스를 좋아합니다. 제가 본 몇 장 안 되는 그림으로 판단해 지장이 없다면 정말로 위대한 예술가라고 생각합니다. 제가 원하고 있는 것은 그러한 예술입니다. 햇살을 받아 쑥쑥 뻗어가는 풀과 같이 생명력이 넘치는 예술입니다. 그런 의미에서 예술을 위한 예술은 반대입니다. 얼마 전 제가 썼던 감상적인 문장이나 노래와는 영원히 이별입니다.

原善一郎宛 · 1914년11월14일

또한 아쿠타가와는 고흐의 사진 화보[35]를 보고, 예술적 자각[36]을 얻

---

35) 아쿠타가와는 「어느 바보의 일생」에서 '그는 갑자기-그것은 실제로 갑자기였다. 그는 어느 책방 서점 앞에 서서, 고흐의 화집을 보고 있는 사이에 갑자기 그림이라는 것을 이해하였다. 물론 그 고흐 화집은 사진판이었음이 틀림없다. 하지만 그는 사진판 속에서도 선명하게 떠오르는 자연을 느꼈다. 이 그림에 대한 열정은 그의 시야를 새롭게 하였다. … 중략 … 23세의 그의 마음속에는 귀를 자른 네덜란드인이 한사람, 긴 파이프를 문 채로, 이 우울한 풍경화 위에 물끄러미 날카로운 눈으로 바라보고 있었다'(〈7 그림(畵)〉, 「어느 바보의 일생」 · 全集9 · p.314)라고 서술하고 있다.

36) 예를 들어, 아쿠타가와는 괴테나 톨스토이라는 그들 작품에 대해서 '내가 살려고 하는 용기를 느낀 것은 정말로 이런 순간이다. 그들 영혼의 하나로서 고뇌의 오욕을 띄지 않을 수 없다. 게다가 또한 천상의 미소는 항상 그 면에 비추고 있는 것을 본다. 그들은 이미 살려고 악투를 하였다. 나는 어찌 창이 부러진 방패를 꺾는 것을 불사하지 않겠느냐. 나를 내몰아 창작으로 향하게 한 것은 이러한 감격이다'(佐木茂索宛 · 1919년 7월 31일)라고 쓰고 있다. 이것과 관련해서 에비이 에이지는 '이 정신적 혁명의 내실, 즉 감상(感傷)적인 것을 초극하여 생명력이 넘치는 것으로의 비상이라는 자아 각성의 드라마를 그대로 작품화한 것이, 다음해 「라쇼몬」(『제국문학』1915, 11)이였다고 말할 수 있다'(海老井英次, 『芥川龍之介 -人と文学-』, 勉誠出版, 2003, p.31)라고 지적하고 있다.

었다고 말하고 있는데, 이 예술적 자각은 '햇살을 받아 쑥쑥 뻗어가는 풀과 같이 생명력이 넘치는' 곳에 있으며, 그림에 그려져 있는 이 '생명력이 넘치는' 것이야말로 '거칠어도 힘이 넘치는 작품'이라고 말해도 될 것이다. 따라서 그가 말한 '유쾌한 소설'이란 지금까지 삶의 부정, 다시 말해 죽음에 대한 감상적 초기작품이 아닌, 삶을 향한 새로운 문학창작이라는 것을 알 수 있다. 그리고 그 '생명력이 넘치는' 문학에서 비로소 '제가 원하고 있는 것은 그러한 예술입니다'라고 아쿠타가와는 말하고 있는 것이다.

이처럼 삶의 긍정을 통해서 그의 새로운 문학창작-예술지상주의-이 시작되었다고 말할 수가 있다. 특히 1916년경으로 추정되는 그의 편지에는 '때때로 나를 엄습하는 죽음의 예감만큼 이상한 느낌은 없다. 나는 이것을 누구든지 이해한다고는 도저히 생각할 수가 없다. … 중략 … 죽기 전에 빨리 삶의 프로그램을 끝내 두자 그런 생각이 종종 든다. 이것으로 글을 쓰게 된 후 네 번째 소설을 쓰게 된 것이다'라고 쓰여 있는데, 여기에서 그가 말한 '삶의 프로그램'로서 쓰인 네 번째 소설을 발표순으로 살펴보면 「노년」(1914. 5, 『신사조』), 「청년과 죽음과」(1914. 9, 『신사조』), 「광대탈」(1915. 4, 『제국문학』), 「라쇼몬」(1915. 11, 『제국문학』)으로 「라쇼몬」이 네 번째에 해당된다.

따라서 아쿠타가와는 「라쇼몬」의 창작을 계기로 '지금까지 제가 썼던 감상적인 문장이나 노래와는 영원히 이별입니다'라고 서술하고 있으며, 그것은 지금까지 그의 초기작품에 나타난 추상적 · 감상적 · 서정적인 죽음의 종언과 함께 앞으로 삶의 세계로 들어가려고 하는 의지, 정열을 보이고 있다고 말할 수가 있다.

게다가 「라쇼몬」은 그의 친구들에게도 혹평[37]을 받았고, 발표 당시에는 거의 주목을 받지 못했음에도 불구하고, 그는 '「라쇼몬」은 당시 어느 정도 자신있는 작품이었습니다'(江口渙宛 · 1917년 6월 30일)라고 말하고, 1917년 5월 23일, 제 1단편집 『라쇼몬』의 표제로서 권두에 「라쇼몬」을 장식하고 있다. 그러므로 그의 준 처녀작으로서「라쇼몬」은 주위의 평가보다 작가 자신에 의한 평가가 높은 작품이며, 이후 그의 문학창작에 있어서 예술적 출발로서 자리매김을 하고 있다고 생각할 수가 있다.

그렇다면 과연 그의 새로운 문학창작, 즉 후쿠의 죽음에서 삶으로 그리고 양가 사람들의 에고이즘에서 자유를 향한 인식의 전환이 구체적으로 「라쇼몬」에 어떻게 나타나고 있는지 살펴보고자 한다.

> 어느 날 해질 무렵이었다. 한 하인이 라쇼몬 아래서 비가 그치기를 기다리고 있었다. 넓은 문간에는 이 사나이 말고는 아무도 없었다. 다만 여기저기 단청이 벗겨진 커다란 원기둥에 귀뚜라미 한마리가 앉아 있을 뿐이었다. 라쇼몬이 주작대로에 있는 이상, 이 사나이 이외에도 비가 그치기를 기다리는 이치메 삿갓이며 부드러운 건(巾) 모양의 모자를 한 사람이 두 세 사람 더 있을 법하다. 그런데 이 사나이 외에는 아무도 없었다.
>
> 「라쇼몬」 · 全集1 · p.127

37) 당시의 일은 아쿠타가와가 '「광대탈」이나 「라쇼몬」도 『제국문학』에 발표하였다. 물론 두 작품 모두가 누구에게도 주목을 끌지 못했다. 완전히 묵살당했다'(「소설을 쓰게 된 것은 친구의 선동에 의한 것이 많다(小說を書き出したのは友人の扇動に負ふ所が多い)」 · 全集2 · p.474), '당시 제국문학의 편집자였던 아오키 켄사쿠(青木健作)씨의 호의로, 간신히 활자가 될 수 있었지만, 6호 비평에조차 오르지 못했다'(「그 당시 자신의 일」(別稿) · 全集2 · p.460)라고 술회하고 있다.

하인에게 있어서 라쇼몬[38] 아래는 일상 세계라고 볼 수 있다. 그리고 그가 서 있는 일상세계에는 '비'가 내리고 있다. 에비이 에이지는 '이 비는 라쇼몬 그것에 의해 상징된 인간의 영위(문명)를 부패시키고, 멸망시키는 자연 그것인 것이다'[39]라고 언급하고 있지만, 이러한 일상 세계는 에비이가 말한 '비'뿐만 아니라, '2, 3년 동안 교토에는 지진이며 폭풍이며 기근 같은 재화가 잇따라 일어'나, 그것으로 인해 '마침내는 연고자가 없는 시체를 이 문에다 갖다버리는 습관마저 생긴' 죽음의 세계[40]인 것이다. 이러한 죽음의 일상세계에 둘러싸인 하인은 현재 '갈 곳이 없어서 어찌할 바를 모르'고, 이대로 죽음의 세계에서 죽어가야 할 것인가. 그렇지 않으면 죽음의 세계에서 빠져 나와 삶의 세계로 가야 할 것인가라는 양자택일에 놓여 있다.

> 어떻게도 할 수 없는 일을 어떻게든 해보기 위해서는 수단을 가릴 겨를이 없다. 그것을 가리다간 담 밑이나 길바닥에서 굶어 죽을 뿐이다. 그리하여 이 문 위로 실려 와서 개처럼 버려지게 마련이다. 가리지 않

---

38) '라쇼몬'에 관해서, 에비이 에이지는 '문이라는 것은 어떤 세계로의 입구이며, 또는 어떤 공간으로의 출구이며, 두 개의 세계를 가르는 경계인 것과 동시에 두 세계의 교류, 교차하는 장소이기도 하다. 아쿠타가와 작품 속에서 우선 『라쇼몬』(1915)이 상기될 것이다. … 중략 … 여기에 있어 문은 단순히 경계로서 그것이 아닌, 오히려 인간의 본질적인 자세를 묻고, 확인하는 드라마의 무대로서 공간적인 의미를 갖게 하는 장소라고 말할 수 있다'(海老井英次, 「芥川龍之介語彙集」, 『国文学』, 学灯社, 1994.4, p.112)라고 언급하고 있듯이, '라쇼몬'은 단순히 문이라는 배경으로서의 역할보다는 삶과 죽음의 입구이자 출구로서의 의미를 갖고 있다고 보아야 할 것이다.

39) 海老井英次, 앞의 책, p.85.

40) 미요시 유키오 또한 '류노스케가 그린 라쇼몬은 죽음의 세계, 아니 죽어가는 어떤 세계의 상징이다'(三好行雄, 앞의 책, p.60)라고 서술하고 있다.

는다면 … 중략 … 하인은 수단을 가리지 않겠다는 것을 긍정하면서도 이 '한다면'을 처리하기 위해서는 마땅히 그 뒤에 올 '도둑이 될 수밖에 없다'는 것을 적극적으로 긍정할 만한 용기를 내지 못하고 있는 것이다.

「라쇼몬」 · 全集1 · p.129

사실 하인은 '여러 해 섬기고 있던 주인으로부터 해고'되어, 문아래 -일상 세계-에서 '어떻게도 할 수 없는 일을 어떻게든 해보려'고 하고 있다. 다시 말해서 하인은 죽음으로 둘러싸인 일상 세계에 있어 '굶어 죽는가?'-삶의 부정-, 아니면 '도둑이 되는가?'-삶의 긍정-라는 양자 택일을 하지 않으면 안 된다. 그런데 하인은 지금 이러한 죽음과 삶의 경계에서 결정을 못 내린 채 망설이고 있다. 물론 굶어 죽는 것을 면하기 위해서는 도둑질을 하는 수밖에 없음을 알고 있다. 단지 하인은 살기 위해서 도둑질을 할 '용기'가 없는 것이다.

가사이 아키후(笠井秋生)는 '하인이 지금까지 알게 모르게 몸에 익혔던 상식적인 도덕감이 용기의 결여와 깊게 관련이 있는 것을 부정할 수 없다'[41]라고 서술한 것과 같이, 하인에게 있어서 도둑질을 하는 것은 일상세계의 '상식적인 도덕감'에서 벗어나는 행위이기도 하다. 그것은 하인이 살아가려고 해도 이 '상식적인 도덕감'을 배반하는 행위 -말하자면 악(惡)의 행위-이기 때문에 '용기'를 내지 못하고 있었던 것이다. 물론 곤노 사토루(今野哲)가 '하인이 선악의 좌표축을 확고하게 하는 것으로서 유지해 온 사회적 기반도 이미 존재하지 않는다. … 중략 … 교토(京都) 붕괴는 기성의 가치관 붕괴였다. 그 세계에

41) 笠井秋生, 『芥川龍之介作品研究』, 双文社出版, 1993, p.18.

있어서는 하인에게 있어 선악의 좌표축은 이미 보편적 유효성을 상실하고 있을 터이다'[42]라고 언급하고 있지만, 아직까지 하인은 용기를 갖지 못한 채, 봉건적인 제도에 속박되어 있다고 보아야 할 것이다.

한편, 문 아래에 있던 하인은 '비바람이 들이칠 염려가 없고, 사람들 눈에도 띄지 않는, 하룻밤 편하게 잘 수 있는 곳'을 찾으려고, 사다리를 타고 문 위로 올라간다. 그리고 그는 문 위에서 '자줏빛 옷을 입은 몸집이 작고 마른, 머리가 하얀 원숭이 같은' 노파가 여인의 시체에서 머리카락을 하나하나 뽑고 있는 모습을 발견하고, 노파에게 그 이유를 묻자, 노파는 다음과 같이 대답하고 있다.

> "이 머리카락을 뽑아서 말이야. 이 머리카락을 뽑아서 말이야. 가발을 만들려고 해" …중략… "물론 죽은 사람의 머리카락을 뽑는 것은 뭐 나쁜 일인지도 모르지. 하지만 여기 있는 시체들은 모두 그만한 것을 당해도 싼 사람들이야. …중략… 나는 이 여자가 한 일이 나쁘다고 생각하지 않아. 그렇게 하지 않으면 굶어 죽게 생겼으니 어쩔 도리가 없는 일 아닌가. 그러니 지금 내가 한 일도 나쁜 일로는 생각하지 않는단 말이야"
>
> 「라쇼몬」 · 全集1 · p.134

비록 노파의 말 속에는 그녀 자신의 행위를 합법화 · 정당화하고 있지만, 그녀가 여인의 시체에서 머리카락을 하나하나 뽑고 있는 행위-'도둑질을 하는 것'-는 문 아래에 있던 하인에게 있어서는 '상식적

---

42) 今野哲, 「『羅生門』論-生を希求するかたち-」(志村有弘 編, 『芥川龍之介「羅生門」作品論集成Ⅱ』, 大空社, 1995, pp.19~20).

인 도덕감'에 반하는 행위로 용서할 수 없는 악(惡)인 것이다. 그러나 노파의 삶의 논리, 즉 살아가기 위해서는 악의 행위를 하는 것도 할 수 없는 것이라는 말이야말로 오히려 자신이 처한 죽음의 일상세계 속에서 삶을 살아가기 위한 하나의 방법이었던 것이다. 미요시 유키오가 '하인에게 정말로 필요하였던 것은 용서할 수 없는 악을 용서하기 위해 새로운 인식의 세계, 초월적인 윤리를 보다 뛰어 넘는 윤리임이 틀림없다'[43]라고 지적하고 있다.

이러한 일상세계에 있어 노파의 상징적 행위(도둑질을 하는 행위)는 지금까지 하인이 문 아래에서 생각했었던 악의 행위('상식적인 도덕감'을 배반하는 행위)가 실은 일상세계에서 흔히 있는 행위라고 하는 인식의 전환, 다시 말해서 지금까지 하인에게 없었던 '용기'를 전해주는 역할을 하고 있는 것이다. 그것은 하인이 문 위에 올라갔을 때, 노파의 행위를 보고 '조금 전까지 자신이 도둑질을 하려던 심산이었던 것은 까맣게 잊고' 있었지만, 노파의 에고이즘적인 말에서 하인은 '좀 전에 문아래 있을 때는 이 사나이에게 없었던 용기'가 생긴 것이다. 즉 살기 위한 하인의 '용기'는 도둑질을 하는 것이 결코 악의 행위가 아니라는 것을 적극적으로 긍정하게 되었다고 볼 수가 있다.

따라서 이것은 죽음의 일상세계에 있어 하인이 삶의 부정에서 벗어나 새로운 삶에 대해 긍정하는 '용기'를 획득하였다고 말할 수가 있으며, 또한 이와 같은 '상식적인 도덕감'을 배반하는 행위야말로 하인 자신의 내면에 대한 반역이라고도 볼 수가 있다.

---

43) 三好行雄, 앞의 책, p.63.

"정말 그래" 노파의 말이 끝나자, 하인은 비웃는 것처럼 확인했다. 그리고는 한 발짝 앞으로 다가서더니 갑자기 오른손을 여드름에서 떼어 노파의 목덜미를 잡고는 물어뜯을 듯이 이렇게 말했다. "그럼 내가 네 옷을 벗겨가도 날 원망하지 않겠지. 나도 그렇게 하지 않으면 굶어 죽을 판이란 말이다" 하인은 재빨리 노파의 옷을 벗겼다. 그리고는 다리에 매달리려 하는 노파를 거칠게 시체 위로 걷어차 버렸다.

「라쇼몬」· 全集1 · p.135

그러한 의미에서 하인이 노파의 옷을 벗기고 그녀를 시체 위로 걷어찬 행동이 이즈 토시히코(伊豆利彦)가 말한 '자기=인간의 추악함을 정당화하고, 합법화하는 노파에 대해 반발하는 하인은 노파를 쓰러뜨리고, 벗겨낸 것에 의해, 이와 같은 합법성, 사회성과 정면으로 대립하는 장소로 자신을 내밀었다'[44]고 서술하였다. 그러나 만일 이즈의 말을 그대로 받아들인다면 '합법성, 사회성과 정면으로 대립하는 장소'는 다름 아닌 굶어죽을 수밖에 없는 죽음의 세계인 것이다.

그러므로 나중에 언급하겠지만, 하인이 도둑질하러 가는 모습(삶을 지향하는 모습)을 유추해 본다면, 이러한 주장은 타당하지 않다고 볼 수 있다. 즉 하인이 노파의 옷을 벗기는 행동에 의해 자신의 인식의 전환 -'도둑이 되는' 것은 악이 아니다-을 현실적, 적극적인 행동으로 나타내고 있으며, 또한 하인의 인식의 전환이 단지 내면에 머무르는 것이 아니라 외면까지 구체적으로 나타내고 있는 것이다. 그 결과 앞으로 하인이 향하는 세계-문 아래(죽음의 세계)-또한 이러한 인식의

---

44) 伊豆利彦, 「芥川龍之介-作家としての出發の一考察-」(吉田精一, 『近代作家研究叢書 21』, 日本図書センタ , 1984, p.269)

전환에 의해 새로운 세계-문 아래(삶의 세계)-로 바뀌어 가고 있음을 알 수 있다.

> 하인은 빼앗은 다갈색 옷을 옆구리에 끼고 번개같이 가파른 사다리를 밟고 어둠 속으로 뛰어 내렸다. …중략… 노파는 중얼거리는 것 같기도 하고 신음하는 것 같기도 한 소리를 내며 아직도 타고 있는 불빛에 의지해 사다리 입구까지 기어갔다. 그리고 거기서 짧은 백발을 떨어뜨리며 문 아래를 살펴보았다. 밖에는 다만 칠흑 같은 밤이 있을 뿐이다. 하인이 어디로 갔는지는 아무도 모른다.
>
> 「라쇼몬」· 全集1 · pp.135~136

특히 소설 마지막 부분은 '하인이 어디로 갔는지는 아무도 모른다'로 결론지어져 있지만, 실은 당시 『제국문학』에 발표된 「라쇼몬」에서는 '하인은 이미 비를 무릅쓰고, 교토 마을로 강도짓하려고 서두르고 있었다'[45]라고 쓰여져 있다.

마스기 히데키(眞杉秀樹)는 '노파의 이론을 형이하학적 수준에 있어 찬탈한 하인이 재차 향하는 곳이 같은 의미에서의 내부(여기에서는 도성 안)라고는 결코 생각할 수 없다. … 중략 … 노파는 칠흑 같은 밤을 거꾸로 들여다보는 것에 의해 전도된 새로운 세계의 양상을 바라보기 시작하였다고 말할 수 있다'[46]라고 서술하고 있듯이, 하인이

---

45) 완성본인「라쇼몬」(『코(鼻)』· 春陽堂 · 1918년 7월)에 이르러, 현재와 같은 '하인이 어디로 갔는지는 아무도 모른다'라고 쓰여져 있다.

46) 眞杉秀樹, 「『羅生門』の記号論」, 『解釋』, 教育出版センター, 1989, p.34, p.39. 또한 세키구치 야스요시도 '하인은 몹시 불쾌한 행동력으로, 재롭게 태어나, 어둠 속으로 뛰어 내려간다. 그곳은 하인이 지금까지 속해 있던 질서있는 세계가 아닌,

문 아래로 도둑질하러 가는 것에 의해 죽음의 일상 세계는 삶의 일상 세계로 새롭게 바뀌고 있다.

그러한 의미에서 최초의 문 아래와 현재의 문 아래는 같은 문 아래라고 해도 전혀 다른 반대의 개념을 가지고 있는데, 이것은 하인의 문 위에서의 정신적 혁명과도 같은 인식의 전환에 의해서 가능하였다고 볼 수 있다. 즉 아쿠타가와는 「라쇼몬」을 시작으로 이전까지 초기 작품에 나타난 일상 세계에 둘러싼 죽음은 막을 내리고, 새로운 문학창작 다시 말해서 삶과 자유를 향한 예술지상주의로의 출발이 시작[47]되었던 것이다.

이와 같이 아쿠타가와는 일생 동안, 후쿠의 광기에 의한 죽음에 공포를 느꼈으며, 동시에 자신과 요시다 간의 첫사랑 실패를 통해 인식한 양가 사람들의 에고이즘이라고 하는 전근대적 규칙과 윤리에 속박당하며 살아 왔다. 특히 후쿠의 광기에 의한 죽음은 자신 또한 언젠가 광기의 유전에 의해 죽을지도 모른다는 불안을 갖게 되었다. 그 예로 그의 초기 작품에는 의식적이든 무의식적이든 이러한 죽음의 공포가 추상적 · 감상적 · 서정적으로 일관되게 나타나 있음을 알 수 있다.

그러나 아쿠타가와는 스스로 자신의 주어진 운명에 순응하지 않고 벗어나고자 노력하였다. 다시 말해 그는 부모에게서 받은 유전, 즉 광

무질서이면서 활기가 가득 찬 자유로운 세계였다. 하인은 과거의 자신을 버리고, 반역의 논리로 몸을 휘감고, 사는 것을 결의하였다'(關口安義, 「『羅生門』-反逆の論理獲得の物語-」, 『国文学』, 学灯社, 1992.2, p.76)라고 서술하고 있다.

47) 그러한 의미에서 코마샤쿠 키미는 '원래 아쿠타가와의 예술지상이라는 것은 인생을 어떻게 살아가야 하는가라는 자기 문제를 중심으로 직접 이끌어 낸 회답인 것이었다. 그것은 예술관인 동시에 인생관이었다'(駒尺喜美, 앞의 책, p.200)라고 서술하고 있다.

기의 유전을 천재의 유전이라고 규정함으로서 비극적 운명인 광기에 의한 죽음에서 천재에 의한 삶으로 나아가고자 하였다. 그런 과정에서 그는 자신의 유전이 광기가 아닌 천재의 유전임을 증명할 필요가 있었다. 그 결과 지금까지 그의 초기 작품과는 다른 새로운 문학창작 세계, 말하자면 예술지상주의가 출발하였던 것이다.

또한 이것은 자신의 문학창작에 나타난 '찰나의 감동'을 독자로 하여금 자신이 천재임을 증명하는 것과 동시에 양가 사람들의 에고이즘에서 자유로 가기 위한 수단으로서 허구 세계인 문학을 선택함으로서 일상 세계를 벗어나고자 한 것이다. 따라서 아쿠타가와의 예술지상주의는 1915년 자신의 새로운 문학창작인 「라쇼몬」을 시작으로 생모의 광기에 의한 죽음 그리고 양가 사람들의 일상 세계에서의 에고이즘을 천재에 의한 삶과 자유를 얻고자 하였다.

아쿠타가와는 제1창작집 『라쇼몬』 발문에서 '자신은 「라쇼몬」 이전에도 몇 개의 단편을 썼다. 아마 미완성 작품을 합하면 이 작품집에 들어갈 작품은 두 배 이상이 될 것이다'라고 말하고 있다. 다시 말하면 그는 「라쇼몬」 이전의 작품-초기작품에 해당하는 많은 작품-을 제1창작집인 『라쇼몬』에 실지 않았다. 그것은 아마도 초기작품에 나타난 죽음의 세계가 그의 문학 세계와 서로 상응하지 않았기 때문일 것이다.

즉 그의 첫 창작집에 작품 「라쇼몬」을 그대로 실은 점에서도 알 수 있듯이, 이 「라쇼몬」이야말로 그의 초기 작품에 투영되었던 죽음의 세계를 뛰어 넘어, 새로운 인식의 전환을 통한 삶의 세계로 나아가는 시발점이었던 것이다. 그리고 이러한 예술지상주의는 앞으로 그의 문학 창작 속에 등장하는 광인(狂人)과 우인(愚人)을 천재(天才)와 성인(聖人)으로 승화시킴으로써 더욱 구체화하고 있다.

III
'광인(狂人)'과 '우인(愚人)'의 예술지상주의의 획득

1. 광인(狂人)의 예술지상세계 획득 과정 -「지옥도」를 중심으로

▲ 20세 후반의 아쿠타가와

아쿠타가와는 20살 때, 어느 서점에서 '인생은 한 줄의 보들레르보다 못하다'(〈1 시대(時代)〉, 「어느 바보의 일생」)라는 인상을 말한 바 있다. 이것은 앞으로 아쿠타가와의 예술지상주의를 한마디로 요약한 말로 생각할 수가 있는데, 1918년 5월에 발표한 「지옥도」는 그의 예술지상주의를 구체화한 작품이라 하겠다. 같은 해 2월 2일 쓰카모토 후미(塚本文)와 결혼, 오사카 마이니치신문사와의 사우계약 등 당시 정신적 여유가 있었던 아쿠타가와는 「지옥도」와 관련해서 '지옥도는 과장된 면이 있어 쓰면서도 꺼림칙해서 견딜 수 없습니다'(小島政二郎宛 · 1918년 5월 16일), '마음에 들지 않는 작품이지만, 내친김에 하는 수 없습니다'(薄田淳介宛 · 1918년 4월 24일)라고 말하고 있다.

그러나 마사무네 하쿠쵸(正宗白鳥)는 '나는 내가 읽은 범위 내에서 이 한편을 가지고 아쿠타가와 류노스케의 최고의 걸작으로서 추천하는 것에 주저하지 않는다. 메이지 이후 일본문학에 있어서도 특이한 광채를 빛내는 명작이다. … 중략 … 아쿠타가와 류노스케가 가지고 태어난 재능과 수십 년간의 수업이 이 한편에 결정되어 있다'[1]라고 서술한 것과 같이, 그의 생애에 있어서 예술지상의 하나의 정점을 이루고 있다고 볼 수가 있다.

그리고 카츠쿠라 토시가즈(勝倉壽一)는 '예술가를 그린 소설로써「게사쿠 삼매경」(1917. 10,『오사카 매일신문(大阪毎日新聞)』),「마른 들녘기(枯野抄)」(1918. 10,「신소설(新小說)」),「늪지(沼地)」(1919.5,「신조(新潮)」)등의 계보를 대표하는 것으로, 예술적 영광과 현재의 질곡 간의 상극을 초월한 아쿠타가와의 예술지상주의 소재를 선명하게 그린 것으로써 높은 평가를 얻고 있다. 따라서 연구사를 돌이켜보아도, 성립사정, 소재, 형상(形象), 주제, 세계관 등의 작품 형성에 관한 주요한 문제점은 거의 규명된 상태이며, 부분적인 해석에 있어 여전히 다른 의견이 포함되었다 하더라도 전체로써의 통설화된 이해 방향으로 정착되어 왔다고 볼 수 있다'[2]라고 언급하고 있듯이, 지금까지「지옥도」에 관련된 연구는 일반적으로 아쿠타가와의 문학 창

1) 正宗白鳥,「芥川龍之介」(中島隆之 編,『文芸讀本 芥川龍之介』, 河出書房, 1975, pp.48~49).
2) 勝倉壽一,「地獄変」,『芥川龍之介の歴史小説』, 教育出版センター, 1983, p.153.

작에 있어 예술지상주의를 대표하는 작품으로 평가받고 있다.

특히 작품 내용상 살펴보면 요시다 세이이치가 '광기에 가까운 예술지상주의'[3]라고 서술하고 있듯이, 이것은 정확하게 주인공 요시히데(良秀)의 광기를 지적한 것이라고 볼 수 있다. 가사이 아키후는 '요시히데의 예술은 가장 사랑한 딸을 태워 죽인다고 하는 매우 비도덕적인, 비인간적인 행위에서 완성된 것이다'[4]라고 언급한 바, 광인의 비도덕적인, 비인간적인 광기야말로 그의 예술지상 경지에 이르는 조건이라고 말할 수가 있다.

따라서 본 절에서는 「지옥도」의 광인에 나타난 주인공뿐만 아니라 '기독교소설'의 주인공에 나타난 상징을 살펴봄으로서 아쿠타가와의 예술지상론이 단순히 문학에 있어서 예술지상뿐만 아니라, 종교로서 승화된 모습을 살펴보고자 한다.

1.1 광인의 비인간성

일반적으로 아쿠타가와는 예술지상주의 작가라고 불리고 있다. 그러나 그에게 있어서 문학창작은 자신의 광기가 천재의 증거라는 것을 증명하는 하나의 수단이며, 장소라고 추측되어 진다. 우선 광기와 예술지상주의의 관련성에 대해서 살펴보면, 「난장이의 말」에는 다음과 같이 언급되고 있다.

> 어떤 예술가들은 환멸의 세계에서 산다. 그들은 사랑을 믿지 않는다.

---

3) 吉田精一, 앞의 책, p.152.
4) 笠井秋生, 「地獄変」, 『芥川龍之介』, 清水書院, 1994, p.131.

양심이라는 것도 믿지 않는다. 단지 옛날 고행자처럼 무하유의 사막을 집으로 삼는다. 그런 점에서는 과연 불쌍한 사람들인지도 모른다. 그러나 아름다운 신기루는 사막의 하늘에서만 생기는 것이다. 수많은 인간사에 환멸을 느껴버린 그들도 대부분 예술에는 환멸을 느끼지 않는다. 아니, 예술이라는 말만 하면, 보통 사람들이 알지 못하는 금빛 꿈이 즉각 허공 속에 떠오르는 것이다. 그들도 실은 의외로 행복한 순간을 지니지 못한 건 아니다.

〈환멸하는 예술가(幻滅した藝術家)〉, 「난장이의 말」 · 全集7 · p.397

아쿠타가와는 예술가에 있어 지상세계인 '아름다운 신기루', '금빛 꿈'에 도달하기 위해서는 '사랑을 믿지 않는다', '양심이라는 것도 믿지 않는다'고 말하고 있다. 여기에서 '사랑을 믿다', '양심이라는 것도 믿는'다는 세계는 보통 인간의 일상 세계라고 말할 수가 있는데, 바꾸어 말하면 '사랑을 믿지 않는다', '양심이라는 것도 믿지 않는' 세계는 비일상적인 세계광인의 세계라고 생각할 수가 있다. 그러므로 광인이야말로 예술지상세계의 '행복한 순간'을 느낄 수 있는 조건으로서 아쿠타가와는 주장하고 있는 것이다. 특히 1927년 5월에 니이가타(新潟) 고등학교에서 강연한 후, 다음과 같은 광인에 관한 흥미로운 말을 하고 있다.

아쿠타가와 : 니체도 정신병이었군요

시키바 : 예. 천재에게는 꽤 많이 있습니다

아쿠타가와 : 그러면 정신병을 예방하기는커녕 많이 양성해야겠군요. 사이토군도 저는 정신분열증 환자가 될 거 같다고 말하였습니다. 롬브로소(Lombroso) 학설은 이상하군요.

… 중략 …

시키바 : 저는 착각에 관해 한 부분을 조사하였습니다만, 어린아이가 가장 적고, 다음은 보통 성인이고, 정신병자가 가장 많았습니다. 머리가 좋은 사람이나 상상력이 풍부한 사람인만큼 많다라고 말하는 사람이 있습니다

아쿠타가와 : 그렇습니까. 정신병자가 가장 진화된 인간이라고 말해도 괜찮군요 (모두 잠시 침묵)[5)]

이와이 히로시는 '이와 같이 아쿠타가와 류노스케가 천재와 광인을, 어떤 관계를 가지고 생각하는 것에는 이유가 있다. … 중략 … 그는 자신의 성장에 강한 열등감을 가지고 있었다. 어머니가 광인이었기 때문에 타인에 의해 게다가 우유에 의해 자랐던 것은, 자존심 강한 류노스케에 있어서는 말할 수 없는 굴욕감이며, 열등감이었다. 그 열등감을 어느 시점에서 우월감으로 바꾸어 버리는 과정은 전술대로 이다'[6)] 라고 말하고 있듯이, 그는 정신병자인 광인을 천재와 동일시함[7)]으로

---

5) 葛巻義敏,『芥川龍之介未定稿集』, 岩波書店, 1968, pp.428~432.

6) 岩井寛,「精神病恐怖と病的体験」,『芥川龍之介』, 金剛出版新社, 1969, p.186.

7) 시모다 세이시는 정신이상과 천재와 관련해서 '정신이상이 서투른 방어(防衛)에 의해 심신을 소모해 가는 것에 대해서, 천재라는가 영재라고 불리우는 우수한 인물은 자신이 가지고 태어난 재능을 100%이상 발휘하여 훌륭한 업적을 쌓는 것이다' 혹은 '롬부로스는 천재정신병설을 주창해, 정신의 균등을 잃지 않는다면 이상한 천재는 발휘되지 않는다고 말하고 있다. 천재는 훌륭한 재능을 발휘하지만, 그것은 정신병자처럼 일부에 편중된 점을 가진 별난 사람이다', '천재는 항상 모순과 상극 속에 있다고 말하여진다. 마음속에 모순 · 상극이 싸우고, 그것을 극복해 가려고 끊임없이 노력하고 있다. 이 점에서는 노이로제 환자와 닮았지만, 노이로제 환자는 이것을 극복할 수 없는 상태를 형성하지만, 천재는 이것을 승화하여 작품으로 표현한다'고 서술하고 있다.
霜田静志,『芸術及び芸術家の心理』, 造形社, 1967, pp.159~162.

서 자신이 광인의 어머니에게서 태어났다고 하는 불안에서 벗어나려고 하고 있으며, 그것은 나아가 '예술가는 비범한 작품을 만들기 위해서 영혼을 악마에게 파는 것도 시간과 장소에 따라서는 할지도 모른다. … 중략 … 물론 이것은 나에게도 할지 모른다는 의미이다'(「예술 그 외(芸術その他)」· 全集3 · p.267)라는 언급에서도 그의 문학창작이야말로, 광기의 천재화, 혹은 천재의 증거로서 역할을 하고 있는 것이다.

즉 아쿠타가와에 의하면 광인은 보통 인간을 초월한 존재이며, '가장 진화된 인간' 혹은 신의 세계에 가장 가까운 인간으로 보고 있다. 따라서 일상세계를 뛰어넘어 예술지상세계에 갈 수 있는 자는 보통 인간으로는 불가능하며, 광인(천재)만이 갈 수가 있는 것이다. 그 예로서 「게사쿠 삼매경」(1917)에 나타난 보통 인간 바킨(馬琴)의 한정된 예술지상적 모습과 「지옥도」(1918)에 나타난 광인 요시히데의 승화된 예술지상적 모습을 비교해 보고자 한다.

1.2 예술과 현실의 이율배반

우선 「게사쿠 삼매경」에서는 '서재'에 있는 바킨의 예술지상적 모습이 나타나 있다.

> 이 때 제왕과 같은 눈에 비춰진 것은 이해도 아니며, 애증도 아니다. 하물며 세평에 괴로워하는 마음 따위는 이미 눈앞에 사라져 버렸다. 단지 남은 것은 불가사의한 기쁨만이다. 혹은 황홀한 비장의 감격이다. 이 감격을 모르는 자에게 어떻게 게사쿠 삼매경의 심경을 알게 할 수

> 있을까. 어떻게 게사쿠 작가의 엄숙한 혼을 이해하게 할 수 있을까. 여기야말로 '인생'은 모든 잔재를 씻어내고 마치 새로운 광석과 같이 아름답게 작가 앞에서 빛내고 있지 않은가?
>
> 「게사쿠 삼매경」· 全集2 · p.78

예술가 바킨이 문학창작하는 공간은 '서재'이며, 그에게 있어서 '서재'는 진정한 인생-예술지상주의-을 엿볼 수는 공간이다. 그러나 이와 같은 진정한 인생은 '서재'라고 하는 한정된 공간 안에서 가능한데, 왜냐하면 '서재' 이외의 공간, 즉 보통 인간 가족들이 생활하고 있는 '다실'은 이해(利害)와 애증(愛憎)의 세계-'사랑을 믿다', '양심이라는 것도 믿다'-인 일상 세계이기 때문이다.

> "아버님은 아직 주무시지 않나 봐" 이윽고 오하쿠는 바늘에 머리기름을 바르며 불만스러운 듯 중얼거렸다. "아마 또 소설에 열중하고 계시겠죠" 오미치는 바늘에서 눈을 떼지 않고 대답하였다. "골칫거리군. 변변히 돈도 되지 않는 것을" 오하쿠는 이렇게 말하며 아들과 며느리를 봤다. 소하쿠는 들리지 않는 듯, 대답하지 않는다. 오미치도 말없이 바늘을 누이고 있다. 귀뚜라미는 다실에도 서재에도 변함없이 가을을 알리 듯 밤새 울고 있었다.
>
> 「게사쿠 삼매경」· 全集2 · pp.78~79

에비이 에이지는 '서재적 절대적 경지가, 다실에서는 인정받지 못하고 상대화되어 버린 것을 나타내고 있는 것이다. 바꾸어 말하면, 아쿠타가와 자신을 가탁한 예술가로서 바킨의 창작성의 한계가 여기에 명확하게 자인되고 있다'[8]라고 언급하고 있듯이, 바킨은 '서재' 이외의 공간, 일상적 생활공간 '다실'에 있어서는 '골칫거리'이며, 더욱이 그가 '서재'에서 느꼈던 '불가사의한 기쁨, 황홀한 비장의 감격'은 보통 인간에게는 광인(혹은 우인)으로 전락해 버리고 마는 것이다.

그러므로 여기에서 바킨의 예술지상세계는 '서재'라고 하는 공간에 한정되고 마는 예술가의 비극을 엿볼 수가 있다. 또한 보통 인간인 이상, '서재'를 초월한 지상세계는 상상할 수 없으며, 다만 일상생활과 떨어진 곳에서 자신의 예술지상세계를 창조할 수밖에 없는 것이라 하겠다. 이것은 보통 인간 바킨[9]의 문학 창작을 통해 현실에 있어서 예술적 한계상황을 보여주고 있으며, 그리고 한편 이러한 한계를 초월하기 위해서 보통 인간이 아닌 광인의 필연성을 역설적으로 말하고 있다고 생각할 수가 있다.

따라서 다음 해 「지옥도」의 광인 요시히데는 아쿠타가와 스스로 광인의 초월적인 존재를 입증하기 위해 만들어 낸 인물이라고 말할 수가 있다. 특히 그는 광인 요시히데 성격에 나타난 비인간성 · 비윤리성을 통해 자신의 예술지상주의를 완성시키려고 하고 있는 것이다.

> 겉으로 보기에는 키가 작고, 뼈와 가죽뿐인 마른, 심술궂게 생긴 노인이었습니다. … 중략 … 성품이라고는 몹시 쩨쩨한 편이고, 왜 그런지 나이답지 않게 입술이 유독 붉은 것이 더욱 섬뜩해서 그야말로 괴물

---

8) 海老井英次, 「芥川文学における空間の問題」, 앞의 책, p.586.
9) 1922년 1월 19일, 아쿠타가와는 와타나베 쿠라스케(渡辺庫輔)에게 '저에게 있어 바킨은 단지 저의 마음을 그리기 위해 바킨을 빌린 것이라 생각할 수 있습니다. 서양의 소설에서도 이와 같은 종류의 소설이 적지 않으며, 이러한 시도도 나쁘지 않다고 생각됩니다'라고 적고 있다.

> 을 본 듯한 기분이 드는 사람이었습니다. 그 중에는 그것은 붓을 입으로 빨아서 빨간 색이 묻은 것이라고 하는 사람도 있었지만, 정말 맞는 얘기인지는 모르겠습니다. 하기는 그보다 입이 험한 사람들은 요시히데의 행동이 원숭이와 같다고 해서, 원숭이 히데라는 별명까지 붙였던 적도 있었습니다.
>
> 「지옥도」· 全集2 · p.184

'쩨쩨하고 무뚝뚝하고 부끄러운 줄 모르고 게으르고 고집 세고 교만하고 세상 관습 같은 것까지 모조리 얕잡아 보지 않고는 배기지 못하는 것이었습니다'(「지옥도」· 全集2 · p.189)라고 하는 요시히데-비인간적 · 비윤리적인 광인-성격은 일상성을 철저하게 무시하는 것에 의해 바킨-인간적 · 윤리적인 보통 인간-이 도달할 수 없었던 한계적 예술적 경지를 초월하고자 하고 있다.

이것은 기쿠치 히로시(菊地弘)가 '그와 같은 요시히데는 세상 일반 상식이나 도덕에서 보면 일상에서 벗어난 이상한 행동을 하는 인간으로 보일 것이지만, 이러한 괴이한 모습을 가진 자야말로 비길 데 없는 예술미를 창조해 내는 가능성을 지니고 있음을 시사하고 있는 것이다'[10)]라고 서술하고 있듯이, 그의 성격으로 인해 일상 세계에서도 예술지상세계를 실현시킬 수가 있는 것이다. 그러므로 이미 보통 인간은 예술지상세계에 들어갈 자격을 잃고 말았으며, 그 대신에 광인이야말로 예술지상세계에 들어 갈 수 있는 우월적 존재로서 그 존재의 의미를 부여하고 있는 것이라 하겠다.

---

10) 菊地弘,「地獄変」,『芥川龍之介 - 意識と方法 -』, 明治書院, 1982, p.98.

1.3 광인의 예술지상적 세계로의 비상

위에서 언급한 바와 같이, 아쿠타가와에게 있어서 문학 창작행위는 자신의 광기를 천재(혹은 초인)로 동일화하는 과정에 있으며, 그 속에 그의 예술지상주의적 특징이 잘 나타나 있다고 생각할 수가 있다. 그리고 이와 같은 예술지상주의는 '자줏빛 불꽃'이란 표현으로 상징화되고 있다.

> 그러자 눈앞에 가공선이 한줄기, 자줏빛 불꽃을 내고 있었다. 그는 이상하게 감동하였다. 그의 윗주머니에는 그들의 동인잡지에 발표할 원고가 감추어져 있었다. 그는 빗속을 걸어가면서, 한번 더 뒤쪽의 가공선을 쳐다보았다. 가공선은 변함없이 날카로운 불꽃을 내고 있었다. 그는 인생을 둘러보아도 특별히 가지고 싶은 것은 없었다. 그러나 이 자줏빛 불꽃만큼은,-공중에 있는 무시무시한 불꽃만큼은 목숨을 바꾸어서라도 잡고 싶었다.
>
> 〈8 불꽃(火花)〉,「어느 바보의 일생」· 全集9 · p.315

여기에 쓰여진 '그의 원고'는 1916년 2월, 아쿠타가와가 『신사조(新思潮)』에 발표한 「코」라고 생각할 수 있는데, 잡지 『신사조』는 1907년 10월 제 1차 간행이 시작되었으나, 아쿠타가와가 관여한 것은 제 3차와 제 4차이며, 주로 일고(一高)출신의 도쿄제국대학 문과생이 중심되어 만들어졌다.

특히 아쿠타가와는 제4차 『신사조』(1916년2월　1917년3월)의 1916년 2월 25일 창간호에 「코」를 발표하였는데, 이 작품이야말로 그가 작가로서 출발하는 계기가 되었다. 당시 25세였던 그는 문학창작에 의해 예술지상주의를 완성하려고 하는 희망에 가득찬 시기였으며, 그런 의미에서 '자줏빛 불꽃'은 자신의 예술지상적 경지를 비유적으로 표현[11]하였다고 할 수 있다. 따라서 '자줏빛 불꽃'은 그의 예술지상적 경지인 '불가사의한 희열, 황홀한 비장의 감격'을 상징적으로 나타낸 것으로, 이와 같은 관점에서 1918년에 쓰여진 「지옥도」에 나타난 '불' 또한 예술지상세계를 상징적으로 표현한 것이라 생각할 수가 있다.

즉 「지옥도」에서의 '불'은 요시히데의 비인간적 · 비윤리적인 성격뿐만 아니라, 예술적 승화에 의해 광인에서 초인으로 재탄생시키는데 있어 상징적인 역할을 하고 있다.

> 화려하게 수놓은 벚꽃 당의에 곱게 늘어뜨린 검은 머리채, 비스듬히 기운 금비녀도 아름답게 빛나고 있었습니다만, 차림새야 달라도, 아담한 그 몸매는, 하얀 목덜미, 그리고 저 쓸쓸하도록 얌전한 옆얼굴은 요시히데의 딸이 틀림없었습니다. … 중략 … 히데요시의 딸을 태운 귀족 우차가 그 순간 불을 붙여라하는 대영주님의 말씀과 동시에 일꾼들이 던진 관솔불을 받아 휠휠 타오르기 시작했던 것입니다.
>
> 「지옥도」 · 全集2 · pp.218~219

요시히데에 있어서 딸은 그의 최후의 인간적 · 윤리적인 면을 상징

---

11) 아이하라 카즈쿠니는 '「어느 바보의 일생」에 있어서 자줏빛 불꽃도 또한 예술의 상징이라 말할 수 있다. … 중략 … 그곳에는 진정한 예술작품을 희구하며 목숨을 바치는 그의 모습이 뚜렷이 전해지고 있다'라고 언급하고 있다.
相原和邦, 「『或阿呆の一生論』論-芥川の〈光〉と〈闇〉-」, 『国文学』, 学燈社, 1992.2, p.111.

하는 것으로, 그녀가 살아 있는 한 그는 완전한 광인이 아니라, 보통 인간의 한 부분[12]을 가지고 있는 것이다. 그러므로 요시히데는 그녀의 죽음을 통해서 비로소 현실과 단절된 비인간적 · 비윤리적인 광인으로서 완성된 것이라 하겠다. 바꾸어 말하면 철저한 광인으로서 완성되어 가는 과정-인간적인 비극-이야말로 예술지상주의에 이르는 과정이라 생각할 수가 있다.

미요시 유키오가 '딸은 요시히데에게 있어 그의 단지 하나뿐인 인간다운 애정을 나타내는 장소이며, 그의 예술과 대립하는 유일한 인생이었다. 유일하므로 인생의 모든 것이기도 하다. 요시히데는 인생의 모든 것을 그 잔재로 버림으로서, 예술창조의 과정에 살아가는 진정한 인생을 확보하고 예술가의 광영을 잘 존립할 수가 있었던 것이다'[13]라고 서술하고 있듯이, '불' 속에 타들어 가는 딸을 지켜보는 요시히데의 모습에는 보통 인간 요시히데는 죽고, 단지 불꽃 앞에 서 있는 것은 광인 요시히데라고 말할 수 있다. 또한 구체적인 비유로서 불 속에 뛰어 들어간 원숭이는 인간 요시히데의 죽음을 나타내고 있는 것과 동시에 초인 요시히데의 탄생을 의미하고 있다고 볼 수가 있다.

> 순간 뭔가 검은 물체가 땅에 닿지도, 하늘로 날아오르지도 않으면서, 공처럼 툭 튀어 유카게궁 지붕에서 불길이 한창 치솟는 우차 안으로 일

---

12) 에비이 에이지는 요시히데의 딸에 대해서 '인간성 그 자체가 상징인 사랑스런 딸'로, 그리고 '사랑스런 딸이 죽는다라고 말하기 보다는, 역시 좀 더 일반적으로 한 사람의 인간(보통 사람)이 희생된다는 모습으로, 요시히데가 예술가로서 고뇌의 핵을 보아야 한다고 생각된다'라고 언급하고 있다.
海老井英次, 「芥川文学における空間の問題」, 앞의 책, pp.175~176.

13) 三好行雄, 「『地獄変』について - 芥川龍之介のアプローチⅡ -」, 『国語と国文学』, 東京大学国語国文学會, 1962.8, p.11.

자를 그리며 그대로 뛰어들었습니다. … 중략 … 그것은 요시히데라고 별명이 붙은 원숭이로, 그 원숭이가 어디를 어떻게 이 유카게궁까지 숨어왔는가는 물론 누구도 알 수가 없었습니다. 그러나 평소에 귀여워해 주던 딸이었기 때문에 원숭이도 함께 불 속에 뛰었든 것이겠지요.

「지옥도」 · 全集2 · p.221

요시히데는 행동거지가 원숭이 같았기 때문에 '원숭이 히데(猿秀)'라는 별명이 붙여졌으며, 원숭이도 '장난을 좋아하신 젊은 영주님이 요시히데라는 이름'을 붙인 것에서도 알 수 있듯이, 원숭이는 요시히데-요시히데의 분신-를 상징화하고 있다고 말할 수가 있다.

그러나 '불' 속에 뛰어든 원숭이의 죽음이 단순히 일상 세계에 있어서 인간 요시히데의 죽음을 의미하고 있는 것뿐만 아니라, 그가 예술지상세계에 있어서 재탄생된 모습이라 할 수 있는데, 왜냐하면 '불'의 상징성에는 순간적이면서 영속적인 의미가 있으며 또한 소멸과 파괴, 창조와 재생이라고 하는 상반된 의미를 포함하고 있기 때문이다. 그러므로 '불'과 하나가 된 원숭이의 죽음[14] 다시 말해서 '불'의 지상적 경지는 보통 인간의 일상적 · 수평적인-순간적 · 소멸 · 파괴-세계와는 달리 비일상 · 수직적인-영속적 · 창조 · 재생-세계로 볼 수 있으며, 따라서 '불'과 요시히데의 일체화는 보통 인간 요시히데를 태워버

14) 나카무라 토모는 '딸은 요시히데 내부에서 예술가로서 극복하지 않으면 안되는 초월해야 할 대상으로서 자신의 상징이며, 원숭이는 그 초월해야 할 자신을 용인하며 살려고 하는 것의 구현이었다고 생각할 수가 있다. …중략… 요시히데의 내부 갈등은 원숭이로서의 자신이 스스로 불 속에 뛰어드는 것으로 그것을 완수하였다'라고 언급하고 있다.中村友,「『地獄変』- 對立の二重構造を讀む -」(關口安義 編,『アプロ チ 芥川龍之介』,明治書院, 1992, p.57)

리면서 불의 수직적 상징성에 의해 예술지상세계의 끝에 도달한 초인 요시히데를 나타내고 있다고 볼 수 있다.

그러므로 다카다 미호(高田瑞穗)가 '자신의 작품을 완결시킬 때 예술가는 순간적이며, 또한 영원하다. 그는 동시에 순간적이기도 하며 영원하기도 하며, 동시에 자신이 이와 같은 모순되는 존재라는 것을 알고 있다'[15]라고 언급하고 있지만, '순간'과 '영원'이라고 하는 모순은 '불'의 상징성에 의해 증명될 수가 있으며, 이와 같은 '불'의 상징성은 순간의 '황홀한 법열의 빛' 속에 진정한 '인생'을 응시하고 있으며, 그 '황홀한 법열의 빛'은 그가 그린 '지옥도'에 의해 영원히 빛나고 있다고 말할 수가 있다.

> 조금 전까지 지옥의 형벌에 시달리는 듯하던 요시히데가 이제는 뭐라 말할 수 없는 광채를, 황홀한 법열과도 같은 광채를 주름뿐인 얼굴에 가득 담은 채, 대영주님 앞이라는 것도 잊었는지 단단히 팔짱을 끼고 우뚝 서 있는게 아닙니까. 아무래도 그 사람의 눈에는 딸이 몸부림치며 죽어가는 모습이 비치지 않는 모양이었습니다. 오로지 아름다운 화염의 빛깔과 그 속에서 고통받는 여인의 모습이 한없이 기쁘다는 그런 모습으로 보였습니다.
>
> 「지옥도」· 全集2 · p.222

위 문장에 있어 에비이 에이지는 '인간을 중심으로, 상승적으로는 신들과 하늘에 다가간 양성 로맨티시즘의 형상에 둘러싸인 세계가 있으며, 하강적으로는 악마와 지옥에 접근한 음성 로맨티시즘 세계가

15) 高田瑞穗, 「芥川の美的ニヒリズム」, 『芥川龍之介論考』, 有精堂, 1975, p.34.

있지만, 요시히데의 경우, 명백히 후자에 속하고 있다'[16]라고 말하고 있는데, 과연 요시히데는 천상에 올라가지 못하고, 지옥에 떨어졌는가라는 것에 의문이 남는다. 여기에서 에비이 에이지가 말한 '인간을 중심으로' 라는 문장에 주목할 필요가 있다.

즉 「지옥도」는 대영주(大殿)에게 20년간 섬기어 온 하인(従者)의 말-화자-을 빌려서 전개된 작품으로, 작품 화자는 바킨이 말한 '이 감격을 모르는 자에게, 어떻게 게사쿠 삼매경의 심경을 충분히 알게 할 수 있을까. 어떻게 게사쿠 작가의 엄숙한 혼을 이해하게 할 수 있을까'와 관련시켜 생각해 볼 필요가 있는데, 우선 하인이 '그 때 요시히데에게는 어쩐지 인간이라고는 생각할 수 없는, 꿈에서나 보는 사자왕의 노여움을 닮은 이상한 엄숙함이 있었습니다'라고 말한 바와 같이, 보통 인간 화자의 눈에는 요시히데가 '악마와 지옥에 접근한 음성 로맨티시즘 세계'에 있는 것으로 비추어질지도 모른다.

요시무라 시게루(吉村稠)는 『아쿠타가와 문예세계(芥川文芸の世界)』에서 '요시히데는 화자의 악의에 가득찬 말에 의해 그 인간적 존재를 완전히 부정되고 있다. 그러나 그 부정이 전적으로 화자의 자의적 판단에 근거한 것이라는 것을 알면 우리들은 화자의 판단에 의해 정당하게 평가되지 않은 요시히데의 진정한 존재 의의를 그곳에서 발견할 수가 있다'[17]라고 언급하고 있듯이, 화자가 요시히데를 보통 인간에서 보면 에비이의 견해가 맞는지 모르지만, 초인에서 보면 맞다고는 볼 수 없다.

---

16) 海老井英次, 앞의 책, p.182.

17) 吉村稠, 中谷克己 編, 「『地獄変』- 意識的芸術活動の定立 あるいは日常からの飛翔 -」, 『芥川文芸の世界』, 明治書院, 1977, p.101.

그렇다면 요시히데가 '상승적으로는 신들과 하늘에 다가간 양성 로맨티시즘의 형상에 둘러싸인 세계'로 올라간 초인이라고 하는 것은 오히려 화자(보통 인간)의 말-인간 요시히데의 부정-에 의해서 증명되고 있지 않는가. 또한 한편으로 작품 「지옥도」는 지금까지 논해진 바, 요시히데가 예술지상세계로 가는 과정 혹은 예술지상에서 느낀 '황홀한 법열의 빛'을 그린 작품이라면 당연히 작품의 제목도 「지옥도」보다는 오히려 「천상도」가 더 어울리는 것은 아닌가 하는 의문이 남는다.

그러나 화자의 눈에 비추어진 요시히데의 예술지상적 세계로 가는 과정은 마치 지옥에 가는 광인의 모습을 연상시키고 있다. 여기에서 요시히데가 '저는 대체로 본 것이 아니면 그려도 납득할 수가 없습니다. 그것은 그리지 않는 것과 같은 것이 아니겠습니까'라고 말한 것과 같이, 그의 눈에 비추어진 보통 인간의 모습-일상 세계-에 주목할 필요가 있다.

> 요시히데는 그 수많은 죄인들을 위로는 고관대작에서부터 아래로는 거지, 망나니에 이르기까지 온갖 신분의 인간들을 그려 놓았기 때문입니다. 사모관대가 위풍당당한 고관, 다섯겹 의상을 입은 아름다운 궁녀, 염주를 걸친 염불승, 굽놓은 나막신의 사무라이 서생, 긴 예복 차림의 귀족 아가씨, 공물을 받쳐든 음양사-일일이 다 말하자면 한도 끝도 없습니다. 어쨌든 그런 각양각색의 인간들이 불길과 연기가 거꾸로 치솟는 속에서 머리가 소나 말의 모습을 한 지옥 옥졸들에게 시달리며, 태풍에 사방으로 휘날리는 낙엽처럼 사방팔방 뿔뿔이 허둥거리며 달아나고 있는 것입니다
>
> 「지옥도」· 全集2 · p.194

이시와리 토루는 '외관상 평온하고, 겉치레로 일관하는 일상 세계의 이면에 숨어있는 일체의 허식을 벗겨낸 추악한 인간의 본질과 업을 꿰뚫어 보고, 그러한 인간이 살아가는 세계를 있는 그대로 지옥으로 파악하고 있다. 화가로서 요시히데를 지탱하고 있던 것은 실로 그와 같은 세계관이었음이 틀림없다'[18]라고 서술하고 있는데, 그의 눈에 비추어진 보통 인간의 모습-순간적 · 소멸 · 파괴-세계는 오히려 비일상 세계(보통 인간이 아닌 광인의 모습)로 비추어 졌는지 모른다. 그것은 아쿠타가와가 '바보는 언제나 자신 이외의 사람들을 모두 바보라고 생각하고 있다'(「난장이의 말」)라고 서술하고 있듯이, 광인에게 있어서 보통 인간의 세계-인간적 · 윤리적인 일상 세계-는 지옥세계이며, 오히려 '악마와 지옥에 접근하는 음성 로맨티시즘의 세계'라고 말할 수가 있다.

따라서 「지옥도」는 보통 인간의 눈에 비추어진 광인 요시히데가 예술지상세계로 가는 과정-악마와 지옥에 접근하는 음성 로맨티시즘의 세계-을 그린 것뿐만 아니라, 동시에 광인의 눈에 비추어진 일상 세계-악마와 지옥에 접근하는 음성 로맨티시즘의 세계-를 그린 두개의 관점에서 완성된 작품으로서 생각하지 않으면 안되는 것이다. 그리고 이 두개의 관점(보통 사람으로서 아쿠타가와와 광인으로서 아쿠타가와)이 일치한 곳에 작품의 제목도 「천상도」가 아닌, 「지옥도」인 것을 인식할 필요가 있다고 생각된다.

이처럼 예술과 일상 세계와의 모순 속에서 예술지상세계로 가는 과

---

18) 石割透, 『〈芥川〉とよばれた藝術家-中期作品の世界-』, 有精堂, 1992, pp.123~124.

정을 살펴 볼 수가 있었다. 우선 아쿠타가와는 예술지상주의에 도달하기 위한 조건으로서 광인을 들고 있다. 1927년 쓰여진 「갓파」에서 시인 톡은 '예술은 어떠한 것의 지배도 받지 않는다. 예술을 위한 예술이다. 따라서 예술가인 자는 무엇보다도 먼저 선악을 초월한 초인이지 않으면 안된다'(「갓파」 · 全集8 · p.319)라고 말한 바와 같이, 지상세계로 가기 위해서 예술가는 인간적 · 윤리적인 면을 초월하지 않으면 안 된다고 주장하고 있다. 이것은 광인이야말로 절대적 · 우월적(비인간적 · 비윤리적), 초인적인 존재로서 그 의미를 부여하고 있다고 생각할 수가 있다.

그러나 보통 인간이 사는 일상 세계의 부정은 비사회적 · 비세속적인 광인 · 바보를 긍정 · 신성시하는 결과는 낳고 있는데, 이와 같은 극단의 이분법-천국과 지옥, 보통 인간과 광인 · 바보-이야말로 아쿠타가와 자신의 천재를 입증하면서 동시에 일상 세계의 부정 속에 살아가지 않으면 안 되는 그의 비극적 한계를 엿볼 수가 있는 것이다.

결과적으로 아쿠타가와는 문학 창작행위로 예술지상주의 비상을 하면 할수록 '만일 천국을 만들 수가 있다면, 그것은 오로지 지상에서만 가능하다'[19]에서의 천국과 아니면 '인생은 지옥보다도 지옥이다'[20]에서의 지옥 사이를 방황하는 위험성을 내포하고 있다고 생각할 수가 있다. 이것은 일상 세계에 있어서 아쿠타가와가 문학창작을 하는 행위, 즉 한 사람의 보통 인간으로 살아가는 동시에, 자신의 광기에서 벗어나려고 하는 행위야말로, 그가 예술지상주의를 실현하려고 할 때, 역으로

19) 〈6 천국(天国)〉, 「열 개의 바늘」 · 全集9 · p.298.
20) 〈지옥(地獄)〉, 「난장이의 말」 · 全集7 · p.406.

그의 인간적 비극이 시작된 이유가 있지는 않았을까 생각된다.

2. '기독교소설군'에 나타난 우인(愚人)과 예술지상세계 –「기독교 신자의 죽음」과 「줄리아노 키치스케」를 중심으로

2.1 '불'과 '꽃'의 상징

이처럼 1918년에 발표한「지옥도」는 아쿠타가와의 문학 창작에 있어 예술지상주의를 가장 잘 나타낸 작품이라고 말할 수 있다. 즉 주인공 요시히데는 자신의 그림을 완성하기 위하여 딸을 태워 죽이지만, 그 때 그의 얼굴에 비추어진 '황홀한 법열의 빛'이야말로 지금까지 아쿠타가와가 추구한 예술지상주의를 형상화되었다고 볼 수 있다. 특히 이러한 불의 이미지가 같은 해 9월에 발표된「기독교 신자의 죽음(奉教人の死)」에서는 하나의 미적 아름다움으로 나타나고 있으며, 다음 해인 1919년 9월에 발표한「줄리아노 키치스케(じゆりあの・吉助)」에서는 '꽃'으로 연장되어 있음을 엿볼 수 있다. 이것은 주로 그가 우인(愚人)[21]을 소재로 한 그의 '기독교소설군'이 종교적인 의미보다는 오히려 그의 창작에 있어서의 예술지상적 세계를 '꽃'으로 표상화된 것이라 하겠다.

---

21) 미야사카 사토루는 성스러운 우인의 계보로서「기독교 신자의 죽음(奉教人の死)」(1918),「여승과 자장보살(尼と地藏)」(1918, 未定稿),「크리스트호로 고승전(きりしとほろ上人傳)」(1919),「줄리아노 키치스케(じゆりあの・吉助)」(1919),「남경의 기독교(南京の基督)」(1919),「극락왕생 그림책(往生繪卷)」(1921),「선인(仙人)」(1922)을 들고 있다.

한편, 아쿠타가와는 자신의 예술지상주의를 위해 기독교를 작품 소재로 하고 있지만, 그가 중학 시절부터 고등학교에 걸쳐 쓰기 시작한 기독교소설군에는 단순히 작품 소재뿐만 아니라 그 자신의 문학 창작의 배경과 밀접한 관계가 있음을 주목할 필요가 한다.

우선 1909년 아쿠타가와가 중학교를 다닐 때 쓰였다고 생각되는 「늙은 광인」[22]속에는 '기독교를 믿고 오오카미미야님의 풋말을 태운 벌'에 의해 미친 주인공 바보 히데(秀馬鹿)의 모습이 그려져 있다.

> 나는 선명히 기억하고 있습니다. 이 조금 지저분한 파란 담요를 허리에 두르고, 검은 가죽 표지의 커다란 책을 가슴에 품으면서 자못 어깨 위를 짓누르는 끊임없는 불안으로 견디기 힘든 듯한 힘없는 눈으로 왕래하는 사람의 얼굴을 한 사람 한 사람 바라보는가 하면 또 자주 고개를 숙이며 입술을 움직이며 혼잣말을 하면서 절망한 듯이 고개를 숙이며 비 개인 후의 깊게 패인 수레바퀴 자국이 난 그 말라버린 진흙길을 비틀거리면서 걸어가는 나이 든 광인의 뒷모습은 언제나 어린 나에게 어렴풋한 숙명의 한탄을 느끼게 했습니다.
>
> 「늙은 광인」·『芥川龍之介未定稿集』· p.132

오쿠노 마사모토(奧野政元)가 '그곳에는 당연히 생모의 발광이라는 사실에 서로 영향을 미치는 것이 함축되어 있을 것이란 예측을 할 수 있다. 그것은 아쿠타가와에게 있어 어떻게 할 수 없는 최대의 중압

22) 그의 중학시대 노트 한 페이지에는 '「늙은 광인」, 「참아저씨」, 「장딸기 그늘에 자는 뱀과 개구리 이야기」-이 세 편은 내가 젊은 날을 회고하며 정열과 동경과 환락과 이별하는 비애이다'(葛卷義敏, 『芥川龍之介未定稿集』, 岩波書店, 1968, p.129)고 서술되어 있다.

감이 있어 히데의 숙명은 말하자면 아쿠타가와의 숙명과 연관되어 있는 것'[23]이라고 언급하고 있다. 여기에서 늙은 광인의 모습에 나타난 광기나 늙음(여기서 늙음은 죽음이라고도 유추할 수 있다)은 바로 아쿠타가와의 생모인 후쿠의 모습을 연상할 수 있으며, 특히 '나이 든 광인의 뒷모습은 언제나 어린 나에게 어렴풋한 숙명의 한탄을 느끼게 했습니다'는 마치 아쿠타가와 자신에게 다가올 운명을 말하고 있음을 알 수 있다. 다시 말해 여기에서 말하는 '숙명의 한탄'이란 결국 아쿠타가와 자신도 언젠가 생모 후쿠의 유전으로 말미암아 자신 또한 광기로 인해 죽음에 이르고 말 것이라는 공포[24]를 나타내고 있다.

실제 「늙은 광인」과 거의 같은 시기에 쓰여진 「사상」[25]속에는 늙은 광인의 '숙명의 한탄'이 구체적으로 죽음을 나타내고 있는데, 나이 든 점쟁이가 주인공인 나에게 '눈썹 사이가 어두워.-요절할 증거야'라고 말하며, '해바라기가 질거야. 그 꽃이 다 떨어지면-이윽고 젊은 목숨도 사라질거야'라고 죽는 날까지 가르쳐 주고 있다. 그리고 그 날이 오자 '나는 죽지 않으면 안 된다'고 말하면 끝을 맺고 있다. 이처럼 「늙은 광인」의 '숙명의 한탄'은 「사상」의 '요절의 증거'의 한탄이며, 동시에

23) 奧野政元, 『芥川龍之介論』, 翰林書房, 1993, p.13.

24) 와타나베 요시노리는 '죽음의 두려움은 노년의 두려움이기도 하다. 습작기의 아쿠타가와가 노년과 죽음을 자주 작품에 들고 있는 것은 아쿠타가와가 그것에 대한 흥미와 공포를 나타낸 것이다'라고 서술하고 있다.
渡部芳紀, 「羅生門」『芥川龍之介論 一冊の講座 日本の近代文学2』, 有精堂, 1981, p.72.

25) 구즈마키 요시토시는 '집필 연대는 조금 「늙은 광인」보다 늦다고 생각되지만, … 중략 … 그것은 아무리 늦다고 생각돼도 중학교 상급반에서 갓 고등학교 입학 정도의 것으로 밖에 생각되어지지 않는다'고 말하고 있다.
葛卷義敏, 앞의 책, p.136.

아쿠타가와 자신에게 정해진 운명의 한탄-후쿠의 광기의 유전으로 자신도 죽는다고 하는-이라 유추할 수 있다.

그런데 아쿠타가와는 이러한 '숙명의 한탄'이나 '요절의 증거'의 원인을 기독교에서 말하는 죄(罪)의 문제와 관련지어 생각해 볼 수 있다. 즉 광인은 달리 말하면 기독교에서 말하는 악마(惡魔)로 볼 수 있는데, 아쿠타가와는 기독교에서 말하는 죄를 지음으로서 광인이 된다고 하는 믿음이 생겼을 가능성이 있다.

사실 아쿠타가와와 기독교의 첫 만남은 그가 '타케씨는 겨우 세 번째에 U선생님에 도착하였다. U선생님은 소설가가 아니다. 유명한 기독교적 사상가였다. 타케씨는 이 U선생님에 의해 점차 신앙생활을 하게 되었다. … 중략 … 하여튼 타케씨는 옛날 스님들이 화엄경 등을 필사한 것처럼 과감히 성서를 필사하였다'(「소묘삼제(素描三題)」· 全集8 · p.475)라고 언급하고 있는 데서 알 수 있다.

여기서 '타케씨'는 무로가 후미타케(室賀文武)를 가리키고 있으며, 아쿠타가와가 어릴 적, 무로가가 1892년 23살 때 상경하여 아쿠타가와 집에서 일할 때 알게 되었다. 그는 일생을 기독교를 통한 신앙생활을 하였는데, 특히 「톱니바퀴(齒車)」(1927)에 등장하는 어느 노인의 모델이기도 하며, 만년 아쿠타가와에게 신앙을 권하기도 한 인물이다. 즉 도쿄에 아무런 연고도 없었던 크리스찬인 무로가에게 있어 당시 어린 아이인 아쿠타가와와 자연히 친하게 되었고, 그 사이에 그는 아쿠타가와에게 기독교에 관한 성서 이야기를 하였음을 유추해 볼 수 있다. 실제 아쿠타가와 자신도 성경을 가지고 있었는데, 그것은 친구인 이가와가 선물[26)]한 1902년 옥스퍼드대학출판부 흠정역개역성서인 『THE NEW TESTAMENT』이었다.

▲ 성서『THE NEW TESTAMENT』

다시 말해, 무로가는 어린 아쿠타가와에게 기독교에서 말하는 선(善)과 악(惡)(혹은 천사와 악마)을 이야기해 줌으로써, 그가 보통 사람이 죄(여기서 말하는 죄는 가톨릭에서 말하는 7가지 죄로 인간적 본능이라 볼 수 있다)를 짓는다면, 그 벌(罰)로 악마(광인)가 된다는 인식을 갖게 하였을 것이다.

게다가 당시 광인에 대한 사회 인식을 살펴보면, 19세기 말 영국에서는 찰스 다윈의『종의 기원』(1859)이 간행된 이래, 변이 · 적자생존 · 생존투쟁과 같은 여러 개념이 자연과학의 이론 분야를 넘어 모든 학문 영역에 영향을 미쳤으며 일본에서도 유입[27]되었다. 그 중 하나가 다윈의 진화론에 나타난 적자생존 원리를 인간 사회에 적용한 사회진화론[28]이 있다.

---

26) 아쿠타가와는 성경 안표지에 '일고재학 중 이가와 쿄에게서 받음(一高在学中井川恭君より贈らる)'라고 써 넣었다.

27) 사회진화설과 일본유입에 관련해서『나는 소세키로소이다』(고모리 요이치, 한일문학연구회, 이매진, 2006) 참고.

28) 사회진화설과 관련해서 당시 영국에서는 허버트 스펜서(Hebert Spencer, !820~1903)는 진화 원리에 따라 조직적으로 서술한『종합철학체계』나 벤자민 키드(Benjamin Kidd, 1858』, 1916)가 인간의 사회를 진화론적으로 파악하여 그 발전과 퇴폐의 요인을 언급한『사회의 진화』, 그리고 막스 노르다우(Max Simon Nordau, 1849~1923)가 진화론에 관점에서 퇴화를 논한『퇴화론』등이 있다.

이것은 생물의 진화론이 단순히 자연뿐만이 아니라 인간 사회 또한 유전을 통한 인간이라는 종이 진화 혹은 퇴화한다고 보았는데, 특히 여기서 인종 퇴화란 진화론적 부적자(예를 들면 동일인종 사회 안에서 부적자에 해당하는 부류에는 광인, 정신박약자, 범죄자, 결핵 환자 동성애자, 매춘부 등이 이에 속한다)를 가리키는 말로, 롬브로소(Lombreso)[29]는 인종 퇴화와 관련해서 격세유전(隔世遺傳: 한 생물의 계통에서 우연 또는 교잡 후에 선조와 같은 형질이 나타나는 현상)을 주장하며, 범죄자를 포함한 부적자들은 원시인이나 미개인의 소질, 더 나아가 하등동물의 성질까지 현대에 재생한다고 말했으며, 인간의 범죄는 유전되어 외형적으로 확인 가능하다고 말하고 있다. 물론 아쿠타가와도 이러한 사회진화설에 관련해서 관심을 표명하고 있는데, 앞에서도 언급한 바와 같이 1927년 5월에 니이가타(新潟) 좌담회에서 롬브로소 설에 관한 부정적인 입장(葛卷義敏, 『芥川龍之介未定稿集』)을 말하고 있다.

이와 같이 아쿠타가와는 당시 사회에서 유행한 사회진화설의 영향으로 후쿠의 광기로 인한 죽음이 자신에게도 유전된다고 생각하였다고 볼 수 있다. 특히 기독교에서 말하는 죄의 문제는 도대체 광기가 어디에서 왔는가 하는 의문에 대한 하나의 해답이었는지도 모른다. 동

---

29) 롬브로소(Cesare Lombreso, 1836~1909) 이탈리아 정신의학자, 법의학자, 범죄인류학의 창시자. 베로나 출생. 대학에서 정신의학과 법의학 강의 1905년에는 범죄인류학 강좌를 신설하는 등 범죄의 인류학적 연구 몰두. 그는 범죄자의 두개골을 연구하여 범죄인의 인류학적 특징을 밝혀내고, 이러한 특징을 지닌 사람은 선천적으로 범죄인이 될 수밖에 없다고 하였다. 그리고 범죄인은 그 범죄적 소질로 말미암아 필연적으로 죄를 범하게 된다고 말했다. 또한 천재와 정신병자의 유사점을 논한 천재론으로도 유명하다.
『두산세계대백과 사전 9』, 주식회사 두산동아, 1996, p.264.

시에 자신은 광기(인종 퇴화)가 아닌, 천재의 유전을 받았다고 생각함으로써 스스로 진화된 존재[30]로 보고자 하였던 것이다.

따라서 자신의 주어진 숙명에 대한 해결책, 광인으로서 죽음으로 이어지게 되는 자신의 운명에서 벗어날 방법으로 아쿠타가와는 자신이 천재임을 증명하고자 문학 창작(허구 세계)으로 광인 혹은 우인을 초인 혹은 성인으로 재창조하는 과정에서 예술상 신(神)이 되고자 하였다. 그리고 이러한 예술지상주의의 실현으로 말미암아, 현실 세계에 있어 그 자신 또한 광기에 대한 유전이 실은 천재에 대한 유전이었음을 입증하게 되어 죽음을 삶으로 전환, 즉 자신의 운명을 재창조한 것으로 볼 수 있다. 그러한 의미에서 아쿠타가와의 '기독교소설군'은 자신에게 주어진 운명에 대해 극복할 수 있는 하나의 동기를 부여하고 있으며, 그러한 과정 속에 바로 그의 '기독교소설군' 속에 예술지상주의의 의의가 있다고 말할 수 있다.

2.2 '불'과 '꽃'에 나타난 기독교 신자의 예술지상적 승화

「기독교 신자의 죽음」(1918)의 주된 내용을 살펴보면, 주인공 로오렌조는 카사하리가 낳은 딸에 의해 누명을 쓰게 되고, 나가사키에 있는 마을로 추방당한다. 하지만 어느 날 마을에 발생한 큰 화재 속에서 로오렌조는 그녀의 아이를 구하고, 자신은 죽음을 맞이하게 된다. 그리고 그의 죽음을 통해서 지금까지 남자로 알았던 로오렌조가 실은

30) 아쿠타가와는 1927년 5월에 니이가타 좌담회에서 롬브로소 설과 관련해서 '정신병자가 가장 진화된 인간'이라고 말한 것처럼 자신의 유전이 정신병이 아닌 천재라고 보고 있음을 알 수 있다.

여자였다는 사실, 다시 말해 '맑고 청아한 두 개의 가슴'이라는 표현에는 하나의 '찰나의 감동'이 나타나 있음을 알 수 있다.

사실 지금까지 「기독교 신자의 죽음」의 선행 연구 중, 이 '찰나의 감동'을 가지고 대체로 두 가지 방향으로 연구되어 왔는데, 그것은 이 '찰나의 감동'이 '작가가 종교적 감동을 전하려고 한 것일까' 아니면 '예술적 감동을 전하려고 한 것일까' 하는 점이다.

우선 전자의 경우 가사이 하키후는 주인공 로오렌조의 무한에 가까운 사랑에 대해 '종교적 감동의 예술화라고 하는 모티브 실현을 향해 작가는 진중하게 글을 써갔다'[31]고 주장하며 '찰나의 감동'을 통해 종교적 승화라고 하는 관점에서 논하는 반면, 후자의 경우 사카이 히데유키는 '「기독교 신자의 죽음」의 대강의 줄거리는 여자가 남자라고 생각하게 만든 이야기이며, 이 줄거리를 예술적으로 표현하고, 예술적 감격을 독자에게 전달하는 것이 아쿠타가와의 과제였다. 「기독교 신자의 죽음」의 클라이막스로서 설정된 화재(火災) 현장 등은 작품의 줄거리를 효과적으로 그리기 위한 배경에 지나지 않는다'[32]라고 말하며, 종교적 의미보다는 오히려 예술을 통한 경지의 세계를 강조하고 있다. 이처럼 선행 연구에 나타난 두 가지 관점은 앞으로도 논쟁의 여지가 남아 있지만, 여기서는 주로 '찰나의 감동'에 나타난 '불'의 이미지를 가지고 논하고자 한다.

> 교묘하게 아름다운 소년의 가슴에는 타다 찢어진 옷 틈으로, 맑고 청아한 두 개의 가슴이 구슬과 같이 드러내 있는 것이 아닌가. 지금은 살

31) 笠井秋生, 『芥川龍之介作品研究』, 双門社出版, 1993, p.109.
32) 酒井英行, 『芥川龍之介-作品の迷路-』, 有精堂, 1993, p.185.

이 타서 문들어진 얼굴에도, 스스로 아름다움은 감출 수가 없었던 것이다. 어, 로오렌조는 여자였네. 로오렌조는 여자였어. …중략… 그 여자의 일생은 이 이상 아무것도 전해 듣지 못했다. 하지만 그것이 대체 무슨 일인지. 대체적으로 세상 사람들의 존귀라는 것은 어떤 것으로도 바꾸기 어렵고, 찰나의 감동에 그지없는 것이다.

「기독교 신자의 죽음」· 全集2 · pp.278~279

여기서 '불'에 의해서 드러난 '맑고 청아한 두 개의 가슴'은 지금까지 남자(그녀의 일생)였던 로오렌조가 여자로 변하는 '찰나의 감동'을 하나의 미적 이미지로 집중시키고 있는데, 이것은 「지옥도」의 요시히데가 불에 타는 자신의 딸을 보는 광경에서 얼굴에 나타난 '황홀한 법열의 빛'과 유사함을 알 수 있다.

에비이 에이지가 '「게사쿠 삼매경」부터 「지옥도」를 거쳐, 「기독교 신자의 죽음」에 이르는 아쿠타가와의 문학 전개는 인간 속의 인간인 예술가의 예술지상적 삶의 태도가 보다 순수하게, 보다 연소적(燃燒的)으로 고양하여 찰나의 감동에 의한 성화로까지 도달한 것이며, 이 비약적 전개를 전기(前期) 아쿠타가와 문학의 특징이라고 간주할 수 있을 것이다'[33]라고 지적한 바와 같이, 아쿠타가와는 로오렌조의 죽음에 나타난 '찰나의 감동'을 통하여 자신의 예술지상적 세계를 완성시키고자 하는 모습[34]을 엿볼 수 있다.

---

33) 海老井英次, 「芥川文学における空間の問題」, 앞의 책, p.210.

34) 이러한 로오렌조 모습에 관련해서 사사키(佐々木)는 '이러한 경우 로오렌조가 광기와도 닮은 암울한 행위에 몸을 맡긴다는 것은 바로 한 순간을 영원히 살아가는 것으로, 어쩌면 그것이야말로 아쿠타가와에게 있어 예술이라는 영위를 가장 궁극적인 표현이었다고 말할 수 있다'(佐々木雅發, 『芥川龍之介-文学空間-』, 翰林書

특히 로오렌조가 평생을 자신이 여자라는 것을 숨겨온 행위라든가, 카사바리의 딸이 낳은 아이가 자신의 딸이 아님에도 불구하고 누명을 쓰고 마을에서 쫓겨나가는 모습은 보통 사람의 모습보다는 오히려 우인의 모습에 가깝다고 볼 수 있다. 이것은 아쿠타가와가 예술의 완성을 위해 자신의 딸을 불태워 죽인 요시히데의 광인적 모습이나 자신이 믿는 종교를 위해 목숨을 버린 로오렌조의 우인적 모습을 통해 보통 사람들은 예술지상적 세계를 도달할 수 없으며, 오직 광인이나 우인만이 그 세계를 획득할 수 있다는 점에서 주목할 필요가 있다.

구체적으로 1919년부터 쓰기 시작한 「크리스트호로 고승전(きりすとほろ上人傳)」(1919. 3)의 레푸로보스(れぷろぼす), 「줄리아노 키치스케(じゆりあの · 吉助)」(1919. 9)의 키치스케는 우인을 주인공으로 한 작품들로 그들이 죽고 난 후에 나타난 피어난 '꽃'은 비록 일상 세계에서는 우인이었지만, 죽어서는 성인화(聖人化)되고 있음을 볼 수 있다.

> 그의 시체를 형벌기둥에서 내렸을 때, 죄인은 모두 그것이 형용할 수 없는 향기를 내는 것에 놀랐다. 보아하니, 키치스케의 입 속에서는 한 송이의 하얀 백합이 괴이하게도 싱싱하게 피어 있었다. 이것이 나카사키저문집, 공교유사, 케이보파촉담 등에 산재되어 있는 쥴리아노 키치스케의 일생이다. 그리고 또한 일본 순교자중 내가 가장 사랑하는 신성한 우인의 일생이다.
>
> 「줄리아노 키치스케」 · 全集3 · p.205

房, 2003, p.114)라고 서술하고 있다.

「줄리아노 키치스케」에 나타난 '하얀 백합(白い百合の花)' 이외에도 '꽃'의 기적은 「크리스트호로 고승전」의 '이상하고도 화려한 빨간 장미'에서도 나타나 있다. 이러한 '꽃'의 상징은 그의 '공중에 있는 무시무시한 불꽃'(「어느 바보의 일생」)의 문장과 관련시켜 볼 때, 꽃다발은 곧 불꽃[35]이라고 생각할 수 있으며, 이것은 아쿠타가와의 예술지상적 세계를 상징하고 있다고 말할 수 있다.

따라서 이러한 '꽃'의 상징으로 말미암아 우인 키치스케의 죽음은 단순히 종교적 희생으로 보기보다는 오히려 그들에게 남은 마지막 인간적인 모습을 희생함으로서 성인(혹은 초인)이 되어간다고 보는 것이 타당할 것이다. 바꾸어 말하면 일상 세계에 있어 순간적이면서도 소멸적, 파괴적 삶이지만, 키치스케 입에서 핀 꽃으로 인해 비일상 세계(종교에서 말하는 천국)에 있어 영속적이면서도 창조적, 재생적인 성인의 삶을 가질 수 있다고 볼 수 있다.

이와 같이 「지옥도」에 나타난 '불'의 상징은 '기독교소설군'의 '꽃'에 의해 미적으로 승화되는 동시에 주인공 우인을 성인화시키고 있다. 예를 들어 하태후는 「크리스트호로 고승전」의 주인공 레푸로보스에 관해서 '그리스도를 짊어진 이후의 경위는 어찌되었든 간에, 레푸로보스는 신(神)에 의해 천국에 올라 갈 수 있었다고 하는 승천을 작가는 쓰고 싶었던 것이다. … 중략 … 레푸로보스의 일생이라는 것은

---

35) 노발리스는 '모든 꽃은 불꽃이다.-빛이 되는 것을 원하고 있는 불꽃이다. 이 빛으로의 생성은 꽃에 대한 몽상가 누구라도 이것을 느끼고, 그가 보는 것의 일종의 초극, 현실의 초극으로써 이것을 촉진한다'고 언급한 것처럼 불과 꽃의 이미지 연관성에 대해서 말하고 있다.
ガストン・バシュラール(Gaston Bachelard), 澁澤孝輔 譯,『蠟燭の焰』, 現代思想社, 1967, p.109.

지상에서 지옥으로, 지옥에서 천국의 생의 역정이라고 의미를 부여할 수 있지는 않은가'[36]라고 언급하듯이, 레푸로보스 또한 비록 지상에서는 죽었지만, '꽃'의 기적에 의해서 천국에서 재생을 하고, 우인에서 성인으로 변하는 과정이었다고 말할 수 있다.

이것은 요시히데가 일상세계에서는 자살로 생을 마감하지만, 그의 예술지상적 세계에서 자신을 영속화하여 광인에서 초인으로 변하는 과정과 일치하고 있음을 알 수 있다. 그러한 의미에서 요시히데가 그린 '지옥도' 또한 그의 죽음에서 피어난 '꽃'의 기적이라고 해도 과언이 아닐 것이다.

2.3 예술지상주의와 기독교

지금까지 「기독교 신자의 죽음」의 '불'에 나타난 미적 표현이나 「줄리아노 키치스케」의 '꽃'의 상징, 그리고 이들 주인공들의 우인적 모습을 통해서 아쿠타가와의 '기독교소설군'에 보이는 예술지상주의는 일상 세계보다는 비일상 세계에 중점을 두고 있으며, 동시에 우인들을 보통 사람들보다 우위적 존재로 간주하고 있는데, 이것이 그의 문학 창작의 특징이라고 볼 수 있다. 쿠니야스 요우(国安洋)는 근대의 예술지상주의의 특징을 다음과 같이 서술하고 있다.

> 근대에 들어와서 천재는 인간 속에서 근원을 가진 예술제작의 능력으로서 확실히 자리매김을 하고 있다. … 중략 … 그것은 신의 능력에

36) 河泰厚, 「愚人への憧憬」, 『芥川龍之介の基督教思想』, 翰林書房, 1998, p.143.

도 비교되는 탁월한 능력, 보통 사람이 도달할 수 있는 한계를 훨씬 초월하는 무의식적 발동력이다. … 중략 … 천재는 신적 규정에 앞서는 인간의 특성이지만, 그것은 인간 능력을 신과도 대등하게 높은 곳에 두고 찬미하는 근대적 이상 개념이었다. 그리고 예술은 이 천재의 기술로 간주되어 지는 것으로 비로소 진정한 의미에서 창조되는 것이다. 그리고 예술가는 '무에서 창조'를 행하는 신과 비교해 창조자가 되지만, 그것은 근대사회에 있어서 예술가의 지위확립을 의미하는 것이었다.[37]

여기서 쿠니야스는 천재(天才)란 무(無)에서 유(有)를 창조하는 신(神)과도 대등한 존재로 서술하고 있다. 이것은 아쿠타가와가 1916년 1월 5일 요미우리신문에 게재한 평론「마츠우라 하지메씨『문학의 본질』에 대해서(松浦一氏『文学の本質』に就いて)」[38]에서도 문학 창작에 관한 유사하게 언급하고 있는데, 그 예로 '선생님에 의하면 문학의 본질은 죽을 수밖에 없는 인간의 육안으로 보여지는 것이 아니

37) 国安洋,『〈藝術〉の終焉』, 春秋社, 1991, pp.20~21. 또한 근대 이전에 대해서는 '중세도 기본적으로 고대 그리스적 사고를 이어 받아오지만, 기독교를 중심으로 창조가 신의 기술로서 확실히 의미를 부여하고 있다. 창조는 원래 기독교의 개념이다. 그 근본은 무에서 창조이며, 그것을 행하는 것은 신이다. 신은 최고의 창조자이며, 세계는 신의 제작물이었다. 근세가 되어 개인적 자아 자각이 촉발되어 인간 주체적이고 능동적인 움직임이 중시되어감에 따라 예술 제작의 원천도 신에서 인간으로 옮겨왔다'고 서술하고 있다.

38)『문학의 본질』은 마츠우라 선생님이 1년간 도쿄대학 강의를 정리해서, 1915년 11월 대일본도서(大日本圖書)에서 간행되었다. 그 때 아쿠타가와는 청강생 중 한명이었다. 그리고 아쿠타와가가 또한 이와 관련해서 그가 22세 때, 1914년 1월 21일 이가와 앞으로 보낸 편지에서는 '굳이 신의 신앙을 구할 필요없다. 신앙을 구차하게 신의 형식에 맞추는 것이야말로 유무론도 일어난다. 나는 이것을 신앙이라 하고 이것은 예술의 신앙이다. 이 신앙 아래서 느끼는 법열이 다른 신앙에서 주는 법열에 뒤떨어진다고 생각하지 않는다'고 서술하고 있다.

다. 이해(利害)와 인습을 떠나 심안을 가지고 보충해야 할 것이다. … 중략 … 선생님의 서론 속에서 "실생활에 관련한 자기 모든 것을 소진하여야 비로소 절대자유인 자기를 나타내고, 시공간의 인연 일절을 포기하기 때문에, 오히려 그 모든 것을 포섭하는 영구의 생명으로 살 수 있는 종교상의 깨달음이며 동시에 또한 예술상의 깨달음이다"라고 말하고 있다'(「마츠우라 하지메씨 『문학의 본질』에 대해서」 · 全集 1 · pp.13~138)라고 서술하고 있다.

당시 메이지 말부터 다이쇼기에 걸쳐 문학계에서는 종교와 예술을 동일하게 보는 것이 하나의 풍조였다. 물론 아쿠타가와도 당시의 지식인들처럼 기독교를 심미적 · 예술적 혹은 괴이한 취미 · 몽상적 기호로서 보는 자세를 가지고 있었다고 볼 수 있는데, 이러한 그의 기독교관에 대해서 코메쿠라 미치루(米倉充)라는 다음과 같이 말하고 있다.

> 원래가 해외 문학이나 사상에 민감하였고, 이국적인 것에 대한 풍부한 감수성의 소유자였던 아쿠타가와가 이 기독교 세계에 홍미를 가졌던 것도 결코 신기한 일이 아니다. … 중략 … 그러나 이 아쿠타가와의 기독교 문학으로의 접근에 있어서도 그의 방관자적, 지성적인 창작태도는 조금도 변하지 않았다. 즉 그는 그 일본 역사상에 드물었던 기독교의 처참한 순교에 대해서도 냉담히 그것을 풍자하고, 희극화해 간다. 그곳에는 일반적으로 '성스러운 것'의 세계에 대한 외경이나 관여의 태도는 눈에 띄지 않는다.[39]

39) 米倉充, 「大正文化とキリスト教」, 『近代文学とキリスト教-明治 · 大正 篇-』, 創元社, 1983, pp.242~243.

사실 '기독교소설군'은 아쿠타가와가 본격적으로 작가활동을 들어간 '역사소설군' 시기와 거의 일치하고 있는데, '내가 어느 주제를 알고 그것을 소설로 쓰려고 한다. 그리고 그 주제를 예술적으로 가장 잘 표현하기 위해서는 어떤 이상한 사건이 필요하다. … 중략 … 옛날인가(미래는 드물 것이다) 일본 이외의 땅인가 혹은 옛날 일본 이외 나라에서 일어난 것을 하는 수밖에 없다'(「옛날(昔)」· 全集2 · p.124)고 말한 바와 같이 '역사소설군'이나 '기독교소설군' 모두가 그의 문학 창작상의 필요에 의해 이용된 소재였다고 볼 수 있다.

이처럼 아쿠타가와는 기독교를 종교적으로 믿기보다는 오히려 그것을 소재로 하여 자신의 예술적 완성을 또 다른 종교적 경지로 끌어올리려고 하고 있다고 말할 수 있다. 구체적으로 「서방의 사람(西方の人)」에서는 기독교가 예술을 위한 도구로서 이용되고 있음을 나타내고 있다.

> 내가 거의 10년 전에 예술적으로 기독교를-특히 가톨릭교를 사랑하였다. 나가사키의 '일본 성모 교회'는 아직도 나의 기억에 남아 있다. … 중략 … 그로부터 또 몇 년인가 전에는 기독교를 위해 순교한 기독교 교도들에게 어느 흥미를 느끼고 있었다. 순교자의 심리는 나에게는 모든 광신자의 심리와 같이 병적인 흥미를 부여하였던 것이다.
>
> 〈1 이 사람을 봐라(この人を見よ)〉, 「서방의 사람」· 全集9 · p.230

사사부치 토모이치(笹淵友一)는 '그리스도가 낭만주의가 된 결과 그리스도는 당연히 예수 그리스도 한 사람이 아니었다. 예수는 많은 그리스도들의 한 사람이다. 그리고 그 그리스도의 한 사람은 아쿠타가라고 말해도 아쿠타가와는 의외라고 하지 않을 것이다. 말하자면 아쿠타가와 자화상으로서 「서방의 사람」인 것이다'[40]라고 언급하고 있듯이, 아쿠타가와의 기독교에 대한 흥미는 자신의 예술지상주의 수단으로 사용하여, 작가인 자신을 신과 같은 창조자로, 그리고 문학창작에 종교적인 의미를 부여하여 현실과 이상 세계를 연결하는 매개체 역할을 시키고 있다.

또한 예수 그리스도를 기독교의 신적인 존재보다는 오히려 인간 예수 그리스도로 보고 있으며, 그러한 관점에서 자신 또한 서방이 아닌 '동방의 사람'으로서 한 사람의 그리스도로 보고 있다고 생각할 수 있다. 그런데 특히 여기서 주목하고 싶은 것은 아쿠타가와가 말한 순교한 기독교 교도들에게 '모든 광신자의 심리처럼 병적인 흥미로 느껴졌다'는 점이다. 즉 그들은 보통 인간이 아닌 광인, 다시 말해 '정신병자는 가장 진화된 인간'(葛卷義敏, 「新潟の座談會」, 『芥川龍之介未定稿集』, p.432)으로 볼 수 있으며, 아쿠타가와는 기독교 교도 또한 광인이나 우인과 마찬가지로 보통 인간이 달성할 수 없는 한계를 초월하여 자신들이 믿는 종교의 이상향에 도달할 자격을 부여하고 있는 것이다.

이처럼 아쿠타가와의 '기독교소설군'에 등장한 광인이나 우인은 '불'이나 '꽃'의 상징을 통해서 예술지상의 경지인 '황홀한 비장의 감격'이나 '찰나의 감동'을 나타내고 있다고 볼 수 있으며, 이러한 예술지상적의 세계에 도달하기 위해서는 보통 사람이 가진 인간적 · 윤리

---

40) 笹淵友一, 「芥川龍之介のキリスト教思想」, 『国文学解釋と鑑賞』8, 至文堂, 1958, p.15.

적인 면을 초월해야 한다고 주장하고 있다. 이것은 바꾸어 말하면 광인인 요시히데나 우인인 키치스케가 초인이나 성인이 되기 위해서는 일상 세계를 부정하여야만 예술적, 종교적 승화가 가능하다는 것을 말하고 있는 것이다. 그러므로 그의 예술지상주의는 단순히 문학 창작에 머무르는 것이 아니라, 종교적으로 승화시키고 있음을 엿볼 수 있다.

특히 아쿠타가와에게 있어 기독교는 바로 그의 근원적 문제, 그가 어릴 적 후쿠가 광기로 인한 죽음을 지켜보면서 도대체 죽음을 불러일으키는 광기가 어디에서 연유되었는가하는 물음에 대한 하나의 해답이었다. 즉 아쿠타가와는 기독교 교리에서 말하는 죄는 곧 사망이라고 하는, 다시 말해 죄를 지음으로써 광인이 되어 죽는다고 하는 자신만의 논리를 만들었던 것이다.

따라서 만일 그의 문학 창작-예술지상주의-에 있어 자신과 같은 운명을 지닌 광인이나 우인을 초인이나 성인으로 재창조한다면 그들 또한 단순히 죽음으로 끝나는 것이 아니라 삶이 영속적으로 이어질 것이라고 보았던 것이다. 그러기 위해서는 그 스스로가 비일상 세계에서 만물을 창조하는 절대적, 우월적인 존재로서 예술상의 신이 되지 않으면 안되었다. 이처럼 아쿠타가와는 문학이라는 허구세계 속에서 자신이 천재임을 증명하고자 시작한 예술지상주의를 실현시킴으로서 일상세계에 살아가는 자신 또한 광인으로서의 죽음이 아닌 초인으로서의 삶으로 운명을 바꾸고 재탄생하고자 하였던 것이다.

Ⅳ
예술지상주의의 비상(飛上)에서 하강(下降)으로

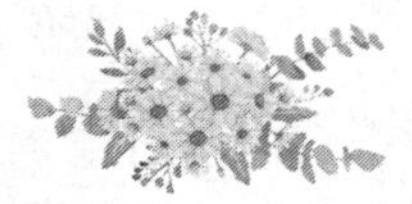

1. 「덤불 속」의 근대적 인간군상

▲ 영화 '라쇼몬'의 한 장면

이제까지 아쿠타가와에게 있어 문학창작은 자신의 광기가 천재라는 것을 증명하는 수단이었다. 그리고 아쿠타가와의 예술지상주의로의 비상은 천재로서의 자신을 보통 사람들과 구별하여, 스스로를 우위의 존재로 간주하는 것이라 하겠다. 그런데 1923년부터 1925년

에 걸쳐 썼다고 생각되는 「아포리즘(アフォリズム)」에는 '좋은 예술가 이상의 인간이 아니라면 좋은 예술을 만들 수 없다. 이 모순을 이해하지 않는 한, 예술을 위한 예술은 영구히 막다른 골목에서 나올 수 없을 것이다'(〈좋은 예술가(善い藝術家)〉, 미정고 「아포리즘」 · 全集 12 · p.265)라고 언급하고 있듯이, 당시 그의 문학 창작 속에서 다루었던 광인이나 우인과는 달리 일상 세계에 있어서 보통 사람에 대한 인간적인 자각의 중요성을 주장하고 있다.

구체적으로 아쿠타가와가 말하는 인간성[1]이란 '인간적인 너무나도 인간적인 것은 대부분 틀림없이 동물적이다'(〈인간적인 너무나 인간적인(人間的な､余りに人間的な)〉, 「난장이의 말」(유고) · 全集 9 · p.349)라고 서술하고 있듯이, '동물적'이란 인간의 에고이즘을 가리키는 말로, 구체적으로 기독교와 관련해서 죄를 범한다고 하는 죄인식[2]과 관련지어 생각할 수 있다. 그리고 그러한 의미에서 1922년 잡지 『신조(新潮)』에 발표된 「덤불 속(藪の中)」은 그의 보통 사람들에 대한 인간성의 자각과 재인식을 나타낸 작품이라 볼 수 있다. 즉 작품 내용은 주로 한 사람(다케히로)의 죽음을 둘러싼 세 명의 등장인물들이 각각 다른 진술을 하게 함으로써, 인간 내면에 있는 진실(심리적 본성)-죄 인식-을 구체화되고 있다.

그러므로 「덤불 속」을 논하기에 있어서, 우선 아쿠타가와의 '역사소

1) 『日本国語大辭典』(小学館, 2001년)에 의하면 인간성(혹은 인간적)은 '인간으로서 선천적으로 가지고 있는 성질'이라고 정의되어 있다.
2) 이와 같은 죄 인식과 기독교와의 관련 문제는 아쿠타가와가 어릴 때부터 기독교에 관심(그 예로써 1909년 아쿠타가와가 쓴 「늙은 광인」을 들 수 있다)을 가지고 있었으며, 또한 기독교에서 말하는 죄야말로 그의 원죄 의식, 다시 말해 생모 후쿠의 광기의 출발이 되었다고 조심스럽게 추측할 수 있다.

설군'에 있어 근대적 재해석에 나타난 도덕상의 특색과 '기독교소설군'에 있어 죄 문제에 감추어진 근대인의 인간성을 살펴보고자 한다. 또한 당시 아쿠타가와에 있어 히데 시게코(秀しげ子)와의 연애 문제를 고찰해 봄으로서 작품 「덤불 속」에 나타난 진실을 규명해 보는 것과 동시에 아쿠타가와의 근대인의 인간성을 재인식하는 과정을 엿보고자 한다.

1.1 '역사소설군'에 있어서 근대적 재해석

「덤불 속」은 『옛날이야기(今昔物語)』 제 29권 제 23화를 소재로 만들어진 아쿠타가와의 '역사소설군' 중 하나이다. 이 작품에는 내용상 등장인물의 한 사람인 무사 다케히로(武弘)의 죽음을 둘러싸고, 도둑인 다죠마루(多襄丸)의 자백과 다케히로의 아내인 마사고(眞砂)의 참회, 그리고 다케히로의 죽은 혼이 무당의 입을 빌려 전개되고 있으나, 다케히로의 죽음에 대해서 세 사람 각각 서로 엇갈린 진술을 하고 있으며, 누가 범인인가, 누가 진실을 말하고 있는가는 전혀 알지 못한 채 끝을 맺고 있다. 그러나 원전(原典)에서는 어떤 남자가 부인과 함께 단파(丹波)를 향해 여행을 떠나는 도중, 도둑에게 습격당해 아내는 범해지고, 말과 활, 칼을 빼앗긴 뒤, 남편과 부인은 다시 단파를 향해 떠난다는 줄거리이다.

이와 같이 「덤불 속」과 비교해 보면, 살인사건도 없고, 복잡한 심리묘사도 보이지 않음을 알 수 있다. 에비이 에이지도 원전과의 차이점[3]에 대해서 지적하고 있는데, 그의 말에 의하면 원전에서는 물건을

3) 에비이 에이지는 「덤불 속」과 원전(原典)의 차이점에 대해서 '첫째로 내용상에서

훔치는 것이 목적이며, 여자를 범하는 것은 부차적인 사건인데, 작품 「덤불 속」에서는 여자를 범하는 것이 목적이라고 말하고 있다.

에비이 에이지가 지적한 세 가지 중에서 가장 중요한 차이점은, 원전에는 없는 다케히로의 죽음에 대해서 세 사람(다죠마루, 마사고, 다케히로)의 서로 다른 진술이며, 이것은 구체적으로 세 사람의 진술 속에 감추어진 인간성 문제(예를 들어 에고이즘과 도덕적 · 윤리적인 죄인식)라고 말할 수 있다. 즉 원전에서는 '그 후, 여자가 다가와 남자를 풀어주었다. 남자는 자기도 모르게 그만 난처한 얼굴을 하고 있었다. 여자는 "너의 용기 없음에 한심스럽다. 오늘부터 나중에도 다시 이런 어처구니없는 일이 있어서는 안 된다"라고 말했다. 남편은 뭐라 변명도 못하고, 떠날 채비를 하고 단파로 떠났다'[4]라고 적혀 있듯이, 여기서 인간성 문제에 관해서는 다루고 있지 않다.

말하면 작품 줄거리의 핵심이 원전에서는 남편 앞에서 아내가 능욕당하는 사건인데 반해, 작품에서는 그 후에 관심의 초점이 옮겨져, 능욕 후 세 사람의 갈등 특히 심리적 갈등에 드라마의 핵심이 자리잡혀 있고, 그것이 남편 다케히로의 죽음을 결과로 하고 있는 점. 그리고 다케히로의 죽음에 대해서 세 사람 각자가 말하는 내용이 완전히 어긋나 정립(鼎立)하고 있다. 둘째로 형식상에서 말하면 사건을 객관적으로 서술한 원전의 설화체(說話體)를 거의 모두 해체하고 작품에서는 사건 당사자를 포함해서 일곱 개의 독자체에 의해 구성되어 있는 점. 셋째로 등장인물의 변경과 추가 Ⅰ. 여자에게 '마사고(眞砂)'라는 고유명사를 부여하여, 그 성격이 '남자 못지않을 정도로 지기 싫어하는 여자'라고 구체화되어 있는 점. … 중략… Ⅱ. 도둑에게 '다죠마루(多襄丸)'라는 이름을 부여하여, 여자를 좋아하는 성질을 갖게 한 점. … 중략 … Ⅲ. 남자도 원전에서는 '교토(京)에 사는 남자'이지만, 작품에서는 카나자와 다케히로(金澤武弘)라는 이름의 와카사(若狭) 지방행정의 무사로, 와카사로 돌아오는 도중 세키야마에서 우연히 재난을 만나, 작품 전개과정상 수수께기이지만 죽음에 이르고 만 점. Ⅳ. 원전에는 없는 4 명의 인물(나뭇꾼, 스님, 나졸, 노파)을 새롭게 등장시키고 있다'(海老井英次, 「藪の中」, 앞의 책, pp.286~289)고 설명하고 있다.

4) 『今昔物語』(本朝世俗部 4), 新潮社, 1984, p.98.

이처럼 『옛날이야기』의 주제는 당시 일상 세계에 사는 인간의 모습을 그리면서도 인간 사이의 심리적, 인간적 묘사보다는 주로 불교 신앙의 전파[5]가 목적이라 할 수 있다. 노구치 히로히사(野口博久)도 '『옛날이야기』의 편자는 인과 법칙을 이법(理法)으로서 설명하는 것이 아닌, 설화 속에서, 설화를 통해 설파하여, 민중을 지도하려고 하는 방법을 취했다고 생각할 수 있다. 그것은 인도(天竺), 중국(震旦), 일본(本朝)에 걸쳐 거의 모든 곳에 불도를 전파하는 강력한 근본원리로서 집결되어 있다'[6]고 서술하고 있듯이, 『옛날이야기』는 당시 사람들에게 '선인선과(善因善果)'에 의해 극락으로 왕생할 수 있으며, '악인악과(惡因惡果)'에 의해 지옥으로 떨어진다고 하는 불교적 색채가 강한 설화집이라 볼 수 있다. 그러나 「덤불 속」에서는 『옛날이야기』의 원전과 달리 오히려 작품 내용상 남편인 다케히로 앞에서 다죠마루가 마사고를 범한 후의 세 사람의 진술이 중심을 이루고 있는데, 이것은 아쿠타가와가 그들의 진술을 통해서 각각 인간상에 감추어진 심리적 본성을 찾아내려 하였다고 볼 수 있다. 그 예로 아쿠타가와는 「옛날(昔)」(1918)에서 다음과 같이 언급하고 있다.

소위 역사소설이라고 하는 것은 어떤 의미에 있어서도 '옛날' 재현을 목적으로 하는 것이 아니라는 점으로 구별을 세울 수 있을지 모른다.

---

5) 이케가미 쥰이치는 '『옛날이야기』 전체를 봐도 불교설화가 65%을 차지하고 있다. 설화 배치로 보나 숫적인 면에서 봐도 『옛날이야기』의 중심을 이루는 것은 불교설화로, 『옛날이야기』의 편찬 목적에 있어 먼저 생각해야할 것이 불교설화의 집성에 있다는 것은 말할 필요가 없다'(池上洵一, 『『今昔物語』の世界, 中世のあけぼの』, 筑摩書房, 1983, p.247)라고 언급하고 있다.

6) 野口博久, 『日本文学と仏教』, 岩波書店, 1994, p.104.

… 중략 … 그러한 사정상 내가 옛날 일을 소설로 써도 그 옛날인 것에 커다란 동경을 가지고 있지 않다. 나는 헤이안(平安)조에 태어난 것보다도, 에도(江戶)시대에 태어난 것보다도 아득히 먼 오늘날 일본에 태어난 것을 고맙게 생각하고 있다.

「옛날」· 全集2 · pp.124~125

여기서 아쿠타가와는 '역사소설'을 쓸 때, 고전에서 소재를 빌려 그대로 '옛날 재현을 목적'으로 한 것이 아니라, '오늘날 일본'으로 재해석하여 표현한 것이 목적이었다고 말하고 있다. 그리고 이것이야말로 다른 역사소설과 구별을 두고자 하였던 것이다. 즉 다이쇼(大正) 시대는 근대 서구적 합리주의의 유입으로 말미암아, 『옛날이야기』와 같은 설화의 주된 목적이 과거와 같은 강력한 힘을 발휘할 수 없는 것을 의미하고 있으며, 이것은 달리 말해서 아쿠타가와가 설화를 소재로 문학 창작을 한다 하더라도, 과거 그대로가 아닌 당시 일본으로 재해석함으로서 자신의 독창성이라고 말할 수 있는 근대적 의미를 첨가하려고 하였던 것이라 할 수 있다.

예를 들어 그는 '당시 사람들의 정신적 투쟁'이나 '당시 사람들의 마음에 흥미를 느끼'고, '그들도 역시 우리들과 같이 속세의 고통 때문에 신음하였다'(「옛날이야기 감상(今昔物語鑑賞)」· 全集8 · p.451)라고 언급하고 있듯이, 그의 '역사소설'에는 현재 자신이 살고 있는 동시대 보통 사람들의 마음을 표현하려고 하였다. 특히 「덤불 속」과 같은 해인 1922년에 쓰여진 「쵸코도 잡기(澄江堂雜記)」속에서는 구체적으로 아쿠타가와의 '역사소설' 관을 살펴 볼 수가 있다.

> 역사소설이라고 말한 이상, 한 시대의 풍속처럼 조금은 충실하지 않는 것은 없다. 그러나 한 시대의 특색만을, 특히 도덕상의 특색만을 주장한 것도 당연히 있다. 예를 들어 일본의 왕조시대는 남녀관계의 사고방식에서도 근대의 그것과는 매우 다르다. … 중략 … 그러나 일본의 역사소설에서는 아직도 이러한 종류의 작품을 찾을 수 없다. 일본에 있는 것은 옛 사람의 마음에 현대 사람의 마음과 공통하는, 말하자면 인간적인 번뜩임만을 받아들이는 알기 쉬운 작품뿐이다.
>
> 〈역사소설(歷史小說)〉, 「쵸코도 잡기」· 全集5 · p.363

사실 아쿠타가와는 『옛날이야기』를 소재로 한 작품[7]이 많이 있다. 그러나 그가 '역사소설'을 통해서 표현하려고 한 것은 종래의 일본 역사소설과 같이 '옛 사람의 마음에 현대 사람의 마음과 공통하는, 말하자면 인간적인 번뜩'이는 것이 아니다. '일본의 왕조시대'는 '남녀관계의 사고방식에서도 현대의 그것과는 상당히 다르'기 때문에, 시대에 걸맞는 '도덕상의 특색'을 포함시킬 필요가 있다고 언급하고 있다. 즉 '도덕상의 특색'은 시대가 변해도 변함없이 존재하지만, '옛 사람'이

7) 『옛날이야기』를 소재로 한 역사소설군을 열거해 보면, 「청년과 죽음과(青年と死と)」(1914)는 「龍樹俗時隱形藥語 第24」, 「라쇼몬(羅生門)」(1915)은 권29의 「羅城門上層盜人語 第18」및 권 제31의 「太刀帶陣賣魚嫗語 第31」, 「코(鼻)」(1916)는 권28의 「池尾禪珍內供鼻語 第20」, 「마 죽(芋粥)」(1916)은 권26의 「利仁將軍若時從京敦賀將行五位語 第17」, 「운(運)」(1917)은 권16의 「貧女仕淸水觀音値盜人夫語 第33」, 「도소문답(道祖問答)」(1917)은 권12의 「天王寺別当道命阿闍梨語 第36」, 「도둑(偸盜)」(1917)은 권 29의 「不被知人女盜人語 第 3」 및 「筑後前司源忠理家入盜人語 第12」, 「극락왕생 그림책(往生繪卷)」(1921)은 권19의 「讚岐国多度郡五位聞法即出家語 第14」, 「호색(好色)」(1921)은 권30의 「平定文仮借本院侍從語 第1」, 「로쿠노미야 아가씨(六の宮の姫君)」(1922)은 권19의 「六宮姫君夫出家語 第5」및 권 15의 「造惡業人寂後昌念仏往生語 第47」, 「니다이(尼提)」(1925)는 권2의 「長物家淨屎尿女得道語」와 같다.

생각했던 죄 인식과, 현재 살아 있는 사람이 생각하는 죄 인식에서는 차이가 있기 때문에, 고대에는 '옛 사람'의 죄 인식이 있으며, 근대에는 근대인의 죄 인식이 있다고 강조하고 있다.

그러한 의미에서 『옛날이야기』 제 29권 제 23화를 소재로 한 「덤불 속」은 근대인의 '도덕상의 특색'을 표현-재해석-한 곳에, 그의 '역사소설'의 의의[8]가 있다고 볼 수 있으며, 동시에 예술적 가치-'야생(brutality)'의 아름다움(「옛날이야기 감상」)-가 있다고 주장하고 있는 것이다.

1.2 '기독교소설군'에 있어서 죄의 문제에 감추어진 근대인의 본성

아쿠타가와는 고전(주로 『옛날이야기』)에서 소재를 얻어, 당시 일상 세계에 있어 근대인의 에고이즘과 도덕적 · 윤리적인 죄 문제를 작

8) 예를 들어 초기 '역사소설'인 「코」(1916)와 「운」(1917)을 들어 보면, 우선 「코」에서는 『옛날이야기』의 권 28의 「池尾禪珍內供鼻語 제 20」을 소재로 한 작품이다. 요시다가 '현대인의 심리나 감정을 고대의 인간에게 투입하는 것으로, 그 자신의 인생관을 혹은 인생에 대한 회의를 말하려고 한다'(高橋陽子, 「鼻」, 『国文学』, 学灯社, 1988.5, p.78, 재인용)라고 서술하고 있는 것처럼, 원전과는 달리 「코」는 주인공인 젠치 나이구(禪智內供)의 심리전개-'방관자의 이기주의'-를 중심으로 그려져 있다. 그리고 「운」에서는 『옛날이야기』의 권 16의 「貧女仕淸水觀音値盜人夫語 제 33」를 소재로 한 작품이다. 노구치(野口博久)가 '여자의 운을 관음(觀音)의 이익이라는 시점에서만 파악하지 않고, 한 사람의 인간이 다다를 운명으로서 파악하고 있다. 여기에서 원전이 근대 소설로서 탈피를 이루었다고 말할 수 있을 것이다'(野口博久, 앞의 책, pp.101~102)라고 지적하고 있듯이, 원전의 주제인 '관음의 불가사의한 영험이 이와 같이 있었다'와는 달리 「운」에서는 등장인물인 젊은 무사는 이미 불법신앙의 의미는 잃고 말았으며, 그가 말한 '인간이 다다른 운명'을 중심으로 끝을 맺고 있다.

품화-'도덕적 특색'의 재해석-하고자 하였다. 그러나 불교의 '선인선과'·'악인악과'라는 '인과응보' 사상은 근대라고 하는 현실과 너무 거리가 떨어져 있으며, 그의 '역사소설군' 창작에 있어서도 소재의 부자연스러움을 나타내는데 한계가 있었다. 왜냐하면 그가 고전이나 설화에서 소재를 얻어, 근대인의 심리나 문제를 표현한다고 하여도 작품을 읽는 독자는 옛날이야기 형식에 사로잡혀, 그곳에서 근대적 의미를 이해하지 못하였기 때문이다. 그래서 아쿠타가와는 근대인의 인간성 문제를 표현하기 위해, 시대에 알맞은 새로운 소재가 필요하였다고 유추할 수 있으며, 이것은 서양의 근대 문명을 받아들이려는 당시 시대적 분위기와 함께 1873년 메이지 정부가 기독교 금지를 철거한 이후, 본격적으로 유행하기 시작한 이 기독교야말로 그가 의도한 '도덕상의 특색'을 주장하기에 보다 적절한 소재가 되었던 것이다. 예를 들어 아쿠타가와는 「옛날」 속에서 다음과 같이 언급하고 있다.

> 지금 내가 어떤 주제를 받아들여 그것을 소설로 쓰려고 한다. 그리고 그 주제를 예술적으로 가장 강력하게 표현하기 위해서는 어느 이상(異常)한 사건이 필요하게 된다. … 중략 … 하지만 이 곤란을 없애는 수단으로는 '현재 이 일본에서 일어난 사건으로서는 능숙하게 쓰기 어렵다' 라는 말이 보여주듯이 옛날인지(미래는 드물 것이다) 일본 이외의 땅이나 아니면 옛날 일본 이외의 땅에서 일어난 일로 하는 수밖에 없다.
>
> 「옛날」·全集2·p.124

아쿠타가와는 '예술적으로 가장 강력하게 표현하기'위해 '이상(異常)한 사건'이 필요하였고, 그것을 '옛날' 혹은 '일본 이외의 땅'에서

구하고자 하였다. 만일 그렇지 않다면 독자들에게도 부자연스러움을 주게 되어 작품 주제 또한 예술적으로 표현할 수 없게 된다. 따라서 그가 예술지상주의를 계속하기 위해서는 일본 옛날 설화이외에도 이국 땅에서 발생한 신비로운 사건들, 그 중에서도 당시 기독교 세계에 새로운 가능성을 봤다고 생각할 수 있다.

게다가 근대의 도덕적 · 윤리적 죄 문제[9] 자체가 본래적으로 기독교와 깊은 관련이 있음을 주목할 필요가 있다. 즉 기독교에서 말하는 신과 악마나 선과 악의 개념은 아쿠타가와의 문학 창작에 있어 현대 인간성의 문제에 대한 접근이 수월하였다고 볼 수 있다. 그 예로 그는 「떠도는 유태인(さまよへる猶太人)」(1917)과 같은 기독교를 소재로 한 작품 속에 죄 문제와 관련하여 다음과 같이 언급하고 있다.

> 예수를 모독한 죄를 알고 있는 자는 그 혼자일 것이다. 죄를 안다는 것이야말로 저주도 받는 것이다. 죄를 죄라고 인식하지 않는 자는 하늘이 죄를 벌하려고 하지 않는다. … 중략 … 단지 벌을 받는 것이야말로 보상도 있으며 게다가 예수의 구원을 받는 것도, 그 혼자일 뿐이다. 죄를 죄로 아는 자에게는 대체로 죄와 보상이 하나로 하늘에서 내리는 것이다.
>
> 「떠도는 유태인」 · 全集1 · p.454

9) 죄와 관련해서는 '도덕적인 악행, 법률상 불법행위, 종교상 악업을 총괄하는 말. 기독교가 지배해 온 서유럽에서 죄라고 하는 것은 주로 종교적으로 규정되어 왔으며, 도덕적인 악행도 또한 종교와 관련을 두어 죄로서 취급되고 있다. 따라서 죄라는 것은 우선 무엇보다도 신(神)의 의지에 반역으로서 이해되었다'(『日本百科大事典 9』, 小学館, 1964)라고 정의되어 있다.

주인공 요셉은 예수 그리스도의 저주를 받아, 최후의 심판이 오는 날을 기다리며 영원히 방랑을 계속하고 있다. 그러나 '죄를 안다는 것이야말로, 저주도 받는 것이다'와 '벌을 받는 것이야말로 보상도 있으며 게다가 예수의 구원을 받는 것도, 그 혼자일 뿐이다'라는 말에서도 알 수 있듯이, 죄를 인식한 자만이 벌이나 보상도 받을 수 있는 것이다.

미야사카 사토루는 '요셉의 논리에 의하면, 죄의 자각이 없으면 벌도 보상도 내리지 않는다. 즉 죄의 자각에서 모든 것이 출발한다고 하는 인간 중심의 이해이다. … 중략 … 요셉의 고뇌 속에서 아쿠타가와 자신의 그것을 이해하는 것은 그리 깊게 생각할 필요가 없다'[10]라고 지적한 바와 같이, 죄를 인식하지 않으면 벌도 보상도 없다고 하는 요셉의 말은 바꾸어 말하면 아쿠타가와는 자신이 죄를 범했으면서도 그 죄를 인식할 수 없는 근대인의 모습을 말하고자 하였던 것이다.

특히 아쿠타가와는 1918년에 발표한 「루시헤루(るしへる)」에서는 구체적으로 근대인이 범하는 죄를 일곱 가지-교만, 분노, 질투, 탐욕, 색욕, 태만, 나태-로 나누고 있다. 즉 주로 교회에 취임하게 된 천주교도인 하비앙과 악마인 루시헤루와의 대화 속에서 루시헤루는 이러한 '일곱가지 무서운 죄'를 열거하며 인간의 동물적인 본성-죄를 범하다-에 관해서 언급하고 있다.

> 대체로 '악마'에게는 일곱 가지 무서운 죄로 인간을 유혹하는 힘이 있다. 하나는 교만, 둘은 분노, 셋은 질투, 넷은 탐욕, 다섯은 색욕, 여섯은 태만, 일곱은 나태, 하나라도 타락하지 않은 것이 없다.

---

10) 宮坂覺, 「さまよへる猶太人」, 『国文学 解釋と鑑賞』, 至文堂, 1983.3, p.41.

(하비앙-인용자) "악마이면서 설령 인간과 다르지 않다고 해도, 그 것은 단지 피상적인 견해에 머물 뿐. 너희 마음에는 무서운 일곱 가지 죄가 전갈처럼 도사리고 있다." '루시헤루'는 또다시 비웃는 듯한 목소리로 "일곱 가지 죄는 인간의 마음에도, 전갈처럼 도사리고 있다. 그것은 너 스스로도 알고 있지 않은가"

「루시헤루」· 全集2 · p.365, p.366

처음엔 천사(善)였던 루시헤루는 자신의 오만한 죄로 인해 지옥에 떨어져 악마(惡)가 되었다. 하지만 악마 자신이 '빛이 있으면 반드시 어둠이 있다'고 말한 것처럼 그의 마음속에는 항상 선과 악이 대립하면서도 항상 공존[11]하고 있다. 조사옥은 '루시헤루가 악을 행하면서도 선을 잊지 않고 천상을 바라보고 있는 인간과 같다고 하는 점은 아쿠타가와의 창작이다'[12]고 서술한 바와 같이, 악마는 단순히 기독교에서 말하는 악마라기보다는 오히려 우리 인간들의 내면에 감추어진 에고이즘적 존재[13]로 나타나고 있다.

---

11) 아쿠타가와가 23살 때 이가와에게 보낸 편지에는 '나에게는 선과 악이 상반적이지 않고 상관적인 것같은 기분이 든다. … 중략 … 하여튼 모순된 두 개의 것이 나에게 있어 똑같이 유혹하는 힘을 가지고 있다. 선을 사랑한다고 한다면 악도 사랑할 수 있는 기분이 든다. … 중략 … 이것을 실제로 겪어 보지 않는다면 예술을 말할 자격이 없는 사람인 것처럼 느껴진다'(1914년1월21일)고 서술하고 있다.

12) 曺紗玉, 「大正五年から大正七年に書かれた四篇の切支丹物」, 『芥川龍之介とキリスト教』, 翰林書房, 1995, p.77.

13) 이 이외에도 「담배와 악마(煙草と惡魔)」(1916)에서 '이 따사로운 햇살을 받고 있으니, 이상하게도 마음이 느슨해져 왔다. 선행을 하려는 기분도 들지 않는 동시에 악행을 행하려는 기분도 들지 않아 버렸다'(「담배와 악마」· 全集1 · p.276) 그리고 「악마(惡魔)」(1918)에서 '저는 저 아가씨를 타락시키려고 생각하였습니다. 그것과 동시에 타락시키고 싶지 않는 것도 생각했습니다. … 중략 … 그 두 개의 마음 사이를 맴돌면서 저는 저 가마 위에서 통절히 우리들의 운명을 생각하고 있었

그러나 이와 같은 일곱 가지 죄악은 단지 악마의 행위뿐만 아니라, 인간들 또한 그 동물적 본능-에고이즘-으로 인하여 죄를 범하게 되며, 그것을 인식하지 못하는데서 인간성의 한계를 보여주고 있는 것이다. 즉 '우리들 인간의 특징은 신(神)이 결코 범하지 않는 과실을 범하는 것에 있다'(〈인간적인(人間的な)〉, 「난장이의 말」(유고) · 全集 9 · p.353)라고 언급하고 있는 것처럼 아쿠타가와는 인간이 죄를 범한다고 하는데서 인간성을 구하고자 하였으며, 바꾸어 말하면 죄를 인식하지 못하는 근대인의 '도덕상의 특색'을 표현하고자 하였던 것이라 볼 수 있다.

1.3 「덤불 속」과 히데 시게코

한편, 「덤불 속」의 창작 배경과 관련해서 주목해야 할 한 사람의 여성으로서 히데 시게코(秀しげ子)를 들 수 있다. 왜냐하면 그녀는 「덤불 속」의 창작 배경임은 물론 아쿠타가와의 자살 원인[14] 중 하나로 생각되어지는 여성이기 때문이다. 에비이 에이지는 '히데 시게코라는

습니다' (「악마」 · 全集2 · pp.254~255)에 나타난 악마의 행위를 통해 아쿠타가와는 인간의 에고이즘적 동물적 본성 속에 감추어진 죄 문제를 표현하고 있다.

14) 타키이 코사쿠(瀧井孝作)가 「純潔-『藪の中』をめぐりて-」(『改造』, 1951. 1)에서 '그녀(히데 시게코-인용자)는 아쿠타가와와 관계한 뒤, 게다가 난부 슈타로와도 관계를 맺었어. …중략… 아쿠타가와 성격으로는 난부와 같은 사람에게 꼼짝 못하게 되는 형국으로, 난부에게 급소를 잡혀 언제나 고개를 들지 못한 것을 생각하면, 아쿠타가와도 입장이 난처할거야. 저런 성격의 사람이니까 그로 인해 세상이 덧없는 기분이 들었던 거야'라고 말하고 있으며, 에구치 칸는 시게코에 대해서 '(아쿠타가와-인용자) 만년의 운명에 적어도 30퍼센트는 지배하였던 여성이다'(江口渙, 『나의 문학반생기(わが文学半生記)』, 青木書店, 1952, p.192)라고 말하고 있다.

여성을 둘러싼 난부 슈타로(南部修太郎)와의 갈등에 「덤불 속」의 삼각관계의 원형을 본 것이며, 그럴 경우 아쿠타가와=다케히로라는 도식으로 작품 속에 있어서 아쿠타가와의 위치가 추정될 수가 있다'[15] 라고 언급하고 있듯이, 「덤불 속」은 마치 아쿠타가와와 히데 시게코와의 관계가 반영되어 있다는 여러 주장들[16]도 있다.

▲ 히데 시게코(秀しげ子)

실제 아쿠타가와와 히데 시게코는 1919년 6월 10일, 〈십일회(十日會)〉[17]라는 신진문인 모임에서 서로 알게 되었다. 그 날 아쿠타가와는 기쿠치 칸(菊池寬)와 함께 〈십일회〉에 처음으로 출석하였고, 시게코를 보고 이전부터 모임에 참가한 히로츠 카즈오(廣津和郞)에게 "이봐, 나를 소개시켜줘"[18]라고 부탁하였다. 그 이후로 두 사람의 관계는 점차 깊어지게 되었으며, 아쿠타가와 또한 당시 「아귀굴 일록(我鬼屈

15) 海老井英次, 앞의 책, p.293.

16) 예를 들어 타키이 코사쿠가 쓴 「純潔-『藪の中』をめぐりて-」(『改造』, 1951)이나 오아나 류이치(小穴隆一)가 쓴 「『藪の中』について」(『二つの繪』, 1956)에서는 아쿠타가와와 히데 시게코와의 관계를 비교적 자세히 서술하고 있다. 아쿠타가와 스스로도 오카에이 이치로(岡榮一郞)에게 보내는 편지에서 '때때로 염불도 왼다. 욕탕에서 난부가 자랑삼아 여자이야기를 늘어놓을 때에는'(1921년 10월 10일)라고 적고 있듯이, 1921년 가을 무렵부터 시게코와 난부 슈타로와의 관계를 알게 있었다고 추측된다.

17) 이와노 호메이(岩野泡鳴)가 주재하고 있던 〈십일회(十日會)〉에 출석한 때이다. 〈십일회〉라는 것은 만세교(万歲橋) 역 주변의 2층에 있는 '미카도(ミカド)'라는 음식점에서 이와노를 중심으로 그 당시 젊은 시인이나 가인(歌人), 화가 등이 모여 이야기하던 회합으로, 매월 10일에 열렸기 때문에 〈십일회〉라고 부르게 되었다.

18) 廣津和郞, 『彼女』, 小說新潮, 1950 (森本修, 『人間 芥川龍之介』, 三弥井書店, 1981, p.97).

日錄)」에 시게코를 '그리운 사람(愁人)'이라 부르고 있음을 알 수 있다.

6월 10일 비 저녁부터 핫타선생님을 방문하다. 부재중. 그리고 나서 십일회에 가다. 모인 사람에는 이와노 호메이(岩野泡鳴), 오노 타카노리(大野隆德), 오카 라쿠요(岡落葉), 아리타 시게루(在田稠), 오스가 오츠지(大須賀乙字), 기쿠치 히로시(菊池寬), 에구치 칸(江口渙), 타키이 세츠사이(瀧井折柴) 등. 그 밖에도 이와노 부인 외 여성 4, 5명 있다.

… 중략 …

9월 10일 비 저녁부터 십일회에 가다. 밤에 잘 수 없었다.

9월 11일 비 요즈음 웬일인지 상심하기 일쑤이다.

9월 12일 비 그리운 사람 또한 빗소리를 듣고 있겠지 하고 생각하다.

9월 15일 흐림 나중에 비로소 그리운 사람과 만나다. 밤이 깊어 귀가하다. 심회가 뒤얽혀 멈추지 않는다. 스스로 희비를 알 수 없게 되다.

9월 22일 맑음 잠자리에 누워 빈번히 그리운 사람을 생각하다.

9월 25일 비 그리운 사람과 재회하다. 밤에 돌아오다. 뭔가 잃어버린 것 같은 기분이 든다.

9월 29일 흐림 시바(芝)에 가서 머물기로 했다. 그리운 사람은 지금 어떨런지.

「아귀굴 일록」· 全集12 · pp.380~390

「아귀굴 일록」에 의하면 아쿠타가와는 〈십일회〉에서 처음 시게코를 만난 이후, 9월 말까지 2번 만난 것이라 쓰고 있지만, 실제로 여러 번 만난 것으로 추정된다. 그러나 그는 시간이 지날수록 점차 시게코의 동물적 본능이나 집요함을 증오하게 되었는데, 그 예로 1920년에 발표한 「여자(女)」(1920)에서는 당시 그의 심경을 추정해 볼 수 있다.

암거미는 가만히 몸을 움직이지 않고, 조용히 벌의 피를 빨아 먹기 시작했다. 부끄럼을 모르는 태양 빛은 또다시 장미꽃에 비춰오는 한 낮의 적막을 뚫고 이 살육과 찬탈에 의기양양한 거미의 모습을 비추고 있었다. 회색빛 수자(繻子)와 매우 닮은 배, 검고 작은 장식용 구슬을 생각나게 하는 눈, 그리고 문둥병이라도 걸린 보기 흉한 마디마다 굳어진 다리-거미는 거의 '악'의 화신인 것처럼, 언제까지나 죽은 벌 위에서 소름끼치게 짓누르고 있었다.

「여자」· 全集4 · p.119

이처럼 암거미가 벌을 죽이는 모습은 아쿠타가와가 작품 제목을 '여자'라고 한 점에서도 알 수 있듯이, 여성(당시 정황으로 볼 때 시게코)의 동물적인 본능-'악'의 화신-을 간접적으로 표현하고 있는 것을 알 수 있다. 또한 작품 마지막인 '거의 악 그 자체인 것처럼, 한 여름 자연스럽게 살아가는 여자는'에서는 암거미가 벌을 죽였음에도 불구하고 그 죄를 인식하지 못하는 이기적인 여성 내면 세계를 보여주고 있다.

특히 아쿠타가와가 자살하기 한 달 전, 친구인 오아나 류이치가 "정말로 그 아이는 닮지 않았어?"라고 물었을 때, 아쿠타가와는 "그것이 말이야, 곤란해"[19]라고 말하고 있는데, 이것은 1921년 1월, 시게코가 낳은 남자 아이가 아쿠타가와와 닮았다는 것을 가리키는 것으로 당시 그의 심경을 '그녀를 목 졸라 죽이고 싶은, 잔학한 욕망마저 없는 것은 아니었다'(「어느 바보의 일생」)[20]라고 토로하며, 근대적 여성에 대한

---

19) 小穴隆一, 앞의 책, p.28.

20) '광인의 딸은 담배를 피면서, 교태부리듯 그에게 말을 걸었다. "저 아이는 당신과 닮지 않아?" "닮지 않았습니다. 우선 먼저…" "하지만 태교(胎教)라는 것도 있잖아요" 그는 잠자코 눈을 딴 데로 돌렸다. 하지만 그의 마음속에는 이렇게 말한 그

혐오나 불신감[21]을 엿볼 수 있다.

결국 아쿠타가와는 1921년 오사카 마이니치신문사(毎日新聞社)의 해외시찰원으로서 3월 하순부터 7월 상순까지 중국을 방문하는 것에 의해 그녀에게서 벗어날 수 있었다. 그러나 그의 유서에서는 '나는 과거 생활을 총결산하기 위해서 자살하는 것이다. 그러나 그 중에서도 가장 큰 사건이었던 것은 내가 29살 때에 히데 부인과 죄를 지었다는 것이다'[22]라고 쓰고 있는 것과 같이, 시게코(근대 여성)의 이기주의와 동물적 본능-'모든 악의 근본'(〈여인 또(女人 又)〉, 「난장이의 말」· 全集9 · p.339)-는 결과적으로 아쿠타가와(근대 남성) 또한 악-죄-을 범하게 하고, 물론 아쿠타가와와 시게코 간의 현실적(객관적, 물리적)인 이해관계는 없지만, 그곳에는 에고이즘(주관적, 관념적)적 죄 인식이 감추어져 있다고 볼 수 있다.

녀의 목을 졸라 죽이고 싶은, 잔악한 욕망마저 없는 것은 아니었다'(〈복수(復讐)〉, 「어느 바보의 일생」· 全集9 · p.330)

21) 시마다 아츠시는 '충분히 지식을 받아, 각종 자격을 가지고 사회를 활보하는 젊은 여성들이 속출하고 있었다. 그녀들은 메이지(明治)시대의 어머니들과 함께 외출하면 확실히 체격이 좋고 키도 크다. 그 태도도 시원시원하고, 사람과 접할 때에도 자신만만하다. 하지만 다른 견지에서 본다면 너무 활발하여 말괄량이이고, 동작이 거칠고, 여자의 미덕인 정숙, 우미와는 거리가 멀게 되었다'(嶋田厚, 『大正感情史』, 日本書籍, 1979, p.217)라고 서술하고 있듯이, 당시 여성의 도덕적 · 윤리적인 의식변화-서구적인 자유연애, 자유결혼 사상-은 단순히 시게코만의 문제가 아니며, 당시 근대화되어가는 일본 여성의 모습이라 볼 수 있다.

22) 아쿠타가와의 유서에는 '우리 인간은 하나의 사건 때문에 쉽게 자살 따위를 하는 자는 없다. 나는 과거 생활의 총결산을 위해 자살하는 것이다. 그러나 그 중에서도 큰 사건이었던 것은 내가 29살 때에 히데(秀)부인과 죄를 범한 것이다. 나는 죄를 지은 것에 양심의 가책을 느끼지 않는다. 다만 상대를 잘못 선택하였기 때문에(히데부인의 이기주의나 동물적 본능은 실로 엄청난 것이다) 나의 생존에 불리함을 발생한 것을 적지 않게 후회하고 있다'라고 쓰고 있다.

2. 「덤불 속」의 '진실'에 나타난 예술지상주의로의 전환

2.1 '진실' 문제에 대한 재해석

지금까지 많은 연구자들은 「덤불 속」에 감추어진 '진실'에 대해서, 과연 범인은 누구인가? 그리고 누가 진실을 말하고 있는가를 초점의 중심에 맞추어 논하여 왔다. 예를 들면 나카무라 미츠오(中村光夫)는 '「덤불 속」에서 아내, 남편의 진술은 각각 앞의 진술을 부정하는 성격을 가지고 있고, 결국 남편의 죽음은 타살인가 자살인가라는 의문에 해결을 주지 않으며, 타살이라면 범인은 누구인지도 모르는 채 끝나고 있습니다. 이것으로는 활자 너머로 인생이 보이는 듯한 인상을 독자에게 전달할 수 없는 것은 아닙니까?'[23]라고 언급하며 범인은 누구인지 모른다고 지적하고 있다.

그러나 이러한 나카무라의 언급에 관해서 후쿠다 츠네아리(福田恆存)와 오오카 쇼헤이(大岡昇平)의 언급을 주목해 보면, 우선 후쿠다는 '심리적인 사실도 또한 사실이다. 「덤불 속」에 대해서 말하면 다죠마루, 여자는 각각 자신이 죽였다고 말하고, 남자는 자살하였다고 말하고 있으며, 이 세 가지 진술은 현재의 사실로서는 모순되어 있지만, 만일 그 어느 쪽도 현실의 사실이 아닌, 세 명이 제각기 그렇게 믿고 있는 심리적 사실에 지나지 않는 것이다고 이해한다면, 그 모순은 오히려 주제를 강조하는 것으로서 성립되는 것은 아닌가?'[24]라고 말하

23) 中村光夫, 「『藪の中』から」, 『すばる』, 1970.6 (三好行雄 編, 『別冊国文学 芥川龍之介必携』, 学灯社, 1979, p.200).
24) 福田恆存, 「公開日誌〈四〉-『藪の中』について-」, 『文学界』, 1970.10, pp.174~175.

며, '진실은 아마도 이러한 것이 아니었을까? 다죠마루는 목적을 이루자 타고난 천성이 잔인하여 전혀 목적도 없이 다케히로의 가슴을 찌르고, 큰소리로 웃으며 도망가 버린 것이다'라고 추측하고 있다.

또한 오오카는 '여기에 문제가 되고 있는 사실이란 현재의 사실이 아닌, 작품 속에 서술되어져 있는 사실이다. … 중략 … 그 속의 사실을 끄집어내어 현실의 사실과 같은 것으로, 이미 존재하고 있는 것으로서 비교한다면 잘못된 것이다'[25]고 말하며, 범인은 '죽은 영혼이 남의 입을 빌리는 것은 현대의 상식에 반하는 것이지만, 죽은 사람이 살아 있는 사람과 같이 현세의 이해(利害)를 가지고 있지 않다. 그것은 사형을 각오한 범죄자, 참회하는 여자보다도 진실을 말하고 있다'고 주장하고 있다.

이와 같이 「덤불 속」에 있어서 범인이나 진실이라는 문제는 많은 연구자에 의해 다양한 의견이 있으면서도 명확한 결론까지는 이르지 못하고 있다. 그러한 논쟁 중에서 에비이 에이지는 『일본근대문학계(日本近代文学界)』(1981. 5)에서 '종래의 거의 모두가 진실찾기의 형태로 행하여져 온 「덤불 속」론의 방향 전환을 주장, 진실 재구성은 무의미하며, 진실찾기를 포기하는 형식으로 이 작품을 어떻게 읽을 것인가를 문제시하여야 한다'라고 주장하며 작품에 관한 진실찾기의 한계성을 지적하고 있다. 그러나 과연 「덤불 속」에 있어서 진실찾기가 무의미하며, 포기하여야 하는지에 대해서는 의문의 여지가 남는다.

오히려 「덤불 속」의 '진실찾기'는 단념해야할 문제가 아니라, 지금

25) 大岡昇平, 「芥川龍之介を辯護する」, 『中央公論』, 1970.12 (中島隆之 編, 『文芸讀本 芥川龍之介』, 河川書房新社, 1975, pp.91~93).

까지 논쟁해 온 선행연구와는 다른 읽기, 예를 들어 다죠마루, 마사고, 다케히로 각각 세 사람의 진술을 모두 거짓이 아닌 사실로 인정하며, 그곳에서 작품의 진실을 찾지 않으면 안 된다. 즉 누가 살인(혹은 자살)을 저질렀는가, 누구의 진술이 정확한가라는 표면적인 '진실찾기'가 아닌, 한 사람의 죽음을 둘러싼 세 사람의 진술 속에 감추어진 심층적인 '진실찾기'(어느 의미에서는 후쿠다가 언급한 '심리적 사실')를 해야 할 필요가 있다. 예를 들어 '다죠마루의 자백' 속에서는 다음과 같은 심층적인 진술의 중요성이 나타나 있다.

> 다만 저희들은 죽일 때 허리에 찬 칼을 씁니다만 당신들은 칼을 쓰지 않고 권력으로 죽이고 돈으로 죽이고 어떤 때는 위해주는 척하는 말만으로 죽이지요. 아닌게 아니라 피는 흐르지 않습니다. 사내는 멀쩡하게 살아 있지요. - 그러나 그런데도 죽인 것입니다. 죄로 본다면 당신들이 더 나쁜지 우리가 더 나쁜지 모를 일입니다. (비웃는 미소)
>
> 「덤불 속」· 全集5 · p.106

비록 나카무라가 다죠마루에 대해서 '이 신사적 도적은 작가 자신이라고는 말할 수 없어도 작가의 사상에 가장 가까운 분신일 것이다'[26]라고 언급하며 아쿠타가와를 다죠마루의 분신이라고 말하고 있으나, 다죠마루의 진술은 각각 세 명(다죠마루, 마사고, 다케히로)의 진술 중에 하나에 지나지 않는다. 즉 다죠마루가 아쿠타가와의 '가장 가까운 분신'이라기보다는 오히려 세 사람 모두가 작가의 분신이라고

---

26) 中村光夫, 앞의 책, p.200.

말해야 타당하며, 아쿠타가와는 단지 세 사람 중에 한사람인 다죠마루를 통해서 진술 속에 가리워진 심층적 사실을 말하고 있는 것이다.

그러한 의미에서 다죠마루가 말한 "어떤 때는 위해주는 척하는 말만으로 죽이지요"라는 말이야말로, 「덤불 속」의 '진실찾기'의 실마리를 제공하고 있다고 볼 수 있다. 즉 한 사람의 남자의 죽음이라는 현실적 사실에 초점을 맞추기 보다는 사람들 내면에 감추어진 '심리적 사실'(말하자면 에고이즘이나 도덕적 · 윤리적 죄 문제)에 초점을 두는 것에 의해 작품의 '진실찾기'를 명확하게 찾을 수 있다고 보아야 할 것이다.

2.2 등장인물이 말하는 '진실'

「덤불 속」에는 전부 7명의 진술이 나타나 있다. 작품 내용상 전반부 4명-나뭇꾼, 스님, 나졸, 노파-의 진술과, 후반부 3명-다죠마루, 마사고, 다케히로-의 진술로 나눌 수가 있다.

처음 전반부의 4명은 사건 당사자는 아니지만, 사건 전후에 관해서 사실을 근거하여 말하고 있으며, 그 진술은 객관적, 현실적 사실이다. 즉 4명의 진술을 종합해 보면, 가나자와(金澤)에 사는 다케히로와 마사고라는 부부가 여행을 하던 중, 여자를 좋아하는 도적으로 유명한 다죠마루에게 습격당해, 남편은 죽고, 여자는 행방불명이 되었다고 말하고 있다. 하지만 여자 또한 아마도 이미 죽었을 것이라고 진술하고 있다. 그러나 그들이 말한 '사실'은 객관적이라고 말할 수는 있어도 추측에 불과하다. 왜냐하면 그들은 '덤불 속'에 있었던 것이 아니라, '덤불 속' 밖에 있었던 사람들이며, 또한 객관적 사실이 그대로 작품 「덤불 속」의 진실이라고는 볼 수 없기 때문이다.

그렇다면 그들이 말한 '사실'은 '진실'을 알기 위한 참고가 될지는 모르지만, 역시 그들이 진술한 '사실'과 「덤불 속」에서 말하는 '진실'은 구별해서 생각하지 않으면 안 된다. 그것에 대해서 후반부의 3명은 사건의 당사자이며, 각자 사건 전체를 말하고 있다. 그러나 여기에서 문제가 되는 것은 전반부 4명의 진술과 달리, 세 사람 모두가 서로 다른 주관적 진술을 하고 있다는 점이다.

에비이 에이지는 '그러한 상대적 차이야말로, 인생에 있어 당연한 모습이다. 혹은 인생에 대한 인식은 그러한 것으로 밖에 이해할 수 없다는 것을 인정하는 점에서, 아쿠타가와의 주된 인식이 있었다고 보아야 한다. 결국은 인생을 주관적으로 인식하고, 이기적으로밖에 살 수 없는 근대적 개인에 있어서 상대화된, 그리고 다양화된 인생의 본연의 모습을 있는 그대로 표현한 작품이라고 보아도 좋을 것이다'[27]라고 지적하고 있지만, 세 사람의 진술은 주관적이라 하더라도 거짓이 아닌, 오히려 그 점에 있어 사건의 진실(현실적 사실이 아닌 그 이면에 나타난 심리적 사실)이 감추어져 있는 것이라 볼 수 있다. 따라서 '진실'은 '덤불 속'에 있었던 세 사람(다죠마루의 자백, 마사고의 참회, 다케히로의 죽은 영혼의 이야기)에 의해 명확히 밝힐 수 있는 것이라 하겠다.

우선 세 사람은 서로 엇갈린 진술을 하고 있지만, 한가지만은 자신

---

27) 에비이 에이지는 '기본적으로는 세 개의 진술이 각각 진실을 말하고 있으며 … 중략 … 이미 우리는 진실의 재구성에 쓸데없는 노력을 중복할 필요는 없을 것이다'(海老井英次, 「藪の中」, 『芥川龍之介 鑑賞日本現代文学』 11卷, 角川書店, 1981, p.228, p.230)라고 언급하고 있다.

이 다케히로를 죽였다-다죠마루는 '저 남자를 죽인 것은 저입니다'와 마사고는 '저는 저도 모르게 남편의 옥색 비단옷 가슴에다 단도를 쿡 찔렀습니다' 그리고 무당의 입을 빌린 다케히로의 영혼은 '내 앞에는 아내가 떨어뜨린 단도가 하나 반짝이고 있었다. 나는 그것을 집어들자 단숨에 내 가슴에 꽂았다'-라고 진술한 점에서는 일치하고 있다.

여기서 주목해야 할 것은 어째서 세 사람 모두가 다케히로를 죽였다고 주장하고 있는가라는 점이다. 바꾸어 말하면 굳이 세 사람이 모두 자신이 다케히로를 죽이지 않았다(다케히로는 자살하지 않았다)고 주장해도 좋을 것을 모두 스스로가 죽였다고 말하고 있다는 것이다. 이것과 관련해서 쿠니마츠 나츠키(国松夏紀)는 아쿠타가와의 「덤불 속」과 도스토예프스키의 작품 『카라마조프의 형제들』을 비교하며 다음과 같이 말하고 있다.

> 두 작품 모두 세 사람의 범인이 있다. 『카라마조프의 형제들』에서는 드미트리, 이반, 스메르쟈코프이며, 그들은 모두 (스메르쟈코프도 포함해서) 자신이 죽이지 않았다고 말한다. 그것에 대해서 「덤불 속」의 다죠마루, 마사고, 다케히로 세 사람 모두는 자신이 죽였다고 말한다. 또한 두 작품 모두 세 사람의 범인 속에 한 사람은 죽은 사람이며, 게다가 사인은 둘 다 자살이다. 말할 필요도 없어 스메르쟈코프(공판전 목매어 죽음)과 다케히로(단도로 가슴을 찌름)이다[28].

또한 그 이외에도 쿠니마츠는 드미트리와 다죠마루, 이반과 마사고

---

28) 国松夏紀, 「芥川龍之介とドストエフスキイ」(關口安義 編, 『アプローチ芥川龍之介』, 明治書院, 1992, pp.206~208).

그리고 스메르쟈코프와 다케히로를 비교하고 있으며, 특히 다죠마루, 마사고, 다케히로의 진술을 죄와 벌로 나누어서 논하고 있다. 물론 아쿠타가와는 『카라마조프의 형제』에 관련해 마츠오카 유즈루(松岡譲)에게 보낸 편지에는 '이제서야 소설 카라마조프를 거의 다 읽었다. 소설도 이 정도 길면 싫증난다. 하지만 무척 감동받았다'(1917년 7월 26일), 또한 아카바네 쥬(赤羽壽)에게는 '저도 도스토에프스키의 작품 중 가장 잘된 작품으로 꼽을 수 있습니다'(1925년 5월 7일)라고 쓰고 있듯이, 확실히 아쿠타가와는 『카라마조프의 형제들』을 읽은 적이 있으며, 그 내용 또한 충분히 알고 있었다고 볼 수 있다.

다시 말해 아쿠타가와의 「덤불 속」은 도스토에프스키의 『카라마조프의 형제들』과 어느 정도 연관성이 있다고 추측이 가능하다. 그러나 이러한 쿠니마츠의 논리는 단순히 두 작품을 비교하는 것에 한정되어 있으며, 그 차이(예를 들어 『카라마조프의 형제들』에 나오는 세 명 모두 자신이 죽이지 않았다고 진술하고 있지만, 「덤불 속」의 세 명 모두는 자신이 죽였다고 진술하고 있다)가 무슨 이유로 발생하였는가에 관해서는 언급하지 않고 있다.

예를 들어 두 작품 모두가 '법정극'이며, 주요 인물도 각각 세 사람이다. 한 사람의 죽음에 관련해 한쪽에서는 세 사람 모두가 자신이 죽이지 않았다고 주장하고 있으며, 다른 한쪽은 세 사람 모두가 자신이 죽였다고 주장하고 있다. 그런데 아쿠타가와는 「덤불 속」에서 세 사람 모두가 자신이 죽였다고 진술하게 함으로써, 근대인의 내면속에 잠재된 죄 문제(죄를 짓다)를 말하려고 한 것은 아니었을까 하는 의문이 든다.

하지만 그들의 죄는 '다케히로를 죽였다'(객관적 사실)는 점에 있지 않다. 오히려 세 사람 모두가 이러한 객관적 사실에 자신의 죄가 있는 것처럼 말하면서도 실제로는 그 속에 에고이즘을 인식하지 못하는 그들의 죄에 '진실'이 있다는데 주목할 필요가 있다. 왜냐하면 다케히로를 죽인 죄에 관련해서 다죠마루는 '어느 쪽이든 한 사람이 죽여 달라'고 말한 마사고와 정정 당당한 결투에 패한 다케히로에게 있다고 주장하고 있으며, 마사고는 당시 위로를 받아야 할 때에 남편의 경멸에 찬 눈빛에 있다고 주장하고 있다. 그리고 다케히로의 죽은 영혼은 '저 사람을 죽여주세요'라고 말하며 자신을 배신한 마사고에게 있다고 주장하고 있기 때문이다. 말하자면 그들의 진술에는 '그들의 자존심에 의한 자기극화'[29]가 나타나 있으며, 그러한 의미에서 과연 누가 다케히로를 죽였는가, 아니면 누구에게 살해당했는가 하는 객관적 사실은 그 중요성을 잃고 있다.

즉 「덤불 속」에 있어서 '진실'은, 누가 다케히로를 죽였느냐하는 객관적, 현실적 사실에 있는 것이 아니라, 그 보다는 누가 에고이즘에 가려진 도덕적 · 윤리적인 죄를 지었느냐하는 심리적 사실에 있으며, 이것이야말로 아쿠타가와가 근대 인간성에 대한 재해석, 또는 자각이었다고 말할 수 있다. 그러한 의미에서 작품에 나타난 세 사람(다죠마루, 마사고, 다케히로)의 진술을 아쿠타가와의 다른 작품들과 구체적으로 비교하여 「덤불 속」에 있어 '진실'을 규명해 보고자 한다.

2.2.1 다죠마루의 자백에 있어서 '진실'

다죠마루는 다케히로와 마사고 부부를 공격, 마사고를 범하고 다케

---

29) 奧野政元, 「藪の中」, 『芥川龍之介論』, 翰林書房, 1993, p.236.

히로를 죽였다고 진술하고 있다. 물론 다죠마루는 객관적인 사실로서 죄를 지었다는 것은 부정할 수 없다.

그러나 쓰루타 킨야(鶴田欣也)가 '다죠마루는 「덤불 속」에서 일어난 사건과 직접적인 관계가 없는 것은 아닌가하는 것입니다. 마사고를 남편의 눈 앞에서 강간하고, 남편을 찔러 죽였다고 말하고 있는 다죠마루가 작품 전개와 무관계하다는 것은 실로 황당무계하게 들릴 것은 틀림없습니다. 다죠마루의 고백을 읽어보면 그가 이 부부와 물리적인 관계를 가진 것은 명백하지만, 심리적인 관계를 가진 기색은 극히 희박합니다'[30]라고 언급하고 있듯이, 다죠마루가 행한 객관적 사실-죄-이면에는 마사고와 다케히로에게 죄가 있다는 것에 주목할 필요가 있다.

우선 다죠마루는 다케히로의 죄에 대해서 다음과 같이 말하고 있다.

> 저 건너 산에는 고총이 있는데 그곳을 파보았더니 거울이나 칼 따위가 많이 나오더라. … 중략 … 만일 사겠다는 사람이 있으면 어느 것이고 헐값으로 팔아넘기고 싶다. 그런 이야기를 했습니다. 남자는 어느새 제 이야기에 마음이 동하기 시작했습니다.-어떻습니까. 사람 욕심이란 무서운 것 아닙니까?
>
> 「덤불 속」· 全集5 · p.107

사카이 히데유키는 '무성하고 어슴푸레한 덤불 속은 인간 본성을 드러내는 공간이다. 덤불 속 밖에 있어서 성질이 온순한 남자였던 다

30) 鶴田欣也, 「『藪の中』と眞相さがし」, 『芥川 · 川端 · 三島 · 安部』, 櫻楓社, 1972, pp.20~21.

케히로도 그곳에서는 욕망의 덩어리로 변하였다. 덤불 속은 제도에 맞서, 도발하는 인간의 정념을 비유한 것이다'[31]라고 서술하고 있듯이, '욕심에 목이 타고 있던' 다케히로는 다죠마루의 유혹에 넘어갔는데, 바로 여기에 다케히로의 죄가 성립되고 있다. 즉 다케히로는 자신의 탐욕이라는 죄-보이지 않는 사실-때문에, 아내인 마사고는 겁탈당하고, 자신 또한 죽음을 맞이하는 결과를 초래하게 된 것이다.

한편 다죠마루는 마사고의 죄에 대해서 다음과 같이 말하고 있다.

> 아무리 성깔 있는 여자라도 무기가 없으면 어쩔 수 없었습니다. 저는 마침내 생각대로 남자의 목숨을 뺏을 것도 없이 여자를 손에 넣을 수가 있었습니다. … 중략 … 당신이 죽든지 내 남편이 죽든지 둘 중의 하나는 죽어 달라. 두 사내에게 수치를 보이는 것은 죽기보다 괴롭다는 것이었습니다. 아니 어느 쪽이든 살아남은 사내를 따라가고 싶다고 -그렇게도 헐떡이며 말했습니다.
>
> 「덤불 속」· 全集5 · pp.108~109

마사고가 '당신이 죽든지 내 남편이 죽든지 둘 중의 하나는 죽어달라. 두 사내에게 수치를 보이는 것은 죽기보다 괴롭다'란 말에서 그녀의 에고이즘[32]이 나타나 있다. 아사이 키요시(淺井淸)도 '무엇보다도

31) 酒井英行, 앞의 책, p.93.

32) 1922년 2월 당시 미야지마 신자부로는 『신조(新潮)』에 「덤불 속」과 관련해서 '협의자 다죠마루의 고백, 죽은 영혼의 이야기, 나(마사고 -인용자)의 참회를 종합해 보면 폭행당한 후, 여자의 심리동요가 단순히 여자가 표면적으로 참회하고 있는 것처럼, 전혀 정조관념, 수치감 만에 의해 좌우되어 있는 자라고는 생각되지 않는다. … 중략 … 이것은 형편에 따라 여자의 입장을, 여자 자신이 설명하고 있는 것으로 밖에 이해되지 않는다' (關口安義 編, 宮島新三郞, 「芥川氏の『藪の中』その

먼저 본 것이 없어진다면 수치도 사라진다고 하는 강인한 심리가 숨어있다. 이 에고이즘 앞에서 그녀에 대한 가해자로서 다케히로는 다죠마루와 교체되지 않으면 안 되었으며, 그녀의 의식 속에 이미 남편은 죽었던 것이다'[33]라고 지적하고 있듯이, 마사고는 비록 직접적으로 다케히로를 죽이지 않았다고 하더라도 다죠마루가 '남자는 멀쩡하게 살아 있지요.-그러나 그런데도 죽인 것입니다'라고 말한 바와 같이 그녀는 자신의 에고이즘에 의해 남편인 다케히로를 심리적, 정신적으로 살인을 하였던 것이라 볼 수 있다.

한편, 이러한 다케히로의 탐욕이나 마사고의 에고이즘과 같은 인물상은 아쿠타가와가 쓴 이른바 '개화소설군(開化物語)' 속에서도 살펴볼 수가 있다. 우선 '개화 소설'에는 「개화시대의 살인(開化の殺人)」(1918), 「개화시대의 남편(開化の良人)」(1919), 「무도회(舞踏會)」(1920), 「오토미의 정조(お富の貞操)」(1922), 「병아리(雛)」(1923)를 들 수 있다. 그 중에서 특히 「개화시대의 살인」은 메이지 시대 이 후, 서양문명을 수용한 일본 근대화 과정에서 그 이면에 감추어진 도덕적 · 윤리적인 죄 문제를 다루고 있다.

요시모토 타카아키(吉本隆明)는 '「개화시대의 살인」이나 「개화시대의 남편」은 아쿠타가와의 여성 불신과 의혹을 모티브로 삼고 있'으며, '여성을 미화하는 것의 허무함을, 성급한 개화시대의 이상화(理想化)가 파탄해 가는 과정으로서 상징되어 있다'[34]고 서술한 것처럼, 여

他」, 『芥川龍之介研究資料集成 第1巻』, 日本図書センター, 1993, p.347)라고 평하고 있다.

33) 淺井淸, 「藪の中」, 『国文学』, 学灯社, 1972.12, p.62.

34) 三好行雄 編, 『芥川龍之介必携』, 学灯社, 1979, p.54.

성을 둘러싼 살인이나 정조문제를 표현하고 있다.

즉「개화시대의 살인」의 작품 구조는 혼다 자작(本田子爵)의 회상이라는 형식으로, 내용은 대부분 죽은 기다바타케(北畠義一郎) 박사가 혼다부부에게 보내는 유서로 이루어져 있다. 여기에서 주목해야 할 것은 기다바타케가 어릴 적부터 사랑해 온 아키코(明子)를 위해 그녀의 남편인 미츠무라(滿村恭平)에게 살의를 느낀 점이다.

> 나의 살인 동기는 그 발생 당초부터 결코 단순한 질투의 정에 있지 않으며, 오히려 불의를 벌하고 부정을 없애려고 하는 도덕적 분노에 있다는 것을.
>
> 「개화시대의 살인」· 全集2 · p.238

한 때 기다바타케는 아키코를 잊기 위해 기독교를 통한 구원을 바랬지만, 미츠무라의 음탕무도한 행위를 알고 '도덕적 분노'를 느낀 나머지 결국 신앙을 버리고 그를 살해할 결심을 하게 된다. 그러나 기쿠치 히로시(菊地弘)도 '기독교에서 말한 육친적 애정 일념으로 자신을 억제할 수 없었다. … 중략 … 성서로 인도된 무아의 사랑으로 바뀐 감정이 자기기만이었다는 것은 드러나며, 신은 구제해 주지 않았고, 육체에 젖어 있는 정조적 감정이 우위를 차지하여, 기다바타케의 본연의 모습이 나타나게 된 것이다'[35]라고 지적하고 있듯이, 기다바타케의 '도덕적 분노'는 실은 위선이었으며, 미츠무라를 향한 질투였던 것이다.

---

35) 菊地弘,『芥川龍之介-表現と存在-』, 明治書院, 1994, p.8.

이처럼 그는 아키코를 소유하고 싶다는 에고이즘에 의해 그녀의 남편인 마츠무라에게 살의를 가졌고, 그 결과 그는 도덕적 분노보다는 오히려 그의 내면에 남아 있는 동물적인 본능으로 살인을 저지른 것에 지나지 않는다.

> 나는 혼다자작을 죽이지 않기 위해 내 자신을 죽이지 않으면 안된다. 하지만 나로 하여금 만일 내 자신을 살리기 위해 혼다자작을 죽이던가, 나는 내가 미츠무라를 처단한 이유를 어찌된 연유인가 찾아야 한다. 만일 그를 독살한 이유가 내가 깨닫지 못한 이기주의에 잠재되어 있는 것이라면 나의 인격, 나의 양심, 나의 도덕, 나의 주의는 모두가 없어져 소멸되어야 한다. 이것으로 내가 이따금 숨을 수 있던 곳이 사라진다. 나는 오히려 내 자신을 죽이는 것이 앞으로 다가올 나의 정신적 파산보다 훌륭하다는 것을 믿는 까닭이다.
>
> 「개화시대의 살인」· 全集2 · pp.243~244

처음 기다바타케는 아키코의 남편을 죽이고, 원래 그녀의 약혼자였던 혼다와 재혼하기를 원하였다. 하지만 그는 또다시 혼다에게 질투를 느끼고, 또다시 살의를 느끼게 된다. 결국 기다바타케는 자신이 '정신적 파산'에 빠지지 않기 위해서 죽음을 결의하는 것을 알 수 있다. 그러나 이것은 당시 일본인에게 있어 근대화에 따른 가치관의 혼란[36)]

---

36) 또한 아쿠타가와는 「개화시대의 남편」에 나타난 후지이 카츠미(藤井勝美) 부인과 그녀의 사촌, 그리고 여성인권자인 나라야마(楢山) 부인 간의 불륜 관계를 통해서 당시 일본의 서구 문명에 따른 자유연애, 자유결혼에 관련한 정조문제를 비판하고 있다. 특히 1925년 아쿠타가와는 "현대 여성 속에서 가장 새로운 것은 새로운 30대 여자야"라고 말하며, "전부터 내가 알고 있는 여성에게서 들었는데, … 중략 … 남편 한사람뿐만 아니라 여러 남자를 알고 싶다고 말하더군요"(「여

을 보여주고 있으며, 여기서 키다바타게는 스스로 목숨을 끊었지만, 사실 그의 자살은 여자를 둘러싼 심리적 사실-말하자면 탐욕, 분노, 질투-로 인해 살해당했다고 말할 수 있다.

그리고 다죠마루의 자백과 관련해서 「게사와 모리토(袈裟と盛遠)」(1918)와의 유사점에 주목할 필요가 있다. 「게사와 모리토」 또한 '역사소설군'의 하나로, 작품 내용을 보면 헤이안 말기 무사인 엔도 모리토(遠藤盛遠)가 오래 전부터 와타루(渡左衛門)의 아내인 게사(袈裟御前)를 연모하여 강제로 그녀를 얻게 된다. 하지만 모리토는 그녀를 사랑한 나머지 마침내 그녀에게서 남편을 죽이는 것에 동의를 얻는다. 모리토가 남편을 죽이려는 그날 밤, 게사는 남편 대신에 죽음을 당한다는 것으로, 작품 전체가 '모리토의 독백'과 '게사의 독백'으로 구성된 작품이다.

야스다 야스오(安田保雄)는 '「게사와 모리토」 원고는 처음 「세 개의 독백」이라고 제목을 달아, 아쿠타가와의 처음 의도가 모리토의 독백과 게사의 독백에 이어서 와타루의 독백, 즉 아내를 빼앗긴 남편 와타루의 독백을 쓰려고 하였다. … 중략 … 특히 모리토의 독백과 다죠마루의 독백, 게사의 독백과 마사고의 독백, 더욱이 모리토 독백과 죽은 영혼의 독백을 비교해서 읽을 경우, 그 사이에 비슷한 표현이 많이 보이는 점에서도 말할 수 있는 부분이 있다'[37]라고 언급하고 있는 것처럼, 실제로 다죠마루의 자백과 모리토의 독백을 비교해서 읽어 보면, 다음과 같은 유사점을 찾을 수 있다.

자?(女?)」· 全集12 · p.635)라고 언급하고 있다.

37) 安田保雄, 「芥川龍之介-『袈裟と盛遠』から『藪の中』へ-」, 『国文学』, 学灯社, 1972. 9, pp.165~166.

> 저는 여자와 눈이 마주친 순간 비록 벼락을 맞는 한이 있더라도 이 여자를 아내로 삼아야겠다고 생각했습니다. 아내로 삼고 싶다. - 제 머릿속에 있었던 것은 오로지 이 생각뿐이었습니다. 그것은 당신들이 생각하는 것처럼 천한 색욕이 아니었습니다. … 중략 … 어슴푸레한 덤불 속에서 가만히 여자의 얼굴을 본 순간, 저는 남자를 죽이지 않는 한 이 곳을 떠나지 않겠다고 결심했습니다.
>
> 「덤불 속」· 全集5 · p.109

> 그 게사의 얼굴을 보자, 지금까지 한 번도 보이지 않았던 불가사의한 빛이 눈 속에 담겨 있었다. 간통한 여자 - 그러한 기분이 곧장 나에게 덮쳐왔다. … 중략 … "내가 와타루를 죽이지 않는다면, 설령 게사 자신은 직접 죽이지 않는다고 하더라도, 반드시 나는 이 여자에게 죽임을 당할 것이다"-눈물없이 울고 있는 저 여자의 눈을 본 순간에, 나는 절망적으로 이렇게 생각했다.
>
> 「게사와 모리토」· 全集2 · pp.157~158

다죠마루는 자신의 욕망을 위해 마사고를 범하고, 마사고의 '그 순간 불타는 눈동자'에 의해 다케히로를 죽이고 말았다고 말하고 있다. 모리토 또한 자신의 욕망을 위해 게사를 범하고 게사의 '지금까지 한 번도 보이지 않았던 불가사의한 빛이 눈 속에 빛났다'에 의해 와타루를 죽이려고 하고 있다. 그리고 마사고가 '저는 단숨에 죽을 각오입니다.-그러나 당신도 죽어주세요. 당신은 저의 부끄러움을 보셨습니다'고 말한 부분과 게사가 '나는 남편 때문에 죽는 것이 아니다. 나는 나를 위해서 죽으려고 한다. 나의 마음을 상처입힌 분함과 나의 몸을 더럽힌 원망, 그 두 가지 때문에 죽으려고 한다'고 말한 부분은 다죠마루와 모리토, 마사고와 게사 모두가 자기 정당화하려고 하는데 거의 일치하고 있음을 알 수 있다.

이것은 요시다 세이이치가 '원작의 단순한 정숙한 여자와 용사가 여기에서는 근대적인 남녀로서 각각 미세한 심리를 고백하는 형태로 말하고 있지만, 이와 같은 고심을 쓸데없다고 웃기 전에 이 시대가 이러한 우상파괴를 역사의 새로운 해석으로서 새롭게 느꼈던 점은 생각해 보아야 할 것이다'[38]라고 서술하고 있는 바, 아쿠타가와는 마사고와 게사를 통해 당시 근대 여성의 정조문제에 나타난 심리적인 인간 본성, 특히 여자의 본능적인 위선을 근대적인 도덕적 · 윤리적인 죄 문제를 작품의 중심으로 다루고 있다는 것을 알 수가 있다.

이상과 같이 다죠마루의 자백을 통해서 다케히로와 마사고에게 감추어진 심리적 사실-도덕적 · 윤리적 죄 문제-을 찾아 볼 수가 있었다. 다음의 마사고의 참회에서는 다케히로가 범한 에고이즘에 감추어진 도덕적 · 윤리적 죄 문제에 관해서 살펴보고자 한다.

2.2.2 마사고의 참회에 나타난 '진실'

마사고의 말에서 다케히로는 「개화시대의 살인」에서 등장한 기다바타케가 느낀 분노와 질투를 찾아 볼 수 있다. 전술한 바와 같이, 기다바타케는 미츠무라를 살해하고, 혼다 자작에게도 같은 살의를 느꼈는데, 그는 이러한 현실적 살해(그리고 살의)에 대해 죄라고 하는 인식을 갖기 보다는 오히려 도덕적 · 윤리적인 것에 죄를 인식하고 있었다.

---

38) 吉田精一, 앞의 책, p.151.

사실 기다바타케는 '살인'이라고 하는 객관적 사실보다는 탐욕이나 분노와 질투라고 하는 심리적 사실에 죄의 심각성을 두고 있었던 것이다. 바꾸어 말하면 그는 자신의 죄-심리적 사실-로 인해 이미 미츠우라와 혼다를 살해하였으며, 동시에 자신 또한 그 죄의 결과로 스스로의 죄에 대한 벌로 죽음을 선택하였다고 볼 수 있다.

> 말 한마디 할 수 없는 남편은 그 순간 눈에다 모든 마음을 전한 것입니다. 그런데 거기에 반짝이는 것은 노여움도 아니고 슬픔도 아닌-다만 저를 업신여기는 차가운 빛뿐이었습니다. 저는 사내에게 채인 것보다도 그 눈빛에 맞은 것처럼 저도 모를 무슨 소리를 지른 채 정신을 잃고 말았습니다.
>
> 「덤불 속」· 全集5 · p.111

즉 마사고의 참회는 다케히로가 범한 죄, 다시 말해 분노와 질투로 인해 자신을 죽였을 뿐만 아니라, 다케히로 자신도 죽음에 이르게 하였다고 말하고 있는 것이라 하겠다. 특히 마사고의 심리적 사실에 의한 죽음과 관련해서 구체적으로 말하자면, 시미즈 야스츠구(清水康次)는 작품 화자가 다른 점에 관해 '한 작품 속에 한 인물인 다죠마루에게 살인을 범한 다죠마루와 살인을 범하지 않은 다죠마루라는 두 사람의 다죠마루가 있다. 그것은 정확히 "도플갱어"를 연상시키지만 한 사람의 인물이 똑같은 두 사람의 인물로 분열하고 있으며, 소설 세계의 통일성을 잃고 있다'[39]라고 언급하고 있다.

---

39) 清水康次, 「『藪の中』の語り手たち」, 『芥川文学の方法と世界』, 和泉書院, 1994, p.207.

만일 시미즈가 말한 다죠마루가 '똑같은 두 사람의 인물로 분열'한다고 가정해 본다면 다케히로(마사고) 또한 '똑같은 두 사람의 인물로 분열'할 수 있다. 다시 말해 다케히로는 삼나무에 묶여있는 한 사람의 다케히로와 분노와 질투 그리고 살의에 가득찬 또 한 사람의 다케히로를 똑같은 분열된 인물로 설정한다면, 제 2의 다케히로는 부정(不貞)을 행한 제 2의 마사고를 살해한 것으로 볼 수 있다. 그리고 실제 마사고는 다케히로의 '업신여기는 차가운 빛이 담겨있는' 찰나의 눈에 의해 '저도 모를 무슨 소리를 지르며 마침내 정신을 잃고'-다케히로의 심리적 사실로 인해 또 하나의 마사고가 살해당하고-말았던 것이다.

이러한 도플갱어[40] 현상은 「덤불 속」이 발표되기 2년 전인 1920년에 쓰여진 「그림자(影)」의 주인공 친사이(陳彩)에게도 찾아 볼 수 있다. 작품 내용은 친사이가 자신의 아내인 후사코(房子)의 정조를 의심하여 그녀 몰래 탐정에게 의뢰하였다. 어느 날 밤 그는 아내에게 출장을 간다고 거짓말을 하고, 급히 카마쿠라에 있는 집으로 되돌아 왔는데, 그곳에서 그가 만난 것은 자신과 똑같은 모습(두 사람은 분열된 친사이)을 한 친사이였다.

> 친사이는 방구석에 서 있는 채로, 침대 위에 서로 엉켜있는 두 사람의 모습을 바라보고 있었다. 그 한 사람은 후사코였다-라기 보다도 오

---

40) 아쿠타가와가 도플갱어(ドッペルゲンゲル)를 다룬 작품으로는 「그림자」(1920) 이외에도 「두 통의 편지(二つの手紙)」(1917)가 있다. 또한 「노상(路上)」(1919)에는 '몽유병(離魂病)', '몽유병자(離魂人)'라는 단어가 보이며, 이러한 의미에서 「비세이의 믿음(尾生の信)」(1920) 또한 몽유에 속하는 작품이라 할 수 있다.

히려 좀 전까지는 후사코였던 '물건'이었다. 그 얼굴 전체가 보랏빛으로 부어 오른 '물건'은 반쯤 혀를 내민 채, 실눈으로 천장을 응시하고 있었다. 또 한 사람은 친사이였다. 방구석에 있는 친사이와 조금도 변함이 없는 친사이었다. 이것은 후사코였던 '물건'과 겹쳐지면서 손톱도 보이지 않을 정도로 상대방의 목에 양손의 손가락을 파묻고 있었다.

「그림자」· 全集4 · p.212

와타나베 마사히코(渡辺正彦)는 '「그림자」는 「덤불 속」의 유력한 재원으로서 요시다씨가 언급한 「달빛의 길(月明かりの道)」을 그대로 베낀 것으로 봐도 좋다. 아내의 바람기를 의심한 남편에게 분신이 출현하여, 그 분신으로 하여금 아내의 바람기로 인한 남편의 질투로 아내를 교살하는 점 등이 유사하다'[41]라고 서술하고 있다.

또한 '핏발이 선 눈 속에서는 무서운 살의가 번뜩이고 있었'던 친사이의 모습은 '업신여기는 차가운 빛'이 담겨있는 찰나의 눈의 다케히로의 모습과 닮아 있으며, 그리고 후사코의 '반쯤 혀를 내민 채, 실눈으로 천장을 응시하고 있'던 모습은 마사고의 '마침내 정신을 잃고 만' 모습과 같음[42]을 알 수 있듯이, 친사이가 아내를 의심(정조문제)하는 순간, 똑같이 분열된 제 2의 친사이는 분노와 증오 그리고 질투라는

---

41) 渡辺正彦, 「『藪の中』における〈現實の分身化〉」, 『国文学』, 学灯社, 1996. 4, pp.64~65.

42) 더욱이 '밝은 전등 빛이 가득찬, 묘지보다도 조용한 침대 속에는 이윽고 희미한 울음소리가 간간히 들리기 시작했다. … 중략 … 벽 가장자리에 선 친사이도, 마루에 무릎을 꿇고 있던 친사이와 같이 양손으로 얼굴을 파묻으면서……'에서 친사이의 모습은 「덤불 속」의 '그 후로는 사방이 조용하였다. 아니 아직 누군가 울고 있는 소리가 들렸다. … 중략 … 그 소리도 알고 보니 나 자신이 울고 있는 소리가 아닌가?'에서 다케히로의 모습과 거의 유사하다고 볼 수 있다.

죄를 범하고 말았으며, 동시에 그 도덕적 · 윤리적 사실로 인해 아내 후사코를 죽이는 현실적 · 객관적 사실인 살인으로까지 이어지게 되었던 것이다.

이상과 같이 마사고의 참회를 통해서 다케히로의 죄-그것은 똑같이 분열된 다케히로에 감추어진 도덕적 · 윤리적 죄 문제-를 찾아 볼 수 있었다. 마지막으로 죽은 다케히로의 영혼에서는 마사고가 범한 에고이즘에 감추어진 도덕적 · 윤리적 죄 문제를 살펴보고자 한다.

2.2.3 죽은 다케히로의 영혼으로 본 '진실'

죽은 다케히로는 무당의 입을 빌려서 다음과 같이 마사고의 죄에 대해 말하고 있다.

> 도둑의 말을 듣더니 아내는 솔깃해서 마치 꿈을 꾸는 것같은 얼굴을 하였다. 나는 아직 그 때처럼 아름다운 아내의 얼굴을 본 적이 없었다. 그러나 그 아름다운 아내는 눈앞에 묶여 있는 나를 앞에 놓고 도둑에게 뭐라 대답하였는가? 나는 지금 중유(中有)에 헤매고 있지만 아내의 대답이 생각날 때마다 속에서 불이 나지 않을 수 없다. 아내는 분명히 이렇게 말했다.-'그럼 어디든지 데려가 주세요' (긴 침묵)
>
> 아내의 죄는 그것뿐이 아니다. 그것뿐이라면 내가 이 어둠 속에서 지금처럼 괴로워하지 않는다. … 중략 … '저 사람을 죽여주세요. 저 사람이 살아 있는 한 당신과 함께 갈 수 없어요' - 아내는 미친 사람같이 이렇게 소리쳤다. '저 사람을 죽여주세요' - 이 말은 지금도 폭풍처럼 나를 먼 어둠의 밑바닥에 거꾸로 처박으려 한다. 이런 무서운 말이 한번

이라도 어느 누구의 입에서 나온 적이 있었을까? 이런 저주스런 말이 한 번이라도 누구의 귀에 들린 일이 있을까? 한 번이라도 이 만큼- (갑자기 터져나오는 조소)

「덤불 속」· 全集5 · pp.113~114

발표 당시 미야지마 신사부로는 '폭행을 당한 후의 여자 심리에 정조관념이 많이 작용한 것은 사실이다. … 중략 … 그리고 작가는 이 점에 매섭게 노려보는 것은 아닌가? 바꾸어 말하면 정조관념과 색욕의 정의 복잡한 혼선을 주목한 곳에 이 「덤불 속」 한 편을 그리고자 한 동기가 있다'[43]고 평하며, 「덤불 속」에서는 마사고로 대표되는 근대 여성의 심리-'정조관념과 색욕의 정'-이 표현되어, 그곳에 작품의 동기와 주제가 있다고 말하고 있다. 그러나 마사고의 죄는 단순히 정조관념이나 색욕만 있는 것은 아니다. 다시 말해 '저 사람을 죽여주세요'라고 하는 그녀의 에고이즘적인 말에도 있다고 보아야 할 것이다.

사카이 히데유키는 '다죠마루는 칼로 죽이는 것보다 죄가 깊고, 마사고의 말의 죄를 미워하며, 죽이려고 조차 하였다. 다죠마루가 검찰(檢非違使) 앞에 진술하는 말만으로 죽이는 마사고의 죄는 다케히로가 폭로한 아내의 죄와 호응하고 있다'[44]라고 지적하고 있는 것처럼, 처음 다죠마루의 자백 속에 나타난 '단지 권력으로 죽이고, 돈으로 죽이고, 어떤 때는 위해주는 척하는 말만으로 죽이지요'는 정확히 마사고의 '저 사람을 죽여주세요'라는 한마디와 상응하고 있다. 그리고 다죠마루의 말이 사실이라면 다케히로는 마사고의 이기적인 말-심리적

43) 宮島新三郞, 앞의 책, p.348.
44) 酒井英行, 앞의 책, p.98.

사실-에 의해 비록 살아있어도 죽은 것으로 보아야 할 것이다.

그 밖에 여기서 주목해야 할 사실은 '저 사람을 죽여주세요'라는 말 속에서 과연 '저 사람'은 누구를 가리키는 것이며, 동시에 '저 사람'을 죽인 범인은 도대체 누구인가 하는 점이다.

> 그 후로는 사방이 조용했다. 아니, 아직 누군가 우는 소리가 들렸다. 나는 밧줄을 풀면서 가만히 귀를 기울여보았다. 그러나 그 소리도 알고 보니 나 자신이 울고 있는 소리가 아닌가? (세번째 긴 침묵) … 중략 … 그때 누군가 발소리를 죽여 내 곁에 왔다. 나는 그 쪽을 보려고 했다. 그러나 내 주변에는 어느새 엷은 어둠이 들어차 있었다. 누군가-그 누군가는 보이지 않는 손으로 살며시 내 가슴의 단도를 뽑았다. 동시에 내 입에는 다시 한 번 피가 넘쳐 나왔다. 나는 그것으로 영원히 중유의 어둠으로 가라앉아 버렸다. ……
>
> 「덤불 속」· 全集5 · pp.114~115

다케히로는 자신이 '누군가'에 의해 살해당했다고 말하고 있다. 물론 그 '누군가'(어떤 의미로는 '저 사람'이라고 바꾸어 말해도 좋을 것이다)는 다케히로 자신일 수 있으며, 혹은 다른 사람(다죠마루, 마사고 혹은 제 3의 인물)일 가능성도 있다. 즉 여기서 그 '누군가'(혹은 범인)가 과연 누구를 가리키고 있는가에 따라 「덤불 속」에 내재된 '진실'을 명확히 알 수 있다.

오쿠노 마사모토는 '누군가'에 관련해서 다음과 같이 언급하고 있다.

'내 앞에는 아내가 떨어뜨린 단도가 하나 반짝이고 있다. 나는 그것을 집어들자 단숨에 내 가슴에 꽂았다'라고 말하고 있지만, 그곳에는 그의 육체 동작을 마치 남의 일과 같이 말하는 냉담함이 있다. 여기에서 객관적으로 육체의 죽음이라는 것은 우연으로 가득찬 하나의 사고와도 같은 것이다. 단숨에 가슴에 꽂았던 주체는 다케히로라도 마사고라도 다죠마루라도 변함이 없었던 것은 아닌가? 이미 그곳에는 누군가를 특정한다는 의미는 없었다. 가슴에 꽂힌 단도를 뺀 인물을 '누군가'라고 말하며 특정하지 않은 것도 그 때문이라고 생각되어진다.[45]

오쿠노가 말한 것을 있는 그대로 받아들인다면, 이미 현실적, 결과적 사실로서 누가 범인인가에 대해서는 그다지 문제가 되지 않으며, 오히려 심리적, 원인적 사실로서 누가 범인인가에 대한 의미만이 작품의 '진실'을 밝히는데 그 중요성이 있다고 하겠다.

즉 '누군가'가 '저 사람'을 살해했다는 명제에 있어, 심리적 사실로 볼 때, 그 '누군가'는 바로 다죠마루, 마사고, 다케히로 자신이라 할 수 있으며, 그와 함께 '저 사람' 또한 바로 다죠마루, 마사고, 다케히로 자신을 가리키고 있다고 말하지 않으면 안 된다. 특히 피해자인 '저 사람'에 있어서, 다죠마루의 경우 나졸의 이야기에 의하면 '제가 붙잡았을 때는 말에서 떨어진 때였지요. 아와다구치(栗田口) 돌다리 위에서 끙끙 앓고 있었습니다'라고 진술하고 있으며, 마사고 경우 또한 그녀의 참회에서 '마침내 정신을 잃고 만' 모습은 다케히로의 죽음과 연상선에 있음을 보여주고 있다.

결과적으로 죄의 주체인 각 세 사람이 '덤불 속'이라는 공간 속에서

---

45) 奥野政元, 앞의 책, p.239.

서로 상대방을 죽이고, 한편으로 상대방에게 죽임을 당했다고 볼 수 있으며, 그러한 의미에서 다죠마루, 마사고, 다케히로는 모두가 범인이면서도 피해자인 것이다. 그리고 이것이야말로 작품 「덤불 속」에 감추어진 '진실'이라고 생각할 수 있다. 기쿠치 히로시는 '「덤불 속」은 물욕, 현시욕, 허위가 우리 마음과 표리 관계로 그려져 있다'[46]고 말한 바와 같이, 아쿠타가와는 근대에 이르러 「덤불 속」의 다죠마루, 마사고, 다케히로로 대표되는 각 개인이 갖는 물적 혹은 성적 욕망이나 아집, 자존심과 같은 근대 인간의 본성을 그리고자 하였던 것이라 볼 수 있다.

2.3 '보통 사람'의 인간성 긍정과 예술지상주의의 하강

지금까지 다케히로의 죽음이라는 사실을 앞에 두고, 다죠마루는 다케히로와 마사고의 죄를, 마사고는 다케히로의 죄를 진술하는 것에 관해서 살펴보았다. 또한 세 사람의 진술을 통해서 근대인의 에고이즘에 감추어진 도덕적 · 윤리적인 죄가 나타나 있는 것도 알 수 있었다. 그러나 정말로 그들은 자신의 죄에 대해 인식하고 있는 것일까 하는 의문의 여지가 남는다. 즉 세 사람 모두 자신이 다케히로를 죽였다고 말을 하지만, 자기 자신의 죄에 관해서는 아무 것도 알지 못하고 (혹은 자기 자신은 죄가 없다고 주장) 있는 것을 알 수 있다.

바꾸어 말하면 세 사람 모두 자신의 죄를 인식하지 않는 것은 「떠도는 유태인」의 요셉이 말한 '죄를 안다는 것이야말로, 저주도 걸리는 것이다. 죄를 죄라고 인식하지 않는 자는, 하늘이 죄를 벌하려고 하지

---

46) 菊地弘, 앞의 책, pp.73~74.

않는다'는 말과 같이, 벌도 보상도 구원도 받을 수 없게 된다는 것을 의미한다. 그러한 의미에서 다케히로는 자신의 죄를 인식하지 않기 때문에 중유의 어둠에서 괴로워하면서 방황하고 있는 것은 아닌가.

또한 다죠마루도 '저의 자백은 이것뿐입니다. 어차피 한번은 가죽나무 꼭대기에 달릴 머리라고 생각하고 있었으니 부디 극형에 처해주시오(교만한 태도)'라고 말하고 있듯이, 그는 죽어서도 지옥에 떨어질 것이 틀림없을 것이다. 그러나 그가 지옥에 떨어진다고 하더라도 과연 자신의 죄를 인식하고 벌을 받을 것인지는 알 수 없다.

그 예로 「거미줄(蜘蛛の糸)」(1918)에서 지옥에 떨어진 죄인 간다타(犍陀多)는 생전에 사람을 죽이거나, 방화하거나 하는 여러 가지 악한 일을 한 대도둑이었다. 하지만 그에게도 선한 일을 한 적이 있었는데, 그것은 숲 속에서 거미 한 마리를 발견하고 도와주었던 일이다. 부처님은 이 일을 생각하고, 지옥에 있는 간다타를 구원하기 위해 극락세계에서 한 가닥 거미줄을 지옥에 내려 보냈다. 그리고 간다타는 그 거미줄을 타고 위로 오르기 시작하였다.

> 이만큼 올라가면, 지옥에서 빠져나오는 것도, 의외로 손쉬운 지도 모릅니다. …중략… 그러나 문뜩 정신을 차리자, 거미줄 아래로 수많은 죄인들이 자신이 올라온 뒤를 따라 마치 개미의 행렬과 같이, 조금 전의 자신의 모습처럼 위로 위로 열심히 기어오르고 있지 않겠습니까. …중략… 그곳에 간다타는 큰 목소리를 내어 '거기 죄인들아. 이 거미줄은 내 것이다. 너희들은 도대체 누구의 허락을 받아 올라오는가. 내려가라. 내려가라'하고 소리쳤습니다. 그 순간이었습니다. 지금까지 아무 일 없었던 거미줄이 갑자기 간다타가 매달려 있는 곳에서 툭 하는 소리

를 내며 끊어졌습니다.

「거미줄」 · 全集2 · pp.230~231

요시다 세이이치는 '밝고 명랑한 동화가 아닌, 그의 독특한 인생관을 살려 내고 있다. 인간성에 내재한 이기주의로 구제 못함에 절망하면서도, 여전히 포기할 수 없는 마음이 아름다운 꽃이나 아름다운 하늘에 장식된 이 동화 저변에 흐르고 있다'[47]고 언급하고 있지만, 간다타는 자신의 에고이즘 때문에 결국 극락에 가지 못하고 재차 지옥 속으로 떨어져 영원히 괴로워할 것이다. 여기서 간다타가 대도적이라는 점과 자기 자신이 갖고 있는 에고이즘을 인식하지 못하는 점은 다죠마루가 유명한 도적인 점과 자기 자신의 죄를 인식하지 못하는 점은 유사하다고 볼 수 있다. 따라서 다죠마루도 자신의 죄를 인식하지 못하는 이상, 간다타처럼 지옥에서 떠도는 것이 당연할지 모른다.

그리고 마사고도 자신의 죄에 대해서 인식하지 못하는 것은 다죠마루와 마찬가지이다. 그녀가 '어쨌든 저는 도저히 죽을 수가 없었습니다. … 중략 … 죽지 못하고 이렇게 있는 한 그런 일도 자랑이라 할 수는 없겠지요.(쓸쓸한 미소) 저처럼 한심스런 자는 대자대비하신 관세음보살조차 등을 돌리실지 모릅니다'라고 언급하고 있듯이, 설령 그녀가 살아 있더라도 마치 죽은 다케히로가 중유에서 떠도는 것처럼, 그녀 또한 이 세상에서 떠돌 것이다.

그 예로 「로쿠노미야 아가씨(六の宮の姫君)」(1922)에서 로쿠노미야 아가씨는 부모를 잃은 후, 살아가기 위해서 단바(丹波)의 전임 지

47) 吉田精一, 앞의 책, p.158.

방관의 아내가 되었다. 하지만 기쁨이나 슬픔도 없는 평안한 나날도 남편이 떠나는 것으로 끝난다. 그리고 9년 후 남편을 기다리다 결국 병이 들어 죽음을 맞고, 그녀가 죽은 후에는 중유(中有, 사람이 죽은 뒤 다시 태어나기까지의 49일 기간)를 떠돌아다니는 모습이 나타나 있다.

> "요즈음 이 주작문 근처에서, 여자의 울음소리가 들린다고 하지 않던가?" 법사는 돌층계에 주저앉아, 단지 한마디 대답을 하였다. "들으시오" … 중략 … 갑자기 어디에선가 여자의 목소리가 간간히 구슬프게 들려 왔다. … 중략 … "저것은 극락도 지옥도 모르는 불쌍한 여자의 혼입니다. 염불을 외워 주십시오."
>
> 「로쿠노미야 아가씨」 · 全集5 · pp.459~460

이 전, 그녀는 유모가 꺼낸 재혼을 거절했을 때 '나는 이제 아무 것도 필요없어. 사는 것도 죽는 것도 마찬가지야'라는 말은, 위의 마사고가 말을 연상하게 한다. 다시 말해 로쿠노미야 아가씨가 죽어서 극락도 지옥도 모르는 채 중유를 떠도는 것처럼, 마사고 또한 비록 이 세상에 살아 있더라도 살아 있는지 죽은 것인지 모르는 채[48] 살아 갈 수밖에 없을 것이다.

---

48) 히라오카 토시오는 '나는 그것으로 영구히 중유의 어둠으로 가라앉아 버렸다.… 에서 「덤불 속」은 끝을 맺고 있지만, 그 후로 7개월 후에 발표된 역사소설물의 마지막 작품 「로쿠노미야 아가씨」(1922. 8)도 또한 극락도 지옥도 모르는 중유의 어둠에 떠도는 여자의 혼을 그리며 끝을 맺고 있다. 시미즈사(清水寺)에서 참회를 하려고 '덤불 속(藪の奥)'으로 도망친 여자도 또한 마침내 중유의 어둠 속에서 떠도는 존재인 것을, 이미 「덤불 속」의 아쿠타가와는 알고 있었다고 말하지 않으면 안 된다'(平岡敏夫, 「『藪の中』を讀む」, 『芥川龍之介-抒情の美学-』, 大修館書店, 1982, pp.232~233)라고 언급하고 있다.

그러므로 다죠마루, 마사고, 다케히로는 각자가 자신이 죄를 인식하지 못한 채, 중유 세계(다죠마루는 지옥, 마사고는 현 세계)를 떠돌고 있다고 볼 수 있다. 그것은 어쩌면 아쿠타가와가 바라본 근대 사회에 살고 있는 인간의 모습을 그대로 재현해내고 있다고 보아야 할 것이다. 바로 그 점이야말로 「덤불 속」에 있어서 또 하나의 '진실'이라 할 수 있으며, 나아가 작가 아쿠타가와에 있어 근대인의 인간성 본연의 깨달음이라고 할 수 있다.

이와 같이 아쿠타가와는 「덤불 속」을 통해 그의 '역사소설군'과 '기독교소설군'에 나타난 고전의 재해석이나 근대 기독교의 선악개념을 통해서 인간성 문제를 작품화하려고 하였다. 특히 근대 여성의 정조문제는 그의 문학 창작뿐만 아니라 일상생활에 있어서도 커다란 영향을 주었다고 볼 수 있다. 그러므로 「덤불 속」의 '진실'은 근대인의 에고이즘에 감추어진 도덕적 · 윤리적인 죄 문제의 부재에 있으며, 아쿠타가와는 그곳에 악, 혹은 동물적 본성을 표현하고자 하였던 것이다. 특히 그의 이러한 자각은 '벌 받지 않는 것만큼 괴로운 벌은 없다'(〈벌(罰)〉, 「난장이의 말」(유고) · 全集9 · p.353)고 서술하듯이, 그 자신도 자신의 죄를 인식하지 못한 채 한 사람의 보통 인간으로서 '덤불 속'이라는 일상 세계에 살아가고 있다는 것을 말하고자 하였는지도 모른다.

그러나 그가 '나는 불행하게도 인간다움에 예배할 용기를 가지고 있지 않다. 때때로 인간다움에 경멸을 느낀 것도 사실이다. 그러나 또한 항상 인간다움에 사랑을 느낀 적도 사실이다. 사랑을?-혹은 사랑보다도 연민인지도 모른다'(〈인간다움(人間らしさ)〉, 「난장이의 말」 · 全集7 · pp.402~403)라고 언급한 것과 같이, 인간이 선한 존재이면서도 동시에 악한 존재라고 하는 사실을 부정한 것이 아니라 긍정하고 있음을 알 수 있다.

다시 말하면 아쿠타가와는 보통 인간이 죄를 짓는다는 사실을 긍정함으로써 근대적 인간성을 인정하고자 하였던 것이다. 즉 그는 인간이 죄를 지어도 인식할 수 없다고 하는 죄 인식의 부재 속에 인간성을 긍정하였고, 이 긍정이야말로 근대 이전과 다른 근대인의 인간성 모습이라 하겠다.

그리고 이러한 근대적 인간성의 긍정과 자각은 그의 문학 창작에 있어서도 커다란 변화를 초래하게 되었다. 다시 말해서 그가 처음 자신의 광기가 천재라는 것을 증명하기 위해, 광인이나 우인을 등장시켜 예술지상적 세계를 추구하고자 하였다. 그런데 그의 이러한 근대적 인간성의 재인식은 광인 · 우인을 표현하는 것에 의해 허구세계에서 예술지상주의로의 비상(주로 '역사소설군'과 '기독교소설군')하려고 한 입장에서, 이제까지 부정해 왔던 보통 사람을 긍정하는 일상 세계에서 예술지상주의로의 하강하는 입장으로 전환하는 계기가 되었다.

따라서 1922년 이후부터 아쿠타가와는 '역사소설군'인 「로쿠노미야 아가씨」를 마지막으로 끝내고, 그 대신에 지금까지 볼 수 없었던 사소설적 문학 창작(예를 들어 '야스키치소설군')으로 바꾸고 있다. 이것은 일상 체험을 통해서 자신의 예술지상적 세계인 '황홀한 법열의 빛'이나 '찰나의 감동'을 실현하고자 하는 모습이라 할 수 있다. 동시에 이러한 문학창작에 있어서 일상 세계로의 하강은 한편으로 아쿠타가와 자신 또한 천재가 아닌 보통 사람이기를 추구하고자 하였는지 모른다. 그러나 이러한 변화 이면에는 자칫하면 하강(천재에서 보통 사람으로)이 아닌 다시 광인으로 추락할지 모른다는 위험성을 내포하고 있다고 하겠다.

V
'보통 사람'의 예술지상주의의 한계

1. 일상 세계에 나타난 예술지상적 세계 -「용」과 「밀감」을 중심으로

아쿠타가와의 문학창작에 나타난 예술지상주의는 지금까지 광인과 우인이 예술 혹은 종교의 이상향을 획득하는 과정이었다고 말할 수 있다. 구체적으로 말하면 아쿠타가와의 작품 속에 나타난 광인과 우인은 비일상적인 세계에서 얻은 '찰나의 감동'이나 '황홀한 법열의 빛'을 통하여 초인과 성인으로 승화하는, 예술지상주의의 비상을 훌륭하게 표현하였다.

▲ 결혼식에서의 아쿠타가와와 후미

그런데 1919년 이후 그의 예술지상주의는 문학창작에 있어서 변화 양상을 보이고 있는데, 그것은 지금까지 그의 문학 작품에 주로 나타난 주인공들인 광인과 우인이 보통 사람(常人)으로 바뀌고 있다는 점이다. 「예술 그 외」(1919)에서 '우리들이 예술적 완성의 길을 향하고자 할 때, 무언가 우리들의 정진을 방해하는 것이 있다. … 중략 … 마치 산에 오르는 사람이 높이 올라감에 따라서 이상하게 구름 아래에 있는 산기슭이 그리워지는 것과 같은 것이다'(「예술 그 외」· 全集 3 · p.264)라고 언급하고 있듯이, 여기서 그가 말하는 '무언가 우리들의 정진을 방해하는 것'이나 '구름 아래에 있는 산기슭이 그리워지는 것'은 다름 아닌 인간다운 것, 즉 보통 사람들의 일상 세계를 가리키는 것이라 볼 수 있는데, 이러한 변화는 근대적 인간성의 자각을 통한 일상 세계에 있어서 보통 사람의 긍정적인 태도라고 보아야 한다.

특히 가사이 아키후는 '1919년은 류노스케에 있어서 정체기에 해당된다고 생각할 수 있다. 정체라는 말이 부적절하다면 새로운 실험을 시도하려고 했던 시기라고 생각해도 좋을 것이다'[1]라고 서술하고 있는데, 그가 언급한 '새로운 실험을 시도'라는 것은 정확히 말하자면 1919년 이후 그의 문학 창작에 있어 광인과 우인이 아닌 보통 사람들에게도 예술지상적 세계-'찰나의 감동'이나 '황홀한 법열의 빛'-가 나타난 것을 의미하며, 그 출발점이라고 할 수 있는 작품이 바로 「예술 그 외」와 같은 시기에 발표된 「용(龍)」(1919)이라 볼 수 있다.

따라서 본 절에서는 우선 아쿠타가와의 문학 창작의 변화, 즉 비일상 세계(광인과 우인)에 나타난 예술지상주의의 비상에서 일상 세계(보통 사람)에 나타난 예술지상주의의 하강하는 양상을 작품 「용」과

1) 笠井秋生,『芥川龍之介』, 清水書院, 1994, p.70.

「지옥도」(1918)를 비교 · 검토하고, 보통 사람들의 예술지상적 세계의 획득 과정을 살펴보고자 한다. 또한 「용」과 같은 해 쓰인 「밀감(蜜柑)」과 「가을(秋)」(1920)에서는 이러한 예술지상주의의 하강에 있어 '찰나의 감동'과 함께 나타난 '피로와 권태'의 의미를 알아봄으로써 그의 예술지상주의의 변화에 따른 한계 상황을 고찰하기로 한다.

1.1 「용」에 관한 상반된 견해

1919년 5월 『중앙공론(中央公論)』에 발표된 「용」에 관한 선행 연구를 살펴보면, 거의 모두가 아쿠타가와의 문학에 대해 부정적인 견해가 지배적이다. 우선 요시다 세이이치는 '원작의 줄거리를 마지막 부분에서 짜고 또 짜내고 있지만, 이미 매너리즘에 빠져 있어 「코」나 「마죽」과 비교해 상당히 뒤떨어진다'[2]고 말하고 있으며, 다카기 타쿠(高木卓)는 '작가 아쿠타가와의 피로를 이미 단적으로 상징'[3]한 작품, 그리고 신도 쥰코(進藤純孝)는 '작가로서의 죽음조차 느끼게 하는 작품'[4]이라고 서술하고 있듯이, 많은 연구자들은 「용」에 대해서 부정적인 평가로 일관하고 있다.

그것은 나가노 죠이치(長野嘗一)가 '여러 연구자의 비평도 이 아쿠타가와의 자신의 작품 설명에 영향을 받아, 매너리즘이라는 레텔을 붙인 경향이 없는 것은 아니다'[5]라고 지적하는 바, 여기서 '아쿠타가

---

2) 吉田精一, 앞의 책, p.183.
3) 高木卓, 『芥川龍之介の人と作品』, 学習研究社, 1964, p.226.
4) 進藤純孝, 『伝記 芥川龍之介』, 六興出版, 1978, p.226.
5) 長野嘗一, 『古典と近代作家 芥川龍之介』, 有朋堂, 1967, p.222. 그러나 나가노도 '본편에서는 원전에 별단 공백이 없으며, 아쿠타가와의 필치는 한번 더 그 위에 덧

와의 자평'이란 1919년 12월에 발표한 「예술 그 외」에 아쿠타가와 스스로 작품 「용」에 대해서 언급한 것을 가리킨다.

> 예술의 경계에서 정체라는 것은 없다. 진보하지 않으면 반드시 퇴보하는 것이다. 예술가가 퇴보할 때 항상 일종의 자동작용이 시작된다. 다시 말해서 같은 작품만 쓰는 것이다. 자동작용이 시작되면 그것은 예술가로서의 죽음에 이른 것이라고 생각해야 한다. 나 자신 「용」을 썼을 때에 분명히 이러한 종류의 빈사상태에 이르고 있었다.
>
> 「예술 그 외」· 全集3 · pp.264~265

여기서 아쿠타가와는 '일종의 자동작용'으로 작품 「용」을 들고 있는데, 이러한 언급은 아마도 종래의 연구자들의 평가에 커다란 영향을 주었으리라고 추측할 수가 있다. 하지만 과연 아쿠타가와가 자기 자신의 문학작품을 평가절하하기 위해서 일부러 「예술 그 외」를 썼는지 어떤지는 의문이 생기며, 또한 사실상 문학창작에 있어서 정체가 있다고 하더라도 '예술 활동은 어떤 천재라도 의식적인 것이다'(「예술 그 외」· 全集3 · p.268)고 한 그에게 있어서 자신의 심정을 있는 그대로 토로했다고 보기는 어렵다.

1919년은 아쿠타가와가 해군기관학교를 그만두고, 오사카 마이니치신문사 객원사원[6]이 되는 시기였다. 그의 「입사의 변(入社の辭)」

쓴 것에 지나지 않는다. 이것은 이미 자동작용이나 매너리즘을 운운할 정도가 아니다. 명확히 후퇴를 의미하고 있다.'고 서술한 바와 같이「용」에 대해서 부정적인 견해를 가지고 있다.

6) 아쿠타가와는 '아무리 생각해도 나의 기관학교에 취직한 이유와 해군확장과는 근본적으로 서로 용납하지 않는다'(小島政二郎, 앞서간 · 1918년 10월 21일)고 말하

중에는 '현재 나는 이미 과거의 나와 달리, 전력을 제작에 쓰지 않은 한 인생에 대해서도 또는 나 자신에 대해서도 미안스러운 기분이 든다'고 말하고 있으며, '덕분에 저도 it이나 that을 가르치는 것을 그만두고 도쿄에 되돌아 갈 수 있다고 생각하자 갑자기 어깨가 가벼워진 듯 매우 유쾌한 기분이 듭니다'(薄田淳介宛 · 1919년 2월 24일)고 밝힌 것과 같이, 이 시기에는 앞으로 본격적인 작가로서 출발하려는 그의 심경을 엿볼 수가 있다.

또한 결혼 후 1년 3개월 정도 살았던 카마쿠라 집을 떠나 도쿄 다바타(田端)에 있는 양부모가 있는 집으로 이사해, 2층 서재에 〈아귀굴(我鬼屈)〉이라는 액자를 걸고, 창작에 전념하였다. 그리고 면회일을 일요일로 정해 고시마 마사지로(小島政二郎), 난부 슈타로(南部修太郞), 오카에이 이치로(岡榮一朗), 사사키 모사쿠(佐々木茂索) 등이 모여 동년배의 작가지망 청년들과 환담이나 토론 등을 하였다. 그 때 아귀굴에 출입하였던 타키이 코사쿠는 당시를 회상하기를 '주인공(아쿠타가와-인용자)은 지칠 줄 모르는 지식욕, 생활욕의 소유자였기 때문에 손님과 함께 서로 즐거워 하였'으며, '서재에는 소설가적 분위기도 농후해, 우리들은 서로 이야기하는 중에 선생님의 제작욕에 감염

며 전직을 생각하였다고 볼 수 있다. 1919년 1월 12일 스스키다 쥰스케(薄田淳介, 앞서간)에게 '갑자기 이런 일을 말하는 것이 조금은 죄송하지만 제가 귀사의 사원으로 해주시지 않겠습니까'라는 편지를 보냈으며, '그렇다면 학교를 그만두고 순수히 작가로서의 생활을 매진 하고자 합니다. … 중략 … 저도 조금은 일다운 일을 해야 하지 않을까 생각합니다'고 말하고 있듯이, 교사와 창작이라는 이중생활을 청산하고 본격적인 전업 작가를 희망하고 있었다. 그리고 입사는 아쿠타가와와 기쿠치 칸, 두 사람으로 같은 해 2월 중순에 내정, 정식 발령은 3월 8일에 받았다. 매일 출근할 필요는 없으며 년 몇 회 소설을 쓸 것, 다른 신문사에 집필하지 말 것, 원고료 없이 월급 130엔이라는 조건으로 채용하였다.

되어 버렸다'[7]고 말하고 있다. 이와 같이 1919년은 아쿠타가와에게 전업작가로의 출발하는 해로 '제작욕'이 가득 찬 시기[8]였으며, '지금 중앙공론에 18일까지 완성해야 할 의무가 있어 신음하며 소설을 쓰고 있다'(江口渙宛 · 1919년 4월 15일)며 문학창작에 전념하였던 것이다. 그러므로 많은 연구자들이 작품「용」이 급속히 매너리즘에 빠졌다고 언급한 것은 타당하지 않다고 볼 수 있다.

그에 반해서 기쿠치 히로시는「예술 그 외」에 나타난 아쿠타가와의 말과 관련하여 '1919년「예술 그 외」의 선언이 움직일 수 없다는 것이 아니다. 아쿠타가와는 끊임없이 표현의 방법을 궁리하여, 그것을 위해서 예술 본연의 자세를 검토하고 여러 가지 방법을 시도하였다. … 중략 … 각성의 방향은 새로운 분야에 향해져 있었다는 것을 알 수가 있다'[9]라고 서술하고 있다.

이처럼 당시 아쿠타가와의 주위 환경이나 창작 의욕을 유추해 본다면 1919년은 그가 문학창작상 퇴보에서 오는 작가적 죽음을 벗어나

---

7) 瀧井孝作,「小感」,『芥川龍之介全集日報』, 1935, 3(關口安義 編,『芥川龍之介研究資料集成』第5卷, 日本図書センター, 1993, pp.161~162 재인용).

8) 그 이외에도 아쿠타가와는 1919년 5월초부터 18일에 걸쳐서 기쿠치칸과 함께 나가사키로 여행하였다. 도쿄 다바타로 보낸 엽서에 '나가사키에 왔다. 나가미(永見)씨에게 신세를 졌다. 나가사키는 훌륭한 곳으로 감복하였다. 중국취미와 서양취미가 혼합되어 있는 곳으로 특히 이상하게 생긴 사람들, 중국인이 많이 있었다'(1919년 5월 7일)와 '나가사키에 살면서 유리세공을 모으거나 네덜란드 접시를 모으거나 크리스트 책을 모으거나 하며 살고 싶다'(松岡讓宛 · 1 919년 5월 10일)고 서술한 것처럼 서양, 크리스트, 중국 등의 취미에 관심을 보이고 있었다.

9) 菊地弘,『芥川龍之介 - 意識と方法 -』, 明治書院, 1982, p.179. 또한 카츠쿠라 토시카즈는 '지칠줄 모르는 정진과 예술활동의 전영역을 자신의 의식 안으로 파악하려고 했던 아쿠타가와의, 정체와 약삭빠름과 안주하고픈 정질의 타락을 엄하게 자성하는 신념의 표출한 것이다. 아쿠타가와의 논의 주제와「용」한편의 평가와는 구별하여 파악해야 할 것이다'(勝倉壽一, 앞의 책, p.192)고 서술하고 있다.

기 위해서 새로운 예술지상적 이상 세계를 개척한 것으로 보아야 한다. 그리고 그러한 노력의 첫 번째 시도가 바로 「용」인 것이다. 따라서 「용」은 아쿠타가와의 정체(매너리즘)라기보다는 오히려 지금까지 그가 지향해왔던 예술관의 의식적인 변화라고 볼 수 있으며, 그것은 다름 아닌 보통 사람이 사는 일상 세계에서의 예술지상주의의 구현이라고 말할 수 있다.

1.2 일상 세계에 나타난 '찰나의 감동'

「용」은 우지 다이나곤타카쿠니(宇治大納言隆国)가 별저에서 오가는 사람들에게 재미있는 이야기를 듣고 책을 만들려고 하여, 처음에 도기공인 노인의 이야기부터 시작되고 있다. 여기서 도기공 노인은 원전 『우지슈우이이야기(宇治拾遺物語)』의 첫 부분(冒頭部)과 제 11권 제 6화 「쿠라우도토쿠고 사루자와 연못의 용 사건(藏人得業猿澤の池の龍の事)」를 소재로 구성하는데, 여기서 주목하여야 할 것은 원전에는 용의 승천이 보이지 않는데 비해서 「용」에서는 용의 승천이 나타나 있다는 사실이다.

작품 내용을 간략히 언급하면, 주인공 스님 에인(惠印)은 터무니없이 코가 큰스님으로, 게다가 그 코끝이 마치 벌에 쏘인 것처럼 1년 열두 달 새빨개, 나라(奈良) 마을사람들이 그 모습을 보고 별명을 하나 쿠라(鼻藏)라고 붙여 쿠라우도토쿠고(藏人得業)이라고 불렀다. 에인은 자신의 별명에 화가 나서 사루자와 연못 부근에다, '3월 3일 이 연못에서 용이 승천할 것이다'라고 적힌 표지를 세웠다.

물론 사루자와 연못에 용 따위가 정말로 살고 있는 것이 아니라 그가 지어낸 허풍이었던 것이다. 그러나 그 말은 다음날 사람들의 입에 오르내리기 시작하여, 용이 꿈에 나타나 계시를 받았다는 사람이나, 연못에 숨은 용을 목격했다는 사람들에 의해 큰 소동이 일어났다. 그리고 소문은 점점 커져 먼 고향에 사는 숙모 비구니도 꼭 용이 승천하는 모습을 보고 싶다며 찾아 왔다. 결국 나라에 사는 사람들을 놀리려고 생각해낸 장난이 뜻밖에 사방에서 셀 수 없을 정도로 몇 만 명의 사람들이 가득 차, 3월 3일 당일 연못 주위에는 에인을 포함하여 인산인해를 이루었다. 그런데 에인의 거짓말로 비롯된 이러한 소동이 그 날 실제로 용이 하늘로 승천하는 일이 벌어지고 만 것이다.

> 에인이 그곳에 온 후, 이윽고 한나절이 지날 즈음이었다. 마치 향연기와도 같은 한줄기 구름이 공중에 가로로 길게 뻗쳐 있다고 생각하자, 순식간에 커다랗게 변하여 지금까지 화창하게 개어있던 하늘이 갑자기 어두워지기 시작하였다. … 중략 … 에인의 눈에는 그 찰나, 그 물안개와 구름 사이로 금빛 발톱을 번쩍이며 쏜살같이 하늘로 올라가는 30척이나 되는 흑룡이 몽롱하게 보였습니다. 하지만 그것은 눈 깜짝할 사이의 일로 그 다음엔 단지 비바람 속에서 연못을 둘러싼 벚꽃이 깜깜한 하늘로 날아오르는 것만이 보였다고 하는 것입니다.
>
> 「용」· 全集3 · pp.77~78

용이 승천하는 순간, 에인을 비롯하여 그곳에 모인 남녀노소 모두가 구름 속에 흑룡이 승천하는 모습을 '신과 같이 이따금 불가사의'하게 보고 있다. 그리고 용이 승천한 후, '연못을 둘러싼 벚꽃이 어두운 하늘에 날아오르'고 있다.

여기에 나타난 용의 승천과 그 후의 모습은 「지옥도」에서 주인공 요시히데가 자신의 딸을 불태운 후의 묘사와 거의 같다는 것을 주목할 만하다. 왜냐하면 '연못을 둘러싼 벚꽃이 어두운 하늘에 날아오르'는 광경은 「지옥도」(1918)의 '갑작스런 불길에 놀라 소리를 내며 떠들며 날아다니는 수많은 밤새'를 연상시키고 있기 때문이다. 즉 에인은 용의 승천이 '신과 같이 이따금 불가사의'한 모습이라고 하는 것은 마치 「지옥도」의 화자가 느낀 요시히데의 '황홀한 법열의 빛' 과 겹쳐 있다.

만일 아쿠타가와의 이전 작품이라면 이러한 용의 승천은 초인이나 성인만이 볼 수 있었다. 그러나 여기에서는 에인뿐만 아니라 수많은 사람들에게 용의 승천을 보여줌으로써-이것은 지금까지 비일상 세계의 광인과 우인만을 가능했던 것에 반해-일상 세계에서 용의 승천, 바꾸어 말하면 보통 사람도 찰나의 감동에 의한 예술지상적 세계를 접할 수 있다는 것을 보여주고 있는 것이다. 한편 에인은 요시히데와는 달리 거짓말하는 것은 물론 '죄인과 같이 왠지 꺼림칙한 생각을 하거나, '패기 없이 쭈그리고 앉은' 모습은 종교인(성인)의 모습이라기보다는 오히려 보통 인간에 가깝다고 볼 수 있다.

물론 보통 사람에 의한 예술지상적 세계에 도달하는 과정은 「게사쿠 삼매경」(1917)에서도 찾아 볼 수가 있다. 하지만 주인공 바킨은 가족들에게 따돌림 받아 자신의 예술지상주의적 세계를 '서재'라는 공간에 한정시키고 있는 것에 반해서, 「용」은 한정된 공간이 아닌 열려진 일상세계 속에서 구현시키고 있음을 알 수가 있다.

한편 타케다 쇼오켄(武田昌憲)은 '류노스케의 이름 「용」(그는 자주 서간에 '龍'이라고 서명하고 있다)을 붙인 작품이라는 점에서 재평가할 필요가 있다. 용은 고전 소재에서는 나타나지 않았지만, 아쿠타가와 작품에서는 실제로 나타나 승천하는 것은 아쿠타가와의 심리와 어떻게 관련되어 있는가'라고 의문을 보이며, '「용」은 아쿠타가와 자신이며, 그의 희망을 상징하는 것이라 생각할 수 있다'[10]고 언급하고 있는데, 이처럼 아쿠타가와 자신을 용이라고 상정한다면, 작품 속에 승천하는 용의 모습이야말로 원전에 없었던 아쿠타가와 자신의 창작이자, 그 주제라 할 수 있으며, 동시에 그 스스로가 새로운 예술의 변화를 추구하고자 하는 모습을 용으로 비유하여, 일상세계에 사는 보통 사람들에게 '찰나의 감동'(예술지상적 세계)을 부여하고 있는 것이라 말할 수 있다.

이와 같이 아쿠타가와는 「용」 이후 그의 문학창작, 특히 1920년에 쓰인 「두자춘」에서 광인과 우인의 모습은 사라지고, 본격적으로 보통 사람들에 의한 예술지상적 세계를 획득하는 모습을 보여주고 있다.

1.3 보통 사람의 예술지상주의로의 일시적 도달

1920년 7월 아쿠타가와는 『빨간 새(赤い鳥)』에 동화 「두자춘」[11]을 발표하였다. 그 자신이 '「두자춘」은 당나라 소설 두자춘전의 주인공을 이용하였지만, 줄거리는 2/3 이상 창작이다'(河西信三宛 · 1927년 2월 3일)라고 말하고 있듯이, 「두자춘」은 중국 전기 『두자춘전』에서 소재를 얻은 작품이지만, 주인공 두자춘이 선인(仙人)을 지향하는 동기

10) 志村有弘 編, 『芥川龍之介大事典』, 勉誠出版, 2002, pp.743~744.

11) 아쿠타가와의 동화작품에는 「거미줄(蜘蛛の糸)」(1918. 4), 「개와 피리(犬と笛)」(1918. 7), 「마술(魔術)」(1919. 11), 「두자춘(杜子春)」(1920. 6), 「아구니 신(アグニの神)」(1920. 12), 「선인(仙人)」(1922. 3), 「세 개의 보석(三つの宝)」(1922. 11), 「시로(白)」(1923.7), 「세 개의 반지(三つの指輪)」(1923. 미완) 등이 있다.

[12]와 그 결과는 커다란 차이가 있으며, 바로 이러한 차이 속에 작가의 창작 의도와 주제가 나타나 있다고 볼 수 있다.

우선 작품 내용을 간략히 언급하면, 두자춘은 부잣집 아들이었지만 재산을 다 써버리자 비참한 신세가 되어, 어느 날 낙양 서문 아래에서 멍하니 하늘을 쳐다보고 있었다. 그런데 갑자기 애꾸눈 노인이 나타나 불쌍한 그에게 해질 녘 자신의 그림자가 비치는 자리를 파보라고 말하고 사라진다. 두자춘은 노인이 말한대로 땅을 파보니 그곳에서 엄청난 황금이 나와 부자가 되었다. 그러나 그것도 몇 년도 못가서 다 써버리자 거지가 된 두자춘은 다시 낙양 서문 아래로 가서 멍하니 하늘을 보고 있었다. 그러자 전에 만났던 노인이 나타나 전과 같은 말을 하고 사라진다. 그리고 부자가 된 두자춘은 또 다시 옛날처럼 돈이 떨어져 거지가 되고 말았다. 그곳에 노인이 나타나 도와주려고 하지만, 두자춘은 자신을 도와준 노인이 선인이라는 사실을 깨닫고, '인간이라는 것에 정나미가 떨어졌다', '인간은 모두 박정'하기 때문에 더 이상 돈은 필요 없다고 말하며, 그 대신 노인처럼 선인이 되게 해 달라고 부탁한다. 이때 노인은 어떤 일이 있어도 소리를 내면 안 된다고 말하고, 만일 소리를 내면 선인이 되지 못하며 목숨도 위태하다고 충고한다. 두자춘은 온갖 어려운 시련을 견디어 내지만 마지막에 가서는 지

12) 선인을 지향하는 동기에 대해서 『두자춘전』은 천성적으로 방탕벽을 가진 두자춘이 세상에 살아가면서 자신의 부적격성을 깨닫고 은혜를 받은 노인에게 자신을 맡기려고 한다. 여기서는 노인의 따뜻한 정에 보답하기 위해 자신의 몸을 선인인 노인에게 맡기고 있으나, 절실한 욕구에서 선인을 원하는 것은 아니다. 또한 인간에의 불신과 절망에서 선인이 되는 것을 결심한 것이 아니다. 그러나 아쿠타가와의 「두자춘」은 노인의 은혜를 받은 것은 원전과 같지만, 선인을 원하는 동기는 인간에 대한 불신과 인간성에 대한 절망에서 생겨난 것으로, 두자춘은 인간의 박정함에 질려 인간세계에서 벗어나 선인이 되고자 하고 있다.

옥에서 괴로워하고 있는 두 마리의 말(부모의 모습)을 보고 그만 소리를 내고 만다.

> "걱정하지 마라. 우리는 어떻게 되든 너 하나 행복해지면 더 바랄 것이 없느니라. 대왕이 뭐라고 하시든 말하고 싶지 않는 것은 잠자코 있어라" 그것은 틀림없이 그리운 어머니의 목소리였습니다. …중략… 부자가 되면 아첨하고 가난해지면 말도 안하는 세상 사람들에 비하면 얼마나 고마운 마음씨입니까. 얼마나 다기찬 결심입니까. 두자춘은 노인의 다짐도 잊어버리고 그 옆으로 넘어질 듯이 달려가서 반죽음된 어미 말의 머리를 두 팔로 끌어안고 눈물을 뚝뚝 떨어뜨리면서 "어머니"하고 한마디를 외쳤습니다.
>
> 「두자춘」· 全集4 · pp.164~165

두자춘이 '어머니'라고 외치는 순간, 그는 선인이 되려는 것을 포기하고 보통 사람으로 되돌아가고 있다. 이것은 지금까지 아쿠타가와가 보여준 예술지상주의, 즉 「지옥도」의 요시히데가 자신의 예술을 위하여 딸에 대한 애정(인간적인 모습)을 포기하는 것과 달리 인간성 회복이라는 점에서 대조적이다.

다시 말해 처음 두자춘은 인간불신과 박정함이 가득한 일상세계에서 탈출하여 선인이 되고자 한 것이다. 하지만 지옥에서 괴로워하는 부모님의 모습을 보면서 외치는 '어머니'라는 한마디로 인해 작품 배경은 비일상 세계에서 일상 세계로 바뀌고, 동시에 선인이 아닌 보통 사람을 통해서 '찰나의 감동'을 실현시키고 있음을 알 수 있다. 특히 이러한 일상세계의 긍정은 선인을 포기한 두자춘과 노인의 대화에서 뚜렷이 찾아 볼 수 있다.

> 두자춘은 아직도 눈에 눈물이 고인 채 자기도 모르게 노인의 손을 잡았습니다. "아무리 선인이 된다 해도 저는 저 지옥의 삼라전 앞에서 채찍질을 당하고 있는 부모님을 보고 가만히 있을 수는 없습니다" "만일 네가 끝내 말을 안했다면…"이라고 철관자(鐵冠子)는 갑자기 엄숙한 표정을 지으면서 두자춘을 뚫어지게 쳐다보았습니다. "만약 네가 말을 하지 않았다면 나는 그 자리에서 네 목숨을 끊어버릴 생각이었다. 너는 이제 선인이 되고 싶은 바램도 갖고 있지 않겠지"
>
> 「두자춘」· 全集4 · p.165

노인이 두자춘에게 만약 네가 지옥에서 괴로워하는 부모님의 모습을 보고도 말을 하지 않았다면 선인은커녕 도리어 죽이려고 했다고 말이야말로 아쿠타가와가 스스로 부정해 왔던 보통 사람(인간성 부정)에서 인간성을 희구하는 적극적인 자세로 바뀐 것을 알 수 있다.

특히 앞으로 보통 사람으로 살고자 하는 두자춘에게 노인은 '태산 남쪽 기슭에 집이 한 채 있다. 그 집을 밭과 함께 너에게 줄터이니 지금 곧 가서 거기서 살아라. 지금쯤 마침 집 둘레에 복숭아꽃이 만발해 있을 게다'고 언급하고 있는데, 여기에서 언급한 '복숭아꽃'은 소위 '기독교소설군'에서 성스러운 우인에게 나타난 꽃을 연상시키고 있다.

예를 들어 「줄리아노 키치스케」(1919)의 주인공 키치스케는 자신의 신앙을 위해서 목숨을 버렸지만, 죽은 뒤 그의 입 속에서는 한줄기 하얀 백합이 피어나고 있다. 그리고 그 백합꽃은 일상세계의 우인 키치스케의 죽음을 비일상 세계(종교)의 성인 키치스케로 재생시키고 있으며 동시에 지금까지 아쿠타가와의 문학창작에 있어서 예술지상주의의 비상이었다. 그러나 이러한 비일상 세계에서의 예술지상적 세계의 상징인 백합꽃이 이제 동양적 '무릉도원'으로 상징하기도 하는 '복숭아꽃'으로 말미암아 일상세계에서도 예술지상적 세계가 실현되고 있는 것을 보여주는 것이다. 따라서 아쿠타가와에게 있어서 문학창작의 변화는 이러한 작품의 주인공의 변화, 광인이나 우인에서 보통 사람으로, 그리고 인간성 포기를 통한 예술지상 세계의 획득에서 인간성 회복을 통한 예술지상 세계의 획득으로 바뀌고 있다고 볼 수가 있다.

이처럼 아쿠타가와는 지금까지 허구세계에서 추구해 온 예술지상적 세계(「지옥도」, 「기독교 신자의 죽음」)와는 달리, 현실세계에서 예술지상적 세계(「용」, 「두자춘」)를 만들어 냄으로써 새로운 문학창작을 시도하고 있다. 그러나 이러한 예술지상주의 하강은 보통 사람들에게 '찰나의 감동'과 더불어 '피로와 권태'라고 하는 문학 창작의 한계에 부딪치고 만다.

1.4 일상 세계에 있어서 '피로와 권태'

1919년 5월 아쿠타가와는 「밀감」을 발표하였다. 발표하기 전 그는 '소생 아직 소설을 완성하지 못해(다시 쓰고 있기 때문) 24일까지는 괴로워하지 않으면 안되는 다름이다. 어여삐 여기시길'(小島政二郎宛·1919년 4월 21일)이라고 적고 있다.

여기서 화제가 되고 있는 소설은 아마도 「용」과 「내가 우연히 마주친 일」(「밀감」·「늪지」)라고 추정할 수 있다. 이것과 관련하여 요시다 세이이치는 「용」이 '고전에서 취재한 작풍의 정체(停滯)를 말하고 있다'고 말하는데 반해, 「내가 우연히 마주친 일」은 '정체에서 탈출하려고 하는 하나의 시도'라고 하여 '아쿠타가와 문학 중에 하나의 불꽃'[13] 이라고 말하고 있다. 그러나 이러한 요시다의 언급은 과연 거의 같은 시기에 쓰인 「용」과 「내가 우연히 마주친 일」이 아쿠타가와의 문학창작의 정체이며, 동시에 정체에서의 탈출이라고 보기에는 무리가 있다고 생각된다.

다시 말해서 앞서서도 언급하였지만, 아쿠타가와는 「용」을 통해서 새로운 예술 이념을 시도한 작품으로, 일상세계에 살아가는 보통 사람들의 인간적인 것에 초점을 맞추어 그 곳에 '찰나의 감동'을 발견하여 예술적으로 승화시키려고 하였다. 그러한 의미에서 작품 「밀감」 또한 지금까지 그의 작품에 보이지 않았던 일상 세계에서의 예술지상적 세계를 그리고 있다고 보아야 할 것이다. 그러므로 요시다가 말한 바 구체적으로 '하나의 불꽃'이란 보통 사람의 인간적인 모습에 나타난 '찰나의 감동'과 통하는 것이라 하겠다.

우선 「밀감」의 소재는 아쿠타가와가 요코스카(横須賀) 해군기관학교에 근무하고 있을 당시 카마쿠라(鎌倉)를 오가는 열차 안에서 자신이 체험한 일상적인 사사로운 사건을 작품화한 것이다.

> 어느 흐린 겨울 저녁이었다. 나는 요코스카발 상행선 2등칸 객차 구석에 앉아서, 멍하니 발차 기적소리를 기다리고 있었다. … 중략 … 밖을 바라보니 서서히 어두워져가는 플렛폼에서도 오늘은 신기하게도 전

---

13) 吉田精一, 『芥川龍之介 近代文学鑑賞講座』第11巻, 角川書店, 1967, p.122.

송나온 사람들의 인기척조차 없고, 단지 개집에 들어간 강아지 한 마리가 때때로 슬프게 울고 있었다. 이러한 풍경들은 그 때의 내 심상과 이상할 정도로 닮은 풍경이었다. 내 머리 속에는 말로 다 할 수 없는 피로와 권태가 마치 눈을 머금은 흐린 하늘과 같이 짙게 깔린 그림자를 떨구고 있었다.

「밀감」 · 全集3 · p.57

1916년 7월, 아쿠타가와는 도쿄대학 영문과를 졸업하고, 같은 해 12월 요코스카에 있는 해군기관학교 영어 촉탁교관이 되었다. 그리고 다음 해 2월 2일 쓰카모토 후미와 결혼하여 이제까지 다바타에 있는 양부모, 백모와 함께 살았는데, 1918년 3월말부터는 해군기관학교로 통근해야 하기 때문에 카마쿠라로 이사가야만 했다. 그곳에서 아쿠타가와는 문학창작을 하면서 교사로서 강의를 하게 되었는데, 제 1차 세계대전 후, 일본은 군비확장을 위해 1919년부터 학생 수를 3배로 늘린 결과, 교사의 수업도 그 만큼 증가하게 되었다.

그는 당시 상황을 '직업으로서 나는 영어를 가르치고 있기 때문에 거기서 생기는 이중생활이 불유쾌'(「영원히 불유쾌한 이중생활(永久に不愉快な二重生活)」 · 全集2 · p.382)라고 서술하고 있듯이, 영어교사를 그만두고, 자신의 작가적 정진을 위해 고지마 마사지로(小島政二郎)에게 게이오 대학에 취업을 의뢰[14]하거나 스스키다 쥰스케(薄田淳介)에게 오사카 마이니치신문의 입사를 희망하였다. 물론 이것

14) 아쿠타가와는 고지마 마사이치로(小島政一郎)에게 '어제 도쿄에 돌아와서 당신의 편지를 봤습니다. 학교 건으로 여러 가지 고맙습니다'(1918년 10월 21일)라고 쓰고 있지만, 게이오 대학 교수 의뢰는 잘 안되고 말았다.

은 그가 작가로서 문학창작을 위한 것이었지만, 한편으로는 「밀감」을 발표하기 약 한달 전인 3월 16일 생부인 도쇼가 당시 유행하였던 스페인 감기로 세상을 떠나 양가(實家와 養家)의 생활비를 벌지 않으면 안 되었다. 그러므로 기차 속에 있는 작품의 화자인 내가 느끼는 '피로와 권태'란 아쿠타가와가 일상에서 학교 강의 증가로 인한 문학창작의 어려움과 양가의 생계를 책임져야 하는데서 오는 중압감[15]이라고 볼 수 있다.

그러나 아쿠타가와는 「밀감」을 통해 이러한 '피로와 권태'로 둘러싸인 일상세계 속에 하나의 작은 감동을 표현[16]하여, 다시 말해 문학창작이란 예술적 행위를 통하여 일상세계 속에서 예술지상적 세계를 만들고자 하였다. 즉 기차가 어느 가난한 외진 마을에 있는 건널목을 통과하려고 할 때, 작품 화자인 나는 앞으로 고용살이하러 떠나는 한 어린 소녀가 창문을 열려고 하는 것을 발견한다. 창문 밖에는 어둠침침

---

15) 이 이외에도 1919년 3월 아쿠타가와는 오사카 마이니치신문의 사원이 되어 해군기관학교를 그만두고, 4월말 다바타에 있는 양부모의 집으로 아내 후미와 함께 이사하였다. 그러나 이러한 결정은 그 스스로가 '나는 10년 전에도 이러한 집에서 살고 있었다. 그러나 어떤 사정 때문에 경솔하게도 부모님과 동거하기 시작했다. 동시에 또한 노예로, 폭군으로 힘없는 이기주의로 변하기 시작하였다'(「톱니바퀴」 · 全集9 · pp.142~143)라고 언급한 것과 같이, 다시 에고이즘의 세계(양부모와 숙모 후키)로 돌아온 것이라 말할 수 있다.

16) 1922년에 쓰여진 「소위 내용적 가치(所謂內容的価値)」에서 아쿠타가와는 '예술이 표현이라고 하는 것은 요사이 여러 사람들도 말하고 있다. 그렇다면 표현이 있는 곳에는 예술적인 무언가가 당연히 있지 않을까. 예술이 그 사명을 다하기 위해서는 철학도 종교도 필요 없을 것이다. 그러나 표현을 동반하는 한 철학이나 종교는 어느새 예술적인 무언가에 의지하게 된다. … 중략 … 말하자면 엷게 낀 구름 아래 기차 창문으로 밀감을 던지는 소녀와 같이 예술적인 것도 당연하지 않을까?'(〈소위 내용적 가치〉, 「아포리즘」 · 全集12 · pp.263~264)라고 언급한 바와 같이, 문학창작에 있어서 예술적 표현을 강조하고 있음을 알 수 있다.

한 날씨와 시골의 음침한 풍경, 그리고 볼이 새빨간 남자 아이 세 명이 기차가 오기를 기다리고 있다.

> 창문으로 반쯤 몸을 내민 그 소녀가 동상 걸린 작은 손을 쭉 뻗어 열심히 좌우로 흔들고 있다고 생각한 순간, 갑자기 마음을 뛰게 할 만큼 따뜻한 햇빛으로 물든 밀감이 다섯 개인가 여섯 개, 기차를 전송한 아이들 머리 위로 알알이 흩어져 떨어졌다. 나는 엉겁결에 숨을 멈췄다. 그리고 순간적으로 모든 것을 알아 차렸다.
>
> 「밀감」· 全集3 · p.61

어린 소녀는 건널목까지 전송하러 온 동생들의 고마움을 보답하기 위하여 품속에 있던 몇 개의 밀감을 창문 밖으로 던진 것이었다. 세리자와 미츠오키(芹澤光興)는 '아쿠타가와에 있어서 「밀감」은 어디까지나 예술적 감격에 근거한 작품이며, 뿐만 아니라 이 「밀감」에 단적으로 나타난 것과 같이 예술적인 무언가는 모든 현실 여러 장면 속에 편재되어 있는 것이다'[17]고 언급하고 있다. 구체적으로 말하자면, 이때 하늘에 날아 오른 햇빛으로 물든 밀감의 순간적 모습은 마치 하늘에 쏘아 올린 공중의 불꽃(「어느 바보의 일생」)과 같이 '찰나의 감동'을 형상화하고 있는 것이라 말할 수 있다.

즉 따뜻한 햇빛으로 물든 밀감이야말로 '피로와 권태'에 둘러싸인 일상세계를 승화시켜 보통 사람들에게 예술지상적 세계를 도달시키고 있다고 볼 수 있다. 하지만 이러한 '찰나의 감동'은 그 순간적 성격

---

17) 芹澤光興, 「蜜柑論の一視覺」, (關口安義 編, 『芥川龍之介作品論集成 第5巻 蜘蛛の糸-兒童文学の世界-』, 翰林書房, 1999, p.176~177).

으로 말미암아 일상생활에 만연된 '피로와 권태'에서 벗어나 지속적인 예술지상적 세계를 표현하는데 한계가 있음을 알 수 있다.

> 회색빛에 물든 변두리 건널목과 작은 새와 같이 소리를 지르는 세 명의 아이들, 그리고 그 위로 흩어져 떨어지는 선명한 밀감 색과 - 모든 것이 기차 창문 밖에서 순간 짧게 지나갔다. 그러나 나의 마음에는 안타까울 만큼 확연히 이 광경이 각인되었다. 그리고 그곳에서 어떤 정체를 알 수 없는 명랑한 기분이 솟구쳐 오르는 것을 의식하였다. … 중략 … 나는 이 때 비로소 말할 수 없는 피로와 권태를 그리고 이해할 수 없는 미천하고 지루한 인생을 조금이나마 잊을 수가 있었다.
>
> 「밀감」 · 全集3 · p.61

하늘에 날아 오른 밀감을 통해 누나와 동생들 간의 따뜻한 마음(일상적, 인간적인 정)을 예술적으로 표현하고 있다. 그리고 이러한 '찰나의 감동'이야말로 '피로와 권태'에 지친 일상세계에 '어떤 정체를 알 수 없는 명랑한 기분'을 전하고 있다. 그러나 '찰나의 감동'이 끝나면, 다시 말해 불꽃이 꺼진 후의 공허감 뒤에는 여전히 '피로와 권태'가 남아 있을 뿐이다.

실제로 아쿠타가와 자신도 양가의 사람들의 에고이즘과 당시 히데 시게코와의 관계(1921년 3월, 그는 오사카 마이니치신문사의 해외 시찰원으로 중국에 가는 것에 의해 겨우 그녀의 속박에서 도망갈 수가 있었다)로 육체적, 정신적으로 지쳐있던 시기였다. 또한 1920년 1월 중순에는 감기로 고생하였으며, 같은 해 4월 10일에 장남 히로시(比呂志)가 태어났다. 게다가 전업작가로서 '말할 수 없는 피로와 권태가 무겁게 나의 마음 위로 짓누르고 있는 것을 느낀다. 한시도 여유없는

매문생활!'(「동양의 가을(東洋の秋)」· 全集3 · p.415)이라고 서술한 바와 같이 문학창작상의 위기감과 불안감을 느끼고 있었다.

그러므로 일상 세계에서 오는 피로와 권태를 잊게 하기 위해서는 일상 생활 속의 인간적인 것에서 끊임없이 찰나의 감동을 표현하여 예술지상적 세계를 추구하여야만 한다. 그러나 이러한 문학창작 태도야말로 아쿠타가와 스스로를 고립시키는 결과를 초래하게 되었고, 그러한 의미에서 그의 예술지상주의의 변화, 즉 예술지상주의의 하강은 처음부터 예술지상주의의 한계가 노정되어 있었다고 보아야 할 것이다.

사실 아쿠타가와의 문학창작을 통한 예술지상주의는 그의 생모 후쿠의 광기로 인해 죽음에 대한 유전 공포와 양가 사람들의 에고이즘에서 벗어나고자 시작하였다. 그리고 자신은 광기의 유전이 아니라 천재로서 우월적 존재라는 것을 증명하기 위하여, 현실 세계의 양부모의 에고이즘에서 자유로운 세계로 가기 위하여 문학창작을 통한 예술지상적 세계를 추구하였던 것이다. 그 결과 초기 그의 예술지상주의는 의도적으로 주인공을 비정상적인 인물로 설정함과 동시에 보통 사람에 대한 철저한 부정 속에 예술지상주의를 성립시켰다. 바꾸어 말하면 아쿠타가와에 있어서 예술지상주의는 좁게는 그 자신이 죽음의 공포에서 벗어나고자 하는 삶의 의지를 보여주는 수단이었으며, 넓게는 한 인간에 주어진 운명에 맞선 투쟁의 결과라고 말할 수 있다.

하지만 1919년 이후, 그의 예술지상주의는 비일상 세계에서 일상세계로 내려오는 모습이 나타나 있다. 즉 작품 「용」과 「두자춘」에서 지금까지 광인과 우인에게만 볼 수 있었던 '찰나의 감동'을 보통 사람들을 통해서도 예술지상적 세계로 승화시키고 있는 것이다.

이러한 그의 문학창작상의 변화는 우선 주인공을 비정상적인 인물에서 보통 사람으로 바꾸었으며 그리고 작품 소재에 있어서도 이전 그가 '그 테마를 예술적으로 가장 힘차게 표현하기 위해서는 어느 이상한 사건이 필요'(「옛날」 · 全集2 · p.124)하다고 언급한 것처럼, 비일상적인 것에서 소재를 구한 것이 아니라, 일상생활 속의 인간적인 것에서 소재를 찾기 시작하였다는 점이다.

그 후 아쿠타가와는 1922년부터 소위 '야스키치소설군'[18]라고 하는 소설들을 본격적으로 쓰기 시작하였다. 이것은 호리카와 야스키치(堀川保吉)이라는 주인공을 통해 일상세계에 있어 자신의 체험을 그린 일종의 사소설[19]적인 작품으로 그려져 있다. 그러나 이러한 보통 사람들의 인간적인 '찰나의 감동'이라는 변화는 처음부터 일상세계의 '피로와 권태'(「밀감」)로 인하여 한계 상황에 이를 수밖에 없었다. 왜

18) '야스키치소설군'은「물고기 강가(魚河岸)」(1922, 8)을 시작으로「야스키치 수첩에서(保吉の手帳から)」(1923. 5), 「인사(お時儀)」(1923. 4), 「아바바바바(あばばばば)」(1923. 12), 「어느 연애소설(或戀愛小說)」(1924. 4), 「문장(文章)」(1924. 4), 「추위(寒さ)」(1924. 4), 「소년(少年)」(1924. 4), 「10엔지폐(十円札)」(1924. 10), 「이른 봄(早春)」(1925. 1) 등이 있다. 쿠보다 마사후미(久保田正文)는 '「밀감」(1919. 8. 5) 등이 실질적으로는 야스키치소설군류에 넣어도 좋은 작품이라고 나는 생각한다'(久保田正文, 『芥川龍之介-その二律背反-』, いれぶん出版, 1976, p.41)고 언급하고 있다.

19) 비록 사소설(私小說)이라고 하지만, '솔직하지 않는 점이 안 된다'(久米正生, 「新潮合評會」, 『新潮』, 1923. 6), '적어도 아쿠타가와는 정직하지도 않으며, 발가숭이도 아니고, 그러기커녕 변함없는 허구를 즐기고 있다'(荒木巍, 「『保吉物』に連關して」, 『芥川龍之介硏究』, 河出書房, 1942.7), '이상하게 뒤틀린 단편뿐'(吉田精一, 『芥川龍之介』, 三省堂, 1942. 12)이라고 말하고 있는 것처럼, 당시 그리고 그 이후의 평가는 사소설에 있어서 부정적이었다. 다시 말해서 아쿠타가와는 사소설에서 자신의 체험을 있는 그대로 서술한 것이 아니라, 안도 마사미(安藤公美)가 언급한 바와 같이 '작가의 삶을 움직이지 못하고, 방관적인, 예술가 소설에 멈추고 있다'(安藤公美, 『芥川龍之介-繪畫 · 開化 · 都市 · 映畵-』, 翰林書房, 2006, p.106)고 보아야 할 것이다.

냐하면 그의 예술지상주의는 그 또한 일상 세계로의 회귀를 의미하는 것인데, 바꾸어 말하면 초기 예술지상주의에 나타난 광인에서 초인으로, 그리고 양부모의 에고이즘의 세계에서 자유세계로 비상했던 것이 그 하강으로 말미암아 다시 광인으로 그리고 에고이즘의 세계로 되돌아가는 것을 말하고 있기 때문이다.

따라서 아쿠가와의 문학창작의 변화, 즉 예술지상주의는 결과적으로 하강이 아닌 추락의 시작이었다고 볼 수 있다. 그것은 그 스스로가 말한 바와 같이 '인공의 날개(人工の翼)'(「어느 바보의 일생」)을 달고 하늘을 자유롭게 날다가 결국 태양 빛에 날개가 녹아 바다로 추락하는 결과를 초래하게 되었던 것이다.

2. 일상 세계에 있어서 예술지상주의의 한계 -「가을」을 중심으로

2.1 '노부코'의 주체 상실에서 오는 욕망의 전이 과정

아쿠타가와는 1920년 4월 「가을(秋)」을 발표하였다. 그 스스로 '「가을」은 30매이지만 멀지 않아 300매로 감복시킬 것이다. 신중에 신중. 실제로 나는 하나의 난관을 통과했다. 앞으로는 깨달음 뒤의 수행이다'(南部修太郎宛 · 1920년 4월 13일)라고 쓰고 있듯이, 작품 「가을」은 종래의 그의 문학창작에서 볼 수 없었던 일상생활 속에 나타난 보통 사람들을 주제로 한 작품이다. 물론 지금까지의 선행 연구를 살펴보면, 아쿠타가와가 이전 작품에서 찾아 볼 수 없었던 새로운 시도라는 것이 대체적인 견해이다.

예를 들어 기쿠치 유카(菊地由夏)는 '자동작용이라는 매너리즘에 의한 예술가로써의 죽음(「예술 그 외」)라는 아쿠타가와의 말에 나타난 위기감을 받아, 지금까지의 소위 역사물에서 현대물로 전환을 꾀하는 동시에, 전환이 성공하였는가 아닌가에 논점이 집중되어 있다'[20] 고 언급하고 있다. 특히 이러한 전환이 성공이라는 관점에서 논지를 전개할 경우, 가사이 아키후가 '「가을」은 종래의 작품에 전기를 꾀했다고 알려진 작품으로, 작품의 성과보다 오히려 새로운 영역의 개척을 시도하여, 어느 정도 성공을 거두었다는 점에 커다란 의의가 보여진다'[21]고 서술한 바와 같이, 지금까지 아쿠타가와의 문학창작, 즉 광인이나 우인에 의한 비일상 세계에 나타난 예술지상적 세계[22]와는 달리, 보통 사람들의 일상 세계를 예술적으로 형상화[23]하였다고 말할 수

---

20) 菊地由夏,「秋」,『芥川龍之介を学ぶ人のために』, 世界思想社, 2000, p.240.

21) 笠井秋生,『芥川龍之介』, 清水書院, 1994, p.70.

22) 이시와리 토루는 '「가을」를 발표한 아쿠타가와는 서간에서 자신이 소설가로써의 난관을 돌파한 점을 기뻐하였지만, 그것은 자신의 생리가 개입하지 않고, '그로테스크'한 것을 완전히 배제한 점에서 소설이 가능했다는 것에 대한 안도감으로, 현대소설을 써 새로운 경지를 개척한 기쁨만은 반드시 아닐 것이다'고 말하고 있는 것처럼, 여기서 말하는 '그로테스크(Grotesque, 기괴함, 괴상함)'는 바로 광인과 우인의 의해 획득된 예술지상적 세계라고 말해도 좋을 것이다.
石割透,「芥川龍之介 10の〈グロテスク〉」,『国文学』, 2008.2, p.95.

23) 이러한 예술지상주의의 하강에 관련해서 간다 유미코(神田由美子)는 '작가적 위기를 고백한 에세이「예술 그 외」가 발표된 1919년부터「가을」집필 때인 1920년 3월까지는 만년의 사소설을 제외한, 아쿠타가와가 가장 많은 현대소설을 시도한 시대이다. … 중략 … 역사소설인「라쇼몬」이나「코」가 그 역사란 의상(衣裳)의 배후에, 절실한 자기 문제가 감추어져 있기 때문에 걸작을 얻을 수 있었던 것처럼, 아쿠타가와는「가을」에 나타난 현대에 자신의 가장 절실한 동시대를 투영시키는 것으로,「가을」의 현대소설인 것에 대한 의의를 묻고자 하였던 것이다. 그리고 작품 속의 현대에, 아쿠타가와의 현대 문제가 정확하게 서로 겹쳐졌을 때, 아쿠타가

있다.

또한 작품의 소재를 제공[24]한 히데 시게코가 '노부코와 데루코의 심리 상태를 깊게 해부하여 지식계급에 있는 현대 부인들의 인생에 대한 인간고를 여실히 그려주었으면 한다'[25]고 언급하고 있는데, 아쿠타가와는 이 작품을 통해 당시 일본 근대 여성의 심리를 세밀하게 묘사할 뿐만 아니라, 특히 작품 서술을 주인공 노부코(信子)의 관점에서 전개시킴으로써 인간 내면에 숨어 있는 욕망의 전이 과정을 훌륭하게 나타내고 있다.

특히 미요시 유키오는 '「가을」 세계는 노부코의 자기희생에서 시작하는 것이 아니라, 그녀의 허구적인 bovarysme(자기기만-인용자)에서 시작한다. 데루코의 감상만이 확증할 수 있는 허구의 삶을 노부코는 살고 있다'[26]고 서술하고 있듯이, 여기서 '허구의 삶'이란 다름 아닌 현재 살고 있는 공간 오사카를 부정하고 있는 동시에, 자신의 삶마저 그 주체성을 상실하고 있다고 볼 수 있다.

구체적으로 작품 구조를 언급하면 도쿄(東京)에 사는 주인공 노부코는 자신의 욕망이 상실되자, 그 욕망을 오사카(大阪) 회사원과의 결혼으로 대체시키려 한다. 하지만 이러한 욕망의 상실은 결코 사라진 것이 아니며, 노부코는 허구의 데루코(照子)를 통해서 얻고자 한다.

와는 지금까지의 그에게 가질 수 없었던 경향을 손 안에 얻게 된 것이다'(神田由美子, 『芥川龍之介と江戸・東京』, 双文社出版, 2004, p.114)라고 언급하고 있다.

24) 오아나 류이치는 '「가을」은 이 ㅁ부인의 이야기로 만든 것이라고 아쿠타가와에게 들었다'고 서술하고 있다.
小穴隆一, 앞의 책, p.20.

25) 關口安義 編, 秀しげ子, 「根本に觸れた描寫」, 『芥川龍之介研究資料集成 第1卷』, 日本圖書センター, 1993, p.84.

26) 三好行雄, 「ある終焉 -『秋』の周辺-」, 『芥川龍之介論』, 筑摩書房, 1976, p.193.

다시 말해 즉 그녀는 주체가 상실된 자신을 허구의 데루코와 동일시하는 과정에서 욕망을 충족시키려고 하고 있다.

따라서 본 절에서는 우선 노부코의 욕망 상실로 인한 주체 상실과 그녀가 만들어 낸 허구의 데루코를 통하여 심리적 욕망의 획득 과정을 살펴보고자 한다. 동시에 아쿠타가와가 작품 「가을」을 통하여 문학 창작상의 변화, 즉 일상 세계에 있어 보통 사람들이 자신의 욕망을 획득하는 과정에서 나타난 새로운 예술지상주의(찰나의 감동)를 살펴보고자 한다.

2.2 현실의 삶에 나타난 욕망 상실

우리는 흔히 인간을 욕망의 주체[27]라고 말한다. 인간은 자신의 욕망을 위해 평생 쫓아다니지만, 그 욕망을 얻는 순간, 욕망은 더 이상 욕망으로서 의미를 잃고 허상으로 변하고, 또다시 욕망의 대상을 찾지 않으면 안된다. 하지만 반대로 욕망의 대상이 상실될 경우 우리는 새로운 욕망으로 대체하고자 하지만, 여전히 무의식적으로는 남아 사라지지 않고 의식에 영향을 준다.

현재 도쿄에 사는 노부코에게는 두 가지 욕망-작가로서 문단에 나

27) 자크 라캉은 아이가 거울 속에 비친 모습을 자신과 완전히 동일시하는데, 이러한 현상을 「거울 단계(mirror stage)」라고 말하고 있다. 이러한 단계는 대상을 실재라고 믿는 '상상계', 언어의 세계, 질서의 세계인 '상징계', 그리고 '상상계'와 '상징계'가 뫼비우스의 띠처럼 변증법적으로 연결된 '실재계'과정으로 이루어져 있다. 즉 대상(욕망)을 실재라고 믿는 과정이 '상상계', 그 대상(욕망)을 얻는 순간이 '상징계', 여전히 욕망이 남아 그 다음 대상(욕망)을 찾아 나서는 게 '실재계'이다. (자크 라캉, 권택영 역, 『욕망이론』, 문예출판사, 1995, p.24) 따라서 「가을」에서 노부코는 현재 '상상계'에서 '상징계'으로 가는 과정에 서 있다고 볼 수가 있다.

서는 것[28]과 슌키치와의 결혼[29]-을 가지고 있다. 그리고 이러한 욕망은 노부코=욕망의 주체=일상세계(도쿄)라고 하는 하나의 연결 구조를 이루고, 그녀 스스로 삶의 주체로서 일상 생활을 영위하고 있다. 그러나 그녀는 집안 사정[30]과 여동생 데루코(照子)가 슌키치를 좋아한다는 사실로 자신의 욕망을 포기하고 만다. 그리고 어느 날 그녀는 오사카에 있는 상사회사로 근무가 정해진 상고출신의 청년과 결혼하여 오사카로 이사가 신혼살림을 시작한다.

> 학교를 졸업하자. 노부코는 그들의 예상을 뒤엎고, 오사카의 어느 상사회사에 최근 근무하기 시작한 상고출신의 청년과 돌연히 결혼해 버렸다. 그리고 결혼식 후 이, 삼일 지나 신랑과 함께 근무처인 오사카로 가버렸다. 「가을」· 全集3 · p.433

여기서 노부코가 갑자기 오사카로 가게 된 것은 남편이 오사카에서 근무한다는 이유도 있겠지만, 그것보다는 오히려 그녀의 욕망 주체 상실로 인해 현재 살고 있는 일상 세계마저 그 의미를 상실해 버렸기

28) '노부코는 여자대학에 있을 때부터 재원이라는 명성을 얻고 있었다. 그녀는 일찍이 작가로서 문단에 나서는 것을 거의 아무도 의심하지 않았다'(「가을」· 全集3 · p.428)

29) '노부코와 사촌 사이는 물론 누가 보아도, 다가오는 그들의 결혼을 예상하기에 충분하였다'(「가을」· 全集3 · p.429)

30) 하마카와 카츠히코(濱川勝彦)는 '복잡한 사정 속에서도 노부코가 경제적인 방면에 깊은 고려를 하고 있는 것은 아닌가라는 구절이 있다. 그것은 그녀의 결혼인 것이다. … 중략 … 현대풍으로 말하면 엘리트 셀러리맨이며, 당시 경제 중심지, 오사카 상사회사에 근무하는 것은 그 부인인 노부코의 경제적인 안정, 유복함을 보증하는 것이었다'고 지적하고 있다. 濱川勝彦, 「『秋』を讀む - 才媛の自縄自縛の悲劇 -」, 『国文学』, 学燈社, 1992.2, p.91.

때문으로 보아야 할 것이다. 그러므로 노부코 입장에서는 가능한 빠른 시일 내에 새로운 욕망의 대체가 필요했을 것이며, 그것은 그녀 자신을 오사카라고 하는 새로운 공간으로 이동시킴으로써 그녀의 새로운 욕망 구조(노부코=욕망의 주체=오사카) 또한 가능해 질 수 있으리라 생각하였던 것이다.

실제로 그녀는 오사카로 온 이후, '이럭저럭 석 달이 지나자, 모든 신혼부부와 같이, 그들도 행복한 나날을 보내'고, 남편이 '매일 회사에서 돌아오면 반드시 저녁 식사 후 몇 시간을 노부코와 함께 보냈다. 노부코는 뜨개질을 하면서 요즘 화제가 된 소설이나 희곡 이야기를'하며 평범한 신혼 생활(새로운 욕망의 획득)을 만들어 가고 있다.

이처럼 노부코는 새로운 욕망(평범한 신혼생활)으로 새로운 삶을 추구하고자 하였다. 하지만 시간이 흘러감에 따라 그 욕망은 평범한 일상생활로 말미암아 욕망으로서 자격을 상실하고 만다. 이것은 노부코에게 또다시 새로운 욕망을 추구하는 계기가 되는데, 그것은 다름 아닌 과거에 상실한 욕망, 즉 '작가로서 문단에 나서는 것'과 '슌키치와의 결혼'이 그녀의 일상 세계에서 무의식적으로 나타나게 되는 것이다.

> 노부코는 오랫동안 버려두었던 창작을 생각해 내었다. 그리고 남편이 없을 때, 1, 2시간씩 책상에 앉아 창작을 하였다. … 중략 … 그러나 창작을 하려고 해도 의외로 진전되지 않았다. 그녀는 멍하니 턱을 괴고, 한여름 소나무 사이로 들려오는 매미 소리에 자신도 모르게 귀를 기울이고 있는 그녀 자신을 발견하곤 하였다.

> 그 무렵 다달이 잡지에 사촌의 이름을 볼 수가 있었다. 노부코는 결혼 후 잊은 듯, 슌키치와의 편지를 끊고 있었다. … 중략 … 그의 소설이 잡지에 실린 것을 보자, 반가움은 옛날 그대로였다. 그녀는 슌키치의 소설을 넘기면서 몇 번이나 혼자서 미소를 지었다.
>
> 「가을」· 全集3 · p.433, p.435

여기에서 노부코는 오사카에서의 새로운 욕망을 획득함에 따라 점점 그 욕망의 의미가 사라지고, 그 대신 한동안 노부코의 무의식에 억압되었던 도쿄에서 상실된 욕망이 되살아나고 있음을 알 수 있다.

다시 말해 오사카에서 획득한 욕망과 도쿄에서 상실한 욕망간의 갈등은 일상생활 속에서 대립하게 되는데, 이러한 현상은 노부코가 상실된 욕망을 또 다른 새로운 욕망으로 인식하는 결과를 낳고 있다. 그 결과 현재 자신이 있는 공간, 결국 현재 살고 있는 오사카의 일상 세계를 부정하는 결과를 초래하고 있으며, 이것은 동시에 욕망의 주체인 자신마저 부정(주체 상실로 인한 허구화)시키고 있는 것이다.

특히 노부코는 '쓸쓸한 오후, 때때로 이유도 없이 우울해질 때면, 꼭 바느질 서랍을 열어 그 속에 접어두었던 복숭아 색 편지지를 펼쳐' 도쿄에서 헤어질 당시 여동생 데루코가 건네 준 편지를 꺼내 읽곤 하는데, 이것은 그녀가 데루코의 편지를 읽음으로써 점차 오사카에 있어서의 자신의 실재 삶이 허구의 삶으로 대체화되고 있고 있음을 알 수 있다.

> "언니는 저를 위해서 이번 혼담을 정하셨습니다. 그렇지 않다고 말씀하셔도 저는 잘 알고 있습니다. … 중략 … 그래도 언니는 저에게 슌키

치 따위와의 결혼은 생각하지 않았다고 몇 번이고 되풀이 말씀하셨습니다. 그리고 마침내 마음에도 없는 결혼을 하시고 말았습니다" … 중략 … 그녀의 결혼은 과연 여동생의 상상대로 정말로 희생적인 것일까. 그러한 의문이 들 때마다 어느새 노부코는 눈물을 흘리며 무거운 마음이 자리 잡기 일쑤였다.

「가을」· 全集3 · pp.431~432

데루코가 보낸 편지를 읽는 노부코는 자신이 슌키치를 좋아하는 여동생을 위해 마음에도 없었던 결혼을 하였다고 인식하는데, 이것은 그녀에게 있어 점차 오사카에 있는 현실의 삶을 부정하고, 오히려 도쿄에 있는 허구의 삶을 바라기 시작하고 있음을 알 수가 있다.

따라서 노부코는 현실에서의 욕망 주체의 상실과 함께 비현실에서의 허구의 데루코(주체 상실한 노부코)를 만들어 내고 있다. 즉 여기서 말하는 허구의 데루코는 노부코 스스로가 상상한 도쿄에 살고 있는 데루코의 삶을 말하며, 그녀는 허구의 데루코를 통해서 과거 상실된 욕망을 되찾으려고 하는 것이다. 이처럼 오사카에 있는 노부코는 도쿄에 있는 데루코에게 자신의 욕망을 전이시켜, 실재 데루코가 슌키치와의 결혼을 하는 것에 의해 과거에 상실한 욕망('작가로서 문단에 나서는 것'과 '슌키치와의 결혼')을 성취하고자 하고 있다.

2.3 허구의 삶을 통한 욕망 획득

이와 같이 노부코 자신의 주체 상실과 함께 허구화 과정은 특히 이미 획득한 욕망 속에, 다시 말해 남편과의 대화 속에 더욱 현저하게 나타나고 있다.

> "오늘밤 내가 귀가하지 않았다면, 꽤 소설이 진척되었겠지" 그러한 말이 몇 번이나 여자처럼 말하였다. 그날 밤 그녀는 잠자리에 눕자 어느새 눈물이 뚝뚝 떨어졌다. 이런 장면을 데루코가 본다면 얼마나 함께 울어 줄까. 데루코. 데루코. 내가 의지할 수 있는 것은 단지 너 한사람 뿐이야.
>
> 「가을」· 全集3 · pp.434~435

사실 남편이 '석간에 나와 있는 식량문제에서 볼 때, 매월 경비를 조금 더 줄일 수 없어?', '당신도 언제까지 여학생이 아니잖아', '소설만 쓰고 있으면 곤란해'라고 말하고 있는 것처럼, 노부코는 오사카라고 하는 현실 공간에서 과거의 상실된 욕망을 이루 수가 없다. 다시 말해 자신의 욕망을 성취하기 위해 오사카라는 일상 세계는 불가능하며, 도쿄라는 비일상 세계(허구 세계)에서만 가능한 것이다. 또한 노부코가 '데루코. 데루코. 내가 의지할 수 있는 것은 단지 너 한 사람'이라고 말한 바와 같이 자신의 상실된 욕망을 이룰 수 있게 하는 주체는 오로지 데루코만이 가능하며, 이 데루코를 허구화시키는 것이야말로 자신의 상실된 욕망을 획득하게 해 줄 수 있는 것이다.

예를 들면 노부코가 '여동생 말투를 흉내'내거나, '그녀 자신에게 데루코의 결혼에 관해서 말하고 있는 듯한 기분이 들기도' 하는 장면에서 알 수 있듯이, 노부코는 자신이 만들어 낸 허구의 데루코와 일체화(一體化)를 통하여, 도쿄에 있는 데루코의 결혼을 마치 오사카에 있는 자신의 일처럼 생각하고 있다.

노부코와 남편은 데루코의 결혼에 대해서 이야기했다. 남편은 어느 때와 같이 엷은 미소를 지으며 그녀가 여동생의 말투를 흉내내는 것을 재미있는 듯 듣고 있었다. 그러나 그녀에게는 어쩐지 그녀 자신에게 데루코의 결혼에 관해 말하고 있는 듯한 기분이 들었다. …중략… 데루코와 슌키치는 정월 중순에 결혼식을 올렸다. 그 날은 오후가 되어서 한들한들 하얀 것이 내리기 시작하였다. 노부코는 혼자서 점심 식사를 마친 후, 언제까지나 식사 때 먹은 생선 냄새가 입에서 가시지 않았다. …중략 … 눈은 더욱 더 심하게 내렸다. 그러나 입 속에 나는 비린내는 여전히 집요하게 사라지지 않았다.

「가을」· 全集3 · pp.436~437

실제 노부코는 도쿄에서 데루코와 슌키치가 결혼식을 올렸다는 소식을 들을 때, 하늘에서는 '한들한들 하얀 것이 내리기 시작'한 것을 바라보고 있다. 이것은 바로 그녀가 만들어낸 허구의 데루코가 실제 도쿄에서 두 사람의 결혼을 통해서 상실된 욕망을 획득한 순간이라고 생각할 수 있다. 다시 말해서 하늘에서 내리는 눈의 비유는 마치 꽃이 바람에 휘날리는 것을 연상하고 있는데, 이러한 비유는 '공중에서 붙잡은 꽃다발'(「열 개의 바늘」)에서도 찾아 볼 수 있다.

또한 아쿠타가와의 작품 중 소위 기독교소설군, 예를 들면 「줄리아노 키치스케」의 주인공 키치스케는 자신의 신앙을 위해서 목숨을 버렸지만, 죽은 뒤 그의 입 속에서는 한줄기 하얀 백합이 피어나고 있다. 즉 여기서의 백합은 우인에서 성인으로 승화하는 것을 비유적으로 보여주고 있다. 따라서 이러한 눈의 비유, 즉 노부코가 접한 데루코와 슌키치의 결혼 소식과 함께 내리는 눈이야말로 그들의 축복과 함께 자신의 만족을 상징적으로 보여주고 있다[31]고 볼 수 있다. 그리고 이러한 눈의 비유는 노부코의 욕망 획득을 의미하는 것뿐만 아니라, 지금까지 아쿠타가와가 지향해 온 예술지상적 세계를 의미하고 있다고 생각할 수 있다.

그러나 그와 동시에 노부코가 점심 식사 때 먹은 생선 비린내가 사라지지 않고 있는데, 이것과 관련해서 에비이 에이지는 '그녀 자신의 결혼생활의 실질적인 그 자체를 가리키고 있는 것이다'[32]고 말하고 있다. 바꾸어 말하면 '입 속에 나는 생선 비린내' 또한 노부코를 둘러싼 현실의 삶을 비유적으로 나타내고 있다고 볼 수 있다. 즉 노부코 자신이 허구의 데루코를 통해서 자신의 욕망을 얻었지만, 그것은 어디까지나 비일상 세계에서 획득한 것이다. 그러므로 생선 비린내야말로 노부코 자신의 주체 상실에서 오는 자각을 상징적으로 나타낸 것이라 할 수 있다.

이처럼 아쿠타가와는 노부코가 허구의 삶을 통해서 자신의 욕망을 획득하는 순간(찰나의 감동)을 눈의 비유로 표현했다면, 평범한 결혼생활에서 느끼는 무료함과 허무를 생선 비린내로 비유하고 있는 것이다.

특히 작품 서술에 있어서도 작품 배경이나 인물들 또한 모두가 노부코의 무의식 감추어진 감상적이고 자의적인 이미지로 표현되어 있다. 그 예로 허구의 대상으로서 데루코는 그 이름에서도 표상적 의미[33]

---

31) 그러한 의미에서 사카이 히데유키가 언급한 '희생적 결혼을 한 자신의 고결함, 그 자기미화의 비유가 하얀 눈이다'(酒井英行, 『芥川龍之介-作品の迷路-』, 有精堂, 1993, p.207)야말로 좀 더 비약적인 해석이라고 볼 수 있다.

32) 海老井英次, 앞의 책, p.243.

33) 이러한 이름의 명명성(命名性)은 아쿠타가와 스스로가, 장남 히로시(比呂志, ひろし)는 기쿠치 칸(菊池寛)의 寛(ひろし), 차남 타카시(多加志, たかし)는 오아나 류이

를 보여주고 있는데, 즉 그녀의 이름인 '照る'(비추다)는 바로 노부코의 욕망을 마치 거울과 같이 비춰주고 있다고 생각할 수 있기 때문이다. 에비이가 '이러한 드라마는 현실에서가 아닌 어디까지나 노부코의 심리 속에서만 전개된 망상일지도 모른다는 느낌조차 있다. 슌키치도 데루코도 남편도, 노부코를 매개로 하여 투영된 자의적인 이미지로서만 존재하고 있다'[34]고 언급한 바와 같이, 작품 전체는 노부코 시점에서 그녀가 본 남편이나 슌키치, 그리고 데루코를 통한 자신의 욕망 전이 과정을 서술하고 있는 것이다. 그러한 의미에서 작품「가을」은 비일상 세계에 있어 노부코가 만들어낸 욕망의 산물로 보아도 좋을 것이다.

2.4 예술지상주의 하강의 한계

노부코의 상실된 욕망이 자신이 만들어 낸 허구의 데루코를 통해서 획득하는 순간, 욕망은 더 이상 욕망으로서 의미를 잃어버리고 만다. 그리고 그녀에게 있어서 이러한 허구의 자각은 비일상 세계(허구의 데루코=욕망의 주체 상실=허구의 도쿄)에 머물 수가 없으며, 단지 일상 세계(노부코=욕망의 주체=오사카)로의 회귀만이 있을 뿐이다.

다음 해 노부코는 도쿄에 가서 여동생 부부가 있는 교외 신혼집을 방문하게 된다. 그런데 여동생 부부가 있는 신혼집은 파밭이 있는 들판에 있으며, 이웃은 어느 집이나 셋방 모양으로 다닥다닥 처마를 마

치(小穴隆一)의 隆(たかし), 그리고 막내 야스시(也寸志, やすし)는 츠네토 쿄(恒藤恭)의 恭(やすし)와 같이 그의 아들들에게 지어준 이름에서도 찾아 볼 수 있다.

34) 海老井英次, 앞의 책, p.250.

주보고 있다. 그리고 처마에 다다른 문, 작은 나무로 세워진 울타리, 그리고 대나무 장대에 말린 빨래, 모든 것이 어느 집이나 다를 게 없었다. 이러한 실재 광경을 본 노부코는 허구의 데루코를 통해서 자신이 상상했던 것과 너무나 다르다는 것을 알게 된다.

세키구치 야스요시 또한 '노부코는 꿈을 그리며 상경하여, 교외에 있는 여동생 부부의 신혼집을 방문한 것이다. 꿈은 소나무 숲 사이에 있는 집으로 가득찬 기분좋은 감상의 연장선상에서 구하려고 한 것이다'[35]고 말하고 있지만, 이처럼 허구의 데루코와 슌키치의 결혼 생활과 실제 데루코와 슌키치와의 결혼 생활 모습 사이의 차이야말로 그녀가 지금까지 자신이 만들어낸 데루코가 허구였다는 사실을 인식하기 시작하였다고 말할 수 있다. 예를 들어 다음 날 슌키치가 외출한 후, 노부코와 데루코의 대화에서는 허구의 데루코(=노부코)와 실제의 데루코 사이의 대립과 분열 양상이 나타나 있다.

> 갑자기 데루코는 소매를 떨어뜨리며 눈물로 젖은 얼굴을 들었다. 그녀의 눈 속에는 의외로 슬픔도 노여움도 보이지 않았다. 그러나 다만 억제할 수 없는 질투의 정이 타는 듯한 눈동자를 밝히고 있었다. "그럼 언니는… 언니는 어째서 어젯밤에도…" 데루코는 말을 잇지 못하고 또 다시 얼굴을 소매에 파묻으며 거의 발작적으로 격렬히 울기 시작했다.
>
> 「가을」· 全集3 · pp.443~444

우선 여기서 데루코가 말하는 어젯밤의 일이란 언니 노부코와 남편

35) 關口安義, 「寂しい諦め-芥川龍之介『秋』の世界-」, 『国文学論考』3, 都留文科大学国語国文学會, 1984, p.40.

슌키치가 마당에 있는 닭을 보며 서로 대화하는 것을 말하는데, 그때 노부코는 자고 있는 닭을 보며 '달걀을 사람에게 빼앗긴 닭'을 생각하고 있다. 히라오카 토시오는 '달걀을 사람에게 빼앗긴 닭이라고 노부코가 생각하는 장면이 있지만, 달걀이 아닌 슌키치를 여동생에게 빼앗겼다라고 읽는 것이 틀리지 않을 것이다'[36]라고 말하고 있듯이, 만일 히라오카의 말대로 노부코가 슌키치를 여동생한테 빼앗겼다고 생각한다면, 이것은 곧 데루코와 키치의 결혼을 스스로 인정한다는 것을 의미하게 된다. 바꾸어 말하면 이러한 현실의 인정은 지금까지 노부코의 허구 세계가 서서히 붕괴되고 가고 있음을 의미하고 있다고 하겠다. 또한 위의 예문에 나타난 데루코의 눈 속에 '슬픔도 분도도 보이지 않았다. 하지만 오직 억제할 수 없는 질투의 정이 타는 듯한 눈동자'는 지금까지 노부코가 만들어낸 허구의 데루코와 현실의 데루코와의 일체화가 분리되는 결과를 초래하고 있는데, 즉 그들의 관계는 이때까지 여동생 데루코가 자신의 결혼이 언니의 '희생적인 것'에 대한 믿음(노부코/信子)의 이름에서도 알 수 있듯이 '信じる'(믿다)로 유지하고 있었다. 그러나 데루코의 질투는 이러한 노부코의 희생적인 결혼에 대한 불신으로, 서로의 관계가 분열되는 것과 동시에 노부코는 허상의 데루코에서 자신의 주체를 회복하게 되었다고 볼 수 있다. 따라서 노부코는 허구의 데루코와 실재의 데루코 간의 단절로 '영원히 타인이 된 것 같은 기분'이 들었던 것이다.

이처럼 오사카에서 상상했던 노부코 욕망(허구의 데루코=욕망의 주체 상실=비일상적 세계인 도쿄)이 도쿄에 있는 슌키치와 데루코와

---

36) 平岡敏夫, 앞의 책, p.362.

의 만남을 통해서 다시 노부코=욕망의 주체=일상 세계인 오사카로 되돌아오고 있음을 알 수 있다. 그리고 그녀의 앞에 펼쳐진 일상 세계는 감동의 세계가 아닌 '피로와 권태'(「밀감」)의 세계만이 남아 있을 뿐이다.

> "슌키치"… 이러한 목소리가 일순간, 노부코의 입술에서 새어나오려고 하였다. 실제 이때 슌키치는 이미 그녀가 탄 인력거 바로 옆으로 낯익은 모습을 보이고 있었다. 그러나 그녀는 재차 망설였다. 그 순간 아무것도 모르는 그는 거침없이 인력거와 스쳐 지나갔다. 어스름한 하늘. 듬성듬성 보이는 지붕들, 나무마다 누렇게 퇴색된 가지들, 그리고 뒤에는 여전히 인적이 드문 변두리 마을이 있을 뿐이었다. 〈가을…〉
>
> 「가을」· 全集3 · p.445

노부코는 데루코의 신혼집을 떠나는 도중 슌키치를 발견하게 된다. 그러나 데루코와 슌키치는 더 이상 노부코에게 있어 비일상 세계의 인물이 아니다. 즉 그들과의 단절을 통한 노부코의 주체 회복은 그녀를 허구 세계에서 벗어나게 하여 도쿄라는 현실 세계를 낯설게 만들고 있는 것이다. 따라서 그녀의 허구 세계의 붕괴는 결국 인간의 욕망은 일상 세계에서 이루어질 수 없음을 말하고 있다.

아사노 요(淺野洋)가 '아쿠타가와는 자주 가을이라는 표상을 사용하여, 주인공들의 고독이나 상실감, 혹은 인생의 계절에서 있어서 종언이라는 의미를 말하고 있다'[37]고 주장하는데, 욕망의 획득을 겨울에

37) 淺野洋, 「『蜃氣樓』の〈意味〉」(山崎誠 編, 『芥川龍之介 日本の近代文学 2』, 有精堂, 1981, p.126).

내리는 눈(雪)이라는 관점에서 볼 경우, 작품 제목에서 말하는 가을의 비유 또한 우리가 살아있는 동안 끊임없이 욕망을 추구하고 살아가지만, 욕망의 획득이야말로 결국 망상에 지나지 않는다는 깨달음에서 오는 쓸쓸함을 말하는 것으로 생각할 수 있다.

이와 같이 1919년 이전까지 아쿠타가와의 문학창작은 작품 대부분 비정상적인 인물들(광인이나 우인)을 주인공으로 하여 그의 예술지상주의를 추구하여 왔다. 다시 말해 그는 보통 사람들을 철저히 부정함으로써 '찰나의 감동'이나 '황홀한 법열의 빛'과 같은 예술지상적 세계를 창조해 나갔던 것이다. 그러나 1919년 이후 그의 문학창작에 있어서 예술지상주의는 광인과 우인이 보통 사람으로 바뀌고 있으며, 동시에 예술지상적 세계 또한 비일상 세계에서 일상 세계로 옮겨가는 변화 양상을 보이고 있다. 그리고 「가을」은 그의 문학창작에 있어서 예술지상주의의 하강을 본격적으로 시도한 작품이라고 말할 수 있다. 왜냐하면 일상 세계에 있어 보통 사람인 노부코를 작품 주인공으로 하고 있으며, 또한 그녀가 욕망을 획득하는 순간을 '눈'으로 비유하여 표현했기 때문이다.

특히 여기서 주목하여야 할 것은 노부코가 자신이 욕망을 획득한 순간을 하늘에서 내리는 '눈'으로 비유하고 있다는 점인데, 이러한 표현은 아쿠타가와가 추구해 왔던 예술지상적 세계-즉 자신의 예술을 위해 인간적인 정마저 포기한 요시히데 (「지옥도」)나 주인집 말만 믿고 열심히 일하지만 결국 죽어서 입에 하얀 백합꽃을 피운 키치스케(「줄리아노 키치스케」)가 각각 초인이나 성인으로 승화될 때의 순간-과 유사하게 나타내고 있다는 사실이다.

이러한 사실은 비록 아쿠타가와가 그의 문학창작상의 변화가 있다고 하더라도 근본적으로 지향하는 예술지상주의에는 변함이 없음을 의미하고 있다고 보아야 한다. 이것은 달리 말해서 아쿠타가와는 자신의 문학창작에 있어 변화(비인간적인 인물에서 보통 사람으로)가 있다 하더라도 그 변함없는 예술지상주의의 추구에 의해 그 자신은 여전히 일상 세계에 있어 보통 사람으로 될 수가 없다는 것을 나타내고 있다. 이것이야말로 아쿠타가와 스스로가 허구 세계에서 비상(飛上)한 초인에서 일상 세계의 보통 사람으로 하강하려고 하였지만 결과적으로 다시 광인으로 회귀하는 위험성을 초래하였다고 볼 수 있다.

VI
예술지상주의의 종언

1. 삶과 예술에서 죽음의 세계로 추락 -「겐카쿠 산방」을 중심으로

1926년 1월 아쿠타가와는 신경쇠약, 위장병 때문에 유가와라(湯河原) 나카니시(中西) 여관에 가서 2월 19일까지 체재하였다. 당시 아쿠타가와는 이전부터 불면증[1] 악화와 정신 분열증적 징후로 인한 환각증상으로 고생하고 있었으며, 같은 해 4월 15일 오아나 류이치에게 자살의 결의[2]를 고백하기에 하였다. 이러한 광기에 의한 죽음의 공포는 다음 해인 1927년 6월 친구인 우노 코지(宇野浩二)가 발광하여 병

1) 예를 들면, 아쿠타가와는 '불면증 때문에 0.75그램의 아다린(수면, 진정제-인용자)을 복용'(「병중잡기(病中雜記)」)하였으며, 1926년 4월 9일, 사사키(佐々木茂索)에게 보낸 편지에는 '아로날 효과가 꽤 오래가, 하루종일 몽롱한 상태로 생활하고 있다'고 서술하고 있다. 참고로 그가 자살할 때 복용한 약은 베로날이라는 수면제이다.
2) 小穴隆一,「自殺の決意」, 앞의 책, p.17.

원에 입원한 것을 계기[3]로 더욱 더 죽음에 대한 위기감을 갖게 되었다.

따라서 본 절에서는 아쿠타가와가 자살한 해인 1927년에 쓰인 작품을 중심으로, 그를 둘러싼 죽음의 세계를 살펴보고 이것이 그의 초기 작품에 나타난 죽음의 세계-예술지상주의 종언-과 관련지어 비교해 보고자 한다.

▲ 정원에서 자녀들과 함께 있는 아쿠타가와(1927년 6월)

1.1 일상 세계에 있어서 죽음

사실 아쿠타가와는 어릴 적부터 후쿠의 광기로 인한 죽음이 언젠가 자신도 광기로 인해 죽을 거라는 막연한 불안을 가지고 있었으며, 그러한 불안 심리는 그의 초기 작품에도 잘 나타나 있다. 그리고 이러한 자신의 광기의 유전을 천재의 유전으로 바꿈으로서 죽음에서 삶으로

3) 우노 코지의 발광에 관해서 오아나는 '우노가 당시 정신병원에 가지 않았더라면, 좀 더 아쿠타가와도 살아 있지 않을까 하는 생각을 지금도 버릴 수 없다. 아쿠타가와의 어머니는 미쳤다. 아쿠타가와가 그 자신 발광의 공포를 느낀 것도 사실이다'(小穴隆一, 앞의 책, p.33)라고 언급하고 있다.

지향하려고 한 첫 시도가 바로 「라쇼몬」(1915)이며, 그의 예술지상주의의 출발점이었다고 볼 수 있다. 하지만 1926년 쓰여진 「점귀부」에서 아쿠타가와는 '나의 어머니는 광인이었다'고 고백함과 동시에 그의 문학창작 또한 삶의 추구에서 점차 초기 작품에 나타난 죽음의 세계로 회귀하고 있다.

그런데 여기서 주목하여야 할 것은 초기 작품에 나타난 죽음의 이미지-추상적 · 감상적 · 서정적-와는 달리 구체적 · 실제적 · 현실적 죽음의 이미지로 다가오고 있다는 점이다. 특히 아쿠타가와가 자살하기 전인 2년 동안, 그의 일상세계에 둘러싼 죽음[4]이 점차 형상화되어 가고 있는데, 이러한 죽음과 마주한 그의 모습을 가장 잘 나타내고 있는 작품이 바로 「겐카쿠 산방(玄鶴山房)」이라고 할 수 있다.

사실 「겐카쿠 산방」을 본격적으로 연구된 것은 세키 료이치(關良一)로 그는 작품 구조상 응접실(茶の間), 옆방(隣の間), 별채(離れ)라고 하는 공간 문제, 각 장마다 시점의 전환, 코노(甲野)의 역할, 1장과 6장의 위치 등 이후의 연구에 있어 심화되어 갈 문제들의 원형이라고 말할 수 있는 것들을 제시'[5]하고 있다. 또한 미요시 유키오는 '여기에 그려져 있는 것은 아쿠타가와 문학 고유의 모티브, 말하자면 존재감의 인식으로써 아쿠타가와 자신의 음울한 심상이 겐카쿠의 늙고 처참한 만년의 풍경으로까지 가구(仮構)'[6]되어 나타났다고 서술하고 있다.

---

4) 그가 죽기 전, 친구인 쿠메 마사오(久米正雄)에게 '나는 이 2년 간 죽는 것만 생각해 왔다'(「어느 오랜 친구에게 보내는 수기(或旧友へ送る手記)」)라는 말을 남겼다.

5) 關良一, 「『玄鶴山房』批判 - 芥川龍之介の文芸の本質と限界」, 『文芸研究』4, 1950. 6(淺野洋, 『芥川龍之介を学ぶ人のために』, 世界思想社, 2000, p.261 재인용).

6) 三好行雄, 「『玄鶴山房』の世界 · 素描」, 『芥川龍之介論』, 筑摩書房, 1993, p.278.

따라서 본 절에서는 이러한 선행 연구, 다시 말해서 작품 구조에 나타난 공간이나 시점 전환이나 주인공 겐카쿠에 비추어진 아쿠타가와의 내면을 토대로 논을 전개하고자 한다. 또한 그러기 위해서는 우선 작품 공간인 산방(山房) 전체를 크게 겐카쿠가 살고 있는 별채와 그의 딸인 오스즈(お鈴)가 살고 있는 응접실[7]로 나누어, 별채에 나타난 죽음의 이미지를 살펴보고, 이러한 죽음의 이미지가 점차 응접실-삶의 이미지-까지 죽음의 세계로 변하는 과정 및 등장인물 중 하나인 간호원인 코노의 비인간적 성격을 규명함으로서 산방 전체가 서서히 죽음의 세계-지옥화-로 바뀌는 양상에 대해서 고찰해 보고자 한다.

1.2 '별채'에 나타난 죽음의 세계

1927년 1월 아쿠타가와는 『중앙공론(中央公論)』에 「겐카쿠 산방」을 발표하였다. 그 스스로가 '나는 암담한 소설을 쓰고 있다. 좀처럼 진척되지 않는다. 12, 3매 쓰고 녹초가 되었다. 동면, 동면, 그 외에는 아무 생각이 없다'(佐々木茂索宛 · 1926년12월3일)라고 언급하고 있듯이, 작년부터 시작된 불면증, 환상 때문에 괴로워하는 중 완성된 「겐카쿠 산방」은 당시 아쿠타가와의 정신적 고백이 있는 그대로 나타나고 있다고 볼 수 있다.

그리고 우노 코지는 「겐카쿠 산방」과 관련해서 '아쿠타가와의 「고

7) 세키구치 야스요시는 '주인공 겐카쿠의 별채와 부(副) 주인공의 코노의 방이라고 하는 방 분배에는 그 나름대로의 의미가 있다. … 중략 … 「겐카쿠 산방」을 이해하는 열쇠의 하나는 주도면밀하게 배치된 장소, 즉 집배치를 확실히 이해하는 곳에 있다고 말해도 좋다'(關口安義, 『芥川龍之介 永遠の求道者』, 洋　社, 2005, pp.165~166)고 서술하고 있다.

독지옥」이라든가, 「지옥도」이라든가 하는 제목을 붙인 작품에서는 거의 지옥과 같은 것을 쓰지 않았다. 그러나 「겐카쿠 산방」에 와서야 지옥에 가까운 느낌의 작품을 완성하였다. 하지만 그것도 저 세상의 지옥이 아닌, 이 세상의 지옥과 같은 것이다'[8]라고 언급한 것처럼, 작품평에 나타난 '이 세상의 지옥'은 바로 당시 아쿠타가와의 정신적 고백을 엿볼 수 있는, 그것은 다름 아닌 죽음의 세계라고 말할 수 있다.

예를 들어 작품의 공간을 살펴보면, 산방은 크게 폐결핵으로 고생하는 겐카쿠가 살고 있는 별채와 그의 딸 오스즈와 남편인 시게요시(重吉) 그리고 그들의 외아들인 타케오(武夫)가 살고 있는 응접실로 나눌 수 있다. 그리고 별채는 폐결핵에 걸린 겐카쿠의 숨냄새에서는 죽음의 이미지가 나타나고 있다.

> 〈별채〉의 문지방 안에는 좀처럼 발도 들인 적이 없었다. 그것은 장인의 폐결핵에 감염되는 것을 무서워하는 탓도 있고, 또 한가지는 숨 냄새를 불쾌하게 생각하기 때문이기도 했다. … 중략 … 하지만 〈별채〉에 들어가는 것은 아무래도 그에게는 어쩐지 기분 나빴다.
>
> 「겐카쿠 산방」· 全集8 · p.240

아쿠타가와가 결핵을 소재로 한 작품에는 「겐카쿠 산방」이외에도 「봄 밤(春の夜)」(1925), 「그(彼)」(1927), 「유유장(悠　莊)」(1927) 등이 있다. 특히 「봄 밤」의 경우, 아쿠타가 자신이 '이 이야기(「겐카쿠 산방」-인용자)는 「봄 밤」과 함께 어느 간호원으로부터 들은 이야기'(宇

---

8) 宇野浩二, 『芥川龍之介』, 筑摩書房, 1967, p.319.

野浩二宛 · 1927년1월30일)로, 작품 중에 'N씨가 이 집에 왔을 때, 무언가 이상하게 우울한 기분이 들었다. 그러한 기분이 든 이유 중 하나에는 누나나 남동생도 폐결핵에 걸려 있었기 때문일 것이다'(「봄 밤」 · 全集8 · pp.175~176)라고 묘사되어진 부분이 있다.

아다치 나오코(足立直子)는 '이 간호원에게서 「겐카쿠 산방」의 소재도 동시에 얻었지만, 죽음이 떠도는 어두움이 충만한 세계는 두 작품에 공통적으로 내재하고 있다'[9]라고 언급하고 있듯이, 결핵은 당시 '메이지(明治) 후기 결핵 사망자 수가 6만에서 7만명을 헤아리고, 다이쇼(大正) 기에는 10만명에 이르는 심각한 국민병'(『日本歷史大事典』, 小学館, 2000)으로서 죽음의 병이라고 말할 수 있다. 그러한 의미에서 겐카쿠의 폐결핵 또한 죽음을 상징하고 있으며, 그러한 관점에서 공간 별채 또한 죽음의 세계로 보는 것이 타당할 것이다.

또한 별채를 죽음의 세계로 볼 수 있는 이유로서 그의 초기 작품인 「라쇼몬」과 비교해 보면, 아쿠타가와는 「라쇼몬」의 창작 경위에 대해 '가능한 한 유쾌한 소설을 쓰고 싶었다'고 말하고 있는데, 여기서 '유쾌한 소설'이란 달리 말해서 '거칠어도 힘이 있는 것'으로, 그것은 아쿠타가와에게 있어 삶을 지향하는 긍정적인 자세를 나타내고 있다.

그러나「겐카쿠 산방」의 창작 경우 '나는 매우 우울한 역작을 쓰고 있다'(室生犀星宛 · 1926년12월5일)라고 서술하고 있듯이, 여기서 '매우 우울한 역작'이란 '유쾌한 소설'과 대비되는 불쾌한 소설로 그의 삶의 부정적인 자세를 엿볼 수 있다. 이 이외에도 겐카쿠의 숨냄새에서 느끼는 불쾌는 다름 아닌 아쿠타가와가 '그는 실제로 그들(광인

9) 關口安義 編, 『芥川龍之介作品事典』, 勉誠出版, 2000, p.457.

들-인용자)의 악취에서 어머니의 악취'(〈2 어머니(2 母)〉, 「어느 바보의 일생」)를 연상시키고 있다.

이처럼 별채는 폐결핵에 걸린 겐카쿠의 모습을 통해서 죽음의 세계를 나타내고 있는데, 특히 그의 숨냄새에서는 아쿠타가와의 생모인 후쿠를 연상시키고 있다. 즉 별채는 단순히 작품 속에 죽음의 이미지를 나타내는 것뿐만 아니라, 당시 아쿠타가와 자신에 둘러싼 일상 세계 또한 죽음의 이미지로 표현하고 있다고 볼 수 있다. 왜냐하면 별채에 있는 겐카쿠가 자살하려는 모습은 마치 아쿠타가와 자신의 모습과 같이 연상되어 나타나 있기 때문이다.

> 〈별채〉에는 누구도 들어오지 않았다. 뿐만 아니라 아직 어두컴컴하였다. … 중략 … 위를 보고 드러누운 채, 그 자신이 호흡을 세고 있었다. 그것은 꼭 무언가에 '지금이야'라고 재촉하는 듯한 기분도 들었다. 겐카쿠는 슬쩍 훈도시를 끌어 당겨 그의 목에 감고 양손으로 힘껏 당기듯 하였다.
>
> 「겐카쿠 산방」 · 全集8 · p.256

여기서 겐카쿠가 자살하려고 모습은 마치 아쿠타가와가 자살을 시도한 '창문에 띠를 걸어 목매어 죽으려고 하였다. 그러나 띠에 목을 넣어 보니, 갑자기 죽음을 두려워하기 시작했다. 그것을 한번 넘기기만 한다면 죽음에 들어서는 것이 틀림없었다'(〈44 죽음(死)〉, 「어느 바보의 일생」) 모습과 서로 중첩되고 있는 것을 알 수 있다. 즉 아쿠타가와는 폐결핵으로 고생하는 늙은 겐카쿠의 모습을 통해 당시 신경쇠약으로 인한 불면증 때문에 고생하는 자신의 모습을 투영시키고 있다고 유추할 수 있다.

하지만 이러한 별채가 처음부터 죽음의 세계라고 볼 수는 없다. 에비이 에이지는 '「게사쿠 삼매경」에서는 창조적 에너지가 소용돌이치던 서재가 죽음의 그림자에 드리워져, 허무가 침체된 이 별채로 변질된 버린 것에 주목하지 않으면 안 된다'고 말하며, '일찍이 서재를 대신한 이 별채는 응접실과는 이질성이 강조되어, 그것에 따라 지옥적 성격이 선명한 공간화로 바꾸고 있다'[10]라고 언급하고 있다.

바꾸어 말하면 작품 내용상 겐카쿠가 젊었을 때 '화가로서 꽤 유명'하였다는 서술에서도 알 수 있듯이, 젊은 겐카쿠의 모습에는 10년 전 바킨의 모습(「게사쿠 삼매경」)을 유추할 수 있다. 바킨은 서재 속에서 문학 창작에 대한 '황홀한 비장의 감격'을 느끼고 있으며, 그의 예술지상적 모습 속에 삶의 긍정적 태도를 엿볼 수 있다. 동시에 이러한 바킨의 모습이야말로 젊은 아쿠타가와가 자신의 문학창작을 통한 예술지상주의-천재에 의한 삶, 그리고 허구 세계의 자유-로 향한 비상하는 모습[11]이라고 할 수 있다.

이처럼 현재에 이르러 늙은 겐카쿠의 모습에서는 더 이상 예술지상적 모습-젊었을 때의 화가-은 찾아 볼 수 없으며, 별채 또한 삶의 세계 - 창작의 세계 -에서 죽음의 세계로 변질된 것을 알 수 있다. 그리

---

10) 海老井英次, 「芥川文学における空間の問題(一)-『戯作三昧』の〈書斎〉と『玄鶴山房』の〈離れ〉-」, 『文学論輯』, 文学研究會, 1983.3, p.33, p.35.

11) '그는 이 인공의 날개를 펼쳐, 거뜬히 하늘을 날아올랐다. 동시에 또한 이지의 빛을 받으면서 인생의 기쁨과 슬픔은 그의 눈 아래로 가라앉아 갔다. 그는 초라한 마을들 위로 반어와 미소를 띠며, 막힘없는 넓은 하늘 위에 떠있는 태양을 향해 일직선으로 날아갔다. 마치 이러한 인공의 날개를 태양 빛으로 태워버려 마침내 바다로 추락해 죽은 옛날 그리스인도 잊은 채로…'〈19 인공의 날개〉, 「어느 바보의 일생」· 全集9 · pp.319~320.

고 이러한 겐카쿠의 모습이야말로 '인공의 날개'를 달고 예술지상주의를 향해 비상하던 아쿠타가와가 현재에 이르러 '박제된 백조'[12]가 되어 단지 죽음을 기다리고 있는 모습과 유사하다고 볼 수 있다.

1.3 '응접실'에 나타난 죽음화 과정

지금까지 논한 바와 같이 겐카쿠가 있는 별채가 죽음의 세계-삶의 부정-인데 반해, 오스즈가 있는 응접실은 삶의 세계로 볼 수 있다. 우선 응접실에는 시게요시의 가족이 살고 있는 보통 사람들의 일상적인 모습이 나타나 있다.

> 깔끔하게 정리된 〈응접실〉은 물론, 신식 부뚜막을 갖춘 부엌마저 장인과 장모의 거실보다도 시게요시에게는 훨씬 친근하였다. … 중략 … 시게요시는 이 〈응접실〉에 들어가면 양복을 일본옷으로 갈아입고서 편안하게 긴 화로 앞에 앉아 값싼 담배를 피기도 하고, 금년 겨우 초등학교에 들어간 외아들 타게오를 놀리기도 하였다.
>
> 「겐카쿠 산방」· 全集8 · pp.240~241

응접실에 나타난 시게요시 가족에서는 행복한 소시민적 모습이 보이고 있다. 그리고 이러한 모습은 죽음의 세계보다는 삶의 세계-삶의 긍정-라고 볼 수 있다. 이와 같이 산방 전체라고 하는 일상세계는 별

12) '우연히 골동품 가게에서 박제된 백조가 있는 것을 발견하였다. 그것이 고개를 떠들고 서있지만, 누렇게 색바랜 날개조차 벌레에 먹혀 있었다. 그는 그의 일생을 생각하며, 눈물과 냉소가 복받쳐 오르는 것을 느꼈다'〈49 박제된 백조(剝製の白鳥)〉,「어느 바보의 일생」· 全集9 · p.336.

채로 대표되는 죽음의 세계와 응접실로 대표되는 삶의 세계가 두 개로 나누어져, 서로 균형을 이루며 공존해 왔던 것이다.

그러나 이전 산방의 시녀로 일하다가 겐카쿠의 첩이 된 오요시(お芳)와 겐카쿠 사이에서 태어난 분타로(文太郎)가 겐카쿠의 문병을 위해 산방에 등장하는 것을 계기로 지금까지 유지해 왔던 두 세계의 균형은 무너져 버리고 말았으며, 그 결과 일상세계는 점차 죽음의 세계로 변하고 있음을 알 수 있다.

> 오스즈는 오요시의 얼굴을 본 순간, 이외로 그녀가 늙었다는 것을 느꼈다. … 중략 … 나이는 그녀의 손조차 정맥이 보일 만큼 야위어 있었다. … 중략 … '이것은 오빠가 남편께 드리라고 하셔서' 오요시는 확실히 주눅 든 모습으로 낡은 신문지로 포장된 것을 하나, 응접실에 들어서기 전에 살그머니 부엌 한 구석에 내놓았다. … 중략 … 그것은 또한 실제로 신식 부뚜막이나 화사한 접시, 작은 사발과 조화하지 않는 악취를 풍기는 것에 틀림이 없었다.
>
> 「겐카쿠 산방」 · 全集8 · pp.242~243

미요시 유키오는 오요시와 분타로의 등장에 관해서 '흔해 빠진 가정비극을 그리면서 일상성에 잠재된 지옥을 암시하고 있으며, 삶의 본질적인 비극을 알리는 깊이를 갖추게 되었다'[13]고 서술하고 있지만, 여기서 '일상성에 잠재된 지옥을 암시'이나 '삶의 본질적인 비극을 알린'다는 미요시의 말은 지금까지 유지되어 왔던 삶과 죽음의 세계가 오요시와 분타로의 등장으로 인해 그 균형이 깨어지고 말았으며, 그

---

13) 三嶋 譲, 「玄鶴山房」, 『国文学』, 学灯社, 1985. 5, p.101, 재인용.

결과 일상세계가 점차 죽음화되어 가는 것을 의미하는 것으로 보아야 할 것이다. 다시 말해서 겐카쿠와 같이 오요시와 분타로에 나타나는 죽음의 이미지는 그녀가 가지고 온 마늘 냄새-악취-에서 겐카쿠의 숨냄새를 맡을 수 있으며, 그녀가 늙은 모습 또한 폐결핵에 걸린 겐카쿠의 모습을 연상시키고 있기 때문이다.

이처럼 오요시와 분타로에 나타난 죽음의 이미지는 '오요시가 머물게 된 이후로, 일가의 공기는 눈에 보일 정도로 험악하게 되어'가는 양상을 보이고 있다. 특히 오요시의 죽음의 이미지와 오스즈의 삶의 이미지와의 대립과 갈등은 구체적으로 타케오가 분타로와 싸움을 통해서 표면화되고 있음을 알 수 있다.

> 오요시가 머물 후 일주일 정도 지난 뒤, 다케오는 또 다시 분타로와 싸움을 하였다. … 중략 … 다케오는 그가 공부하는 방 구석에서-겐카쿠가 사는 별채 옆 4장 반 다다미 구석에서 허약한 분타로를 밀어붙이며, 사정없이 때리거나, 발로 찼다. 그곳에 때마침 우연히 본 오요시는 울지도 못하는 분타로를 껴안으며, 이렇게 타케오를 나무랐다. "도련님, 약한 아이를 괴롭혀서는 안돼요"
>
> 「겐카쿠 산방」· 全集8 · p.249

응접실에 사는 타케오는 왕성하고 활달한 성격[14)]에 비해, 별채에 사

---

14) 타케오의 성격에 관해서 '원래 다케오는 코노씨가 있어도, 장난치는 것은 조금도 변하지 않았다. 아니, 혹은 코노씨가 있기 때문에 더욱 장난칠 정도였다.… 중략 …일부러 소리나게 밥그릇을 긁어 보이기만 할 뿐이었다. 시게요시는 소설 등을 읽고 있을 만큼, 타케오의 떠드는 것에도 남자를 느끼고, 불쾌해지지 않는 것은 아니었다' (「겐카쿠 산방」· 全集8 · p.241)고 묘사되어 있다.

는 분타로는 겁이 많고 허약한 성격[15]에서 알 수 있듯이, 시게요시와 오스즈 사이(삶의 이미지)에서 태어난 타케오와 겐카쿠와 오요시 사이(죽음의 이미지)에서 태어난 분타로 또한 각각 삶과 죽음의 이미지를 나타내고 있다.

그리고 이들의 싸움은 단순히 두 사람만의 싸움으로 한정되는 것이 아니다. 그 예로 별채 근처에서 분타로와 싸움을 벌인 타케오가 오요시에게 야단맞고 오스즈가 있는 응접실로 도망가는 장면은, 오스즈와 오요시와의 갈등(혹은 공간적으로 별채와 응접실의 대립)으로 이어지고 있다.

특히 이러한 등장인물에 나타난 삶과 죽음의 대립적 갈등 양상은 일상세계에서 뿐만 아니라 겐카쿠의 꿈에서도 그대로 재현되어 나타나고 있음을 알 수 있다.

> 한 시간 정도 지난 후, 겐카쿠는 어느 샌가 자고 있었다. 그 날 밤은 꿈도 무서웠다. 그는 우거진 나무숲 속에 서서, 문지방이 높은 장지틈으로 응접실인 듯한 방을 들여다 보고 있었다. 거기에는 또한 발가벗은 아이가 한 명, 이쪽으로 얼굴을 향해 누워 있었다. 그것은 아이라고 말하기보다는 노인과 같은 주름투성이였다. 겐카쿠는 비명을 지르려고 하였고, 식은땀인 채로 잠에서 깼다.
>
> 「겐카쿠 산방」· 全集8 · p.256

---

15) 분타로의 성격과 관련해서 '분타로는 아버지 겐카쿠보다는 어머니인 오요시를 닮은 아이였다. 게다가 마음이 약한 것까지 어머니 오요시를 닮은 아이였다. 오스즈도 물론 이러한 아이에게 동정하지 않을 리가 없는 것 같았다. 그러나 때때로 분타로가 기개가 없다고 생각한 적도 있었던 것 같다'(「겐카쿠 산방」· 全集8 · p.248)고 묘사되어 있다.

토고 카츠미(東郷克美)는 '응접실인 듯한 방에 누워있는 노인과 같은 주름투성이인 발가벗은 아이는 말하자면 겐카쿠 자신의 모습이다. … 중략 … 필시 삶의 원리를 암시하고 있다. 이 꿈속에서 노쇠한 발가벗은 아이는 그의 손자인 통통하게 옷을 껴입은 타케오와 대조적이다'[16]라고 서술하고 있는데, 말하자면 꿈속에 등장한 '노인과 같은 주름투성이'는 타케오와 대조적인 분타로를 가리키고 있다고 볼 수 있다. 즉 분타로의 '노인과 같은 주름투성이' 모습은 죽음의 이미지를 나타내고 있으며, 이것은 겐카쿠의 분신이라고 보아도 좋을 것이다. 그러므로 겐카쿠가 꿈속에서 마주하였던 것은 다름 아닌 자신의 죽음-제 2의 자아[17]-이였으며, 그 때 느끼는 죽음의 공포로 인해 그는 '비명을 지르려고 하였고, 식은 땀을 흘린 채로 잠에서 깼'던 것이다. 그러한 의미에서 꿈에서 깬 겐카쿠가 '슬쩍 훈도시를 끌어 당겨, 그의 목에 감고 양손으로 힘껏 당기 듯'하여 자살하려고 할 때, 이것을 지켜보고 있던 타케오가 '어, 할아버지가 그런 짓을 해서는 안돼'라고 말하면서 재빨리 응접실로 달려가는 모습 또한 겐카쿠에 있어 삶-제 2의 자아-을 나타내고 있다고 보아야 할 것이다.

따라서 겐카쿠의 꿈에 나타난 별채에 있는 분타로의 모습과 꿈에서 깬 후 타케오가 응접실로 달려가는 모습은 달리 말하면 겐카쿠의 제 2

16) 東郷克美, 「『玄鶴山房』の内と外」, 『日本文学研究資料叢書 芥川龍之介 Ⅱ』, 有精堂, 1977, p.149.

17) '죽음은 혹은 나보다도 제 2의 나에게 올지도 모른다'(「톱니바퀴」· 全集9 · p.151)특히 여기에서 분타로가 겐카쿠보다는 오히려 어머니인 오요시를 닮았다는 점에 주목할 필요가 있다. 왜냐하면 분타로는 겐카쿠의 모습이기도 하며, 또한 아쿠타가와의 모습이기 때문이다. 즉 생모 후쿠의 유전 -광기에 의한 죽음- 을 두려워하는 아쿠타가와에 있어서 오요시를 닮은 분타로야말로 죽음의 이미지-제 2의 자아-를 나타내고 있다.

의 자아적 존재로 볼 수 있으며, 그들을 통해 겐카쿠의 내면에 감추어진 삶과 죽음의 갈등이 나타내고 있는 것이라 하겠다. 이처럼 산방에 나타난 일상 세계(별채와 응접실)와 겐카쿠의 내면 세계는 오요시와 분타로의 등장으로 인해 지금까지 유지되어 왔던 삶과 죽음의 균형이 마침내 갈등이 심화되어 죽음의 세계로 변하는 모습을 살펴볼 수 있다.

1.4 '코노'의 비인간성

별채와 응접실 그리고 그 곳에 사는 등장인물들을 통해 삶과 죽음의 이미지를 유추하는 과정에 있어 특히 주목해야 할 인물로 간호원 코노를 들 수 있다. 왜냐하면 그녀는 별채와 응접실을 왕래하면서, 삶과 죽음의 세계 모두를 긍정-두 세계에 있어 공존-하고 있는 듯 보이나, 사실상 이 두 개의 세계를 부정하는 인물로서 그려지고 있기 때문이다.

요시무라 시게루는 '아쿠타가와가 암담한 심경으로 창작한 소설 「겐카쿠 산방」은 코노의 시선을 그리는 것에 의해 이 작품으로서 의의를 결정지어졌다고 말할 수 있다'[18]고 서술하고 있는데, 여기서 요시무라가 말하는 '코노의 시선'이란 바꾸어 말하면 산방 전체가 죽음의 세계로 변질해 가는 것을 바라보는 시선을 말하는 것으로 볼 수 있다. 하지만 코노의 시선이 일상세계에 나타난 삶과 죽음의 갈등 양상을 보여주고 있다고 한다면, 보여 지는 코노의 모습에서는 보통 사람

---

18) 吉村稠, 中谷克己 編,『芥川文芸の世界』, 明治書院, 1977, p.186.

이 아닌 비인간화된 모습[19]이 나타나 있다고 말할 수 있다.

> 간호원인 코노는 직업상, 냉소적으로 이러한 흔해 빠진 가정적 비극을 바라보고 있었다. -아니 오히려 향락하고 있었다. 그녀의 과거는 어두운 것이었다. 그녀는 병든 남편이라든가, 병원 의사라든가 하는 관계상, 몇 번이나 한 덩어리의 청산가리를 마시려고 했는지 모른다. 이 과거는 언젠가 그녀의 마음에 타인의 고통을 향수하는 병적인 흥미를 심어가고 있었다.
>
> 「겐카쿠 산방」· 全集8 · p.248

미요시 유키오는 '코노는 가족관계 속에 있는 유일한 타자로서, 악의에 가득 찬 이상으로 보다 더 냉소적인 마음과 눈을 가진 방관자'[20]라고 언급하고 있지만, 비록 코노가 그들과 어떠한 혈연관계도 없는 타인(유일한 타자)이라고 해서 산방에서 일어난 비극(삶과 죽음의 대립과 갈등)을 즐기고 있다고 볼 수 없다. 사실 보여 지는 그녀는 때때로 일어나지 못하는 오토리(겐카쿠의 아내)를 위해 화장실 갈 때마다 씻을 물을 받아 주거나, 타케오가 분타로가 싸울 때는 중재역할을 하고 있으며, 그리고 간호원으로서 겐카쿠를 보살펴 주는, 말하자면 가족관계의 사람들보다도 더욱 산방의 사람들을 위해 헌신하고 있다.

---

19) 비인간성에 관련해서 아쿠타가와는 '나는 2년 동안 죽는 것만 생각해 왔다. … 중략 … 가족들에 대한 동정 따위는 이러한 욕망 앞에는 아무것도 아니다. 이것도 또한 너에게 inhuman이란 말을 전하지 않으면 안 될 것이다. 하지만 만일 비인간적이라고 한다면 나의 한 부분은 비인간적이다'(「어느 옛 친구에게 보내는 수기」· 全集9 · p.276)라고 언급한 것처럼, 비인간적인 것은 곧 죽음을 뜻으로 유추할 알 수 있다.

20) 三好行雄, 앞의 책, p.280.

하지만 코노는 자신의 과거-'병든 남편이든가, 병원 의사라는 관계상, 몇 번이나 청산가리를 마시려고 하였다'-로 인하여 타인의 고통을 향락하는 병적인 흥미가 생겼고, 그녀 또한 '병든 남편'(죽음의 이미지)과 '병원 의사'(삶의 이미지) 사이에 있어, 몇 번이나 자살 시도(삶과 죽음의 갈등)하는 반복된 과정 속에서 서서히 인간적인 모습에서 비인간적인 모습으로 변하였음을 알 수가 있다. 그리고 이러한 비인간적인 코노의 모습은 현재 그녀 앞에 펼쳐진 산방의 비극을 방관자적 입장에서 향유 가능하게 만들었던 것이다.

그러나 '신들은 불행하게도 우리들과 같이 자살할 수 없다'(〈42 신들의 웃음소리(神々の笑ひ聲)〉, 「어느 바보의 일생」)에서 알 수 있듯이 여기서 코노의 비인간적 모습이 곧 신(神)인 존재로 보기 어렵다. 오히려 와다 시게지로(和田繁二郎)가 언급한 것과 같이 '악마(惡魔)적 존재'[21]로 보아야 타당할 것이다. 왜냐 하면 그녀는 일상세계에 있어 별채의 죽음의 이미지와 응접실의 삶의 이미지 모두를 부정-향락-하고 있기 때문이다. 그 예로 우선 코노가 응접실의 사람들-삶의 세계-을 부정하는 악마적 모습을 살펴보면 다음과 같이 나타나 있다.

> 그녀는 어느샌가 그녀 자신도 시게요시 부부에게 질투에 가까운 것을 느끼고 있었다. 오스즈는 그녀에게 '철부지 아가씨'였다. 시게요시도-시게요시는 어쨌든 평범하게 살아온 남자임이 틀림없었다. 그러나

---

21) 와다 시게지로는 '코노? 코노는 그(아쿠타가와-인용자)의 인생고를 한층 더 심화시키는 악마적 존재이다. 악의에 가득찬 에고이즘 그 자체이다. 그것은 냉혹한 세계의 눈(眼)인 것이다'(和田繁二郎, 『芥川龍之介』, 創元社, 1956, p.139)라고 언급하고 있다.

그녀가 멸시하는 한 마리의 수컷임이 틀림없었다. 이러한 그들의 행복은 그녀에게 있어 거의 부정되었다.

「겐카쿠 산방」· 全集8 · pp.250~251

여기에서 응접실에 살고 있는 사람들(시게요시와 오스즈, 타케오)은 코노의 질투와 경멸의 시선으로 인해 일상생활이 부정되고 있음을 알 수 있다. 하시우라 히로시(橋浦洋志)는 '코노는 호리코시(堀越) 일가의 모든 사람들과 인간적 관계로 맺어 있다. 게다가 냉소와 경멸을 가지고 그들을 자신의 한사람의 지배하에 굴복시키고자 한다'[22]라고 지적하고 있지만, 실제로 응접실에 있는 사람들의 모습이 인간적인 모습이라고 하더라도, 그것을 바라보는 코노의 시선[23]-즉 '냉소'와 '질투'라고 하는 악마적 성격-으로 인해 인간적 관계를 부정(삶의 부정)하는 결과를 초래하고 있다. 바꾸어 말하면 이러한 코노의 악마적 성격은 비록 그녀가 응접실의 사람들과 공존하고 있어도 공존할 수 없는 비인간적 모습을 보여주고 있는 것이라 하겠다. 또한 코노가 별채의 겐카쿠-죽음의 세계-를 부정하는 악마적 모습을 살펴보면 다음과 같이 나타나 있다.

그는 흐릿한 전등 빛에 황벽나무 한 그루를 바라본 채로, 아직까지 삶을 탐내고 있는 그 자신을 조롱하였다. "코노씨, 좀 일으켜 주세요" 그것은 이미 밤 10경이었다. "저는 이제 한숨 자려고 합니다. 당신도 신

---

22) 橋浦洋志, 『文芸研究』, 日本文芸研究會, 1995. 5, p.47.

23) 사카이 히데유키는 '묘사로서는 코노가 호리코시 일가의 사람들을 일방적으로 보고 있는 것이며, 코오노가 보여 지는 것은 마지막까지 없다'(酒井英行, 앞의 책, p.244)라고 서술하고 있다.

경쓰지 말고 쉬세요" 코노는 묘한 표정으로 겐카쿠를 바라보며, 냉담하게 이렇게 대답하였다. "아니요. 저는 깨어 있겠습니다. 이것이 저의 일이니까요" 겐카쿠는 그의 계획도 코노 때문에 간파된 것을 느꼈다.

「겐카쿠 산방」· 全集8 · p.255

겐카쿠가 '자는 것이 극락, 자는 것이 극락…' 그리고 '죄다 잊어버리기 위해서 단지 푹 잠들고 싶었다'고 말하고 있는 것처럼, 별채는 그야말로 죽음의 세계를 상징하고 있다. 그리고 코노 또한 '그를 위해 수면제를 주는 것 이외에도 헤로인 따위를 주사'하여 겐카쿠가 잠드는 것을 도와주고 있다. 하지만 실제로 겐카쿠가 자살을 실행-죽음-하고자 할 때, 코노는 '아니요, 저는 깨어 있겠습니다. 이것이 저의 일이니까요'라고 말함으로서, 마치 응접실의 삶의 세계를 부정하는 것처럼 죽음의 세계도 부정하고 있는 것을 알 수 있다.

따라서 코노는 일상 세계에서 보통 사람들이 살아가며 가지는 삶과 죽음이라는 두 개의 세계를 부정함으로서 그 스스로 인간적인 것을 부정하고 있음을 알 수 있다. 그리고 그녀의 비인간적인 모습은 바로 신이 아닌 악마적 모습으로 볼 수 있으며, 그녀의 일상생활 또한 '인생은 지옥보다 지옥적'(〈지옥(地獄)〉, 「난장이의 말」)으로 변하게 되고 만 것이다.

이처럼 코노가 보는 산방에 나타난 삶과 죽음의 대립과 갈등, 그리고 보여지는 코노의 모습을 통한 비인간화된 모습이야말로 결과적으로 〈겐카쿠 산방〉이라고 하는 일상 세계를 점차 죽음화-지옥화-로 변질해 나가는 것을 보여주고 있는 것이라 말할 수 있다. 다시 말해 1926년 아쿠타가와는 '나의 어머니는 광인이었다'고 처음이자 마지막으로 고백을 함으로써 생모 후쿠의 유전, 즉 그 스스로가 광인의 아들임을 긍정하고 있다. 이것은 지금까지 자신이 광기의 유전으로 죽는 것이 아니라, 천재의 유전으로 삶을 지향하고자 하였던 그로서는 스스로 죽음을 고하는 것이라 하겠다.

아쿠타가와는 그의 문학창작에 있어 1915년 「라쇼몬」을 시작으로 작품 속에 광인과 우인을 초인이나 성인으로 승화시켜, 자신의 예술지상주의를 완성하고자 하였다. 동시에 이러한 예술지상주의 속에 아쿠타가와 스스로 자신은 광인이 아닌 천재임을 증명함으로써 주어진 운명 또한 극복하려고 하였다. 그러나 당시 정신적, 육체적인 쇠약과 불면증에서 오는 환청, 환각은 서서히 그에게 광기의 유전을 인식하게 하였고, 머지않아 자신도 후쿠처럼 광기에 의해서 죽을지도 모른다는 불안을 심화시켰다. 그리고 이러한 불안은 결국 자신이 추구해왔던 예술지상주의의 종언마저 초래하게 된 것이다.

실제로 2년 후, 1927년 7월 24일 아쿠타가와는 다바타에 있는 자택에서 수면제인 베로날을 복용하고 자살하였다. 그가 자살하기 전, '펜을 쥐는 손도 떨리기 시작했다. 뿐만 아니라 침도 흘러 나왔다. 그의 머리는 0.8g의 베로날을 마시고 정신이 맑아진 후에는 한 번도 정신이 차린 적이 없었다'(〈51 패배(敗北)〉, 「어느 바보의 일생」)고 언급하고 있듯이, 비록 2년 동안 일상세계에 살아있으면서도 매 순간 죽음을 마주하고 있었던 것이다. 그러한 의미에서 당시 그의 내면세계를 투영한 작품인 「겐카쿠 산방」은 그의 일상 세계에 있어 점차 다가오는 광기와 죽음을 여실하게 보여주고 있는 작품이라 말할 수 있다. 그 중에서도 코노의 모습은 한 때 예술상의 신(神)이 되고자 했던 젊은 아쿠타가와에게 있어 결국 신도 보통 인간도 될 수 없었던 한 사람의 광인-악마적 존재-의 모습을 보여주고 있는 것이라 생각해 볼 수 있다.

이처럼 아쿠타가와는 자신의 주어진 운명을 극복하기 위해 시작하였던 예술지상주의가 자신의 운명을 받아들이는 순간 예술지상주의는 추락하여 또다시 초기 작품세계로 되돌아 갈 수밖에 없었다. 그러나 그의 앞에 다가온 것은 예전의 감상적, 추상적인 죽음이 아닌 실제적, 현실적인 죽음이 기다리고 있었던 것이다.

2. 일상 세계에 있어서 '막연한 불안'의 실체화 -「신기루」를 중심으로

2.1 현실에 나타난 '꺼림칙함'의 실체

아쿠타가와는 1926년 4월 22일부터 다음해인 1927년 1월 2일에 걸쳐 요양 차 아내인 후미(文)와 아들 야스시(也寸志)와 함께 쿠게누마(鵠沼)에 머물렀다. 당시 그는 불면증 악화와 정신 분열증적 징후로 인한 환각 증상으로 고생[24]하고 있었는데, 특히 1927년 6월 친구인 우노 코지가 발광하여 병원에 입원한 것은 계기로 자신 또한 발광으로 인해 죽지 않을까 하는 불안의식이 더욱 증폭되었다.

오아나 료이치는 '나는 우노가 당시 뇌(腦) 병원에 있을 수밖에 없

---

24) 아쿠타가와가 사사키 모사쿠(佐 木茂索)에게 보낸 편지에는 '지금은 어떠한 고통이라도 신경적 고통만큼 괴로운 것은 하나도 없을 것이다'(1926년11월28일), '아편 액기스, 호미카(약 이름-인용자), 설사, 베로날(수면제 일종-인용자)-약으로 살고 있는 것 같다'(1926년12월2일)라고 언급하고 있다.

는 병이 아니었다면, 조금 더 아쿠타가와도 살 수 있지 않았나 하는 생각을 지금도 져버릴 수 없다. 아쿠타가와의 어머니는 미치광이였다. 아쿠타가와가 그 자신의 발광에 공포를 느끼고 있었던 것도 사실이다'[25]라고 언급하고 있듯이, 사실 우노의 발광은 아쿠타가와에게 있어 자신도 머지않아 광기로 인해 죽게 된다고 하는 위기감을 심화시켰던 것이다.

이러한 죽음에 대한 불안을 항상 느끼고 있던 아쿠타가와는 1927년 3월, 「신기루(蜃氣樓)」을 발표하였다. 그 자신도 '가장 자신을 가지고 있다'(瀧井孝作 宛 · 1927년2월27일)라고 언급하고 있듯이, 「신기루」는 그가 자살로 삶을 마감할 때까지 그의 일상세계에 감추어진 불안[26]의 실체-'꺼림칙함(無氣味)'[27]-를 있는 그대로 고백한 작품이라 하겠다.

쿠메 마사오(久米正雄)는 「신기루」와 관련해 「아쿠타가와 류노스케 추도좌담회(芥川龍之介の追悼座談會)」(「신조(新潮)」, 1927.9)에서 '이상하리만큼 실감이 풍부하다. 오싹하고 무서운 느낌이 풍부하고, 깊은 암시를 담은 작품이라 생각한다. 그리고 그 만큼 힘이 있는

25) 小穴隆一, 앞의 책, p.33.

26) 아쿠타가와는 '자살자는 대체로 레니에가 묘사한 것처럼 무엇 때문에 자살하는지 모를 것이다. 그것은 우리들이 행위하는 것처럼 복잡한 동기를 포함하고 있다. 하지만 적어도 나의 경우는 단지 막연한 불안이다. 무언가 나의 장래에 대한 단지 막연한 불안이다'(「어느 오랜 친구에서 보내는 수기)라고 언급하고 있는데, 여기서 '막연한 불안'이란 달리 말해서 '꺼림칙한' 것이라고 말해도 좋을 것이다.

27) 간다 유미코는 꺼림칙함(無氣味)라는 용어와 관련해서 '아쿠타가와는 그 개인의 정신적 파산을 그리는 것과 함께, 평범한 일상 속에서도 정신적 지옥을 오랫동안 주시한 다이쇼(大正) 말부터 쇼와(昭和) 초에 있어 지식인 전반에 퍼진 질병을 척출하여, 당시의 사회를 뒤덮고 있던 근대의 정신을 훌륭하게 표현하고 있다'고 언급하고 있다.
神田由美子, 「芥川龍之介の〈ことば〉」, 『国文学』, 学灯社, 1985. 5, p.123.

작품은 아쿠타가와의 전 작품을 통해 역시 없다고 생각된다'고 칭찬하고 있으며, 시노자키 미오코(篠崎美生子)는 '작품 속에서 꺼림칙함이라 표현된 사상(事象), 혹은 언어 그 자체가 곧 상대화된 버린 늪춤이 있는 것을 우선 지적하고, 「신기루」는 꺼림칙함의 작은 사건과 그것을 밝힌다고 하는 패턴의 집적'[28]이라고 서술하고 있다.

이러한 선행 연구의 관점에 있어, 특히 요시다 세이이치는 '만년의 류노스케의 정신 상태를 푸는 하나의 열쇠'[29]라고 서술하고 있는데, 여기서 '하나의 열쇠'이란 바꾸어 말하면 작품 속에 나타난 그의 내면에 있는 '꺼림칙함'이 하나의 상징적 비유로써 그 실체를 나타낸 것이라 하겠다.

따라서 본 절에서는 우선 「신기루」의 작품 구성상에 나타나는 시간적 배경-밤과 낮-과 공간적 배경-바다와 모래-을 중심으로 그의 일상 세계에 둘러싸인 막연한 '꺼림칙함'에 대한 구체적인 실체를 규명하고자 한다.

2.2 '밤'의 일상

「신기루」는 구성상 제 1장과 제 2장으로 나누어져 있다. 그리고 작품 내용을 보면, 우선 제 1장에서는 주인공 '내(僕)'가 어느 가을 낮, 후배 K와 친구 O와 함께 신기루를 보러 나가고 있으며, 제 2장에서는 K가 도쿄에 돌아간 그 날 저녁, '나'는 아내, O과 함께 모래사장을 걷

28) 篠崎美生子, 「『蜃氣樓』-〈詩的精神〉の達成について-」, 『国文学研究』, 早稲田大学国文学會, 1981, p.65.
29) 吉田精一, 『芥川龍之介 近代文学鑑賞講座』第11巻, 角川書店, 1967, p.209.

는 내용으로 되어 있다.

여기서 주목해야 할 것은 시간적 배경인데, 주로 제 1장은 낮으로, 그리고 제 2장은 밤으로 나뉘어져 있다는 점이다. 히라오카 토시오는 '신기루가 실체로써 선명하게 보여서는 곤란하기 때문에, 신기루는 실체로서 보다는 상징으로서 받아들여야한다'고 말하며, '「신기루」라는 단편은 이 의식 영역의 밖에 있는 꺼림칙한 것, 기분 나쁜 것을 찾으려고 한 작품이었다고 말할 수가 있다'[30]고 언급한 것처럼, 히라오카가 지적한 '의식 영역의 밖'은 바꾸어 말하면 제 2장인 밤의 세계로 볼 수 있으며, 그 속에 감추어진 '꺼림칙함'을 의식화하는 것에 의해 작품 전체가 의도하고자 하는 주제를 찾아 볼 수가 있다. 먼저 밤의 일상에 '나'는 '꺼림칙함'에 관해서 다음과 같이 나타내고 있다.

> K군이 도쿄에 돌아간 후, 나는 재차 O군과 아내와 함께 히키치 강의 다리를 건너갔다. 이번에는 오후 7시 경, 저녁 식사를 막 끝낸 후였다. 이날 밤은 별도 보이지 않았다. 우리들은 그다지 말도 없이 인기척 드문 모래사장을 걸어갔다. 모래사장에는 히키치 강 하구 주변에 등불 하나가 움직이고 있었다. … 중략 … 물가에 가까워짐에 따라, 점점 비릿한 바닷내가 강하게 났다. 그것은 바다에서 나는 것보다도 우리들의 발 주위로 밀려 올라온 청각채나 우뭇가사리의 냄새 같았다. 나는 어쩐지 그 냄새를 코 이외에도 피부로 느꼈다. … 중략 … 바다는 어디를 보아도 어두컴컴하였다.
>
> 「신기루」· 全集8 · p.300

---

30) 平岡敏夫, 앞의 책, p.429, p.441.

밤의 일상은 달리 표현하면 '어둠 속'[31]이나 '빛이 없는 어둠'[32]으로 말할 수가 있다. 그리고 우리는 이러한 밤의 세계에서 빛의 부재로 인해 사물의 실체를 분별할 수 없으며, 그 결과 막연한 인식에서 오는-괴물(「암중문답」)이나 악마(「톱니바퀴」)-'꺼림칙함'만을 느끼게 된다.

그 예로 「신기루」에서 '나'는 청각채나 우뭇가사리와 같은 비릿한 냄새를 맡고 있는데, 이처럼 시각이 아닌 후각이나 촉각은 그 사물의 실체를 명확히 판단할 수 없는데서 오는 기분 나쁨을 느끼고 있다. 그런데 이러한 후각에서 오는 '꺼림칙함'에 관해서 「겐카쿠 산방」에는 하나의 시각적 형상화로 나타나 있다. 즉 이전에서 논하였지만, 겐카쿠의 숨냄새-'꺼림칙함'-속에는 죽음이란 실체가 나타나 있는 것이다.

또한 시간적 배경을 비교해 볼 때도 처음 겐카쿠의 사위인 시게요시가 산방에 귀가하는 시각이 '전등이 켜질 무렵'이라는 것은 「신기루」에서 말한 '오후 7시 경'과 비슷한 밤이다. 그러므로 겐카쿠의 숨냄새와 시간적 배경에 나타난 밤은 결과적으로 겐카쿠가 누워있는 별채 또한 빛의 부재로 인한 죽음의 세계를 나타내는 공간이라고 보아야 한다.

---

31) 1927년 9월에 발표된 『문예춘추(文芸春秋)』에는 아쿠타가와의 유고인 「암중문답(闇中問答)」이 실려 있다. 「암중문답」은 전체가 3장으로 구성되어 있으며, 내용면에서 '나(僕)'와 '어떤 목소리(或聲)'와의 대화 형식으로 전개되어 있다. 그런데 대화 속에 '나'는 '내가 의식하고 있는 것은 나의 영혼의 일부분만이다. 빛 속에는 괴물이 살지 않는다. 그러나 끝없는 어둠 속에서는 무언가가 아직 잠자고 있다'(「암중문답」 · 全集9 · p.293)고 언급하고 있다.

32) ' "악마를 믿을 수는 있겠는데요…" "그러면 어째서 신을 믿지 못하신 겁니까? 만일 그림자를 믿는다면, 빛도 믿을 수 있잖습니까?" "그러나 빛이 없는 어둠도 있죠" "빛이 없는 어둠이라면?" 나는 입을 다물고 있을 수밖에 없었다' (「톱니바퀴」 · 全集9 · pp.153~154)

이처럼 「겐카쿠 산방」과 「신기루」와 관련해서 에비이 에이지는 '작품의 기조는 죽음을 포함한 어둠이 천천히 절박해 오는 기분 나쁨일 것이다'[33]라고 서술한 바와 같이, '내'가 밤의 일상-혹은 히라오카가 언급한 '의식 영역의 밖'-에서 느낀 '꺼림칙한' 괴물이나 악마(청각채나 우뭇가사리)의 실체는 다름 아닌 죽음이라고 말하지 않으면 안 될 것이다.

그러나 '꺼림칙한' 죽음은 단지 밤의 일상에만 머물러 있는 것이 아니다. 다시 말해 이러한 죽음이 낮의 일상으로까지 실체적 대상으로 인식되고 있는 것이다. 그 결과 '나'의 일상 세계는 점차 삶에서 죽음의 세계로 변질해 나가고 있는 것이라 하겠다.

2.3 '낮'의 일상에 나타난 '신기루'

제 2장의 밤의 일상이 빛이 부재인 세계라고 한다면 제 1장의 낮의 일상은 빛이 있는 세계라고 말할 수 있다. 그리고 이러한 낮의 일상은 밤의 일상과 달리 의식 영역의 안이며, 사물을 분별할 수 있는 인식의 세계이다. 그 예로 낮의 세계에서 '나'는 모래사장을 걸으면서 하나의 나무패(인식의 대상)를 줍고, 거기서 밤의 세계에서 가진 왠지 모를 '꺼림칙함'을 느끼고 있다. 다시 말해 낮의 일상에서는 밤의 일상에 존재하던 '꺼림칙한' 것이 막연한 대상으로서 다가오는 것이 아니라, 확

33) 海老井英次, 「『玄鶴山房』と『蜃氣樓』」, 앞의 책, p. 420. 또한 호리 타츠오도 '이 작품(「신기루」-인용자)의 저변에 떠돌고 있는 것은 죽음과도 닮은 어둡고 전율할만한 매력이다. 이 작품은 당장이라도 그의 주위에 닥쳐올 죽음을 암시하고 있는 것 같다'(堀辰雄, 「芥川龍之介論」, 『堀辰雄全集』第四卷, 筑摩書房, 1977, p.594)고 서술하고 있다.

연한 분별의 대상으로 나타나고 있다.

> O군은 그곳을 지날 때 '이영차'라고 말하며 허리를 숙여 모래 위의 무언가를 주워들었다. 그것은 역청같은 검은 틀 속에 로마자를 나열한 나무패였다. '뭐야, 그것은? Sr H Tsuji -…Unua…Aprilo …Jaro …1906' '무엇일까? ua …Majesta …입니까? 1926이라고 되어 있군요.' '이것은 이봐, 수장(水葬)한 시체에 붙어 있던 것이 아닐까?' O군은 이렇게 추측을 하였다.
>
> 「신기루」· 全集8 · p.298

'모래 위'에서 발견된 나무패에는 에스페란토어[34]가 적혀 있고, '나'는 그것을 보며 수장한 시체에 붙인 것으로 상상하고 있다. 그런데 여기서 한 가지 유의하여야 할 점은 바로 나무패가 발견된 곳이 공간 배경으로 볼 때 '모래 위'라는 사실이다.

시노자키 미오코는 '이 「신기루」 전체가 모래 위의 이야기라고도 말할 수 있으며, 작품 속에서도 모래, 모래벌판, 모래사장, 사방(砂防)용 조릿대 담이라는 표현으로 빈번하게 등장하고 있다. 그리고 여러 가지 꺼림칙한 현상도 거의 모래 위에 나타나 있는 것을 알 수 있다'[35]라고 언급하고 있다. 물론 「신기루」의 공간적 배경은 거의 모두가 '모래

---

34) 에스페란토(Esperanto)어는 폴란드 유태인 안과의사 자멘호프가 1887년에 고안한 국제보조어. 16개의 간단한 문법법칙과 약 900개 정도의 단어로 구성되어 있으며, 발음은 한 자(字)에 하나의 음(音) 혹은 한 음에 한 자로 되어 있다. 여기에서 'Sr H Tsuji-…Unua…Aprilo…Jaro…1906'의 의미는 'Tsuji씨는 … 1906년 4월 1일, 1926년 5월 2일'을 뜻한다.

35) 篠崎美生子, 앞의 책, p.66.

위'로 구성되어 있다. 그러나 어째서 '모래 위'에 '꺼림칙한' 현상이 나타나 있는가에 대해서 시노자키는 구체적으로 언급하지 않고 있다.

다시 말해서 시노자키가 말한 '꺼림칙한' 것(여기서는 나무패)이 처음부터 '모래 위'에 있었던 것이 아니라, 처음에는 '바다 속'에 있던 것이 '모래 위'로 옮겨진 것이라는 점에 주목해야 할 필요가 있다. 즉 일반적으로 바다 속은 우리가 눈으로 인식할 수 있는 육지(여기서는 '모래 위')와 달리, 어떤 물체가 있더라도 인식할 수 없는 빛이 부재된 보이지 않는 세계이다. 그러므로 '바다 속'은 '빛이 없는 어둠'-밤의 일상-이라고 본다면, '모래 위'는 빛이 있는 보이는-낮의 일상-이라고 말할 수 있을 것이다.

이처럼 작품 배경에 있어서 시간적으로 나누어진 낮과 밤의 일상이 공간적으로는 '모래 위'와 '바다 속'으로 나눌 수 있다. 하지만 아사노 요(淺野洋)가 '제 1장은 낮의 해변으로 하고, 제 2장은 밤의 해변으로 명확하게 나누고 있다. … 중략 … 이 두 장은 정확하게 대응하고 있으며, 한마디로 말하면 그것은 작가의 의식에 있어서 낮과 밤으로 작중의 표현에 따르자면 의식의 영역 안과 의식의 영역 밖으로 대응하고 있다'[36]라고 서술하고 있는 것처럼, 과연 시간적으로 낮과 밤의 일상(공간적으로 '모래 위'와 '바다 속'〉)을 명확하게 둘로 나눌 수가 있는가? 결론적으로 말하면 그렇지 않다. 왜냐 하면 낮과 밤 경계에는 '해질 녘(日暮)'이란 말이 있듯이, '모래 위'와 '바다 속' 경계에도 해변가가 있기 때문이다. 따라서 이 두 세계(혹은 의식의 영역 안과 의식의

---

36) 淺野洋, 「『蜃氣樓』の〈意味〉-漂流する〈ことば〉-」, 『芥川龍之介 一冊の講座 日本の近代文学 2 』, 有精堂, 1982, p.127.

영역 밖)는 서로 각각 떨어져 양립되어 있는 것이 아니라, 서로에게 영향을 주는 받는 하나의 유기적 관계로 보아야 할 것이다.

그러한 의미에서 나무패는 처음부터 '모래 위'에 있었던 것이 아니라, '바다 속'에 있었다. 그리고 이처럼 보이지 않는 곳(의식의 영역 밖)에 있던 '꺼림칙한' 것이 보이는 곳(의식의 영역 안)으로 형상화되었을 때, '나'는 '뭔가 빛 속에서 느낄 리가 없는 꺼림칙함'을 느꼈던 것이다. 이것은 '나'를 둘러싼 일상 세계가 점차 '꺼림칙한' 것의 형상화-수장할 때 쓰인 나무패-로 인해 죽음의 세계로 변질되어 가고 있음을 말하고 있는 것이라 하겠다.

한편 이러한 '바다 속'에 있었던 막연한 대상이 '모래 위'에서 명확한 인식의 대상으로 된 것은 단순히 공간에서만 한정된 것은 아니다. 즉 시간적으로 빛이 부재한 밤의 일상에서 빛이 있는 낮의 일상으로 이동 또한 가능하다고 볼 수 있다.

아이하라 카즈쿠니는 '인생의 우울을 순간적으로 단절하는 것은 불이다'[37]라고 언급하고 있는 것처럼, 제 2장에서 O군이 성냥불을 켜고 있는 모습은 바로 밤의 일상에서 낮의 일상으로의 이동을 의미하고 있다.

> O군은 물가에 웅크린 채, 성냥 한 개비를 켜고 있었다. '뭘 하고 있지?' '아무 것도 아니지만, … 잠시 이렇게 불을 붙이는 것만으로도, 여러 가지 사물이 보이죠?' … 중략 … 과연 한 개비의 성냥불은 청각채나 우뭇가사리가 흩어져 있는 가운데 여러 가지의 조개껍질을 비추고 있

---

37) 相原和邦, 「或阿呆の一生論-芥川の〈光〉と〈闇〉-」, 『国文学』, 学灯社, 1992. 2, p.111.

> 었다. O군은 그 성냥불이 꺼져 버리자 또다시 새로운 성냥불을 붙여 천천히 물가를 걷어 갔다. '야 기분 나쁜데. 익사체의 다리인가 생각했어' 그것은 반쯤 모래에 뒤덮힌 물갈퀴 한 짝이었다. 그곳에는 또한 해초 속에 커다란 해면도 굴러다니고 있었다. 그러나 그 성냥불도 꺼져 버리자 주위는 전보다 더 어두워져 버렸다.
>
> 「신기루」· 全集8 · pp.300~301

여기에 나타난 '성냥불'은 빛이 없는 어둠의 밤의 일상을 빛이 있는 낮의 일상으로 바꾸어 주는 역할을 하고 있다. 그리고 동시에 지금까지 보이지 않았던 막연한 '꺼림칙한' 것을 명확한 인식의 대상으로 비추어 주고 있다. 츠보이 히데토(坪井秀人)는 '제 2장에서는 물갈퀴 한 짝을 익사체의 다리로 착각하는 장면이 있는데, 명백히 수장한 나무패와 이미지 연쇄가 있다. 그리고 그 물갈퀴를 비추는 성냥불이 꺼지자 주위는 전보다도 어두워져 버렸다고 앞에서 기술한 배경과 훌륭한 연결이 여기에 있다. 암흑에 빨려 들어가는 듯한 심상의 드라마는 죽음을 지향하고 있다'[38]고 서술하고 있는데, 이처럼 '성냥불'은 밤의 일상을 낮의 일상으로 바꾸어 주고 있으며, 그 결과 '나'는 현재 인식의 대상이 된 '물갈퀴 한 짝'에서 막연히 알 수 없었던 '꺼림칙한' 대상이 다름 아닌 '익사체의 다리'-죽음-이였다는 사실을 알 수 있었던 것이다.

이와 같이 밤의 일상(혹은 '바다 속')은 '성냥불'이나 '배'란 연결고리에 의해 낮의 일상(혹은 '모래 위')에 영향을 주고 있음을 알 수 있다. 그리고 그 연결고리를 통해서 밤의 일상에 있던 '꺼림칙한' 것이

---

38) 坪井秀人,「『蜃氣樓』論」,『名古屋近代文学研究』, 名古屋近代文学研究會, 1983, p.29.

낮의 일상에서 죽음이라고 하는 실체로 인식되었을 때, '나'를 둘러싼 일상 세계 또한 점차 죽음의 세계화-지옥화-되어가고 있는 것이다.

2.4 죽음에 대한 고백

아쿠타가와 후미는 '「신기루」 속에 O군과 저가 어두운 해변가를 걷고 있는 장면이 있습니다. … 중략 … O군이라는 분은 오아나씨이고, 저희들은 어두워져도 자주 해변가를 산책하였습니다'[39]고 서술하고 있듯이, 「신기루」에 등장하는 주인공 '나'는 아쿠타가와 자신이라 볼 수 있으며, 그가 요양차 내려간 쿠게누마에서 경험한 것을 토대로 자신의 내면을 고백한 작품이라고 할 수 있다. 즉 당시 아쿠타가와는 정신적, 육체적 쇠약으로 인한 불면증이나 환청이나 환시로 고생하였으며, 이것은 그가 일생동안 부정하고자 했던 운명, 자신도 생모 후쿠처럼 광기에 의해 죽을지도 모른다는 불안을 초래하였던 것이다.

그리고 이러한 죽음에 대한 불안은 「신기루」에서 구체적으로 나타나 있다. 제 1장에서 '나'는 '모래 위'에 발견된 '에스페란토어'가 쓰인 '나무패'를 보고, '배 안에서 죽어간 혼혈아'를 상상하며 '꺼림칙함'을 느끼고 있다.

> "재수없는 것을 주웠군" "아니, 내 마스코트로 할거야. … 그러나 1906에서 1926이라고 한다면, 20살쯤에 죽었을거야. 20살쯤이라면 -" "남자일까요? 여자일까요?" "글쎄. … 아무튼 이 사람은 혼혈아였을지

---

39) 芥川文, 中野妙子, 『追想 芥川龍之介』, 筑摩書房, 1975, pp.23~24.

몰라" 나는 K군에게 대답을 하면서, 배 안에서 죽어간 혼혈아 청년을 상상했다. 그는 나의 상상에 의하면 일본인 어머니가 있을 터였다.

「신기루」· 全集8 · p.299

여기서 '나무패'에 쓰인 '에스페란토어'는 그 언어의 특이성에 의해 '나'에게 연상 작용--배 안에서 죽어간 혼혈아-역할을 하고 있다. 여기서 언어의 연상 작용이란 아쿠타가와는 '모든 언어는 동전과 같이 반드시 양면을 갖추고 있다'(「난장이의 말」)라고 서술한 바와 같이, 말하자면 일종의 무의식에 잠재되었던 불투명한 허상이 언어에 의해 의식화되었을 때 구체적으로 나타나는 인식의 대상을 말하는 것이다. 특히 이러한 연상 작용은 무의식 세계(혹은 의식의 영역 밖)에 있는 것이 꿈이나 착각[40]이란 연결고리를 통하여 의식 세계(혹은 의식의 영역 안)에게 형상화시키고 있다고 볼 수 있다. 예를 들어 「톱니바퀴」에서 주인공 '나'는 언어의 연상 작용을 통해 자신의 무의식에 있던 '꺼림칙한' 것의 실체를 명확히 나타내고 있다.

한 번 더 방 안을 걷기 시작했다. 그러나 몰이라는 말만은 이상하게 신경을 쓰지 않을 수 없었다. '몰 - Mole…' 몰은 두더지라는 영어였다. 이 연상도 나에게는 유쾌하지 않았다. 그러나 나는 2, 3초 지난 후,

---

40) 심리학자 프로이트에 의하면 무의식(unconsciousness)이란 사람들의 의식밖에 있는 무의식이 정신세계 대부분을 차지하며, 사람들의 행동을 지배하고 행동방향을 결정한다고 믿었다. 무의식이란 말 그대로 자기 자신에 대한 인식이 없는 상태이다. 그러므로 단지 꿈, 실수, 실언, 신경증, 환상 등을 분석함으로써 그 내용을 파악할 수가 있다. 또 무의식적 내용들은 변장되고 상징화된 형태로 나타나기 때문에 정신분석을 통하지 않으면 알 수가 없다.
최창호, 『나는 얼마나 자유로운가』, 도서출판 동녘, 1996, pp.113~117, 재인용.

Mole을 La mort로 다시 썼다. 라 · 모르는-죽음이라는 프랑스어는 순간 나를 불안하게 했다.

「톱니바퀴」 · 全集9 · pp.150~151

여기서 '나'는 영어인 Mole(두더지)에서 프랑스어인 la mort(죽음)를 연상하고 있음을 알 수 있다. 물론 「신기루」에서도 이러한 착각이나 꿈 현상[41]이 나타나 있는데, 이것은 지금까지 논한 바와 같이 밤의 일상에 있던 '꺼림칙한' 것이 '성냥불'에 의해 낮의 일상에서 하나의 실체로서 나타난 것처럼, 언어의 연상 작용 또한 무의식에 있던 '꺼림칙한' 것이 의식의 세계에서 죽음으로 인식하고 있는 것이다.

그러므로 사카이 히데유키가 지적한 '환각, 착각증상으로 무서워하고 있던 류노스케는 현실(실체)과 마주 보고 있었던 것이 아니라, 허상(신기루)과 마주 하고 있었던 것이라고 말할 수 있다'[42]는 말은, 엄밀히 의미에서 아쿠타가와는 의식 영역 밖에 있는 허상을 마주 보고 있기는 보다는, 오히려 환각, 착각이란 연결고리를 통하여 그의 일상세계에서 삶의 영역이 서서히 죽음의 영역으로 변하고 있는 것을 인식하고 있다고 보아야 할 것이다.

그러므로 배 안에서 죽어간 일본인 어머니를 둔 '혼혈아'는 바로 아쿠타가와 자신의 죽은 모습-제 2의 자아의 죽음[43]-으로 볼 수 있다. 바꾸어 말하면 아쿠타가와 자신도 생모 후쿠의 광기 유전을 받아, 결

---

41) 그 예로 '나는 잠시 귀를 기울였다. 그것은 요즈음의 나에게 많은 착각인가하고 생각했기 때문이었다'(「신기루」 · 全集8 · p.302)에서 찾아 볼 수 있다.

42) 酒井英行, 『芥川龍之介 - 作品の迷路 -』, 有精堂, 1993, p.279.

43) '죽음은 어쩌면 나보다도 제 2의 나에게 오는 것인지도 모른다'(「톱니바퀴」 · 全集9 · p.151)

국 광인으로 죽는다고 하는 불안 인식이 나타난 것이다. 가사이 아키후는 '광인의 아들이라고 하는 자각은 이윽고 광기의 유전을 무서워하는 마음이 되어, 그의 육체 쇠약과 함께 점차로 격심함을 더해 갔던 것이다. 그리고 자살을 재촉한 하나의 원인과 연결되어 갔던 것이다'[44]라고 서술하고 있듯이, 이러한 죽음화 현상은 아쿠타가와 스스로 '미친 자식에게는 당연하다'(「톱니바퀴」)고 언급하면서, 결국 자신은 일상세계에 있어서 천재도 보통 사람이 아닌 한 사람의 광인이라는 것을 고백하고 있는 것이다. 특히 아쿠타가와는 실제 자신의 일상 세계에 있어서도 이러한 죽음을 경험하고 있음을 고백하고 있다.

> 그곳에 누군가 사다리 모양의 계단을 황급히 올라오는구나 하고 생각이 들자, 곧이어 또다시 분주히 내려갔다. 나는 그 누군가가 아내였던 것을 알고, 눈을 떠 몸을 일으키자마자 마침 계단 앞에 있는 어두침침한 응접실로 얼굴을 내밀었다. … 중략 … "무슨 일이야?" "아니요. 아무것도 아니예요" 아내는 간신히 얼굴을 들고, 억지로 미소를 지으며 말을 계속하였다. "아무것도 아니지만요. 다만 웬일인지 당신이 죽어 있는 듯한 기분이 들어서요" 그것은 내 일생 중에서도 가장 무서운 경험이었다.
>
> 「톱니바퀴」, 〈6 비행기(飛行機)〉 · 全集9 · p.166

후미는 '1927년 9월 『문예춘추(文芸春秋)』에 게재된 유고 「톱니바퀴」속의 〈6 비행기〉의 마지막 부분은 사실입니다'[45]고 말하고 있듯이,

44) 笠井秋生, 『芥川龍之介』, 清水書院, 1994, p.14.
45) 후미는 '1926년 초가을 어느 날, 저는 방에 있었습니다만 이상하게 나쁜 예감에

아쿠타가와의 죽음에 대한 경험은 1926년 초가을에 생긴 일이었다.

그런데 여기서 주목하여야 할 것은 그가 누워있던 장소가 다름 아닌 사다리 모양의 계단을 올라간 2층 서재였다는 점이다. 이것은 그가 1915년에 발표한 「라쇼몬」에서 주인공 하인이 노파를 걷어차고 나서 사다리를 타고 내려가 사라지자, 노파는 사다리 입구까지 기어가 문 아래를 내려다보는 모습과 유사한 것을 알 수 있다. 여기에서 하인은 '굶어 죽을 것인가', 아니면 '도둑이 되는가'하는 생사(生死)의 고민으로 망설이고 있었을 때, 문 위에서 만난 노파의 말을 듣고 '용기'를 얻어, 일상 세계에서 삶을 긍정하는 모습이 그려져 있다. 즉 이 하인의 모습에는 당시 젊은 아쿠타가와가 주어진 운명을 거부하고 자신의 삶을 추구하는 모습이라 볼 수 있으며, 동시에 그의 문학 창작상 예술지상주의의 출발점이었다.

그러나 1927년에 이르러 아쿠타가와는 이러한 하인의 모습은 사라지고, 오히려 '계단 앞에 있는 어두침침한 응접실로 얼굴을 내민' 모습은 마치 라쇼몬 누각 위에 널려 있는 '연고자가 없는 시체'와 함께 문 아래로 내려다보는 노파의 모습과 같이 연상시키고 있다. 그리고 이러한 노파의 모습이야말로 그에게 있어 '내 일생 중에서도 가장 무서운 경험'-죽음-을 느꼈던 것이라 볼 수 있다.

남편이 죽을 것 같은 기분이 들어 허전함에 견딜 수 없어 얼떨결에 2층에 달려 올라갔습니다. 남편은 책상을 향해 야위어 홀쭉한 모습으로 앉아 있었습니다. 저는 안심하고 다시 계단을 내려갔는데 곧이어 손뼉을 치며 남편이 저를 불렀습니다. 저는 망설이면서 재차 계단을 올라가 서재에 갔더니, 남편은 "무슨 일이야?"하고 말했습니다. 저는 "아니요. 당신이 죽을 것 같은 예감이 들어, 허전하고 무서워 견딜 수 없어 와 본 것입니다"라고 말했더니, 남편은 잠자코 있었습니다'(芥川文, 앞의 책, p.9)고 당시 상황을 설명하고 있다.

따라서 이러한 일상 세계에 있어 죽음의 인식은 지금까지 그가 추구해 왔던 문학 창작에 있어서 삶과 자유의 종언을 고하는 동시에, 지금까지 추구해 왔던 예술지상주의가 이제는「라쇼몬」이전의 초기 작품에 나타난 죽음의 세계로 회귀하고 있음을 알 수 있다.

1926년 당시 아쿠타가와가 사사키 모사쿠에게 보낸 편지를 보면 '다사(多事), 다난(多難), 다우(多憂) 뱀과 같이 동면하고 싶다'(1926월 9월 16일)라고 서술하고 있듯이, 그가 자살로 생을 마감하기 전 2년 동안은 죽음의 세계 속에 살고 있었던 것이다. 그리고 이러한 죽음의 세계 속에서 그가 할 수 있었던 것은 '단지 발광하던가, 자살하던가'(〈49 박제된 백조〉,「어느 바보의 일생」)하는 것뿐이었다.

사실 아쿠타가와는「라쇼몬」을 시작으로 자신의 주어진 운명, 즉 생모 후쿠의 유전에 의한 죽음으로부터 벗어나고자 문학창작을 통한 예술지상주의를 추구하였다. 그것은 허구 세계에 등장한 광인이나 우인이 예술적 감동(혹은 종교적 승화)에 의해 초인이나 성인으로 영원한 삶을 누리는 것처럼, 자신 또한 일상 세계에서 광인으로의 죽음이 아닌 천재의 삶을 지향하고자 하였던 것이다. 그러나 그가 1926년에 자신이 광인의 아들이었다고 고백한 사실은 지금까지 추구해 왔던 예술지상주의의 종언을 의미하는 동시에 자신도 광기의 유전에 의해 광인으로 죽는다고 하는 운명을 서서히 받아들이고 있다. 물론「라쇼몬」이전의 작품에서도 이러한 죽음의 세계가 엿보이긴 하나, 초기 작품에 나타난 죽음[46]은 어린 아쿠타가와에게 있어 추상적 · 감상적 · 서정적

46) 아쿠타가와가 1914년에 쓴「오카와 강물」에서는 '밤과 물 사이에 떠도는 죽음의 호흡을 느꼈을 때, 얼마나 나는 의지할 곳 없는 쓸쓸함에 쫓기었던가'(「오카와 강물」· 全集1 · p.27)라는 부분이 있는데, 여기서도 '밤'과 '물'은 죽음의 이미지를

인 것이었다. 하지만 1926년 이후 작품들에서는 실질적 · 현실적 · 구체적인 죽음으로 다가오고 있다. 그러한 의미에서 「신기루」를 중심으로 1927년에 쓰여진 작품 속에는 그의 일상 세계 속에 나타난 '꺼림칙함'이 죽음의 실체로서 앞으로 다가올 자신의 운명을 솔직히 고백한 작품이라고 보아야 할 것이다.

이와 같이 아쿠타가와는 광기에 의한 죽음에서 벗어나기 위해서 시작한 예술지상주의를 통해 천재에 의한 삶을 추구할 수가 있었다. 그러나 일상 세계에서 오는 막연한 불안이 죽음이라는 것을 인식한 순간, 그의 예술지상주의는 종언을 고하는 것과 동시에 다시 광기에 의한 죽음에 직면하지 않으면 안 되었던 것이다. 그리고 이러한 죽음의 실체는 결과적으로 그의 자살을 유발하는 커다란 원인이 되었다고 볼 수 있다.

나타내고 있다.

Ⅶ 결 론

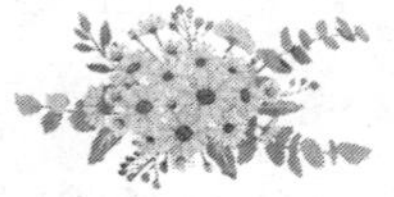

본고에서는 아쿠타가와 류노스케의 문학작품에 나타난 예술지상주의의 흐름, 다시 말해서 예술지상주의의 출발부터 종언에 이르는 과정에 대하여 비교, 분석하였다. 그리고 이러한 고찰을 살펴봄으로써 아쿠타가와는 생모 후쿠의 광기에 의한 죽음과 양가 사람들의 에고이즘을 그의 문학 창작 속의 예술지상주의 경향을 통하여 광기의 죽음에서 천재의 삶으로, 그리고 일상 세계의 에고이즘에서 허구 세계의 자유로 자신의 비극적 운명을 벗어나고자 하는 모습을 살펴볼 수가 있었다.

먼저 예술지상주의 출발에서는 그의 문학 창작의 계기가 되었던 두 가지 문제, 즉 그가 일생 동안 가지고 있던 후쿠의 광기가 자신에게 유전될 지도 모른다고 하는 불안과 양가 사람들의 에고이즘을 들 수 있다. 아쿠타가와 스스로가 만년 자신의 자살 원인을 '막연한 불안'이라고 고백한 바와 같이 어머니의 광기에 의한 죽음은 언젠가 자신도 광인이 되어 죽을지 모른다는 공포를 낳았다.

그리고 후쿠의 발광 이후, 그는 양가인 아쿠타가와 가에 맡겨 자라게 된 아쿠타가와는 요시다 야요이와의 첫사랑이 양가 사람들(특히 후키)의 반대로 실패하는 것을 계기로 자신을 둘러싼 일상 세계가 자유가 아닌 구속된 세계임을 인식하는 계기가 되었다. 그러므로 아쿠타가와는 자신의 주어진 운명(후쿠의 광기에 의한 죽음에 대한 유전)과 일상 세계에서의 양가 사람들의 에고이즘에서 벗어나기 위해서 예술지상주의를 출발하였다고 볼 수 있다.

바꾸어 말하면 아쿠타가와는 문학 창작을 통해 자신의 유전이 광기의 유전이 아닌, 천재의 유전임을 입증하고자 하였다. 그리고 그것을 증명하기 위해서는 바로 예술지상적 세계인 '황홀한 비장의 감격'이나 '찰나의 감동'을 창조하여야 했다. 그 결과 자신의 유전이 천재임을 증명하여 죽음에서 삶을 획득하는 동시에 문학이라는 허구 세계에서 자유 또한 얻을 수 있었던 것이다. 그러한 의미에서 1915년의 「라쇼몬」은 그의 이전의 초기 작품에서 볼 수 없었던 삶의 지향하는 모습을 엿볼 수 있으며, 이것이야말로 아쿠타가와의 예술지상주의의 출발이 되는 작품이라 생각할 수가 있다.

그리고 이러한 예술지상주의의 획득에 관하여 아쿠타가와는 자신이 갖은 광기의 유전과 관련지어 그 소재로서 광인과 우인을 등장시키고 있다. 우선 「지옥도」의 화가 요시히데는 자신의 예술적 경지를 위해 사랑하는 딸마저 불로 태워 죽이는, 인간적 · 윤리적인 면을 초월하고 있음을 보여주고 있다. 이것은 아쿠타가와가 보통 사람들이 절대로 도달할 수 없는 예술적 경지를 설정하고 광인이야말로 예술지상주의적 경지에 도달할 수 있는 자격을 부여하고 있음을 알 수 있다. 그리고 일상 세계에서 요시히데는 비록 죽음을 맞고 있지만 그가 남긴 예술적 경지인 그림 지옥도를 통해 초인적인 존재로서 영원한 삶을 획득하고 있음을 보여주고 있다.

또한 「지옥도」에 나타난 '불'의 이미지는 「기독교 신자의 죽음」을 걸쳐 「줄리아노 키치스케」에서는 '꽃'으로 연장되어 나타나 있는데, 이것은 주로 그가 우인을 소재로 한 '기독교소설군' 속에 예술적 경지(혹은 종교적 승화)를 '꽃'으로 표상화한 것이라 하겠다. 즉 광인인 요시히데처럼 우인인 키치스케가 성인이 되기 위해서는 보통 사람이 사는 일상 세계를 부정하여야만 예술적 · 종교적 승화가 가능하다는 것을 보여주는 동시에, 그 스스로가 '기독교소설군' 속에 등장하는 우인의 운명조차 바꿀 수 있는 초월적 존재임을 보여주는 것이라 하겠다.

한편 아쿠타가와는 자신의 문학 창작에 나타난 예술지상주의를 위해 기독교라고 하는 소재로 사용하고 있지만, 이것은 그가 중학 시절부터 고등학교에 걸쳐 쓰기 시작한 기독교소설군에서도 알 수 있듯이, 자신의 근원적 문제, 그가 어릴 적 생모 후쿠의 광기로 인한 죽음을 지켜보면서 도대체 죽음을 불러일으키는 광기가 어디에서 연유-기독교에서 말하는 죄-되었는가하는 물음에 대한 하나의 해답이라 여길 수 있다.

이처럼 아쿠타가와는 그의 문학 창작에 나타난 예술지상적 세계를 실현시킴으로써 광인이나 우인을 천재나 성인으로 재창조하고 있는데, 바꾸어 말하면 이것은 자신이 허구 세계에서의 신적인 존재임과 동시에 현실 세계에 있어서도 그 스스로가 천재임을 내보이며 자신의 운명 또한 새롭게 바꾸고 재탄생하려는 모습을 살펴볼 수가 있다.

그런데 그의 예술지상주의는 지금까지 광인과 우인을 통해서 비상하였던 예술지상주의가 보통 사람을 통한 하강하는 예술지상주의로

전화하는 모습이 나타나 있다. 이것은 바로 아쿠타가와의 보통 사람에 대한 인식 변화에 따른 예술지상주의의 전환이라는 사실에 주목해야 할 것이다. 즉 '역사소설군'에 있어 근대적 재해석에 나타난 도덕상의 특색과 '기독교소설군'에 있어 죄 문제에 감추어진 근대인의 본성, 그 중에서 근대 여성의 정조문제를 통하여 당시 다이쇼 시대의 근대인의 에고이즘에 감추어진 도덕적 · 윤리적 부재와 함께 그 인간성에서 동물적 본성을 표현하고자 하였다.

특히 「덤불 속」에 나타난 한 사람의 죽음을 둘러싸고 세 명의 등장인물, 다죠마루, 마사고, 다케히로에게 각각 다른 진술을 시킴으로써, 보통 사람 내면에 감추어진 죄 인식 부재-인간성의 진실(심리적 본성)-을 보여줌으로써, 인간은 선한 존재이면서도 동시에 악한 존재라고 하는 사실(善惡一如說)을 긍정하고 보통 인간이 죄를 짓는다는 사실을 인정하고자 하였던 것이다. 나아가 인간이 죄를 지어도 인식할 수 없다고 하는 죄 인식의 부재 속에 인간성을 긍정하게 되었고, 이 긍정이야말로 아쿠타가와의 근대적 인간성의 자각이라 하겠다. 그 결과 지금까지 부정해 왔던 보통 사람을 긍정함으로써 보통 사람 또한 일상 세계에서 예술지상적 세계를 얻을 수 있는 자격을 부여받게 되는 동시에, 그의 문학 창작상의 변화-예술지상주의의 하강-가 일어나게 되었다고 볼 수 있다. 그 이후 아쿠타가와는 본격적으로 '야스키치소설군'을 통해 일상 세계에 일어나는 '찰나의 감동'을 표현하여 예술지상적 세계를 구축하고 있음을 알 수 있다.

그러나 이러한 예술지상주의의 하강은 일시적으로는 도달하였는지 모르지만, 결국 한계에 이르고 있다. 우선 일상 세계의 예술지상적 세계를 그린 작품으로는 「용」을 들 수 있다. 작품 내용을 보면 연못에서

용이 승천하는 순간, 그 모습을 바라본 주인공 에인을 비롯한 수많은 사람들이 느꼈던 '찰나의 감동'이나 '황홀한 감격'이야말로 바로 일상 세계에 있어서 보통 사람이 획득한 예술지상적 세계를 구현한 것이라 볼 수 있다. 그리고 「가을」에서는 노부코가 자신의 욕망을 획득한 순간을 하늘에서 내리는 '눈(雪)'으로 비유하고 있는데, 이러한 표현은 이전에 아쿠타가와가 추구해 왔던 예술지상적 세계-즉 자신의 예술을 위해 인간적인 정마저 포기한 광인 요시히데 (「지옥도」)나 주인집 말만 믿고 열심히 일하지만 결국 죽어서 입에 하얀 백합꽃을 피운 우인 키치스케(「줄리아노 키치스케」)가 각각 초인이나 성인으로 승화될 때의 순간- 와 비슷하게 나타나 있음을 엿볼 수 있다.

그러나 그의 예술지상주의의 하강은 「밀감」에서도 나타나 있는 것처럼 일상 세계에서 예술지상적 세계를 실현함과 동시에 '피로와 권태'를 동반하지 않으면 안되었다. 또한 당시 아쿠타가와를 둘러싼 양가 사람들의 에고이즘이나 여성 문제 및 건강악화에서 오는 불안이나 '피로와 권태'를 잊게 하기 위해 끊임없이 예술지상적 세계를 구축할 필요가 있었지만, 결과적으로 이러한 문학 창작 태도는 그 스스로 예술지상주의의 한계를 초래하는 결과가 되고 말았다.

따라서 1926년부터 아쿠타가와가 신경쇠약 악화, 위장병뿐만 아니라 이전부터 불면증 악화와 정신 분열증적 징후로 인한 환각 증상으로 고생하였으며, 같은 해 4월 15일 오아나 류이치에게 자살의 결의를 고백한 시기로, 이러한 광기에 의한 죽음의 공포는 다음 해인 1927년 6월 친구인 우노 코지가 발광하여 병원에 입원한 것을 계기로 더욱더 죽음에 대한 위기감을 보여주고 있다. 그리고 마침내 그는 지금까지 터부시하여 말하지 않았던 '나의 어머니는 광인이었다'고 고백함과 동시에 그의 문학창작 또한 삶의 추구에서 점차 초기 작품에 나타난 죽음의 세계-예술지상주의의 종언-로 회귀하고 있음을 보여주고 있다.

구체적으로 그가 자살하기 전인 2년 동안, 그의 일상 세계를 둘러싼 막연한 불안이 점차 죽음으로 형상화되어 가고 있는데, 이러한 죽음과 마주한 그의 모습을 가장 잘 나타내고 있는 작품이 바로 그가 자살하던 해인 1927년에 쓰여진 「겐카쿠 산방」과 「신기루」라고 할 수 있다.

먼저 「겐카쿠 산방」에서는 일상 세계에 나타난 삶과 죽음의 대립과 갈등 속에 서서히 산방 전체가 죽음화-일상 세계의 지옥화-로 변질해 나가는 것을 나타내고 있으며, 또한 「신기루」에서도 일상 세계에 나타난 정체를 알 수 없는 '꺼림칙함'이 점차 죽음의 실체로서 다가오는 것을 보여주고 있다. 그런데 이러한 작품 속에 나타난 죽음의 이미지는 초기 작품에 나타난 죽음의 이미지-추상적 · 감상적 · 서정적-와는 달리 구체적 · 실제적 · 현실적 죽음의 이미지로 다가오고 있었으며, 결국 아쿠타가와는 '단지 발광하던가, 자살하던가'이라고 하는 극단적인 선택 앞에 놓여있는 자신의 운명이 발견하고 있음을 알 수 있다.

이상과 같이 아쿠타가와의 문학 창작에 나타난 예술지상주의의 흐름-예술지상주의의 출발에서 종언에 이르는 과정-은 그의 전 작품에 일관하는 하나의 주제로써 단순히 그의 작품뿐만 아니라 작가의 내면 세계를 이해하는데 중요한 의미를 가지고 있다고 하겠다. 특히 그의 예술지상주의는 '예술을 위한 예술'이기보다는, 오히려 근대에 살다 간 아쿠타가와 류노스케라고 하는 한 개인의 인간적인 고백이라 말하지 않으면 안 될 것이다. 그의 예술지상주의는 자신의 비극적 운명-광기에 의한 죽음과 에고이즘-에서 벗어나고 삶과 자유를 향한 수단이었다.

그러나 이율배반적이게도 그가 일생 동안 벗어나고자 했던 이러한 광기와 에고이즘야말로 오히려 그의 문학 창작의 원동력이었다는 사실에 주목할 필요가 있을 것이다. 바꾸어 말하면 이러한 아쿠타가와의 문학 창작 태도는 다이쇼라고 하는 당시 세기말적 시대 상황과 함께 종교의 부재에서 오는 지식인의 정신적 부재를 문학으로 채우려는 노력이자, 근대에 있어 자아의 확립을 지향하고자 하였던 한 개인의 저항이라고 말할 수 있다. 동시에 그의 삶과 예술은 시간과 공간을 초월한 인간 본연의 불안과 위기감에 맞서 절대자인 신에 대한 실존적 물음과 동시에 한 인간으로서 자신의 존재에 대한 한계를 극복하고자 하였던, 그 스스로가 말한 '인간적인 너무나 인간적인' 모습이라고 말하지 않으면 안 될 것이다.

그러한 의미에서 일본근대문학사에 있어서도 지금까지 아쿠타가와의 문학 작품을 논하는데 있어 주로 역사적 관점이나 기독교적 관점을 포괄하는 예술지상주의 관점에서 다시 한번 재정립할 필요성이 있다고 여겨진다.

제 2 부

아쿠타가와 작품의 현대적 재해석

「라쇼몬」에 나타난 신화적 공간
- 상향(上向)에서 하향(下向)으로 향한 '사다리'의 이율배반성

1. 서론

1915년 11월 아쿠타가와는 잡지 『제국문학』에 「라쇼몬」을 발표하였다. 그 스스로가 '당시 조금은 자신있는 작품이었습니다'(에구치 칸앞, 1917. 6. 30)라고 서술한 바와 같이, 「라쇼몬」은 그의 문학 창작상 기념비적인 작품[1]이라 말할 수 있다. 왜냐하면 「라쇼몬」의 주제면에서나 배경-시간적 · 공간적 구조-은 그의 작품군에 있어 하나의 원점(原点)이 되기 때문이다.그 예로 「라쇼몬」의 배경이 되는 시간적, 공간적 구조는 구체적으로 '해질 무렵(夕暮)'과 라쇼몬[2]-문 아래와 사

1) 에비이 에이지가 '「라쇼몬」 한 편이 아쿠타가와의 전 작품에 있어 차지하는 중요성을 충분히 나타내고 있으며, 또한 그의 애착의 깊이도 언급하고 있다'(『芥川龍之介論攷-自己覺醒から解体へ-』, 櫻楓社, 1988, p.77)고 서술하고 있듯이, 아쿠타가와는 자신의 제 1창작집을 「라쇼몬」(阿蘭陀書房, 1917, 5)의 이름으로 출판한 것은 그의 문학 창작에 있어서 하나의 원점이라고 말해도 좋을 것이다.

2) 라쇼몬(羅生門)에 관련해서 『世界大百科事典』(平凡社, 1988)에서는 헤이안(平安)

다리와 문 위-로 구성되어 있는데, 이러한 구조는 앞으로 그의 문학 창작에 있어 하나의 통일적 구조를 가지고 있다고 하겠다.

특히 여기에서 주목하고 싶은 것은 사다리라고 하는 공간 구조[3]인데, 주인공 하인(下人)이 사다리를 타고 문 아래에서 문 위로 올라가는 과정 속에 신화적 구조를 엿볼 수가 있다. 미타니 쿠니아키(三谷邦明)는 '이것(「라쇼몬」-인용자)은 성인식, 혹은 통과의례, 이니시에이션(initiation)이라고 말해도 좋지만 … 중략 … 확실히 일상과는 다른 악 그 자체의 신성함, 즉 죽음=재생을 시도로 한 것으로 보지 않으면 안 된다'[4]라고 언급하고 있는데, 구체적으로 미타니가 지적한 '통과의례'라고 하는 것은 하인이 사다리를 타고 문 아래 → 사다리 → 문 위로 올라가는 행위에 있으며, 동시에 그 과정-현재 공간에서 다른 공간으로 가는- 속에 하인을 신화적 영웅으로 탄생시키고 있는 것이다.

따라서 여기에서는 우선 신화적 관점에서 사다리의 상징적 의미를 살펴보고, 아쿠타가와의 다른 작품에서는 사다리가 어떻게 변형하여 나타나는지 유추해 보고자 한다. 그리고 하인이 사다리를 타고 올라간 문 위와 그곳에 있는 노파(老婆)의 행위를, 「라쇼몬」과 거의 같은 시기에 쓰인 「선인(仙人)」(1915. 7)에 나타난 산신묘(山神廟)와 노인

성 내의 주작대로 남단에 있어, 성 밖과의 경계에 세워져 있었다고 서술되고 있다.

3) 본고에서는 작품 배경 중 공간을 중심으로 논하고 있으나, 우리가 시계바늘이란 공간을 통해 시간을 인식할 수 있듯이, 시간(時間)과 공간(空間)은 서로 불가분의 관계에 있으며, 또한 고이즈미 고이치로가 '이 안(하인의 내면, 심리)와 밖(외적 공간)과의 대응이라는 「라쇼몬」의 허구 구조 특징은 이윽고 주제 및 모티브를 둘러싼 추구의 필수적 요소로서 불가결한 실마리가 아니면 안 된다'(小泉浩一郎, 「『羅生門』の空間」, 『日本文学』, 日本文学協會, 1986. 1, p.28)라고 말한 바와 같이, 배경 구조 속에 작품 주제가 형상화되어 있다고 볼 수 있다.

4) 三谷邦明, 「『羅生門』を讀む, 」『日本文学』, 日本文学協會, 1984. 3, pp.9~10.

(老人)과 비교하여 문 위의 신화적 의미를 재해석하고자 한다. 마지막으로 하인이 사다리를 타고 내려오는(혹은 관점에 따라 올라가는) 과정을 통해, 그의 행위가 단순히 일회성이 아닌 반복이라고 하는 현재적 순환 구조를 가지는 양상에 대해서 고찰하고자 한다.

2. 제의(祭儀)적인 공간으로서 사다리

「라쇼몬」은 시간적으로 해질 무렵, 공간적으로 라쇼몬 문 아래라고 하는 구조와 하인이 비를 멈추기를 기다리는 모습에서 시작되고 있다.

> 어느 날 해질 무렵이었다. 한 하인이 라쇼몬 아래서 비가 그치기를 기다리고 있었다. 넓은 문간에는 이 사나이 외에는 아무도 없었다. 다만 여기저기 단청이 벗겨진 커다란 원기둥에 귀뚜라미 한마리가 앉아 있을 뿐이었다. 라쇼몬이 주작대로에 있는 이상, 이 사나이 이외에도 비가 그치기를 기다리는 이치메 삿갓이며 부드러운 건(巾) 모양의 모자를 쓴 사람이 두 세 사람 더 있을 법하다. 그런데 이 사나이 외에는 아무도 없었다. … 중략 … 비는 라쇼몬을 둘러싸고 멀리서 쏴 하는 소리를 몰고 온다. 땅거미는 점차 하늘을 낮게 만들어 위를 올려다보니 비스듬히 내민 기와 끝에, 문의 지붕이 묵직하고 어두컴컴한 구름을 떠받치고 있다.
>
> 「라쇼몬」 · 全集1 · pp.127~129

야마구치 마사오(山口昌男)는 '사람은 스스로를 특정한 시간 속에서 경계상 또는 그 속에 두는 것에 의해 일상생활의 효용성에 지배되어진 시간과 공간의 규범에서 스스로를 해방하고, 자신의 행위, 언어가 잠재적으로 가진 의미작용과 직면하여 다시 태어난다고 하는 체험을 가질 수가 있다'[5]라고 언급하고 있는데, 이것은 낮과 밤의 경계인 해질 무렵이라는 시간적 배경, 그리고 성 안과 성 밖의 경계인 라쇼몬이라는 공간적 배경이 일상적 · 세속적 세계를 단절시킴과 동시에 하인에게 새로운 세계로 인도해 주고 있다.

그 중에서 라쇼몬의 경우, 엘리아데(Mircea Eliade)가 '이러한 성스러운 건축물은 모두, 그 건축물 각각에 우주산(宇宙山)을 재현하고 있으며, 바꾸어 말하면 그것은 세계의 중심에 세워져 있다고 간주된다'[6]고 언급한 것처럼, 하늘과 땅이 만나는 신화적 공간, 혹은 소우주적인 공간-성스러운 공간-으로서 그 상징적 의미가 있다고 하겠다.

그러므로 이러한 시간적, 공간적 구조 속에서 하인의 모습 또한 '이 남자 외에는 아무도 없었다'고 하는 반복적 서술에 의한 시간과 공간의 신성성 강조나 '하인이 비가 멎기를 기다리고 있었다'고 서술하기보다는 '비에 갇힌 하인이 갈 곳이 없어서 어찌할 바를 모르고 있었다'고 말함으로써 주인공 하인의 행동의 제약과 함께 앞으로 문 위로 향하는 사다리를 타고 올라가지 않으면 안되는 운명적 필연성을 부여하고 있는 것이다.

특히 여기에서 언급한 사다리는 라쇼몬의 문 아래와 문 위를 연결하고 있는데, 다시 말해 세속적인 세계에서 미지의 세계 혹은 성스러

---

5) 志村有弘 編, 眞杉秀樹, 「『羅生門』の記号論」, 『芥川龍之介「羅生門」作品叢集成Ⅱ』, 大空社, 1995, p.434, 재인용.

6) エリアーデ, 「聖なる空間と時間」, 『エリアーデ著作集 第三巻』, せりか書房, 1974, p.66.

운 세계로 이어주는 역할을 하고 있다고 볼 수 있다. 그 예로 엘리아데는 사다리(혹은 계단, 나무, 칡덩굴, 거미줄[7])의 상징적 의미에 관해서 다음과 같이 언급하고 있다.

> (사다리와-인용자) 계단은 매우 풍부한 상징을 지니고 있는 동시에 그 의미는 완전히 일맥상통하다. 즉 현 존재양상에서 다른 존재양상으로의 이행을 가능케 하는 차원의 단절을 조형적으로 보여준다는 점이다. 또한 천상계, 지상계, 지옥 간의 소통을 가능케 하는 우주론적 차원에 우리를 위치시킨다는 점에서도 그러하다. 바로 이러한 이유 때문에 사다리와 계단은 통과의례와 신화에서, 장례의식에서, 제왕이나 교황의 즉위의식에서, 그리고 혼인의례에서 그토록 중요한 역할을 하는 것이다.[8]

히라오카 토시오(平岡敏夫)도 사다리와 관련해서 '일상적 공간 · 낮의 세계에서 이(異) 공간 · 밤의 세계로 이르는 경계(境界)이다'[9]고 서술하고 있는 바와 같이, 사다리는 현재의 차원에서 다른 차원으로 가는 통로 혹은 저차원에서 고차원으로 가기 위한 수단이라고 볼 수 있으며, 이러한 예는 아쿠타가와의 작품에서도 돌계단[10](「선인」, 1915), 거

---

7) 마르치아 엘리아데/ 이재실 역, 『이미지와 상징: 주술적-종교적 상징체계에 관한 시론』, 까치글방, 2005, p.55.

8) 마르치아 엘리아데/ 이재실 역, 앞의 책, p.38.

9) 平岡敏夫, 「『羅生門』の異空間」, 『芥川龍之介と現代』大修館書店, 1995, p.29.

10) '눈이 내려 흐린 하늘이 어느새 진눈깨비 섞인 비를 뿌리고, 좁은 길거리는 진흙으로 질펀하게 덮여 종아리까지 들어갈 정도의 어느 추운 날 오후의 일이었다. … 중략 … 거기에는 산신묘(山神廟)라는 세 글자가 적혀 있었다. 입구 돌계단을 두세 계단 오르자 문이 열려 있어서 내부가 보인다'(「선인」 · 全集1 · p.189)

미줄[11](「거미줄」, 1918), 산[12](「두자춘」, 1920), 나무[13](「선인」, 1922), 밧줄[14](「갓파」, 1927), 인공의 날개[15](「어느 바보의 일생」, 1927) 등과 같이 다양하게 나타나고 있음을 알 수 있다.

이러한 상징적 의미는 사다리 외에 계단에서도 엿볼 수 있다. 그러한 의미에서 하인이 사다리를 타고 문 위로 올라가는 모습 또한 하나의 통과의례(제의적 행위)이며, 이것은 곧 문 아래라는 세속적 세계의 단절과 동시에 문 위라는 새로운 존재 양식, 아니면 절대자나 초월적 존재로의 접근이라 말하지 않으면 안 된다. 그리고 이러한 신화적 장치-시련의 공간-야말로 하인을 영웅으로 새롭게 탄생시키는 일이 가

---

11) '멀리 멀리 천상에서 은색의 거미줄이 마치 남의 눈에 띄는 것을 두려운 것처럼, 한 줄기 가늘게 반짝이며, 거침없이 제 위로 드리워져 오는 것이 아니겠습니까?'(「거미줄」 · 全集2 · p.229)

12) '철관자(鐵冠子)는 그곳에 있던 파란 대나무를 한자루 집어 들더니, 입속으로 주문을 외우면서 두자춘과 함께 그 대나무에 말을 타듯이 올라탔습니다. 그러자 이상한 일이 일어났습니다. 대나무는 갑자기 용처럼 기운차게 위로 날아오르더니 맑은 봄의 저녁 하늘을 날아 아미산 쪽으로 가는 것이 아닙니까'(「두자춘」 · 全集4 · p.156)

13) '"그럼 선인이 되는 기술을 가르쳐 줄테니까, 그 대신 어떤 어려운 일이라도 내가 말한대로 하거라. 그렇지 않으면 선인이 되기는커녕, 또다시 20년 동안 머슴살이 하지 않으면 벌받아서 죽을 테니까」「예, 어떤 어려운 일이라도 반드시 수행해 보이겠습니다" 곤스케(權助)는 싱글벙글 웃으면서 주인마님의 분부를 기다렸습니다. "그럼 저 마당에 있는 소나무에 올라가라"'(「선인」 · 全集5 · p.381)

14) '천장에서 그곳에 내려와 있던 한 가락 밧줄을 잡아 당겼습니다. 그러자 지금까지 알지 못했던 창문이 하나 열렸습니다. 그리고 또한 동그란 창문 외에는 소나무나 노송나무가 가지를 뻗은 맞은편에 넓은 창공이 활짝 개어 있었습니다'(「갓파」 · 全集8 · p.368)

15) '그는 인공의 날개를 펴고, 손쉽게 하늘을 향해 날아올랐다. 동시에 또한 이지의 빛을 받으며 인생의 즐거움과 슬픔을 그의 눈 아래로 가라앉혔다. 그는 초라한 마을들 위로 역설과 비웃음을 띄우며, 막힐 것 없는 공중에 떠있는 태양을 향해 곧바로 올라갔다'(「어느 바보의 일생」 · 全集9 · pp.319~320)

능하다고 하겠다.

구체적으로 하인이 사다리를 오르는 모습을 살펴보면 다음과 같다.

> 다행히 문 위의 누각으로 오르는 폭이 넓고 게다가 붉은 칠을 한 사다리가 눈에 띄었다. 그 위라면 사람이 있다 하더라도 어차피 송장뿐일 것이다. 그래서 하인은 허리에 찬 손잡이가 나무로 된 칼이 빠져나오지 않도록 주의하면서 짚신을 신은 발로 그 사다리의 맨 아랫단을 밟기 시작했다. 그로부터 몇 분인가 뒤의 일이다. 라쇼몬의 문 위로 올라가는 폭이 넓은 사다리 중간쯤에서 한 사내가 고양이처럼 몸을 움츠리고 숨을 죽이며 위쪽의 동태를 엿보고 있었다. … 중략 … 하인은 도마뱀붙이처럼 발소리를 죽이고 가파른 사다리를 맨 윗단까지 간신히 올라갔다. 그러고는 몸을 될 수 있는 대로 납작하게 하고서 목을 가능한 한 앞으로 내밀고 조심조심 문 안으로 들여다보았다.
>
> 「라쇼몬」· 全集1 · p.130

하인이 사다리를 타고 올라가는 모습을 보면, 가장 아래 단에서는 '허리에 찬 손잡이가 나무로 된 칼이 빠져나오지 않도록 주의'하면서, 중간 단에서는 '고양이처럼 몸을 움츠리고 숨을 죽'이며, 마지막으로 최상단에서는 '몸을 될 수 있는 대로 납작하게 하고서 목을 가능한 한 앞으로 내밀고 조심조심' 오르고 있다. 이것은 문 위에 올라가는 것이 이제까지 자신이 살고 있던 문 아래의 일상 세계와는 달리 쉽게 접근할 수 없는 세계로 그려지고 있다. 즉 하인에게 있어 어렵게 사다리를 오르는 행위와 함께 시간적으로 해질 무렵, 공간적으로 비가 온다는 것 모두가 하나의 모험이나 시련 과정을 제공하여, 그 결과 문 위의 세계에 신성함과 경외심을 부여하고 있다고 하겠다.

그리고 이러한 유사한 예는 1920년에 발표된 「두자춘」의 주인공 두자춘이 아미산(峨眉山)에서 행한 시련 과정을 통해 좀 더 구체적으로 엿볼 수 있다.

> 두 사람을 태운 파란 대나무는 조금 뒤 아미산에 내렸습니다. … 중략 … "나는 이제부터 하늘로 올라가서 서왕모(西王母)를 뵙고 올 테니 너는 그 동안 여기 앉아서 내가 돌아올 때까지 기다려라. 아마 내가 없는 동안 여러 가지 마물(魔物)들이 나타나서 너를 어루꾀려 들겠지만, 설령 무슨 일이 있어도 절대로 소리를 내선 안 된다. 만약 말을 한 마디라도 하면 너는 도저히 선인이 될 수 없으니 각오를 해야 한다"
>
> 「두자춘」· 全集4 · pp.157~158

모리 마사토(森正人)는 '「라쇼몬」과 「두자춘」은 모두가 앞으로의 생활을 고민하는 젊은 남자가 해질 무렵에 문에 머무르는 곳에서 시작할 뿐만 아니라 다양한 공통항을 가지고 있으며, 동시에 각각의 항은 대조적이다'[16]고 서술하고 있듯이, 여기의 아미산은 사다리와 같은 상징적 의미로 쓰여, 인간 세계와 선인 세계를 이어주는 제의적인 공간이라 말할 수 있다.

또한 선인이 두자춘에게 선인이 되기 위해서 절대로 소리를 내서는

16) 志村有弘 編, 森正人, 「『羅生門』と『杜子春』」, 앞의 책 , p.95. 하지만 모리가 언급한 '신선 수행의 과정에서 그(두자춘-인용자)는 죽고, 그 영혼은 지옥의 밑바닥으로 내려간다. 「라쇼몬」이 지상의 현실을 벗어나려고 하지 않았던 것에 반하여, 「두자춘」에서는 인간을 초월한 다른 세계가 준비되어 있다'(p.96)에 관해서는 재고의 여지가 있다고 생각된다.

안 된다는 것은 하인이 사다리를 타고 올라가는 행위로, 특히 작품 중에 나타난 '호랑이', '뱀', '바람'. '비', '신장(神將)'은 하인이 비에 맞는 것과 같은 시련의 과정으로 볼 수 있다.

이와 같이 사다리(혹은 아미산)는 현재의 공간과 다른 이(異)공간을 연결 아니면 단절을 시켜줄 뿐만 아니라, 주인공으로 하여금 그러한 세계를 가기 위한 통과의례라는 시련의 과정을 부여함으로써 앞으로 다가갈 문 위(혹은 선인)를 초월적이고 신성한 세계로 만들어 주고 있다.

3. 문 위, 그 신화적 세계의 이면(異面)

지금까지 하인이 사다리를 타고 올라가는 모습은 일상 세계에서 새로운 세계로 가기 위한 시련의 과정임을 살펴보았다. 그리고 이러한 사다리라고 하는 상징적 통과의례를 통해서 하인이 도달한 문 위는 일상의 공간이 아닌, 성스러운 공간이라 하겠다. 바꾸어 말하면 하인은 문 아래의 세계(세속적인 공간, 현실 세계)에서 문 위의 세계(성스러운 공간, 초월 세계)로 옮겨 간 한 것이라 말하지 않으면 안 된다.

문 위에서 비치는 불빛이 희미하게 그 사내의 오른쪽 뺨을 적시고 있다. 짧은 수염 속에 빨갛게 고름이 든 여드름이 난 뺨이다. 하인은 처음부터 이 위에 있는 자들은 송장뿐이라고 대수롭지 않게 여기고 있었다. 그런데 사다리를 두세 단 올라가 보니 위에서는 누군가가 불을 켜고 게다가 그 불을 이리저리 옮기고 있는 것 같았다. … 중략 … 이 비오는 밤에 이 라쇼몬 위에서 불을 밝히고 있는 것을 보면 보나마나 보통 사람이 아니다.

「라쇼몬」· 全集1 · p.130

하인이 문 아래에서 생각했던 문 위는 죽은 사람만 있는 공간이었다. 하지만 히라오카가 '사다리에 오름에 따라 미지의 이(異)공간으로의 하인의 기대는 기하급수적으로 높아가고, 비오는 밤에 라쇼몬이라는 이 공간은 당연히 문 위의 보통 사람이 아니다라는 존재에 의해 완성되는 것이다'[17]라고 서술하고 있듯이, 실제 하인이 문 위에 올라와 당연히 죽은 사람만이 있어야 할 공간에 살아 있는 '누군가-노파-'를 봤을 때, 그 '누군가'는 '보통 사람이 아니다'라고 하는 신(神)적인 불멸의 존재라고 볼 수밖에 없다.

그러므로 하인이 노파를 본 순간, '60퍼센트의 공포와 40퍼센트의 호기심이 발동해서 잠시 동안은 숨 쉬는 일조차 잊고 있었다. 옛 기록을 쓴 기자의 말을 빌리자면 머리와 몸의 털도 곤두서 듯이 느꼈던 것이다'(「라쇼몬」· 全集1 · p.131)라고 언급한 것처럼, 처음 하인이 품고 있던 공포와 호기심은 선인이나 신적인 존재에 대한 경외심이 나타나 있다. 그리고 이와 같은 문 위에 나타난 노파와 관련해서 「선인」의 산신묘(山神廟)에 나타난 노인과 비교해 보면 다음과 같다.

(산신묘-인용자) 내부는 생각한 것보다도 더 좁다. 정면에는 일존(一尊)의 금갑산신(金甲山神)이 거미줄에 갇힌 채 어렴풋하게 날이 저

17) 平岡敏夫, 「『羅生門』の異空間」, 앞의 책, pp.28~9.

물기를 기다리고 있다. … 중략 … 이소이는 이 정도 간파하고는 시선을 사당 안쪽에서 바깥쪽으로 옮기려고 했다. 그러자 바로 그 순간 지전을 쌓아 놓은 속에서 사람이 하나 나타났다. … 중략 … 그에게는 마치 그것이 지전 속에서 홀연히 모습을 드러낸 것처럼 생각되었다. 그래서 그는 다소 흠칫해하면서 조심스럽게 보는 등 마는 등한 표정으로 물끄러미 그 사람을 살펴보았다. … 중략 … "천일(千鎰 : 鎰은 돈을 세는 단위-인용자)이나 이천일로 족하다면 당장이라도 드리지요. 실은 나는 보통 인간이 아니요"

「선인」· 全集1 · pp.189~193

작품 「라쇼몬」과 은 시간적 · 공간적 배경 및 인물의 구성에 관해서도 서로 유사성[18]을 보이고 있는데, 주인공 이소이(李小二)가 하인이 사다리를 오르는 것과 같이 계단이라고 하는 통과의례를 통해 일상세계와의 단절 및 새로운 세계와 연결시키고 있다. 그리고 그 곳에서 만난 노인을 보고 '다소 흠칫해하면서 조심스럽게 보는 둥 마는 둥한' 표정은 마치 하인이 노파를 처음 봤을 때의 느낌인 경외함과 신성함이 있음을 알 수 있다. 특히 여기서 노인이 이소이를 보며 자신이 '보통 사람이 아니다'라고 말하며 스스로 선인임을 밝히고 있는데, 이것은 산신산이 일상적 세계가 아닌 다른 고차원, 성스러운 세계임을 말

18) 시미즈 야스츠구는 '「선인」은 「라쇼몬」을 준비하는 위치에 있었다고 생각할 수는 없는가'(清水康次, 『芥川文学の方法と世界』, 和泉書院, 1994, p.38)라는 문제를 제기하며, 두 작품의 관련성에 대해 연구하였다. 또한 오자와 지로는 '이 이소이가 작은 묘의 처마 밑에서 비멎기를 기다리는 설정도 극히 「라쇼몬」과 유사하다. 더욱이 이 〈산신묘〉가 〈라쇼몬〉에 해당하며, 이 산신묘에 나타난 늙은 도사가 「라쇼몬」의 노파에 해당하는 것도 간단하게 추측할 수 있다'(小澤次郎, 「『羅生門』にみる〈超越者〉の問題性」, 『論樹』, 論樹の會, 1994. 9, p.414)고 언급하고 있다.

하고 있는 것이다.

동시에 이러한 공간이야말로 노인(선인)의 신적인 기적(奇跡-'도사(道士)')는 구부러진 허리를 고통스러운 듯이 펴고는 긁어모은 지전(紙錢)을 양손으로 바닥에서 건져 올렸다. 그리고 그것을 손바닥으로 비비더니 분주하게 발밑에 뿌리기 시작했다. … 중략 … 뿌려진 지전들이 손을 떠남과 동시에 곧 수많은 금전과 은전으로 바뀐 것이다(「선인」· 全集1 · p.193)')와 같은 초월적, 비일상적인 행위가 가능한 것이라 하겠다.

따라서 「선인」에서 이소이가 계단을 올라가 산신묘에서 노인이 기적을 행하는 것을 본 것처럼, 「라쇼몬」에서 하인이 사다리를 타고 올라가 문 위에서 만난 노파도 일상적인 보통 사람이 아닌 선인과 같은 초월적 존재라고 볼 수 있으며, 바꾸어 말하면 이것은 문 위에 올라간 하인에게 있어서 노파 또한 노인과 같은 신적인 기적을 행하지 않으면 안 되는 것이다.

> 노파는 소나무 가지를 마룻바닥 틈새에 끼워 넣고 지금까지 바라보고 있던 시체의 목에 양 손을 대더니 마치 어미 원숭이가 새끼 원숭이의 이를 잡듯이 그 긴 머리카락을 한 개씩 뽑기 시작했다. 머리카락은 손이 움직이는 대로 빠지는 것 같았다. 그 머리카락이 한 개씩 빠짐에 따라 하인의 마음에서는 공포가 조금씩 사라져 갔다. 그리고 그와 동시에 이 노파에 대한 격렬한 증오심이 조금씩 발동하기 시작했다. … 중략 … 이 비오는 밤에 라쇼몬 위에서 송장의 머리카락을 뽑는다는 것은 그것만으로도 이미 용서할 수 없는 악(惡)이었다.
>
> 「라쇼몬」· 全集1 · pp.131~132

처음 하인이 문 위에서 본 노파는 보통 사람이 아닌, 초월적 존재로 여겨졌다. 그리고 현재 노파가 하는 행위는 보통 사람의 행위와 다른 신적인 행위임이 틀림없으리라 생각했다. 그런데 하인이 본 노파의 행위는 신적인 행위가 아닌 죽은 시체에서 머리카락을 뽑는다고 하는 극히 문 아래의 일상적인 행위에 지나지 않았던 것이다. 이것은 하인이 기대했던 신적인 기적에 어긋난 행위라 볼 수 있으며, 나아가 이러한 노파의 행위로 인해 지금까지 성스러운 공간이었을 문 위가 문 아래에서와 같은 세속적인 공간으로 바뀌고 있음을 엿볼 수 있다. 그러므로 하인에게 있어 이러한 노파의 행위에 따른 배반감은 '이 비오는 밤'에 '라쇼몬 위'에서 도저히 용서할 수 없는 악(惡)이었던 것이다.

그 결과 처음에 하인이 문 위에서 누군가에 느낀 공포와 호기심은 문 아래에서 보통 사람이란 인식으로 서서히 실망과 증오 그리고 분노로 바뀌고 있다. 고이즈미 코이치로(小泉浩一郎)가 "이상한 것을 기대하고, 초현실이나 비일상인 것을 갈망한 하인의 일상적인 것, 현실적인 것 - 추'한 것으로 모멸을 다짐하는 것은 틀림없을 것이다"[19] 고 언급한 바와 같이, 산신묘에서의 선인의 기적을 바라고 있던 하인에게 노파의 일상적, 세속적인 행위는 단지 문 위의 공간이 문 아래의 연장선에 불과하였던 것이다.

> "이 머리카락을 뽑아서 말이야, 이 머리카락을 뽑아서 말이야, 가발을 만들려고 했어" 하인은 노파의 대답이 의외로 평범한 데에 실망했다. 그리고 실망과 동시에 다시 조금 전의 증오가 차가운 모멸감과 함

---

19) 小泉浩一郎, 「『羅生門』の空間」, 앞의 책, p.33.

께 마음속으로 치밀어 왔다.

「라쇼몬」 · 全集1 · p.134

나가누마 미츠히코(長沼光彦)는 '노파의 평범은 라쇼몬이라고 하는, 일상이나 이질적인 세계에서는 어울리지 않는다'[20]라고 서술하고 있는데, 노파의 행위가 평범하다는 사실은 '보통 사람이 아니다'에서 결국 '보통 사람이다'라는 인식의 전환, 문 위라고 하는 초월적 세계가 세속적인 세계로 전락한다는 사실을 의미하고 있는 것이다.

그러나 이러한 노파의 행위는 단순히 문 아래의 일상적인 세계로만 볼 수 없다. 히라오카는 '보통 사람이 아닌 존재, 특별한 사람인지도 모르는 존재는 보통 사람, 일상생활을 영위하기 위한 인습적인 에고이즘에 일관된 하찮은 인간에 지나지 않았다'[21]라고 지적하고 있지만, 그것보다는 오자와 지로(小澤次郎)가 '노파에게 초월성=타자성을 인정하지 않는 하인이 선인과 같은 경지에 도달할 수 없는 것은 명백한 것이다'[22]라고 말한 것처럼, 문 위는 노파의 행위에 대한 배신으로 인해 오히려 일상적, 세속적 세계보다도 못한 지옥세계로 바뀌어 버린 것이다. 예를 들어 「두자춘」의 주인공 두자춘이 노인인 철관자[23]와 함께 통과의례로서 간 아미산도 신성한 공간이라기보다는 지옥적 공간

---

20) 志村有弘 編, 長沼光彦, 「『羅生門』の構成-下人と老婆の位置」, 앞의 책, 1995, p.522.

21) 平岡敏夫, 「『羅生門』の異空間」, 앞의 책, p.38.

22) 小澤次郎, 「『羅生門』にみる〈超越者〉の問題性」, 앞의 책, pp.414~415.

23) 모리 마사토는 '선인은 주인공을 새로운 세계로 인도하는 점에서 구성상 「라쇼몬」의 노파와 대응하고 있는 점은 명백하다'고 서술하고 있다.
志村有弘 編, 森正人, 「『羅生門』と『杜子春』」, 앞의 책, p.96.

으로 나타나고 있음을 알 수 있다.

> 두자춘의 몸은 바위 위에 넘어져 있었으나 그의 혼은 조용히 몸에서 빠져나와 지옥으로 내려갔습니다. … 중략 … 누구나 잘 알듯이, 지옥에는 칼의 산이며 피의 바다뿐 아니라 초열지옥(焦熱地獄)이라는 화염의 골짜기며 극한지옥(極寒地獄)이라는 얼음 바다가 깜깜한 하늘 아래 늘어서 있습니다.
>
> 「두자춘」· 全集4 · pp.161~162

두자춘이 노인의 말을 따라 간 아미산은 세속적인 세계와는 달리 초월적이고 비일상적인 세계이다. 그리고 두자춘은 이 아미산에서 시련의 과정을 거쳐 선인이 될 수가 있었다. 하지만 그의 앞에는 선인이 되기 위한 시련을 통해 천상세계에 이르기보다는 지옥세계에 떨어지고 있음을 알 수가 있다. 다시 말해 처음 일상 세계를 벗어나기 위해 간 아미산이 오히려 일상 세계보다 못한 지옥으로 변한 것이다. 그러한 의미에서 하인이 올라간 문 위 또한 처음에 생각했던 비일상적 세계가 일상 세계보다 못한 지옥세계로 추락하였다는 것을 깨달았을 때, 그가 행한 행위 또한 마땅히 노파의 옷을 빼앗는 행위-악의 행위-와 같은 타락한 행위가 나올 수밖에 없었던 것이라 하겠다.

4. 사다리의 상향적 성격에 나타난 이율배반성

사다리를 타고 위로 올라가는 상징성은 노파의 행위에 의해, 결국 아래로 추락하는 상징성으로 바뀌어 버리고 말았으며, 결과적으로 문 위라고 하는 성스러운 공간은 문 아래라고 하는 세속적인 공간보다도 못한 공간으로 되고 있음을 알 수 있다. 그러므로 하인이 사다리라고 하는 통과의례를 통해서 도착한 세계는 초월적 세계가 아닌, 일상 세계보다도 더 낮은 지옥적 세계라고 볼 수 있다.

> "하긴 송장의 머리카락을 뽑는 것이 다소 나쁜 짓인지도 모르지. 하지만 여기에 있는 송장들은 모두 그 정도는 당해도 싼 인간들뿐이야. 지금 내가 머리카락을 뽑은 여자 같은 건 말이야. 뱀을 네 치 정도씩 잘라서 말린 것을 건어포라고 하면서 호위병들의 거처로 팔러 다녔어" … 중략 … 나는 이 여자가 한 짓을 나쁘다고 생각지 않아. 안 그러면 굶어 죽으니까 어쩔 수 없이 한 짓이겠지. 그러니까 그 어쩔 수 없다는 것을 잘 아는 이 여자는 아마 내가 하는 짓도 너그럽게 보아 줄 거야"
>
> 「라쇼몬」· 全集1 · p.134

고이즈미 코이치로는 '노파의 이러한 발언에 의해 비일상, 초현실 차원에서 일상, 현실 차원으로 노파 이미지의 전락이 완성되었다'[24]고 언급하고 있는데, 이것은 지금까지 하인이 생각하고 있었던 문 위 세계(고차원적, 초월적 공간)가 노파의 말-살기 위해서 송장의 머리카락을 뽑는다-에 의해 문 아래 세계(일상적, 세속적 공간) 아니면 하위 개념의 지옥적 세계로 재인식하기 시작한 것이다.

만일 그렇다면 하인이 사다리를 타고 올라가는 도중, 문 위 공간이 지옥적 세계라는 사실을 알았다면 과연 올라갔을까 하는 의문의 여지

24) 小泉浩一郎, 「『羅生門』の空間」, 앞의 책, p.34.

가 있다. 이와 관련해서 1918년에 발표된 「거미줄」에서는 지옥에 있던 간다타가 극락으로 연결된 거미줄을 발견하고 올라가는 모습이 그려져 있다. 작품 내용을 살펴보면 간다타는 생전에 사람을 죽이거나, 방화하거나 하는 여러 가지 악한 일을 저지르고 지옥에 떨어지게 되었다. 하지만 그에게도 선한 일을 한 적이 있었는데, 그것은 숲 속에서 거미 한 마리를 발견하고 죽이지 않고 살려 주었던 일이다. 극락세계에 있던 부처님은 이 일을 생각하고, 지옥에 있는 간다타를 구원하기 위해 한 가닥 거미줄을 지옥에 내려 보냈다. 그리고 간다타는 그 거미줄을 타고 위로 오르기 시작하였다.

> 아마도 지옥에서 빠져나갈 것이 틀림없습니다. 아니, 잘만 올라간다면, 극락에 들어가는 것조차 가능하겠지요. … 중략 … 재빨리 거미줄을 양손으로 꼭 잡으면서, 열심히 위로, 위로 올라가기 시작했습니다. … 중략 … "거기 죄인들아. 이 거미줄은 내 것이다. 너희들은 도대체 누구의 허락을 받아 올라오는가. 내려가라. 내려가라"하고 소리쳤습니다. 그 순간이었습니다. 지금까지 아무 일 없었던 거미줄이 갑자기 간다타가 매달려 있는 곳에서 툭 하는 소리를 내며 끊어졌습니다.
>
> 「거미줄」· 全集2 · pp.229~231

「거미줄」에서 나타난 극락과 지옥은 「라쇼몬」에서의 문 위와 문 아래와 같은 공간 구조를 갖추고 있다. 그리고 하인이 통과의례로서 사다리를 타고 문 위로 올라가는 모습과 유사하게 간다타도 거미줄을 타고 극락으로 올라가는 모습이 그려져 있다. 그런데 극락을 향해 올라가던 도중 거미줄이 끊어지고 만다.

이것과 관련해서 사카이 히데유키는 '현상학적으로 보면, 부처님의 생각과 간다타의 이기적 마음에 의해 거미줄이 끊어진 것이다. 그러나 전술했던 것처럼 작가가 설정한 작품 세계 구조 그 자체가 간다타에게 "내려가라. 내려가라"라고 외치게 하였다. 무자애한 것은 오히려 작가일 것이다. …중략… 간다타에게 "내려가라. 내려가라"라고 외치게 한 작가, 그와 같이 외친 간다타를 비열하게 생각한 작가가 거미줄을 끊은 것이다'[25]라고 말하며, 거미줄을 끊은 것은 작가, 즉 내레이션이라고 주장하고 있다.

하지만 또 다른 의미로 생각해 본다면 간다타가 거미줄을 타고 서서히 극락에 다가감에 따라, 처음 지옥에 있었을 때 자신이 상상했던 극락이 실재 극락이 아니였다면 어떻게 하였을까하는 가정도 유추해 볼 수 있다. 즉 간다타가 극락에 거의 다다른 순간, 지금까지 생각했던 극락이 현재 자신이 있는 지옥과 같은, 아니면 지옥보다 못한 세계였다면, 그래서 자신 말고도 뒤따라 올라오는 죄인들에게 '내려가라. 내려가라'라고 외침과 동시에 자신이 타고 있던 거미줄도 자르지 않았을까 하는 문제 제기도 가능하리라 본다. 그것은 하인도 사다리를 타고 올라간 문 위가 초월적 세계가 아닌 일상 세계보다도 못한 지옥적 세계라는 사실을 알았다면, 아마도 간다타와 같이 문 위에 올라가지 않고 다시 문 아래로 내려왔을지 모른다.

---

25) 酒井英行, 『芥川龍之介 作品の迷路』, 有精堂, 1993, pp.114~115. 그리고 시다 노보루(志田昇)는 '내레이션은 표면적으로 일부러 간다타가 무자애하다고 말하는 한편, 그 이면의 의미에서는 부처님이 무자애하다고 느끼도록 쓰여져 있다'(關口安義 編, 『蜘蛛の糸 兒童文学の世界』, 翰林書房, 1999, p.63.)고 지적하고 있다.

"그렇다면 내가 날강도 짓을 한다 해도 원망하지 않겠지? 나도 그렇게 하지 않으면 굶어 죽을 몸이야" 하인은 재빨리 노파의 옷을 벗겨 들었다. … 중략 … 사다리 입구까지는 겨우 다섯 발짝을 셀 정도다. 하인은 빼앗아 든 노송나무색 옷을 겨드랑이에 끼고 눈 깜짝할 사이에 가파른 사다리를 밤의 밑바닥으로 걸어 내려갔다. … 중략 … 그리고 거기에서 짧은 백발을 거꾸로 하며 문 아래를 내려다보았다. 밖에는 오직 칠흑 같은 밤이 있을 뿐이었다. 하인의 행방은 아무도 모른다.

「라쇼몬」 · 全集1 · p.135

하인이 만난 노파의 행위와 말에 의해, 사다리를 타고 올라오면서 상상했던 문 위가 성스러운 공간이 아닌, 세속적인(아니면 지옥적인) 공간-악(惡)의 논리가 지배하는 세계-이라는 사실을 깨달았을 때, 그가 문 위에서 할 수 있었던 것은 노파에게 기적을 바라기보다 오히려 그러한 악의 세계에서 자신의 행위 또한 노파의 옷을 빼앗는다고 하는 세속적 악의 행위만이 있을 뿐이다. 그리고 하인은 노파의 옷을 빼앗은 후, 다시 사다리를 타고 내려가고 있는데, 이것을 노파의 시점-'짧은 백발을 거꾸로 하며 문 아래를 내려다 보았다'-에서 바라본다면 내려가기보다는 오히려 올라간다고 보아야 할 것이다.

마스키 히데키가 '노파의 이론을 메탈레벨에 있어서 찬탈한 하인이 또다시 향하는 것이 같은 의미에서의 내부(여기에서는 성 안)이라고는 결코 생각할 수 없'으며, '노파는 칠흑 같은 밤을 거꾸로 내려다 본 것에 의해 전도된 새로운 세계의 양상을 바라보기 시작하였다고 말할 수 있을지도 모른다'[26]고 언급한 것에서도 알 수 있듯이, 하인이 내려

26) 眞杉秀樹, 「『羅生門』の記号論」, 앞의 책, p.34, p.39. 또한 에비이 에이지는 '어둠

간 세계, 문 아래는 그가 문 위로 올라왔을 때의 문 아래가 아닌 또다시 사다리라고 하는 통과의례 과정을 통해 이르는 새로운 문 아래라고 말하지 않으면 안 된다.

즉 '눈 깜짝할 사이에 가파른 사다리를 밤의 밑바닥으로 걸어 내려간' 하인의 모습에는 이제껏 그가 문 위로 올라왔을 때의 양상-통과의례에 따른 시련 과정-이 순환적으로 반복되고 있음을 알 수 있다. 다시 말해서 현재 하인에게 있어서 문 위는 일상적, 세속적 공간으로, 문 아래는 비일상적, 초월적 세계(아니면 더 낮은 차원의 지옥적 세계)로 바뀌었다고 보아야 할 것이다.

엘리아데가 '의례는 모두가 지금 이 순간에 일어난다는 특질을 가지고 있다. 그 의례에 의해 사건이 기념되고, 반복되는 시간은 현재화되어 설령 그 시간이 얼마나 먼 과거라 생각되더라도 그것은 소위 재생에 의해 현재화(re-presente)가 되는 것이다'[27]고 말한 것처럼, 사다리를 통한 반복된 하인의 공간 이동(문 아래 → (사다리) → 문 위 → (사다리) → 문 아래)은 하인의 순환적인 반복된 행위에 의해 그 속에 단순한 과거로서 머문 것이 아니라 현재와 미래까지 반복되고 있으며, 이러한 하인의 시간과 공간의 반복은 지속성에 대비된 고정성 · 현재성 · 실재성이 되어, 그 결과 과거에 행하여졌던 행위나 사건이 현재 재생 · 기념 · 반복된 것을 알 수 있다.

그러므로 이러한 비시간성 · 탈시간성이야말로 현재와 미래에 재탄생되어 간다는 반복과 전승을 통한 하나의 질서를 형성하여 이어져

속에 모습이 사라졌다 하더라도, 단순히 순환적 처음 세계에 돌아간 것이 아닌, 그곳에 하나의 각성이 이미 있었다'(海老井英次, 앞의 책, p.89)고 서술하고 있다.

27) エリアーデ,「聖なる空間と時間」, 앞의 책, pp.94~97.

오는 신화적 특징이 엿보이고 있다고 말하지 않으면 안 될 것이다.

따라서 마지막 문장에 나타난 '하인의 행방은 아무도 모른다'야말로 하인이 사다리-통과의례-를 통해서 재차 다른 새로운 공간으로 가는 모습[28]이라 말할 수 있으며, 이러한 경계를 매개로 도달한 문 아래라고 하는 새로운 공간은 그 세계가 일상적, 세속적 세계인지 아니면 비일상적, 초월적 세계인지 하인은 물론 그 누구도 모른다고 밖에 말할 수 없을 것이다.

5. 결론

이상과 같이 「라쇼몬」에 나타난 수직적 공간 구조, 특히 사다리의 상징적 의미를 다른 작품들과 비교하며 고찰해 보았다. 엘리아데가 말한 것처럼 사다리는 일상적, 세속적 공간에서 비일상적, 초월적 공간을 가는 통과의례로서 시련의 과정이라 볼 수 있다.

그리고 이러한 사다리의 상징성은 단순히 「라쇼몬」에만 한정한 것이 아니라, 아쿠타가와의 여러 작품 속에 계단이나 나무, 거미줄, 밧줄, 인공의 날개와 같은 변형된 모습으로 일관되게 나타나 있다. 그러므로 각 작품에 등장하는 주인공은 이러한 사다리의 통과의례로 도달한 이(異)공간에서 만난 신적인 존재(초월자, 혹은 절대자)를 통해서

---

28) 에비이 에이지는 '「라쇼몬」적 세계와 「도적(偸盜)」와의 관련성에 대해서 노파의 감상성을 걷어 차 쓰러뜨려 밤의 밑바닥에서 새로운 세계로 뛰어든 하인의 내일 속에, 또다시 감상성이 노정된 것으로, 여기에 이르러 하인의 내일은 구체적인 모습을 잃고, 추상적인 세계 속으로 확산되어 버린 것이다'(海老井英次, 『芥川龍之介論攷』, 앞의 책, p.91)고 언급하고 있다.

기적을 만나게 되는 것이다. 하지만 하인의 경우, 그가 도달한 문 위가 성스러운 세계가 아닌 일상 세계보다 더욱 낮은 지옥적 세계라는 이율배반적 사실을 알았을 때, 다시 사다리를 타고 올라가지 않으면 안 되는 반복(문 아래 → 사다리 → 문 위 → 사다리 → 새로운 인식의 문 아래)이라고 하는 필연적 양상이 나타나 있다. 그리고 이러한 반복과 순환-시련의 과정-의 필연성이야말로 주인공으로 하여금 신화적 영웅을 탄생시키고 있다고 하겠다.

그러한 의미에서 본다면 「라쇼몬」에 등장하는 하인은 어쩌면 이 작품이 시작되기 전부터 오랫동안 이러한 사다리라고 하는 통과의례를 반복 · 전승해 왔으며, 물론 작품이 끝난 뒤에도 단지 일회성이 아니라 다른 작품에도 재생과 순환되어 과거에서 현재, 미래로 이어지는 초시간적 성격-신화적 성격-을 가지고 있다고 말하지 않으면 안될 것이다. 따라서 「라쇼몬」의 신화적 구조는 아쿠타가와의 문학 창작에 있어서 원점이라 말할 수 있으며, 앞으로 그의 여러 작품 구조를 연구하는데 있어 중요한 의의가 있다고 하겠다.

「광차」에 나타난 의식의 흐름

- 이동 수단에 의한 료헤이의 회상 재인식

1.서론

1922년 3월 아쿠타가와는 「광차(トロッコ)」를 발표하였다. 그 스스로가 '하룻밤에 소설 한 편을 지었다'(佐々木茂索, 1922. 2. 16)고 언급한 이 작품은 사실 이전의 그의 '역사소설군'이나 '기독교소설군'과는 달리 새로운 형식-작품 구조상 현재 주인공 료헤이(良平)가 자신의 과거를 회상(回想)하는 형식-의 문학 창작으로, 이 후 아쿠타가와의 회상을 소재로 한 문학 창작에 있어 하나의 출발점[1)]이라고 말할 수 있다.

---

1) 히라오카 토시오(平岡敏夫)는 '아쿠타가와가 처음 쓴 이 소년기의 회상이라는 형식의 단편은 이윽고 자전적인 '야스키치소설군'의 하나인 「소년(少年)」(1924. 4~5)을 쓰는 창작 동기가 되었고, 더욱이 「다이도지 신스케의 반생(大導寺信輔の半生)」(1925. 1)에 이르는, 아쿠타가와의 소설구조 그 자체를 바꾸어가는 중요한 계기가 되었다'고 서술하고 있다.
平岡敏夫,『芥川龍之介 -抒情の美学- 』, 大修館書店, 1981, p.321.

그런데 아쿠타가와의 작품에 나타난 회상은 단순히 지난 일을 돌이켜 생각하거나 재생하는 것만을 의미하지 않는다. 물론 지금까지 선행연구를 살펴보면, 세키구치 야스요이는 '8살의 소년 료헤이가 체험한 공포와 슬픈 감정은 26살이 된 료헤이의 슬픈 인생 체험의 하나로써 반추되어 있다'[2]고 서술하고 있거나, 아사이 키요시는 '단순히 소년 시절의 추억뿐만 아니라, 그곳으로의 회귀가 끊임없이 현실을 역조명하는 가역성을 지적하고 광차의 기억에 얽힌 소년의 추억에 인생 그 자체를 상징하고 있는 점에 이 작품의 생명이 있다'[3]고 말하고 있듯이, 료헤이의 회상은 단지 과거의 사실에 관한 감상을 되살리는 것보다는 오히려 현재 자신의 감정에 의해 과거의 기억을 재인식되고 있음을 알 수 있다.

특히 여기서 주목해야 할 사실은 이러한 회상을 불러일으키는 매체로서 이동 수단-「광차」에서 나타난 '광차' 이외에도 「소년(少年)」의 '버스'나 「술래잡기(鬼ごっこ)」와 「밀감(蜜柑)」의 '기차' 등-이 나타나 있는데, 이러한 이동 수단은 주인공들에게 있어 현재에서 과거로의 의식의 흐름은 물론 우연한 만남을 가능하게 하는 수단으로 연상적 동기를 부여해주는 탈일상적 성격을 가지고 있다.

따라서 본고에서는 우선 작품 「광차」의 주인공 료헤이의 회상에 나타난 광차의 상징적 의미를 다른 작품의 이동 수단과 함께 비교해서 살펴보고자 한다. 또한 이러한 이동 수단이 현재와 과거를 연결시켜주는 역할뿐만 아니라, 그 속에 나타난 탈일상적 성격을 규명하여 현

---

2) 關口安義 編, 「灰色の風景」, 『芥川龍之介作品論集成　蜘蛛の糸』(第 5巻), 翰林書房, 1999, p.225.

3) 三好行雄 編, 『別冊国文学 芥川龍之介必携』, 学灯社, 1979, p.116.

재 주인공이 자신의 심정 양상을 의식의 흐름에 투영시켜 과거를 통한 현재를 새롭게 구성-재인식-하는 과정에 대해서 고찰해 보고자 한다.

2. 회상, 그 과거의 기억을 연결하는 '광차'

작품 「광차」의 도입부분은 26살의 주인공 료헤이가 어릴 적 자신의 과거 기억, 즉 8살 때 광차를 탔던 기억을 회상하는 형식으로 시작하고 있다.

> 오다와라(小田原)와 아타미(熱海) 사이에 경편(輕便) 철도 부설공사가 시작된 것은 료헤이가 8살이 되던 해의 일이었다. 료헤이는 날마다 동네 어귀에 나가서 그 공사를 구경했다. 공사를-공사라고 하지만 단지 광차로 흙을 운반하는-그것이 재미있어서 보러 간 것이다.
>
> 「광차」· 全集5 · p.322

현재 료헤이는 아내와 함께 도쿄에 상경하여 어느 잡지사의 교정 일을 하고 있다. 그리고 그가 매일 반복된 일상생활 속에서 이따금 회상하는 과거의 기억이란 광차에 얽힌 추억으로, 여기에서 주목해야 할 점은 이러한 그의 회상이 광차라고 하는 이동 수단을 통해서 전개된다는 사실이다. 물론 이러한 광차는 단순히 그의 기억에 있어 하나의 소재가 될 지도 모른다. 하지만 광차는 그러한 의미를 갖는 것 외에도 과거와 현재를 연결하는 하나의 장치로서 생각해 볼 수 있다.

가사이 아키후는 '소년 시절, 광차의 선로를 따라 불안에 사로잡히면서 계속 달려간 어슴푸레한 고갯길. -그 가느다랗게 한 줄로 끊어졌다 이어지는 길은 지금 교정계라고 하는 자신의 불안한 생활에 그대로 연결되어 있는 것은 아닌가'[4]라고 언급하고 있다. 광차의 상징적 특성상 광차에 달린 바퀴는 시간이나 운명, 생성, 주기적 순환[5]이라고 하는 의미가 포함되어 있으며 또한 광차가 달리는 레일은 출발점과 도착점은 끊임없이 이어주는, 말하자면 순환적으로 연결해주는 역할을 하고 있다고 하겠다. 그러므로 이동 수단인 광차는 료헤이의 회상을 유발시키는 하나의 원인을 제공할 뿐만 아니라, 과거와 현재를 각각 독립되어 떨어진 시간(혹은 공간)이 아닌 서로 유기적으로 연결시켜준다고 볼 수 있다.

물론 이러한 광차와 같은 이동 수단의 예는 다른 작품에서도 엿볼 수가 있다. 예를 들어 1924년에 발표된 전체가 6장의 각각 다른 단편으로 구성된 「소년(少年)」은 소위 주인공 야스키치(保吉)가 등장하는 야스키치소설군의 하나로, 그 중 〈1.크리스마스(クリスマス)〉에서는 야스키치의 회상-과거와 현재를 연결하는-하는 이동 수단으로 버스가 나타나 있다.

> 작년 크리스마스 오후, 호리카와 야스키치는 스다쵸(須田町) 거리에서 신바시(新橋)행 버스를 탔다. 그는 비록 자리에 앉아 있지만, 버스 안은 변함없이 몸 움직임조차 힘든 초만원이다. … 중략 … '그럼 오늘은 무슨 날입니까? 안다면 말해 보세요' 소녀는 간신히 선교사의 얼굴

---

4) 笠井秋生,『芥川龍之介』, 清水書院, 1994, p.179.
5) 진쿠퍼, 이윤기 譯,「그림으로 보는 세계문화 상징사전」, 까치글방, 2000 참조.

을 향해 크고 반짝이는 검은 눈으로 바라보았다. '오늘은 내 생일'

> 야스키치도 또한 20년 전에는 세상의 어려움을 모르는 소녀처럼, 혹은 티없이 맑은 질문과 대답 앞에 세상의 어려움을 망각한 선교사처럼 작은 행복을 가지고 있었다. … 중략 … 야스키치는 식사 후에 마실 홍차를 앞에 두고, 망연히 담배를 피우면서 오카와(大川) 강 맞은편에 살았던 20년 전 행복한 아이가 되어 한없이 꿈꾸었다.
>
> 〈1 크리스마스〉, 「소년」 · 全集6 · pp.426~429, p.431

야스키치는 선교사와 소녀의 이야기를 들으며, 자신의 20여 년 전의 모습을 회상하고 있다. 즉 주인공은 버스 안에서 선교사와 소녀와의 우연적 만남을 통해서 자신의 어린 시절로 -과거를 향한 의식의 전이- 되돌아가고 있음을 알 수 있다.

에비이 에이지는 '작가는 그 자신으로 보이는 추억의 주체인 호리카와 야스키치를 1923년 크리스마스 날로 설정하여, 그 날에 전차 안에서 조우한 하나의 사건을 스케치로 감회를 말하고, 게다가 그곳에서 과거로의 정신을 비상시켜 추억을 음미하는 것으로 시작하고 있다'[6]고 언급하고 있는데, 여기에서 에비이가 말한 '그곳에서 과거로의 정신을 비상'은 다시 말해서 버스라는 이동 수단을 통하여 현재와 과거를 연결시켜주는 것이라 할 수 있으며, 그것은 곧 버스라는 공간 속

---

6) 海老井英次, 앞의 책, 1988, p.358. 또한 에비이는 '현재는 간신히 세상의 어려움 속에 저문 해를 맞이하는 야스키치는 20년 전의 행복을 꿈꾸면서 추억에 젖었지만, … 중략 … 단순히 과거의 행복이나 꿈의 재현이 기도된 것이 아니라, 현재의 심경과 호응하는 점에 소년의 나날이 오히려 상실이 앞으로 각장(各章)의 중심을 이루고 있다고 말할 수 있다'(p.363)라고 서술하고 있다.

에서 과거 자신이 체험한 추억을 자각시켜 현재와 과거의 감정을 의식적으로 통일시키고 있는 것이다.

동시에 이러한 이동 수단을 통한 과거와 현재와의 만남은 야스키치에게 있어 단지 과거의 사건만을 재현한 것이 아니라, 현재 주인공의 심경과 호응하는 곳에서 과거의 기억을 현재화시키고 있다고 말할 수 있다. 즉 에드문트 후설(Edmund Husserl)의 『시간의식』에서 '회상은 과거에 지각된 것을 상상 속에서 다시 기억하는 것으로 …중략… 연상적 동기부여라는 매개를 통해 나타나기 때문에 2차적 기억이라고 부르고 있다'[7]고 말하는 바와 같이, 이동 수단을 매개로 한 과거에 대한 회상은 과거의 사실 자체보다는 현재 주인공의 심경과 서로 영향을 주고받으며 이루어진 하나의 새로운 기억으로 회상이 나타난다고 보아야 한다.

이처럼 「소년」의 버스는 「광차」에 나타난 광차와 마찬가지로 과거와 현재를 연결해 주는 역할을 하고 있다. 그리고 가타무라 츠네오(片村恒雄)가 '어린 아이에게 있어 과거라는 시간과 어른이 되어 교정계로 잡지사에서 근무하는 지금이라는 시간 둘 다 제시하여, 그 동안에 오랜 세월과 료헤이의 인생 경험을 암시해 어른이 된 그가 직면한 문제의 심각함을 알아채도록 하였다. 두 개의 시간 설정은 「광차」에 있어서 결정적인 것이다'[8]고 서술한 것처럼, 현재의 료헤이와 과거의 료헤이를 연결시켜주는 것이 바로 광차이며, 료헤이의 회상은 이러한 이동 수단을 통해 과거의 자신을 대면할 수 있는 것이라 말하지 않으

7) 에드문트 후설, 이종훈 옮김, 『시간의식』, 한길사, 1998, p.104. 여기서는 후설의 시간의식에 관련해 뵘(R. Boehm)을 인용하였다.
8) 關口安義 編, 「『トロッコ』の二つの時間」, p.213, 앞의 책.

면 안 될 것이다.

따라서 「광차」에 나타난 광차는 주인공에게 있어 과거의 한 기억이며, 과거와 현재를 연결한다고 하는 의식의 흐름 속에서 자신의 감정을 통일시키는 매체로서 의미가 있다고 볼 수 있다. 그것은 단순히 일방적인-과거 → 현재- 흐름이 아니라 서로 오가며 상호 영향을 주고 있는 것이다. 그리고 이러한 이동 수단은 나아가 회상을 불러일으키는 의식적인 공간인 동시에, 그 공간에서의 우연적 만남에 의해 탈일상적 성격 또한 갖고 있다고 말할 수 있다.

3. 이동 수단의 탈일상성

각 작품의 회상에 나타난 이동 수단은 주인공들의 의식 속에 남아 있는 과거 기억들을 현재와 연결시켜, 상호 영향을 제공해 주는 역할을 하고 있다. 그러한 의미에서 이동 수단은 단순히 시간(물론 공간도 포함해서)의 순차적 기능-과거에서 현재로의 의식의 흐름-뿐만 아니라, 동시에 역순차적 기능-현재에서 과거로의 의식의 흐름- 또한 갖는 탈일상적(탈시간적 · 탈공간적) 성격을 있다고 하겠다.

우선 「광차」에서는 이동 수단인 광차를 통해 료헤이의 회상이 과거에서 현재로 연결하는 모습이 나타나 있다.

> 대나무밭을 지나자 저녁놀에 불타던 히가네 산(日金山)의 하늘도 이미 불길이 꺼져가고 있었다. 료헤이는 더욱더 애가 탔다. … 중략 … 그 먼 길을 줄곧 뛰어온 지금까지의 불안한 마음을 되돌아보면 아무리 큰

소리로 울어대도 모자란 느낌에 쫓기면서…

료헤이가 26살 때 처자와 함께 도쿄로 왔다. 지금은 어느 잡지사 2층에서 교정을 보고 있다. 그런데 그는 어쩌다가 문득 전혀 아무 이유도 없는데 그때의 자신을 떠올릴 때가 있다.

「광차」· 全集5 · p.328~329

히라오카 토시오는 '회상과 현재라는 것은 결코 무관계가 아닌, 현재를 과거에 투영하며, 또한 당연히 역으로도 회상(과거)이 현재를 역조명하고 있지만 회상과 현재가 「광차」에서는 2회의 싸이클을 나타내고 있는 것에서도 알 수 있듯이, 어디까지나 회상과 현실로 있으면서 양자가 나누기 어렵게 연결되어 있어 분리할 수 없다'[9]고 서술하고 있듯이, 료헤이의 회상은 현재에 과거 어릴적 료헤이의 감정을 투영시키고 있는 것이 아니라, 오히려 현재 자신의 감정을 과거에 투영시키고 있는 결과로 볼 수 있다.

즉 의식의 흐름은 과거 그대로 멈춘 것이 아닌, 현재에 있어서도 끊임없이 변화해 가고 있는 것으로, 이것은 단순히 과거를 반복적 기억이 아닌, 의식의 흐름 속에 언제나 새로운 과거 지향적인 의식 속으로 옮겨가는 과정-현전화(現前化)-이라 말할 수 있다.

이처럼 이동 수단[10] 안에서의 시간과 공간은 과거의 '나'와 현재의

9) 平岡敏夫, p.327, 앞의 책.

10) 기억과 회상에 관련해서 2009년 11월 22일자 〈조선일보〉에서는 다음과 같은 기사가 났다. 미국 매사추세츠공대(MIT) 연구원 토비아스 데닝어(30.한국명 한별)씨는 "유럽 연구진과 함께 뇌세포 사이에 흐르는 전류의 일종인 감마리듬(Gamma Oscillations)이 다양한 주파수로 과거의 기억과 현재의 인식 정보를 효율적으로 운반한다는 사실을 발견했다"고 22일 밝혔다. … 중략 … 감마리듬은 25~100*Hz* 대역으로 뇌 가운데 기억을 담당하는 해마상융기(Hippocampus)에 과거

'나'를 만나게 해주는, 말하자면 탈일상성-탈공간 · 탈시간-성격을 가지고 있는 것이라 하겠다. 예를 들어 「술래잡기」(1927)에서 현재 주인공 '그(彼)'는 어릴 적 함께 술래잡기 했던 '그녀(彼女)'를 우연히 기차 안에서 재회하는 장면이 있다.

> 그녀는 그를 바라본 채로 술래가 되어 열심히 뒤쫓아 오고 있었다. 그는 그녀의 얼굴을 바라봤을 때, 이상하리만큼 진지한 얼굴을 하구 있구나 하고 생각하였다. … 중략 … 그로부터 막 20년이 지난 후, 그는 눈많이 내리는 어느 날 기차 안에서 우연히 그녀를 만났다. … 중략 … 그는 그녀의 얼굴을 바라봤을 때, 이상하리만큼 진지한 얼굴을 하고 있구나 하고 생각하였다. 동시에 어느샌가 나는 12살의 소년이 되어 있었다.
>
> 「술래잡기」 · 全集12 · pp.284~285

어릴 적 '그'는 '그녀'와 술래잡기 했을 때 그녀의 얼굴에서 본 '이상하리만큼 진지한 얼굴'의 기억이 20년이 지난 후, 기차 안에서 우연히 만난 그녀의 얼굴에서도 똑같은 과거의 기억이 재현되고 있다. 다시 말해서 기차라고 하는 이동 수단은 그 탈시간성[11]으로 인해 '그'가 과

의 기억과 새로 인식한 사실을 전달해, 뇌가 이 두 정보를 비교、처리할 수 있게 하는 것으로 알려졌다. 기억과 회상, 인식 작용에서 '운송자' 역할을 맡는 셈이다.

11) 다케시타 테츠시(舘下徹志)는 '눈 많이 내리는 날 어느 기차 안에서의 재회라는 설정도 그녀의 설화적인 신비성을 보충해 주고도 남는다'고 언급하고 있듯이, 기차라고 하는 이동 수단에서의 공간은 탈시간적, 탈공간적 성격을 갖는다고 볼 수 있다. 志村有弘 編, 舘下徹志, 『芥川龍之介大事典』, 勉誠出版, 2002, p.398.
또한 1918년에 발표된 「사이고 다카모리(西郷隆盛)」에서는 대학생인 혼마(本間)가 사료연구를 위해 탄 기차 안에서 우연히 만난 노신사가 지금이 기차 1등석에는 사이고 다카모리(1827~1877)가 타고 있다는 말을 듣고, 실제로 가보니 사이고 다카모리와 같은 용모의 남자가 앉아서 졸고 있는 모습을 목격하는 장면이 나온

거 20년 전 자신의 어린 모습-'그녀'와 술래잡기 하던 모습-으로 되돌아가는 것을 가능하게 하고 있다. 또한 기차는 탈공간성을 제공하여 주인공 '그'에게 '그녀'와의 우연적 만남(사건)을 통해 과거에 다양한 경험을 한 복수의 자신과 현재 자신이 의식의 흐름 위에 동일적인 관계를 유지시켜 회상을 유발하는 계기를 만들어 주고 있다.

한편 이러한 이동 수단은 탈일상성에 나타난 탈시간성 및 탈공간성 이외에도 현재 자신의 내면에 잠재된 자아와의 만남에 이용되는 경우도 있다. 예를 들면 「밀감」(1920)에서는 주인공 '내(私)'가 기차 안에서 바라보는 날씨나 여러 풍경들, 그리고 거기서 우연히 만난 여자아이를 통해 자신의 내재된 또 다른 현재 모습을 투영시키고 있는 것을 엿볼 수 있다.

> 어느 흐린 겨울 저녁이었다. 나는 요코스카발 상행선 2등칸 객차 구석에 앉아, 멍하니 발차 기적소리를 기다리고 있었다. … 중략 … 밖을 바라보니 서서히 어두워져가는 플랫폼에도 오늘은 신기하게도 전송나온 사람들의 인기척조차 없고, 단지 개집에 들어간 강아지 한 마리가 때때로 슬프게 울고 있었다. 이러한 풍경들은 그 때의 내 심정과 이상할 정도로 닮은 풍경이었다. … 중략 … 그것은 기름기 없는 머리카락을 묶고, 양쪽 머리를 뒤로 넘겨 반원형으로 틀어 매었고, 코푼 흔적이 있는 살갗이 튼 양 볼은 기분나쁠 정도로 빨갛게 달아오른, 자못 촌티나는 어린 여자아이였다.
>
> 「밀감」· 全集3 · pp.57~58

다. 바꾸어 말하면 여기서 나타난 이동 수단인 기차 또한 현실을 벗어난 탈시간적 성격을 보이고 있다.

다카하시 다츠오는 '2등칸 객차라는 공간이 나의 의식 속에 심상풍경으로 가탁시키는 것을 허용하고 있다'[12]라고 언급하고 있듯이, 기차라고 하는 이동 수단을 통해 현재 '나'의 의식은 레일 위로 움직이는 객차와 함께 기차 밖에 그려진 여러 가지 풍경으로 전이되고 있음을 알 수 있다.

특히 같은 2등칸 객차 안에 있는 여자아이의 모습이야말로 기쿠치 히로시가 언급한 '현재의 상황, 정체(停滯)하고 있는 존재로부터 탈출을 바라며, 초조한 작자의 절박한 마음이 있는 것'[13]이라 할 수 있으며, 바꾸어 말하면 어린의 소녀 모습에 자기 자신이 상상하고 있는 자아-'이해할 수 없는, 미천하고 지루한 인생의 상징'-를 있는 그대로 투영하여, 마주보게 함으로서 현재 자신의 모습(자아)을 인식하고 있음을 알 수 있다.

이처럼 이동 수단인 광차나 기차 등은 탈일상성에 의한 시간과 공간의 이동, 혹은 환원시켜 현재의 주인공과 과거의 주인공과의 우연적 만남을 가능하게 하고 있다. 또한 그 탈일상적 성격 때문에 회상을 유발시키는 계기뿐만 아니라, 자신의 내면을 투영시켜 제 2의 자아와도 만나게 함으로서 일상 세계에 있어서 의식의 흐름을 통한 현재 자신(내적, 외적인 모습)을 재인식하게 만들고 있다고 하겠다.

---

12) 關口安義 編, 高橋龍夫,「蜜柑における手法」, p.187, 앞의 책.
13) 菊地弘,『芥川龍之介 - 意識と方法 -』, 明治書院, 1982, p.137.

4. 회상을 통한 현재 재인식

과거 회상은 단순히 과거의 기억을 있는 그대로 열거하는 것이 아니다. 그것은 현재의 의식 과정에서 재생산되어, 과거로 역투사-역순차적 기능-하는 것으로 나타난다. 또한 이러한 과거로의 역투사된 회상은 현실에 있어서 자기 자신을 재인식하는 과정이라 말할 수 있으며, 나아가 이러한 재인식은 현재뿐만 아니라, 미래-기대-로까지 의식의 흐름이 형성되어 가는 것을 알 수 있다.

> 료헤이가 26살 때 처자와 함께 도쿄로 왔다. 지금은 어느 잡지사 2층에서 교정을 보고 있다. 그런데 그는 어쩌다가 문득 전혀 아무 이유도 없는데 그때의 자신을 떠올릴 때가 있다. 전혀 아무 이유도 없는데?-세상살이에 고달픈 그의 앞에는 지금도 역시 그때처럼 어슴푸레한 덤불이나 고갯길이 가느다랗게 한 줄로 끊어졌다 이어졌다 하고 있었다.
>
> 「광차」 · 全集5 · p.329

어른이 된 료헤이는 어릴 적 회상을 통해서 현재 자신이 살고 있는 현실을 인식하고 있다. 특히 '가느다랗게 한 줄로 끊어졌다 이어졌다'라는 표현은 주인공의 현재뿐만 아니라, 앞으로의 미래에 관한 막연한 불안 기대 또한 나타내고 있다. 이것은 료헤이의 회상이 현재와 과거와의 관계가 끊임없이 순환관계를 가지며 재생산되어, 미래로 나아가는 것[14]이라 말하지 않으면 안 된다.

---

14) 에드문트 후설은 '의식흐름은 방금 전에 체험한 것을 현재화하여 의식하는 즉 1차적 기억으로서 지각하는 과거지향(Retention), 근원적 인상인 생생한 현재

왜냐하면 의식은 단순히 과거의 기억에 머무는 것이 아니라, 현재와 연결되어 자신을 언제나 새롭게 의식하고 있기 때문이다. 또한 객관적인 시간이 아닌 내재적(구성적) 시간 속에서 반복하고 있기 때문에 과거의 의식은 현재와의 관계 속에서 재인식되어 미래로까지 인식의 영역을 확장해 가고 있다고 말할 수 있다.

예를 들어 과거나 미래로 확장되는 것은「술래잡기」에서도 엿볼 수 있는데, 과거 '그'가 '그녀'에게 느꼈던 '이상하리만큼 진지한 얼굴'이 현실에 있어서의 재인식과 함께 미래로의 영속성마저 보이고 있다.

> 그들은 지금 결혼해서 어느 교외(郊外)에 집에 살고 있다. 하지만 그는 그 때 이후, 이상하리만큼 진지한 그녀의 얼굴을 한 번도 눈앞에서 본 적이 없었다.
>
> 「술래잡기」· 全集12 · p.285

주인공 '그'가 12살 때 술래잡기 하거나 20년 뒤 형무소에서 출감한지 4일 째 되던 날 기차라는 비일상적 시간 속에 가진 우연한 만남을 통해서 느꼈던 '그녀'의 '이상하리만큼 진지한 얼굴'이라는 감정이 현재에 있어서 부재(不在)한다고 하는 자각, 그것은 바꾸어 말하면 그것은 과거 '그녀'의 얼굴 모습을 되찾기 위한 회상 과정을 일으키게 하는 동기를 부여하고 있다고 하겠다. 그리고 앞으로 미래의 일상 세계에 있어서도 한 때 '그녀'의 얼굴 표정의 부재가 연속적으로 이어질 것과

(Lebendige Gegen-wart) 그리고 미래의 계기를 현재에 직관적으로 예상하는 미래지향(Pro-tention)으로 연결되어 통일체를 이루고 있다'고 언급하고 있다. p.43, 앞의 책.

동시에 계속해서 '그녀'의 얼굴을 재인식[15]할 것이라는 기대감이 나타나 있다.

또한 「밀감」에서도 주인공 '나'는 자신의 주위 배경-차 안의 어린 소녀와 기차 밖으로 보이는 어느 시골 건널목에 서 있는 아이들, 그리고 그들 위로 떨어지는 밀감-을 통해서 현재 자아인식과 함께 미래에 대한 기대(긍정적이든, 부정적이든)가 그려져 있다.

> 회색빛에 물든 변두리 건널목과 작은 새처럼 소리를 지르는 세 명의 아이들과 그리고 그 위로 흩어져 떨어지는 선명한 밀감 색과-모든 것이 기차 창문 밖에서 순간 짧게 지나갔다. 그러나 나의 마음에는 안타까울 만큼 확연히 이 광경이 각인되었다. 그리고 그곳에서 어떤 정체를 알 수 없는 명랑한 기분이 솟구쳐 오르는 것을 의식하였다. … 중략 … 나는 이 때 비로소 말할 수 없는 피로와 권태를 그리고 이해할 수 없는 미천하고 지루한 인생을 조금이나마 잊을 수가 있었다.
>
> 「밀감」· 全集3 · p.61

'나'가 본 기차 밖의 풍경과 회색빛에 물든 변두리 건널목에 있는 아이들의 모습은 과거를 시작으로 현재에 이르는 자신의 모습을 투영시키고 있다. 그와 동시에 어린 소녀가 아이들에게 선명한 황색을 띤 밀감을 던지는 모습에서는 앞으로 다가온 '나'의 미래를 잠시나마 보여

---

15) 와타나베 타쿠(渡辺拓)는 '그'가 느낀 '그녀'의 '이상하리만큼 진지한 얼굴'을 '어느 순간에 나타난 인간에게 이 작품 주인공은 이끌리고 있다'(關口安義 編, 『芥川龍之介全作品事典』, 勉誠出版, 2002, p.87)고 서술하고 있는 바와 같이, 비록 지금 '그'가 자신이 느꼈던 '그녀'의 모습을 찾아볼 수 없다 하더라도 회상을 통해서 현재는 물론 미래에서도 '그녀'의 모습은 계속적으로 현전화하고 있다.

주고 있다.

에비이 에이지는 '나와 소녀를 태운 기차가 터널의 많은 철로를 계속달리고 있는 것은 그 의미에서 극히 상징적이라고 말할 수 있다. 즉 나는 결국 반복이 많은 일상적 현실, 이해할 수 없는, 미천하고 지루한 인생 속으로 돌아가 가는 것'[16]이라고 서술하고 있지만, 위에서도 언급하였듯이 기차라고 하는 이동 수단에 의한 의식의 흐름은 단순히 과거나 현재 사이에서만 한정된 것은 아니다. 그것은 어린 소녀의 행동에서 보인 밀감의 선명한 색을 통해서 현재의 자신에게 둘러싼 일상생활은 물론 앞으로 자신의 모습 또한 막연한 기대-'미천하고 지루한 인생을 조금이나마 잊을 수가 있었다'-가 포함되어 있는 것이라 하겠다.

이처럼 현재 주인공에게 있어 회상을 통한 감정 전이는 단순히 과거와 현재에 머무는 것이 아니라, 미래까지 포함해 지향하고 있다고 볼 수 있다. 그것은 기차와 거기에 관련하는 풍경 속에 자아를 재인식하고, 자신의 미래를 예측한다. 이러한 의식의 흐름이라는 구조는 과거지향과 미래지향이 현재라는 인식하에 성립된다고 볼 수 있으며, 동시에 현재와 과거가 인식의 순환적인 흐름 속에 미래로 나아간다고 하겠다. 즉 이러한 반복적인 인식 과정을 통해서 자기 자신과 동일화-재통일-해 간다고 할 것이다.

따라서 회상은 과거의 사건이 변하지 않은 채 의식 속에 머무는 것

---

16) 海老井英次, 앞의 책, p.225. 한편 가라토 타미오(唐戸民雄)는 「소년」과 관련해서 '그것들은 결코 추억 따위의 감상적인 대체물이 아닌, 그 대부분이 정신적 음영이 되어, 평생 아쿠타가와에게 영향을 계속 미쳤던 것이라 생각할 수 있다'(志村有弘 編, 앞의 책, p.511)고 서술하고 있듯이, 야스키치의 회상은 과거에서 현재로 그리고 미래까지 의식이 상호 영향을 주고 있음을 시사하고 있다.

이 아니라, 변형시켜, 끊임없이 재구성[17]하는 과정 속에 비로소 성립한 것이라 말할 수 있다. 특히 이러한 의식의 흐름은 과거의 사실과 망각의 반복 속에 현재에 의해 새로운 산출-재정립, 혹은 재생산- 되는 과정이라 말할 수 있다. 다시 말해서 회상이란 활동은 과거를 포함한 현실적인 '지금'에 위치를 부여하여 과거의 다양한 경험적 자아가 현재와 미래와의 통일적인 상관관계 속에서 서로 이해하고, 유지하는 근원적인 자아를 존재하게 하는 것이다.

5. 결론

이상과 같이 「광차」에 나타난 료헤이의 회상을 다른 작품과 비교하며 살펴보았다. 료헤이의 회상은 과거에 광차를 탔던 추억을 단순히 상기한 것뿐만이 아니라, 그 때의 기억이 현재의 경험과 감정이 맞물려 이어져, 앞으로 자신의 모습까지도 투영하고 있음을 알 수 있었다.

특히 주인공의 회상에 있어 과거와 현재를 연결하는 의식적인 이동수단으로서 '광차', '버스', '기차' 등이 등장하고 있다. 이것은 단순히 작품 주인공이 과거 회상을 위한 매체이기보다는 오히려 그러한 공간 속에 나타난 탈일상성(탈시간성 · 탈공간성)을 통해 현재에서 과거(혹은 과거에서 현재)로 연결하는 하나의 통일적인 인식 작용-의식의

17) 가타무라 츠네오(片村恒雄)는 '재구성이라는 것은 생활의 시간이 이미 인간의 삶의 궤적으로 유기적인 연속성을 가진 하나의 구성체로 간주되는 것에 대해, 그 구성체를 새로운 기준을 근거로 다시 편성하는 행위이다'고 언급하고 있다.
關口安義 編, 片村恒雄, 「『トロッコ』の二つの時間」, 앞의 책, p.211.

흐름-을 위한 수단으로 그 의미가 있다고 하겠다. 더욱이 이러한 이동 수단을 통한 회상은 주인공의 현재라는 시점에서 과거의 기억이나 경험이 재생산-재해석-되고 있으며, 그 결과 과거와 현재는 물론 현재와 미래의 암시로까지 연속적인 상관관계를 맺으며 형성하고 있다. 그러한 의미에서 회상은 결코 단순히 과거를 있는 그대로 묘사하는 것이 아닌, 오히려 회상이라고 하는 인식 작용 속에 현재는 물론 과거와 미래가 서로 순환적으로 연결하여, 유기적인 구성에 의해 현재의 존재가 자기 자신의 동일화 -재인식- 을 이루어져 있다고 볼 수 있다.

이와 같이 회상은 주인공 자신의 현재를 중심으로 과거와 미래가 각각 분열된 자아가 아닌, 의식의 흐름을 통해서 자아형성 -통일되거나 재인식되어- 되는 것이다. 따라서 회상은 현재의 자아를 반추할 수 있는 기준이 되며, 나아가서 앞으로 그가 어떻게 살아가야 할 것인가에 대한 하나의 방향성을 예고하는, 스스로 자신을 검증하는 자동 기제와 같다고 볼 수 있다.

「코」에 나타난 나이구의 코 상징성
- 코의 콤플렉스 극복 과정에서 드러난 또 다른 콤플렉스

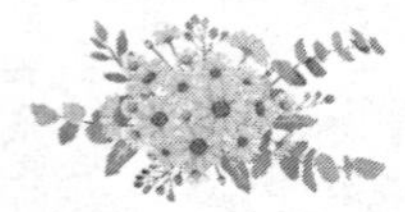

1. 서론

1916년 2월 아쿠타가와는 잡지 『신사조(新思潮)』에 「코(鼻)」를 발표하였다. 이 작품은 『옛날이야기』를 원전으로 한 작품[1]으로, 당시 나츠메 소세키(夏目漱石)의 격찬을 받으며 그가 본격적으로 문학 창작을 시작한 계기가 되었다. 지금까지 선행 연구를 살펴보면 「코」는 아쿠타가와의 언급과 관련해서 크게 두 가지 방향으로 연구되어 왔다.

우선 첫 번째로는 아쿠타가와가 「그 당시 자신의 일(あの頃の自分の事)」(1919)에서 자신이 소설을 쓰기 시작할 당시의 일을 회상적으로 기술하고 있는데, 여기서 「라쇼몬」과 「코」의 창작 동기로서 '불쾌하게 구애받던 연애문제'라고 서술한 것을 중심으로 한 작가론적 연

1) 『今昔物語』 권 28, 제 12의 「池尾の禪珍內供の鼻の物語」및 『宇治拾遺物語』 권 2, 제7의 「鼻長き僧のこと」. 한편 가사이 아키후는 이 외에도 고골리의 『코』의 수법에 암시를 받았다(笠井秋生, 『芥川龍之介』, 清水書院, 1988, p.108)고 언급하고 있다.

구가 이루어져 왔다.

그 예로 요시다 세이이치는 '이 작품의 근저에는 인생에 대한 회의적인 정신이나, 마음을 열고 따뜻한 애정을 수용할 수 없는 이기적인 인간성에 대한 체념이 짙게 흐르고 있다'[2]고 언급하고 있으며, 미요시 유키오는 '요시다 야요이와의 결혼문제를 둘러싼 가족과의 대립에 제2의 요람이라고 말할 수 있는 가족 간의 균열을 느끼고, 주위 어른들(양부모이나 숙모들)이 보인 타자를 향한 지나친 에고이즘'[3]을 말하며 작품 배경에 관해 논하고 있다.

그리고 두 번째로는 아쿠타가와가 「『코』 창작 노트(『鼻』創作ノート)」에서 '나는 코에서 신체적 결함 때문에 끊임없이 vanity(허영, 자만-인용자)로 고민하는 괴로움을 쓰려고 하였다', '나는 그 속에 쓰고 싶지도 않은 나의 약점을 썼다는 점에서, 그것만큼은 빈약하나마 자신은 있다'고 서술한 것을 중심으로 한 작품론적 연구가 이루어져 왔다.

그 예로 시미즈 야스츠구는 '「코」라는 작품은 인간의 허위를 거슬러 올라가, 무의식 속에 인간을 침해하는, 정체를 모르는 인간의 모습을 파악하고 있다'[4]고 서술하고 있으며, 이와이 히로시는 '류노스케는 이 단편 속에서, 방관자의 이기주의와 서로 모순된 주인공의 감정을 해설하고 있지만, 초점은 오히려 나이구 자신의 내심에 있는 ambivalence(양면가치 -인용자)에 있다. … 중략 … 즉 이 작품 속의 인물은 상처 입은 자존심에 고민하는 한편, 상처입은 자존심을 지팡

2) 吉田精一, 『芥川龍之介』, 三省堂, 1942, p.94.
3) 三好行雄 編, 『芥川龍之介必携』, 学灯社, 1979, p.81.
4) 菊地弘 編, 清水康次, 『日本文学研究大成 芥川龍之介 Ⅱ』, 株式會社国書刊行會, 1995, p.124.

이로 이용하여 살아가고 있는 것이다'[5]와 같이, 주로 주인공 젠치 나이구(禪智內供)의 긴 코와 관련된 '방관자의 이기주의'에 초점을 맞추어 논하고 있다.

특히 이러한 선행 연구들 중, 작품론과 관련해 주목하고 싶은 것은 바로 시미즈가 '시대와 장소를 무시하고 갑자기 인물의 코를 클로즈업에서 시작하고 있다. 시대나 장소가 중요하지 않는, 정말로 클로즈업된 코야말로 주제가 전개하는 무대인 것이라고 작가가 말하려고 하고 있다'[6]고 하는 지적이라 할 수 있다. 이것은 작가가 작품 초반부터 집중적으로 묘사한 코에는 코의 상징성뿐만 아니라, 그 이면에 감추어진 작품 주제 및 나아가 당시 작가와도 깊은 관계가 있다고 말하지 않으면 안된다.

따라서 본고에서는 작품 제목이기도 한 코, 즉 주인공의 그로테스크한 긴 코의 상징성을 중심으로 살펴보고자 한다. 그리고 주인공 나이구의 콤플렉스인 긴 코를 치유하는 과정 및 그 과정에서 지금까지 감추어진 콤플렉스에 관해 고찰해 봄으로서 작품 「코」의 또 다른 읽기를 시도해 보고자 한다.

2.'코'의 상징적 의미와 나이구의 콤플렉스

작품 「코」의 도입부에서는 주인공 나이구의 코에 대한 묘사, 즉 코

5) 岩井寛,『芥川龍之介 芸術と病理』, 金剛出版社, 1969, p.74.
6) 清水康次,『芥川文学の方法と世界』, 和泉書院, 1994, p.60.

의 그로테스크한 묘사부터 시작되고 있다.

> 젠치 나이구의 코로 말할 것 같으면 이케노오(池の尾)에서 모르는 사람이 없다. 길이는 대여섯 치로 윗입술 위에서부터 턱까지 늘어져 있으며, 모양은 처음도 끝도 똑같이 굵직하다. 말하자면 가늘고 긴 순대 같은 물건이 얼굴 한복판에 대롱대롱 매달려있는 꼴이다. 50세를 넘긴 나이구는 사미승이던 옛날부터 내도장 공봉(供奉)직에 오른 오늘날까지 마음속으로는 늘 이 코로 인해 괴로워했다.
>
> 「코」· 全集1 · p.140

나이구의 코 묘사에서 알 수 있는 것은, 우선 나이구의 코가 다른 보통 사람들의 코와 다르다는 점 그리고 이러한 개인적 콤플렉스가 다른 데도 아닌 얼굴 한 가운데에 있어 감출 수가 없다는 점을 들 수 있다.

이러한 나이구의 코의 상징성에 대해서 기다 다카후미는 '요시다 세이이치는 "명예, 체면의 상징"으로 보고 있으며, 에비이 에이지는 "작가가 나이구의 섬세한 자존심의 상징으로서 코를 그리고 있다"고 보고 있으며, … 중략 … 가사이 아키후도 나이구에게 "아쿠타가와의 희극화된 모습" … 중략 … 코에는 나이구의 자존심에도 연결된 속물근성이라는 상징 이외에, 성적(性的)인 상징이 포함되어 있다'[7]고 서술한 바와 같이 다양하게 해석하고 있다. 즉 나이구의 코는 지금까지 선행연구에서도 알 수 있듯이, 자존심이나 자만심 등과 연관된 비유

---

7) 淺井洋 編, 木田隆文, 『芥川龍之介を学ぶ人のために』, 世界思想社, 2000, pp.215~216. 그리고 오쿠노 마사모토 또한 나이쿠의 코의 상징성에 대해서 '섬세한 자존심의 상징'(奧野政元, 『芥川龍之介論』, 翰林書房, 1993, p.115)라고 언급하고 있다.

나 상징성[8])을 내포하고 있음을 알 수 있다.

일반적으로 코는 내면적으로 자존심이나 명예, 혹은 지금까지 쌓아 올린 자신의 교양이 함축되어, 그것이 외면적으로 얼굴 중심에 놓여 하나의 표상적 의미-자신의 자아-를 상징하고 있다고 볼 수 있다. 그런데 이러한 코가 보통 사람들과 달리 비정상적으로 왜곡되고 변형되었다는 것은 곧 나이구라고 하는 외적 자아와 그의 내적 자아가 일체성을 상실, 혹은 불완전함을 드러내고 있는 것이라 하겠다.

이처럼 이러한 자신와의 분리, 분열된 모습을 다른 사람에게 보인다는 것, 그것은 결국 타인에게는 물론, 그 타인을 통해 자신을 바라보는-마치 거울처럼- 자체가 현재 스님을 하고 있는 그에게 있어서는 불쾌할 수밖에 없었던 것이다. 그 결과 나이구는 어릴 적부터 외면적, 내면적 콤플렉스를 가지며 살아가야 했으며, 이러한 열등의식은 그의 그로테스크한 코로 인하여 단순히 개인적인 인식에 머무는 것이 아닌 개인과 개인과의 관계, 나아가 그 개인을 둘러싼 사회나 제도마저 변형되고 왜곡되게 인식하게 하는 원인이 되었다고 볼 수 있다.

> 나이구가 코를 두고 힘겨워하는 이유는 두 가지이다. -첫째는 현실적으로 긴 코가 참으로 불편했기 때문이다. … 중략 … 그러나 나이구

---

8) 예를 들어 코와 관련된 비유적 표현으로는 예를 들어 '콧대가 높다', '코를 납작하게 만든다'가 있으며 또한 코의 상징성과 관련해서 에비이 에이지는 '고골리의 『코』에서는 주인공 8등관 코와료프의 자존심이 〈코〉가 되어 그 자신으로부터 분리되어 5등관의 복장을 입고 마을을 활보하는 기상천외한 내용이 펼쳐지고 있는데, 작가의 인간 및 사회에 대한 비판정신에 의해 리얼리티는 획득되고 있다. 그것에 반해서 아쿠타가와의 「코」에서는 …중략… 고골리처럼 사회비판 요소는 없고, 주인공 내면세계에 문제가 한정된 결말이 되어 있다'고 언급하고 있다. 海老井英次, 『芥川龍之介-自己覺醒から解体へ-』, 櫻楓社, 1988, pp.107~108.

> 가 자신의 코를 괴롭게 여기는 가장 큰 이유는 결코 그런 것이 아니었다. 나이구가 실은 이 코로 인해 상처 받은 자존심 때문에 괴로워했던 것이다. … 중략 … 그렇다고 나이구가 자기가 승려이기 때문에 이 코로 인해 번민하는 일이 다소 줄었다고는 생각하지 않는다.
>
> 「코」 · 全集1 · pp.140~141

현재 나이가 50세 넘은 나이구[9]는 과거 어릴 적부터 사미승을 걸쳐 현재 공봉(供奉), 즉 궁중의 도장에서 불도를 수행하는 스님이다. 그런데 스님이란 본래 보통 사람들에게 종교적 교리나 사회적 교화를 가르치는, 말하자면 세속적, 물질적인 것으로부터 초월한 존재이다. 또한 그러한 자가 되기 위해서는 자신 또한 끊임없이 학식이나 소양을 배우고 익히지 않으면 안 되며, 타인의 모범이 되어야 한다.

그러나 나이구의 그로테스크한 코는 절에 오는 보통 사람들은 물론이고 다른 스님이나 무사에게마저 본의 아닌 오해를 낳고 있다. 이것은 자신의 덕망과 수양을 전파하는 사람임에도 불구하고, 그의 보여지는 코는 보통 사람들 보다 못한 인간으로 격하시키고 마는, 아직 수양이 완전하지 않은 속인으로 인식되는 결과를 초래하고 있는 것이다.

오쿠노 마사모토는 '문제는 코 그곳에 있다고 말하기보다는 자존심이라는 내면의 제어하기 힘든 심리적 요인에 있는 것이다'[10]고 서술한 것처럼, 왜곡되고 변형된 코는 보는 사람뿐만 아니라, 보여지는 나이구 또한 긍정적이든 부정적이든 사물이나 사람을 보고 평가하는 기준

---

9) 나이구(內供)란 널리 내공봉승(內供奉僧)의 줄임말로 덕이 높은 승려 10명을 선별하여, 궁중의 내도장(內道場)에서 천황의 건강 등을 기원하는 독경을 맡은 스님을 말한다.

10) 奧野政元, 앞의 책, p.124.

이 되고 있다고 말할 수 있다. 바꾸어 말하면 인간은 본성적으로 남보다 더 잘난 사람으로 여겨지고 싶은 마음이 항상 내재되어 있는데, 주변 사람들과의 비교를 통한 자기 평가로 인하여 자신이 남보다 부족하다고 느낀다는 순간, 그것은 자존심과 연계되어 시기와 질투를 낳으며, 한편 역으로 주변 사람이나 그가 사는 환경[11]은 물론 자기 자신마저 왜곡된 시선으로 바라보는 결과를 초래하고 말았다.

따라서 나이구가 자신의 의지와는 관계없이 운명적으로 타고난 코-신체적 열등감이나 특이성으로 인간적 한계 상황-로 인해 자신의 내면 깊숙이 감추어져야 할 콤플렉스나 모순성을 드러난 결과 그의 자존심을 훼손하고 말았으며, 그와 동시에 그가 바라보는 세계 또한 외부와 차단되고 왜곡된 변형된 세계라고 말하지 않으면 안 될 것이다.

3. 콤플렉스 극복 과정

흔히 우리 모두는 자신만의 콤플렉스를 가진 채 살아가고 있으며, 가능한 한 자신의 콤플렉스를 극복(혹은 감추면서)하려고 노력한다. 이러한 점에서 나이구는 스님이지만 보통 사람들과 마찬가지로 자신의 그로테스크한 코라고 하는 콤플렉스를 해결하기 위해 자신과 비슷한 코를 가진 사람을 불교 경전이나 중국 이야기에서 찾거나, 아니면 코를 짧게 한 방법으로 여러 민간요법을 시행[12]하고 있다.

---

11) 시미즈는 '코에 대한 고민은 그에게 있어 내면의 도덕 문제로서 절실한 것이 아닌, 외부와의 관계의 문제로서 절실한 것으로 되어 있다'(菊地弘 編, 清水康次, 앞의 책, p.116)고 언급하며, 나이구의 코와 사회적 연관성에 대해서 지적하고 있다.

그리고 이러한 자신의 그로테스크한 코를 정상적인 코로 바꾸는 작업이야말로 자신의 콤플렉스를 극복하는 과정이라 말할 수 있으며, 나아가 자신의 자존심을 스스로 주체적, 의지적으로 회복[13)]하는 행위라고 하겠다. 예를 들어 나이구는 자신이 데리고 있던 동자승을 통해서 자신의 코를 짧게 하는 방법을 구체적으로 시도하고자 하고 있다.

> 그러던 어느 해 가을 나이구의 심부름을 겸해 교토에 올라간 어떤 제자승이 아는 의사로부터 긴 코를 짧게 하는 방법을 배워 왔다. 그 의사라는 사람은 원래 중국에서 건너온 사람으로 당시는 초라쿠지의 공승이었던 분이다. … 중략 … 그 방법이라고 하는 것은 다만 끓는 물에 코를 삶아서 그 코를 사람이 밟는다는 매우 간단한 것이었다.
>
> 「코」· 全集1 · pp.140~141

여기서 나이구의 코를 짧게 하는 방법이란 동자승이 끓는 물에 삶

---

12) 작품에서는 나이구의 이러한 신체적 콤플렉스를 극복하는 방법으로 거울 앞에서 자신의 코를 짧게 보이게 하려고 노력하거나, 아니면 남의 코에 끊임없이 신경 쓰거나, 혹은 불교서적에서 자신과 같은 코를 가진 인물을 찾거나, 그 외에도 쥐참외를 달여 마시거나, 쥐 오줌을 코에 바르는 등 적극적으로 코를 짧게 하려고 여러 시도를 하였다. 한편 나이구가 코를 짧게 하려는 다양한 시도를 하는 모습에 관해 에비이는 '기본적으로 인간으로서 보편적 모습을 구하는 그의 지향 발견임이 틀림없으며 … 중략 … 개인을 근간으로 하는 자아 의식이 너무나 과대하여 마침내 병적인 것으로 변하는 점에 문제가 발생하고 있다'고 지적하고 있다.
海老井英次, 앞의 책, p.108.

13) 가사이는 '작가는 세상의 평판에 신경을 빼앗겨, 그것에 놀아나 자기 자신을 잃어버린 어리석고 약한 존재가 인간이라는 것을 말하려고 한 것이다'라고 서술하고 있듯이, 나이구의 그로테스크한 코는 그 콤플렉스로 인해 외부 세계와 차단, 혹은 왜곡을 발생시키고 있는데, 나이구는 자신의 코가 정상적으로 회복된다면 - 자존심 회복 - 그러한 문제 또한 자연적으로 해결될 것으로 보고 있다.
笠井秋生, 앞의 책, p.115.

아진 자신의 코를 밟는 것으로, 이러한 나이구의 코를 치유과정 자체가 아이러니하게도 지금까지 나이구의 상처받았던 자존심을 나이 어린 동자승이 나이 많은 스승의 코를 밟는다고 하는 행위의 반복에 의해 말살, 무시되고 있음을 알 수 있다. 말하자면 코를 밟는 행위는 그동안 나이구가 겪었던 일그러진 혹은 비정상적인 자존심을 없애려고 하는 과정이라 할 수 있으며, 결국 나이구는 기존의 비정상적인 자존심을 완전히 없는 것으로서 새로운 자존심을 세우는 것이 가능하게 된 것이라 볼 수 있다.

이시와리 토루는 '그에게 있어 외계(外界)는 단지 코를 통해서만 존재하며, 코로 관계하는 이외의 일체 현실감각을 소유하고 있지 않다'[14]고 언급하고 있듯이, 그의 코가 보통 사람처럼 정상으로 돌아왔을 때, 나이구는 내면적 콤플렉스가 사라지는 동시에 일상 세계로 동화되는 준비가 되었다고 말하지 않으면 안 될 것이다.

그런데 여기에서 유의하고 싶은 것은 동자승이 '가여운 듯한 얼굴로' 나이구의 코를 밟고 있으며, 나이구는 당연하게 '불유쾌'하게 응하고 있다는 점이다. 물론 나이구의 코가 정상적인 코로 되는 치료 과정에 있어서 동자승이 스승의 코를 밟는다는 것 자체가 유쾌한 것은 아니다. 이것은 세키구치 야스요시가 '타인의 눈을 끊임없이 의식하는 긴 코를 가진 소심한 50대 남자를 다시 시작하여, 현실 속에서 힘껏 고난을 헤쳐 살아가는 방향을 제시하고 있다'[15]고 서술한 바와 같이, 앞으로 비록 정상적인 코를 가졌다 할지라도 작게 변형된 코를 가진 나

14) 石割透,『芥川龍之介 -初期作品の展開-』, 有精堂, 1985, pp.91~92.
15) 關口安義, 壓司達也 編,『芥川龍之介全作品事典』, 逸誠出版, 2000, p.451.

이구에게 펼쳐질 일상 세계는 그다지 긍정적이지 않다는 것을 암시하는 것은 아닐까 하는 추측 또한 가능하리라고 본다.

> 코는 -턱밑까지 늘어져 있던 코는 거짓말처럼 위축되어 지금은 겨우 윗입술 위에서 기운 없이 그저 모양만 유지하고 있다. … 중략… 이렇게 되면 이제 누구도 비웃을 일은 없을 게 틀림없다.- 거울 안에 있는 나이구의 얼굴은 거울 밖에 있는 나이구의 얼굴을 보고 만족스러운 듯이 눈을 깜빡거렸다.
>
> 「코」· 全集1 · p.146

나이구는 거울을 통해서 거울에 비추어진 정상적인 코를 바라보며 만족하고 있다. 그리고 거울 안에 있는 나이구는 거울 밖에 있는 나이구가 일상 세계에 있어서 정상적인 생활-예를 들어 자신의 자존심을 가진 한 사람의 보통 사람-을 영위할 수 있다는 기대감으로 가득찬 것을 알 수 있다. 여기서 거울 안에 있는 나이구는 나이구의 자아라고 말할 수 있으며, 이제까지 자존심으로 인하여 왜곡되고 분열된 거울 안과 밖의 나이구가 치유-자존심(외면에 드러낸 내면적 콤플렉스)을 완전히 없애는 과정-를 통해서 새롭게 태어난 일치된 자아가 된 것이라 하겠다.

그러한 의미에서 이시와리가 말한 '그러한 콤플렉스가 상실한 후의 인생은 무(無)와 같은 불안정한 것이다. 이 경우 주위 사람들의 나이구에 대한 비웃음은 코를 짧게 한 것으로, 비로소 나이구가 내면의 콤플렉스를 솔직하게 폭로하는 것에 의한 것일 것이다'[16]의 주장은 재고

---

16) 石割透, 앞의 책, p.95.

의 여지가 있다고 볼 수 있다. 왜냐하면 우선 그는 '콤플렉스가 상실한 후의 인생은 무(無)와 같은 불안정한'이라고 말하고 있는데, 위에서도 언급하였듯이 나이구의 삶 자체가 콤플렉스로 인해 불안정한 삶을 살아왔었고, 콤플렉스 상실로 외부와 차단되고 왜곡된 무(無)의 세계가 오히려 일상 세계라고 하는 유(有)의 세계가 되었다고 할 수 있다. 그리고 나이구가 내면의 콤플렉스를 솔직하게 폭로-정상적인 코로 치료함-한 결과, 주위 사람들의 비웃음을 받았다고 주장하고 있지만, 이것 또한 단순히 나이구의 코가 짧아졌다는 이유만으로 비웃음을 당했다고 말하기는 어렵다[17]고 생각된다.

다시 말해 나이구는 코를 짧게 한다고 하는 콤플렉스 극복 과정을 통해서 거울 안의 나(내적 자아, 내면의 정체성)와 거울 밖의 내가 하나의 통일성, 정체성을 가진 존재가 되었으며, 나아가 이러한 새롭게 태어난 자존심은 지금까지의 주변 사람이나 일상 세계를 새롭게 인식하는 것뿐만 아니라 자기 자신 또한 새롭게 인식하는 계기된 것이다.

4. 콤플렉스 극복에 나타난 또 다른 콤플렉스

그런데 이 「코」에서 주목하고 싶은 것은 작품 전체 속에 나이구의 코에 대한 묘사는 있지만, 그 외 나이구의 신체적 특징이나 외적인 모

---

17) 예를 들어 시미즈는 '나이구를 둘러싼 주위 사람들의 비웃음에 방관자의 이기주의만을 보는 것은 일방적인 것이라는 비판은 정당할지 모른다'(菊地弘 編, 清水康次, 앞의 책, p.121.)라고 언급하고 있듯이, 나이구의 코가 짧아졌다는 것만으로 주위 사람들의 비웃음을 받았다는 데에는 어느 정도 문제가 있다고 볼 수 있다.

습에 관해서는 일체의 언급이 없으며, 특히 나이구 또한 타인(보통 사람이나 스님 포함)을 보는 데 있어서도 코 이외에는 안 본다는 점이다.

나이구는 끊임없이 남의 코에 신경을 썼다. …중략… 나이구는 그런 사람들의 얼굴을 끈기 있게 관찰했다. 단 한사람이라도 자신과 똑같은 코를 가진 사람을 찾아내어 안심하고 싶었기 때문이다. 그래서 나이구의 눈에는 속인들의 감색 비단옷도 하얀 명주옷도 들어오지 않았다. 하물며 승려들의 주황색 모자나 쥐색 법의에 이르러서는 눈에 익었던 차림새라 있는지 없는지 똑같았다 … 중략 … **나이구는 사람을 보지 않고 오로지 코만 보았다**. -그러나 매부리코는 더러 있어도 나이구 같은 코는 한 번도 눈에 띄지 않았다. 그러한 일이 거듭될 때마다 나이구의 마음은 더욱 더 불쾌해졌다. (진한색-인용자)

「코」· 全集1 · p.142)

이와 같이 작품 서술은 나이구에 관한 묘사나 나이구가 보는 일상세계에 있는 사람들의 관점이 오로지 코에만 맞추어져 있다. 이것은 아쿠타가와가 「코」를 발표한 같은 해 9월에 쓴 「마 죽」의 주인공 고이(五位)와 비교해 보면 더욱 확연하게 알 수 있다. 예를 들어 고이의 모습은 다음과 같이 상세하게 나타나고 있다.

고이는 풍채가 아주 볼 품 없는 남자였다. 무엇보다도 키가 작다. 그리고 빨간 딸기코에다 눈 꼬리가 쳐져 있다. 콧수염은 물론 엷다. 볼에 살이 없어 하관이 빠져 뾰족하게 보인다. 입술은 -하나하나 세고 있자면 한이 없다. 고이의 외모는 그 만큼 특이하고 볼품없게 생겨 먹었다.

「마 죽」· 全集1 · pp.203~204

사카이 히데유키는 '고이는 그의 아랫사람이나 마을 아이들로부터도 모멸당하고, 조롱당한다. 모든 인간관계가 차단된 것이다. … 중략 … 그에게 있어 조롱당한 자신이라는 것은 세상에 존재해 가기 위한 하나의 존재형태이다'[18]라고 언급하고 있는데, 이처럼 고이의 경우, 자신의 신체적, 외면적 콤플렉스는 곧 그의 내면적 성향까지 영향을 미쳐 그의 행동을 결정한다. 즉 그의 이름의 모호성(五位는 전상(殿上)에 오르는 것이 허용된 계급 중 최하위직)이나 외모를 묘사함으로서 그의 지위나 성격뿐만 아니라, 앞으로 일어날 사건에 대한 그의 자세 또한 어느 정도 유추가 가능하다.

그것에 반해서 나이구는 고이의 신체 묘사와 같은 서술이 전혀 없으며, 다만 코에 관해서만 서술되어 있을 뿐이다. 바꾸어 말하면 이것은 작품 「코」를 읽을 경우, 모든 것이 나이구의 시점, 다시 말해서 나이구의 코[19]를 통해서 그의 내면뿐만 아니라 그의 외면 세계에 나타난 인물이나 배경 등을 엿볼 수 있다는 것을 의미하기도 한다. 그 예로 사람들은 정상적인 코가 된 나이구의 모습을 보는 묘사가 다음과 같이 나타나 있다.

> 그런데 이삼 일 지나는 동안 나이구는 의외의 사실을 발견했다. 그것은 때마침 볼일이 있어서 이케노오의 절을 방문한 사무라이가 전보다 더 한층 우습다는 얼굴로 이야기도 제대로 하지 않고 뚫어지게 나이구

---

18) 酒井英行.『芥川龍之介 - 作品の迷路 - 』, 有精堂, 1993, pp.24~25.
19) 참고로 오쿠노는 '긴 코의 이러한 존재감만이 그와 외계를 잇는 유일한 파이프'나 '코를 독립된 한 개의 생물'과 같이 언급하고 있다.
奥野政元, 앞의 책, p.117, p.120.

의 코만 바라보고 있었던 것이다. … 중략 … 그러나 똑같은 웃음이라도 코가 길었던 옛날과는 웃는 모습이 어딘지 모르게 다르다. … 중략 … 거기에는 아직도 무언가 다른 뜻이 있는 것 같다.

「코」· 全集1 · pp.146~147

예전처럼 더 이상 주위 사람들로부터 비웃음-자존심 훼손-당하지 않기 위해서, 나이구는 코를 짧게 함으로서 정상적인 코를 가지게 되었다. 그리고 정상적인 코를 가진 나이구의 입장에서 볼 때, 주위 사람은 당연히 비웃는 일이 없어야 했다. 그러나 나이구는 비웃음이 사라지기는커녕 이전과 다른 비웃음-작가는 이것을 '방관자의 이기주의'[20]라고 서술하고 있다-을 느끼고 있다.

에비이 에이지는 '나이구 자신이 자아 의식을 확산시켜 주체성을 잃어버린 존재로 바꿔버린 것이다. 코를 보통으로 해 버린 것은 그의 특수성 부정이며, 나이구는 나이구로서 존재 의식을 부정한 것으로 이 점을 이케노의 승려들에게 간파당한 결과임이 틀림없다'[21]라고 말하고 있는데, 사실 에비이가 주장한 정상적인 코가 된 결과 나이구의 주체성을 잃어버렸다는 하는 말 의미 자체가 모호하며, 그러한 주체성 혹은 특수성 부정이 단지 정상적인 코가 되었다는 것으로 쉽게 주위 사람들에게 알아차린다고 하는 것도 쉽게 납득하기 어렵다. 오히

20) '나이구가 이유를 알지 못하면서도 왠지 불쾌하게 느꼈던 것은 이케노오의 승려와 속인의 태도에서 이런 방관자의 이기주의를 은근히 느꼈기 때문이다.'(「코」· 全集1 · p.147) 이와 관련해서 가사이는 '여기에 방관자의 이기주의'에 휘둘려지는 인간의 당연히 동정해야 할 허약함이 드러내고 있다고 생각할 수 있을 것이다'(笠井秋生, 앞의 책, p.115)고 언급하고 있다.

21) 海老井英次, 앞의 책, pp.111~112.

려 그것보다는 나이구의 코가 정상적이며 작고 평범하게 된 것으로 인하여, 지금까지 보이지 않았던 다른 콤플렉스가 보이기 시작한 것은 아닐까 하는 의문을 제기할 수 있다.

즉 나이구의 많은 내면의 결점 중 하나로 표상된 긴 코가 정상적인 짧은 코가 됨으로서 지금까지 보이지 않았던 나이구의 다른 결점들(그 하나가 제외된 결점들로, 예를 들면 얼굴 안의 눈, 입, 귀 등)이 밖으로 표출되어 다른 주위 사람들이 새롭게 인식하기 시작한 것이라 하겠다. 그러므로 주위 사람들로부터 이전의 자존심 훼손으로 인한 비웃음이 아닌 또 다른 비웃음을 당하는 나이구는 '오히려 공연히 코를 짧게 한 것이 원망스러워졌다'고 생각하는 것은 당연한 결과라고 볼 수 있다.

과연 그렇다면 지금까지 감추어져 있던 자신의 콤플렉스를 자의든 타의든 간에 밖으로 드러낸 나이구에게 있어서 그것을 감추는 방법이란 다름 아닌 정상적이고 평범한 코를 원래의 코-그로테스크한 코-로 함으로서 감추는 수밖에 없다고 보아야 할 것이다.

> 다음날 아침 나이구가 늘 하던 대로 눈을 떠 보니 절 안의 은행나무며 칠엽수가 하룻밤 새에 잎을 떨어뜨려서 마당은 황금을 깔아 놓은 것처럼 환했다. 탑의 지붕에 서리가 내린 탓이리라. 아직 희미한 아침 해에 구륜이 눈부시게 빛나 보인다. … 중략 … 나이구는 코가 하룻밤 사이에 다시 원래대로 길어진 것을 깨달았다. 그리고 그와 동시에 코가 짧아졌을 때와 똑같은 상쾌한 기분이 어디선지 모르게 되돌아오는 것을 느꼈다. '이렇게 되면 이젠 아무도 비웃을 사람은 없을 거야'
>
> 「코」· 全集1 · pp.148~149

다음 날 자신의 코가 예전처럼 길어진 것을 알게 된 나이구는 더 이상 비웃는 사람이 없으리라 말하고 있다. 그러면서 '아직 희미한 아침해에 구륜이 눈부시게 빛나 보인다'[22]고 하면서 원래 상태로 되돌아온 긴 코를 만지며 자신의 내면에 숨겨진 콤플렉스를 다시 감출 수 있다는데서 오는 안도감을 느끼고 있다. 물론 나이구는 주위 사람들의 평판을 신경쓰면서 자신의 콤플렉스를 극복하든가, 감추려고 하고 있다. 하지만 시미즈가 '외부에 대한 강한 의식이 역으로 외부에 대한 냉정한 관찰이나 판단력을 잃게 하고 있'고, 그에 따른 '당연히 주위에 대한 체면을 수습하려고 하는 나이구는 실은 자신의 자존심과 허영심을 보고 있을 뿐이며, 주위의 있는 그대로의 모습은 조금도 이해하려고 하지 않고 있다'[23]고 언급한 것처럼, 사실 나이구는 자신의 내면 콤플렉스로 바라본 왜곡된 일상 세계, 그리고 그 속에 놓인 자기 자신의 콤플렉스를 끊임없이 의식하고, 반추하고 있는 것은 아닌지 생각해 볼 수 있다.

이와 같이 자신의 그로테스크한 코가 정상적인 코로 되었을 때, 그 정상적인 코로 말미암아 그 동안 감추어져 있었던 또 다른 콤플렉스가 드러나게 되었다. 그리고 그러한 또 다른 콤플렉스를 극복하기 위해서는 또 다른 극복 과정으로 또 새로운 콤플렉스를 드러내기 보다는 처음의 콤플렉스를 그대로 놔두는 것에 의해 다른 콤플렉스를 감추는 것만이 최선의 방법임이 틀림없을 것이다.

---

22) '절 안에 은행나무며 ~ 눈부시게 빛나 보인다'와 같은 표현은 앞으로 아쿠타가와의 문학 창작에 있어서 하나의 예술지상적 세계를 나타내는 것으로 볼 수 있다.

23) 菊地弘 編, 淸水康次, 앞의 책, 1995, p.117.

5. 결론

이상과 같이, 작품 「코」의 주인공 나이구의 코에 관련된 상징성과 콤플렉스 극복 과정을 살펴보았다. 나이구는 자신의 그로테스크한 코 때문에 일상 세계를 단절되고 왜곡된 세계로 인식하고 있으며, 그것을 극복하기 위해서 정상적인 코로 치유하고자 하였다. 이것은 자신의 새로운 자존심을 세우는 것과 동시에 일상 세계의 한 구성원이 되고자 하는 시도이기도 하다. 소원대로 나이구는 코를 짧게 하지만 그것은 지금까지 감추어져 있던 그의 또 다른 콤플렉스를 드러내는 결과를 초래하고 만다. 결국 이면의 또 다른 콤플렉스를 감추기 위해서 원래의 긴 코로 되돌아 갈 수밖에 없음을 알 수 있었을 뿐이다.

이처럼 보통 우리 인간들이 갖은 자존심, 이기주의, 집착, 연민 등 인간 본성은 비록 현재에는 나타나지 않더라도 언젠가는 내면적 콤플렉스를 형성하여 신체적으로 외면화 된다. 그러한 의미에서 자신의 내면적 콤플렉스-여기서는 코의 콤플렉스에 나타난 자존심-를 끊임없이 극복하거나 감추는 과정에서 나타난 모순과 한계성은 단순히 나이구 개인만의 문제가 아니라, 작가 아쿠타가와에게 있어서도 자신의 내면적 콤플렉스-광기에 대한 유전-에 대한 하나의 화두라고 말하지 않으면 안 되며, 나아가 시간과 공간을 초월한 우리 인간들의 공통된 문제라 할 것이다.

「내가 우연히 마주친 일」의 '황색(黃色)'의 상징성을 통한 삶과 죽음의 상반된 의미

- 작품에 나타난 그림의 도상해석학적 분석 방법

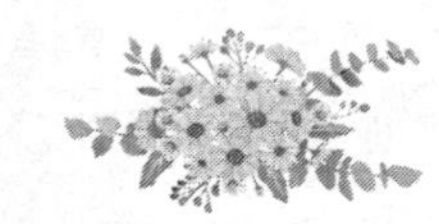

1. 서론

1919년 5월, 아쿠타가와는 잡지 『신조(新潮)』에 「내가 우연히 마주친 일(私の出遇つた事)-밀감(蜜柑) · 늪지(沼地)」를 발표하였다. 제목에서도 알 수 있듯이, 아쿠타가와가 일상생활에 있어 사사로운 사건을 작품화[1]한 것이다.

같은 해 3월 해군기관학교를 그만두고 오사카 마이니치(大阪毎日) 신문사 객원사원[2]이 되었던 그는 그 자신이 「예술 그 외(芸術その

---

1) 에비이 에이지는 '「내가 우연히 마주친 일」이라는 표제에서도 알 수 있듯이, 작자 자신이 그 당시 직접 경험한 것을 제재로 한 사소설적 작품이라 간주해도 좋다고 생각되지만, 체험을 작품으로 형상화하는 방법은 역시 아쿠타가와 독자적인 것임을 나타내고 있다'(海老井英次, 『芥川龍之介論攷-自記覺醒から解体へ-』, 櫻楓社, 1988, p.221)고 서술하고 있다.

2) 아쿠타가와는 1919년 1월 12일 스스키다 쥰스케(薄田淳介, 1918년10월21일)에 보낸 편지에서 '갑자기 이런 일을 말하는 것이 조금은 죄송하지만 제가 귀사의 사원으로 해주시지 않겠습니까'라는 편지를 보냈으며, '그렇다면 학교를 그만두고 순

他)」(1919. 11)에서 '예술을 받드는 이상, 우리들의 작품이 전하는 것은 무엇보다도 먼저 예술적 감격이 아니면 안 된다' 혹은 '예술은 표현에서 시작해서 표현으로 끝난다'고 언급한 바와 같이, 지금까지 문학 창작을 통해 추구해 왔던 예술지상주의에 대한 새로운 시도(또는 표현)를 꾀하려고 했던 작품이 바로 「밀감」과 「늪지」이라고 말할 수 있다.

지금까지 두 작품과 관련해 선행연구를 살펴보면 「늪지」의 경우 「밀감」에 비해 연구가 그리 많이 되어 있지 않는데, 그 중에서 세리자와 미츠오키는 '「늪지」가 「밀감」과 함께 「내가 우연히 마주친 일」이라는 제목을 붙여 공포된 것에는 역시 작자 측의 어떤 의도-주체적 선택이 있었던 것은 아닌가'하고 의문을 제기하면서 '「밀감」과 「늪지」가 같은 작가라고 여겨지는 인물에 있어 예술적 감격과의 만남을 그리고 있었다는 사실'[3]에서와 같이 아쿠타가와의 예술지상주의적 관점에서 언급하고 있다.

또한 에비이 에이지는 '「밀감」에서 나의 피로와 권태라는 것은 일반적인 인생에 대한 그것에 한정되어진 것이 아니라, 당시 작가 자신이 빠져 있던 다음과 같은 작가로서의 고충을 반영한 것이라 보여 지며, 그리고 「늪지」에 나타난 의지적인 자세도 그러한 관점에서 해석되어

수히 작가로서의 생활을 매진하고자 합니다. …중략… 저도 조금은 일다운 일을 해야하지 않을까 생각합니다'고 말하고 있듯이, 지금까지 교사와 창작이라는 이중생활을 청산하고 본격적인 전업 작가를 희망하고 있었다. 그리고 입사는 아쿠타가와와 기쿠치 칸(菊池寛) 두 사람으로 같은 해 2월 중순에 내정, 정식 발령은 3월 8일에 받았다. 매일 출근할 필요는 없으며 년 몇 회 소설을 쓸 것, 다른 신문사에 집필하지 말 것, 원고료 없이 당시 월급 130엔이라는 조건으로 채용하였다.

3) 關口安義 編, 芹澤光興,「蜜柑論の一視覺」,『蜘蛛の糸 -兒童文学の世界-』芥川龍之介作品論集成 第5卷, 翰林書房, 1999, p.178.

진 것이라 생각할 수 있다'[4]라고 언급하고 있듯이 당시 아쿠타가와의 문학 창작의 침제기와 연관 지어 서술하고 있다.

이처럼 「밀감」과 「늪지」에 관련된 지금까지의 연구는 거의 모두가 작품에 나타난 예술지상주의적인 면-'어떤 정체를 알 수 없는 명랑한 기분'(「밀감」)과 '황홀한 비장의 감격'(「늪지」)-을 중심으로 논하고 있거나, 아니면 당시 시대적으로 그의 문학창작상 위기[5]에 관련해서 주된 연구가 이루어져 왔다.

하지만 본고에서는 두 작품에 있어서 특히 주목하고 싶은 것은 이러한 아쿠타가와가 창작을 통한 그의 예술지상주의가 구체적으로 색채의 상징성, 특히 황색(黃色)으로 나타났다는 점이다. 예를 들어 두 작품 모두가 주인공 '내(私)'가 일상생활에서 겪은 일(사건)을 모티브로 삼고 있으면서 「늪지」에서는 내가 어느 미술 전람회에 가서, 작품 '늪지'를 보며 그 그림에 나타난 황색에 대한 감상이 나타나 있다. 그리고 「밀감」에서 요코스카(横須賀)에서 도쿄(東京)로 향하는 기차를 탄 나는 어느 한 가난한 소녀가 자신을 위해 전송 나온 아이들을 향해 창밖으로 던진 햇빛으로 물든 밀감이 묘사되어 있다. 이것은 다시 말해서 비록 두 작품이 서로 다른 내용으로 구성되어 있다하더라도 공통된 색채, 즉 황색이 나타난 것으로 인해 그의 문학 창작상의 하나의

4) 海老井英次, 앞의 책, p.227.

5) 아쿠타가와는 「예술 그 외」에서 '예술의 경계에서 정체라는 것은 없다. 진보하지 않으면 반드시 퇴보하는 것이다. 예술가가 퇴보할 때 항상 일종의 자동작용이 시작된다. 다시 말해서 같은 작품만 쓰는 것이다. 자동작용이 시작되면 그것은 예술가로서의 죽음에 이른 것이라고 생각해야 한다. 나 자신 「용」을 썼을 때에 분명히 이러한 종류의 빈사상태에 이르고 있었다'(「예술 그 외」 · 全集3 · pp.264~265)에서와 같이, 당시 그 자신의 문학 창작을 '자동작용'이라 말하며 문학적 위기에 관해 언급하고 있다.

주제인 예술지상주의를 표현하였다고 볼 수 있다.

그러한 의미에서 아쿠타가와의 작품에 나타난 다양한 색채에 관련된 상징성 연구로 카미무라 가즈미(上村和美)의 『문학작품에 보인 색채표현분석(文学作品にみる色彩表現分析)』(双文社出版, 1999)이 있는데, 그 중에 언급된 아쿠타가와의 전 작품에 나타난 황색이 죽음을 상징[6]한다는 주장은 사실 어느 정도 의문의 여지가 있다고 생각된다. 왜냐하면 전술에도 언급하였듯이 1919년은 아쿠타가와가 본격적인 작가로서의 출발한 때로, 새로운 예술지상주의를 모색한 시기임에도 불구하고 이 시기에 보이는 황색이 죽음을 의미한다고 단정하는 것은 단지 그가 자살한 것을 염두해 둔 너무나 결과론적인 해석이기 때문이다.

따라서 본고에서는 우선 「늪지」에 나타난 그림 속의 황색을 도상해석학적으로 분석한 다음, 「밀감」에 나타난 황색과 함께 상징적 의미를 규명하고자 한다. 그리고 두 작품에 공통적으로 나타난 황색의 상징성을 토대로 아쿠타가와가 색채를 통해 궁극적으로 나타내고자 하는 실체에 대해 접근해 보고자 한다.

2. 「늪지」에 나타난 황색의 도상해석학적 해석

사실 「늪지」는 위에서도 언급한 바와 같이 지금까지 작품 내용과 관

---

6) 上村和美,『文学作品にみる色彩表現分析』, 双文社出版, 1999, p.115. 그 외에도 카미무라는 아쿠타가와의 작품에 나타난 색채에 관련해서 하얀(白)색은 엄숙함을 나타내는 색으로, 검은(黑)색은 혐오의 색으로, 빨간(赤)색은 현실을 상징하는 색으로, 파란(靑)색은 추억의 색으로, 보라(紫)색은 불안과 동경을 내재하는 색으로, 녹(綠)색은 자연과 안도의 색으로 논하고 있다.

련지어, 주로 아쿠타가와의 예술지상주의 추구 면에서 많이 논하여져 왔다. 하지만 이것은 바꾸어 말하면 작품 그 자체만을 가지고 논한, 예를 들어 작품에 나오는 그림 '늪지'에 대한 연구 분석은 거의 전무하다고 말해도 과언이 아니다. 따라서 이 장에서는 우선 작품에 나타난 '늪지'에 대한 도상해석학적[7] 분석을 통해 아쿠타가와의 예술지상주의의 변모를 유추해 보고자 한다.

우선 작품은 주인공 '내(私)'가 어느 비가 오는 오후 미술전람회에 가, 그 곳 한쪽 구석에 걸려있는 작은 한 장의 '늪지'라고 이름붙인 유화를 바라보는 것으로 시작되고 있다. 그리고 나는 그 그림에 관해서 다음과 같은 감상을 서술하고 있다.

> 그림은 확실히 〈늪지〉라고 기억되는 것으로, 화가는 이름이 알려진 사람도 아닌 무명화가였다. 또한 그림 그 자체 또한 단지 탁한 물과 습기찬 땅, 그리고 그 땅에 무성하게 자란 초목만을 그린 것으로 아마도 평소 구경했다면 문자 그대로 한 번도 보지 않고 지나쳤을 것이다. 거기다 불가사의하게 이 화가는 울창한 초목을 그리면서 단 한 곳도 초록

---

7) 도상해석학 Ikonologie'이란 개념을 가장 처음 사용한 것은 호허베르프(G. J. Hoogewerff)이다. 그는 '주제의 확인을 목적으로 하는 서술적 학문 방법을 '도상학'으로, 그림의 형태에 표현된(혹은 숨겨진) 상징이나 교리 그리고 신비적 의미를 파악하는 것을 목적으로 하는 방법'을 도상해석학이라 하여 1931년에 제안하였다. 특히 파노프스키(Erwin Panofsky)는 도상해석학의 단계로 1.해석 대상을 일차적인 또는 자연스러운 주제((a) 사실 의미 (b) 표현 의미)가 예술적 모티프들이 이루는 세계를 보는 것을 전 도상학적 단계의 작품 서술이라 하고, 2.이차적인 또는 관습적인 주제나 그림, 일화, 알레고리가 이루는 세계를 보는 것을 도상학적 분석, 3.본래적 의미나 의미 내용, 상징 가치로 이루어진 세계를 보는 것을 도상해석학적 해석이라고 말하고 있다. 에케하르트 케밀링 편집, 이한순 옮김, 『도상학과 도상해석학』, 사계절, 2008, p.51, p.160 참조.

색을 사용하지 않았다. 갈대나 포플러 그리고 무화과를 칠한 곳은 어디를 봐도 탁한 황색이었다. 마치 젖은 벽토와 같은 답답한 황색이다.

「늪지」· 全集3 · p.62

여기서 나의 '늪지'에 대한 감상을 정리해 보면, 물론 이 그림에 대한 감상은 주인공 '나'의 주관적인 눈[8]으로 본 것으로, 그림을 있는 그대로 객관적인 묘사라고 단정하긴 어렵다. 하지만, 그림에 대한 구성이나 색채에 관해서는 대체적으로 정확하다고 볼 수 있다. 즉 무명화가가 그린 그림은 제목 그대로 늪지인 '탁한 물', '습기 찬 땅', '무성하게 자란 초목'을 그려져 있다. 그런데 특이하게도 무명화가가 초목(갈대, 포플러, 무화과)을 그리는데 있어 색채를 녹색으로 칠한 것이 아니라, 황색으로 그렸다는 점이다. 다시 말해서 그림을 도상해석학을 통해 황색의 상징적 의미를 얻어낸다면 그림 '늪지'를 바라본 나의 감상 또한 과연 어떻게 받아들였는지 유추가 가능하다고 볼 수 있다.

우선 늪지대는 진흙 바닥에 많은 물이 늘 괴어 있는 곳으로 물은 진흙에 의해 탁하고 주위는 습기가 차 있어, 늪 주위로는 수중식물과 같은 식물들이 무성하게 자란다. 그리고 이러한 늪에 일단 한번 빠지면 헤어 나오기 힘든, 모든 것을 집어 삼키는 곳이라 말할 수 있다.

그러한 의미에서 그림 '늪지'를 구성하고 있는 1.탁한 물, 2.습기 찬 땅, 3.무성하게 자란 초목 등은 극히 일반적이고 상식적인 늪지대를 묘사한 것이라 말할 수 있다. 그런데 여기에서 유의할 점은 탁한 물이

---

8) 작품에서 '나' 또한 '이 화가에는 초목 색깔이 실제로 그렇게 보였던 것일까? 아니면 특별히 좋아하는 색깔이 있어 일부러 과장을 더한 것일까'(「늪지」· 全集3 · p.62)라고 언급하며, 그림 속의 색채에 대한 의구심을 나타내고 있다.

란 바로 진흙에 의해 물은 탁하게 된 것이고, 또한 그 물은 고온으로 인해 습기가 되어 대기는 물론 다시 땅을 눅눅하게 만드는 순환적인 역할을 하고 있다. 바꾸어 말하면 진흙의 색채인 황색은 땅 뿐만 아니라 물과 대기마저 뒤덮어 그림 전체의 배경을 이루고 있다는 점이다. 더욱이 황색은 거기에 멈추지 않고 초목들마저 황색으로 물들이고 있는데, 초목들이 무성(낮과 밤을 구별할 수 없을 만큼)하게 자란 탓에 그 스스로 하늘에서 비추는 태양빛을 차단해 버렸고, 게다가 늪지대에 자란 초목들은 땅(진흙)와 물에서 양분을 받으며, 그리고 대기를 통해 숨을 내쉬는 동안 어느 샌가 원래의 초록색을 잃어버리고 황색으로 변한 것이라 추측할 수 있다.

그러므로 그림 전체를 대표하는 색채인 황색은 바로 진흙에서 나온 색채라 말할 수 있으며, 이러한 황색은 바로 늪지, 좀 더 구체적으로 말하면 블랙홀과 같은 늪지의 깊은 바닥에서 뿜어져 나오는 것이라 말하지 않으면 안 된다.

이처럼 황색은 태양빛에 의한 것이라기보다는 그 반대로 초목들과 가리어진 것으로 말미암아 오히려 어둠 속 대지에 의해 생성된 색채라 하겠다. 그러므로 그림에서 황색은 대지 아래에서 대지 위로 그리고 초목들을 이용해서 뻗어 올라가고 있는 모습이라는 볼 수 있다. 특히 이러한 늪지의 의미를 구체적으로 알아보기 위해서는 「늪지」와 제목이 유사한 「늪(沼)」(1920. 4)에 나타난 늪의 묘사와 서로 비교[9]하면

9) 예를 들어 「늪지」와 「늪」의 공통점으로 1.제목에서도 알 수 있듯이 두 작품 모두 소재가 늪이며 늪에 대한 묘사가 나타나 있다는 점, 2. 두 작품 주인공이 각각 나(私)와 나(おれ)인 점, 3. 「늪지」의 경우 그림을 그린 화가가 죽었고, 「늪」의 경우 주인공 '내'가 늪 속에 빠져 죽는다는 점 등을 열거할 수 있다. 한편 파노프스키는 '예술의욕을 미술 작품에 내재된 최종 의미이며 … 중략 … 그 스스로 드러내는 것이라

서 살펴보면 '늪'에 대해 다음과 같이 묘사되어 있다.

> 나는 늪 주위를 걷고 있다. 낮인지 밤인지 그것조차 나로서는 알 수 없다. 다만 어딘가에서 왜가리가 우는 소리가 난다고 생각했더니, 넝쿨로 뒤덮힌 나뭇가지들 사이로 희미하게 아른거리는 하늘이 보였다. 늪에는 내 키보다도 큰 갈대가 조용히 수면을 덮고 있다. 물결도 움직이지 않는다. 수초도 움직임이 없다. 물 아래에 살고 있는 물고기도-물고기가 이 늪에 살고 있기는 할까?
>
> 「늪」· 全集3 · p . 411

이 작품 또한 주인공인 '내'가 5, 6일간 늪 주위를 걷는 것으로 시작되고 있다. 여기에서 내가 본 늪은 1.낮인지 밤인지 알 수 없다는 점, 그리고 그 이유는 2.넝쿨로 뒤덮힌 나뭇가지들이나 갈대로 인해 하늘이 잘 안 보인다는 점, 3.늪 수면의 물결은 물론 수초조차 움직임이 없고 늪 속에는 어떤 생물도 살고 있지 않다는 점을 열거하고 있다. 그리고 나는 버드나무 위에서 몸을 던져 돌처럼 늪 속으로 가라 앉아 급기야 '나의 시체는 늪 바닥에 미끄러운 진흙에 눕고 있다'고 말하고 있는데, 여기에서 나는 버드나무를 통해 빛을 향해 위로 상승하는 것이 아니라 어둠을 향해 아래로 하강하는 것을 알 수 있다.

이와 같은 「늪」에 나타난 '늪'의 묘사는 그림 '늪지'의 묘사인 1, 2, 3

파악했다. … 중략 … 또 미술 작품에 내재된 최종 의미는 불변하기 때문에, 그 의미를 다른 영역에 속한 작품의 의미와 비교해보는 것이 가능하다고 보았다'(에케하르트 케밀링 편집, 이한순 옮김, 앞의 책, pp.52~53)에서 언급하고 있는데, 이러한 의미에서 앞으로 논할 「늪지」와 「밀감」에 나오는 황색을 서로 비교한다면, 색채의 상징적 의미를 좀 더 정확하게 유추할 수 있으리라 생각된다.

과 유사성을 보이고 있으며, 또한 나는 결국에 가서 늪 속에 빠져 죽음을 맞이하고 있는데, 이것은 다시 말해서 '늪지'에 나타난 늪은 결국 햇빛이 없는 어두운 곳이자, 동시에 그곳에 서식하는 모든 생명뿐만 아니라 울창한 초목(생명의 이미지)과 땅 그리고 대기마저 집어 삼켜 버리는 죽음의 세계라고 말하지 않으면 안 된다. 따라서 늪 바닥에서 생겨난 진흙 또한 어둠과 죽음의 상징성을 가지고 있다고 생각할 수 있으며, 그러한 의미에서 진흙 빛인 황색 또한 어둠과 더불어 죽음을 상징하고 있다고 보아야 할 것이다.

3. 「밀감」에 나타난 황색의 상징성

「밀감」은 「늪지」와 함께 『내가 우연히 마주친 일』 중에 한 작품으로, 「늪지」에서는 내가 본 그림 '늪지'를 통해서 황색의 상징적 의미를 찾아 볼 수 있었듯이, 「밀감」 또한 작품 제목 그대로 밀감에서 황색의 상징적 의미를 찾아 볼 수 있다. 즉 '나'는 요코스카에서 도쿄로 가는 기차 안에서 우연히 가난한 어린 소녀와 함께 타게 되는데, 기차가 건널목을 지날 무렵 어린 소녀가 갑자기 창문을 열고 밖에 서 있는 동생들을 향해 밀감을 던지는 장면이 마치 한 장의 그림[10](혹은 사진)처럼

10) '석양빛에 물든 외딴 마을 건널목과 작은 새처럼 소리를 지르는 세 명의 아이들 그리고 그 위로 흩어져 떨어지는 선명한 밀감색도-모든 것이 기차 창문 밖에서 눈 깜빡일 틈도 없이 지나쳐 버렸다. 하지만 나의 가슴에는 안타까울 만큼 확연히 이 광경이 각인되어 있었다.'(진한 색-인용자)(「밀감」 · 全集3 · p.61)에 나타난 바와 같이 주인공 나의 가슴에 확연히 각인되어 있다는 사실은 달리 말하면 하나의 장면을 사진이나 그림으로 보아도 될 것이다.

서술되고 있다.

> 창문으로 반쯤 몸을 내민 그 소녀가 동상걸린 작은 손을 쭉 뻗어 열심히 좌우로 흔들고 있다고 생각한 순간, 갑자기 마음을 뛰게 할 만큼 따뜻한 햇빛으로 물든 밀감이 다섯 개인가 여섯 개, 기차를 전송한 아이들 머리 위로 알알이 흩어져 떨어졌다. 나는 엉겁결에 숨을 멈췄다. 그리고 순간적으로 모든 것을 알아 차렸다.
>
> 「밀감」· 全集3 · p.61

어린 소녀가 건널목까지 전송하러 온 동생들의 고마움을 보답하기 위하여 품속에 있던 몇 개의 밀감을 창문 밖으로 던진 모습, 그 아주 짧은 순간에 밀감색인 황색이 나타나 있다. 여기에서 밀감에 나타난 황색과 관련해 주목하고 싶은 것은 우선 던져진 밀감 주위를 구성하고 있는 배경이다. 다시 말해 시간적, 공간적 구성을 살펴보면 먼저 시간적으로 석양빛이 물든 무렵(계절적으로 겨울)이란 하늘 위로 떠있던 태양이 이제는 대지로 하강하는 상태로, 머지않아 곧 어둠의 세계가 다가오는 직전의 모습이라 하겠다.

그러므로 현재 석양빛은 태양이 내려쬐는 햇빛이라기보다는 대지의 빛에 받아 반사된 흙빛, 다시 말해 황색이라 말하지 않으면 안 된다. 더욱이 공간적으로 한적한 외딴 마을과 그 곳에 있는 건널목을 지금 막 기차가 지나고 있는데, 여기에서는 기차가 어떠한 움직임도 없는, 삶의 활력은 도무지 찾아 볼 수가 없는 무생물의 세계로 향해 통과하고 있는 것으로 볼 수 있으며, 그 결과 기차 안에 탄 인간마저 하나의 배경화시키고 있다. 다시 말해 건널목에서 손을 흔드는 아이들과 창밖으로 밀감을 던지는 어린 소녀[11]의 행위마저 따뜻한 인간적인 모습이라기보다는 오히려 기차소리와 함께 어둠 속에 하나의 차가운 무생물적, 기계적 움직임으로 비인간화시키고 있다고 볼 수 있다.

이와 같이 어둠침침한 날씨와 시골의 음침한 풍경이라는 시간적, 공간적 배경 그리고 그 배경 속에서 아이들과 어린 소녀의 행동들이 그림 전체를 이루면서 그 속에는 인간미나 삶의 활력이 넘치는 동적인 모습은 찾아 볼 수 없으며, 다만 정적과도 같은 마치 늪지의 죽음의 세계는 연상시키고 있다고 하겠다.

그러나 어린 소녀가 던진 밀감, 구체적으로 석양빛을 받은 밀감의 황색 상징성은 「늪지」의 황색과 확실히 다른 의미를 가지고 있음에 유의할 필요가 있다. 특히 달리는 기차에서 어린 소녀가 창밖으로 자신을 마중하러 나온 동생들을 향해 던져진 밀감에 나타난 황색은 대지에서 벗어나 하늘로 향하고 있다.

바꾸어 말하면 땅의 양분을 받은 밀감나무가 그 열매로서 생성된 밀감(황색)이 이제 그 땅에서 떨어져 나가 하늘로 상승하면서 저물어가는 마지막 태양빛을 받으며 찬란한 황색을 띄고 있다는 점이다. 이것은 저무는 석양빛과 대조적으로 지금 막 떠오른(아니면 태어난) 황색[12]이자, 새로운 태양빛인 것이다. 이러한 태양빛은 그 강렬한 색채

---

11) 주인공 '나'는 소녀를 본 첫인상을 다음과 같이 언급하고 있다. '그것은 윤기없는 머리카락을 아무렇게나 양쪽으로 넘겨 묶은, 코픈 흔적이 있고 양볼 전체가 살갖이 터서 기분나쁠 정도로 빨갛게 달아오른 자못 촌스러운 여자아이였다. …중략… 나는 이 어린 소녀의 천한 얼굴을 좋아하지 않았다. 그리고 그녀의 복장이 불결한 것도 역시 불쾌하였다'(「밀감」· 全集3 · p.58) 여기에서도 주인공 나는 어린 소녀에 대해서 인간적인 애정이나 연민의 정을 따위는 갖고 있지 않음을 알 수 있다.

12) 기쿠치 히로시(菊地弘)는 이와 같은 황색에 관련해서 '따사로운 밀감 색 –그 곳에 밝은 인간관을 발견하면서 그것이 약간의 해방밖에 인생에 주지 않는다고 하는

로 세상 만물을 비추어, 지금까지 정적이었던 시간적, 공간적 배경 및 아이들과 어린 소녀의 행위 또한 생명이 충만한 동적인 세계로 만듦으로서 그림 전체를 죽음에서 삶의 세계로 바꾸는 상징적 역할을 하고 있음을 알 수 있다.

따라서 「밀감」에 나타난 황색은 「늪지」나 「늪」에서 보이는 어둠과 죽음의 세계와 달리, 비록 찰나적 순간이라고는 하나 밝음과 삶의 세계를 지향하는 상반된 의미를 가지고 있다. 그리고 동시에 이것은 바로 하늘에 던져진 밀감의 황색을 지켜보고 있던 주인공 나 또한 심적인 변화-찰나의 감동-가 생긴 것 또한 말할 필요가 없을 것이다.

4. 황색의 상징성에 나타난 광기와 천재

먼저 「늪지」에서 보인 황색은 어둠과 죽음을 상징하고 있는데, 여기서 중요한 점은 이러한 어둠과 죽음의 이면에는 '늪지'를 그린 화가가 미쳐서 죽었다는 사실이다. 예를 들어 신문 미술기자가 그림을 감상하고 있는 나에게 다음과 같이 무명화가에 관한 소개를 하고 있다.

'이 그림을 그리기 꽤 오래전부터 미쳐 있었으니까요'
'이 그림을 그릴 때도 말입니까'
'물론입니다. 미치지 않았다면 누구 이런 색으로 칠한 그림을 그리겠

그러한 인간상이 그곳에서 이해될 수 있다고 말할 수 있다'(關口安義 編, 菊地弘, 「芥川龍之介の『蜜柑』」, 『芥川龍之介作品論集成 第5巻 蜘蛛の糸-兒童文学の世界-』, 翰林書房, 1999, p.160)고 언급하고 있다.

습니까? 그것을 당신은 걸작이라 말하며 감동하시다니, 그것이 오히려 매우 재미있군요'

「늪지」· 全集3 · p.64

카미무라 카즈미는 '아쿠타가와 자신도 흥미를 가지고 있었던 화가 고흐와의 관련성이 떠오른다. 그리고 고흐 또한 정신분열병, 혹은 간질병이었다고 전해지고 있다. … 중략 … 이렇게 생각하면 광기라는 키워드가 공통하고 있는 것을 알 수 있으며, 그곳에는 항상 황색이 관련되어 있다[13]'고 언급한 것처럼 확실히 「늪지」의 화가가 미쳐 죽은 점이나, 그가 그림의 전체 색채에 주로 황색을 사용한 점은 자살로 생을 마감한 고흐[14]와 유사하다. 그러한 의미에서 본다면 '늪지'에 나타

---

13) 上村和美, 앞의 책, p.123. 타무라 슈이치(田村修一)도 '확실히 이 「늪지」의 그림은 고흐가 만년에 프랑스 아를 근교에 있는 생레미 정신병원에서 요양 중에 그린 황색을 기조로 하는 그림을 상정시키는 점이 있다'(志村有弘 編, 『芥川龍之介大事典』, 勉誠出版, 2002, p.628)고 말하고 있다. 아쿠타가와 스스로 고흐와 관련해서 '고흐의 그림집을 보고 있는 사이에 갑자기 그림이라는 것을 이해하였다. … 중략 … 그는 사진판 속에서도 선명하게 떠오르는 자연을 느꼈다. 이 그림에 대한 정열은 그의 시야를 새롭게 하였다'(「어느 바보의 일생」, 〈7 그림(畵)〉 · 全集9 · p.314) 그리고 '고흐가 그린 사이프러스나 태양은 한번 더 나를 유혹하였다. 그것은 오렌지 빛깔을 띈 여자의 유혹하고는 어떤 의미에 있어 다른 것인지도 모른다. 하지만 무언가 절박한 것에 말하자면 예술적 식욕을 자극하는 것과 마찬가지다'(「문예적인, 너무나 문예적인(文芸的な 余りに文芸的な)」, 〈30 야성이 부르는 소리(野生の呼び聲)〉 · 全集9 · pp.55~56)와 같이 언급하고 있음을 알 수 있다.

14) 빈센트 반 고흐(Vincent Van Gogh, 1853~1890) 네덜란드 프로트 준데르트 출생 렘브란트 이후 가장 위대한 네덜란드 화가로 널리 인정받고 있으며, 현대 미술사의 표현주의 흐름에 강한 영향을 미쳤다. 불과 10년이라는 짧은 기간 동안 제작된 그의 작품들은 강렬한 색채, 거친 붓놀림, 뚜렷한 윤곽을 지닌 형태를 통하여 그를 자살까지 몰고 간 정신병의 고통을 인상 깊게 전달하고 있다. 대표작으로는 〈감자 먹는 사람들〉(1885), 〈아를의 도개교〉(1888), 〈해바라기〉(1888), 〈별이 빛나는 밤〉(1889) 등이 있다.

난 색채 황색이 어둠과 죽음을 상징하면서 그 원인이 곧 광기에서 연유되었다는 사실을 알 수 있다. 특히 나는 그림 속에서 이러한 광기를 '무서운 힘'으로 파악하고 있다.

> 그 그림 속에 무서운 힘이 감추어 있다는 것은 보고 있는 사이에 알게 되었다. … 중략 …… 나는 이 작은 유화 속에 예리하게 자연을 붙잡으려 했던 비참한 예술가의 모습을 발견하였다. 그리고 세상의 모든 뛰어난 예술품에서 받은 것과 같이 이 황색으로 색칠한 늪지의 초목에서도 황홀한 비장의 감격을 받았다. … 중략 … '걸작입니다'
>
> 「늪지」· 全集3 · p.63

그림 '늪지'를 보며 느낀 '무서운 힘'이란 바로 '예리하게 자연을 붙잡으려 했던 비참한 예술가의 모습'이며, 나는 그곳에서 '황홀한 비장의 감격'을 느끼고 있다. 그렇다면 과연 무명화가가 예리하게 자연을 붙잡으려 했던 것이 구체적으로 '늪지' 속에 어떻게 형상화되었는가를 살펴보면, 그것은 무엇보다 아마도 무성하게 자란 초목을 녹색이 아닌 황색으로 색칠한 곳에서 찾아볼 수 있을 것이다.

우선 '자연'이란 사계절이나 낮과 밤과 같이 자연의 질서를 말하는 것으로, 그 속에 사는 인간 또한 자연의 순환적 성격과 마찬가지로 유년기를 시작으로 청년기를 거쳐 노년기 그리고 마지막에는 죽음을 맞이하는 운명을 가지고 태어난다. 하지만 그림 속에 무성하게 자란 초목들은 자연의 질서나 운명에 따라 당연히 녹색이어야 함에도 불구하고, 화가는 자연에 반하여 황색으로 색칠하고 있다. 이것은 자연의 질서를 주관하는 신(神)의 섭리를 거역하는 행위로 볼 수 있는데, 녹색으로 대표되는 자연의 질서를 황색으로 바꿈으로서 그 질서(혹은 운명)를 파괴하여 새로운 질서를 세우려는 의도를 엿볼 수 있다. 달리 말해서 이와 같은 새로운 질서를 창조하려는 한 인간인 화가 또한 자신의 운명을 그림이라고 하는 예술-파괴 행위-을 통해 자연의 질서를 거부하면서 스스로 새로운 운명(즉 예술지상적 세계를 통한 천재, 초인)을 만들려고 했던 것으로, 그러한 의미에서 화가 스스로가 새로운 운명을 창조[15]하는 절대자가 되지 않으면 안 된다.

그러므로 '늪지'를 보던 나는 바로 그러한 화가의 모습-무서운 힘(광기)-에서 '황홀한 비장의 감격'을 받았던 것이며, '걸작'이라고 말하지 않을 수 없었던 것이라 생각된다. 그러나 '늪지'를 그린 화가는 이러한 노력에도 불구하고 자신의 생각대로 그림을 그릴 수 없었으며, 결국에는「늪」에서 내가 늪 속에 빠져 죽은 뒤에 입 속에서 핀 '하얀 연꽃'(「늪」)-재탄생-와는 달리 자신의 주어진 운명인 광기[16]-'무

15) 그리고 이는 광기에 관련해서 '광기는 어딘가 창조만큼 가깝고, 창조와 같은 풍경 속에 위치하는 것이라고 생각할 수 있다'(グリゴーリイ・チハルチシヴィリ, 越野剛 譯,『自殺の文学史』, 作品社, 2001, p.263)고 말하고 있다.

16) 아쿠타가와도 '예술 활동은 어떤 천재라도 의식적인 것이다'(「예술 그 외」)것이라 언급하고 있듯이, 여기서 비록 무명화가가 광인이라고 해도 그가 그림을 그리는 동안에는 의식적인 상태라고 볼 필요가 있다. 예를 들어 쿠니마츠 야스히라이 지적한 '여기서 주목하고 싶은 것은 화가가 발광하면서 그림을 완성시킨 점, 그리고 그런 자연이 의식할 수 있는 세계라는 점, 더욱이 그 자연에 대한 나의 감격 또한 의식의 세계라는 점이다'(国松泰平,『芥川龍之介の文学』, 和泉書院, 1997, p.87)에서와 같이 단지 화가가 미쳐서 그림을 황색으로 색칠한 것이 아니라 의식적인 상태에서 황색을 이용하여 그림을 완성하려는 것이라 보아야 할 것이다. 그리고 이러한 광기와 아쿠타가와와의 관련성에 관해 이와이 히로시는 '자신의 천재는 '광인의 어머니에게서 태어났기 때문'이라고 합리화하고 싶은 것일 것이다. 류노스케는 광인의 가계(家系)라는 것을 이와 같이 천재와 결부시켜 합리화하려고 하였다. 그 합리화가 그의 내면에서 확실히 확인되어져 있는 사이, 고고한 정신을 가지고, 고답적인 예술지상주의적 태도를 가질 수 있었다'(岩井寛,『芥川龍之介-芸

시무시한 초조와 불안에 시달린 비참한 예술가의 모습'-인 채로 죽음의 세계를 맞이하여야 했던 것이다.

한편 그와 달리 「밀감」에서 보인 황색은 밝음과 삶을 상징하고 있다. 그러나 사실 공중 위로 던져진 밀감은 단지 한 순간만 머물러 있을 뿐, 그 뒤로는 다시 석양빛에 물든 정적인 세계로 되돌아가고 있음을 알 수 있다.

> 석양빛에 물든 변두리 건널목과 작은 새와 같이 소리를 지르는 세 명의 아이들, 그리고 그 위로 흩어져 떨어지는 선명한 밀감 색과 -모든 것이 기차 창문 밖에서 순간 짧게 지나갔다. … 중략 … 그리고 그곳에서 어떤 정체를 알 수 없는 명랑한 기분이 솟구쳐 오르는 것을 의식하였다. … 중략 … 나는 이 때 비로소 말할 수 없는 피로와 권태를 그리고 이해할 수 없는 미천하고 지루한 인생을 조금이나마 잊을 수가 있었다.
>
> 「밀감」· 全集3 · p.61

세리자와 미츠오키는 '아쿠타가와에 있어서 「밀감」은 어디까지나 예술적 감격에 근거한 작품이며, 뿐만 아니라 이 「밀감」에 단적으로 나타난 것과 같이 예술적인 무언가는 모든 현실 여러 장면 속에 편재되어 있는 것이다'[17]고 언급하고 있다. 바꾸어 말하면 내가 하늘에 날아 오른 밀감의 황색 빛을 본 순간 '어떤 정체를 알 수 없는 명랑한 기분'을 느끼고 있는데, 이것은 바로 아쿠타가와가 문학 창작을 통해 추구해 왔던 예술적 감격에서 오는 찰나의 감동이라 말할 수 있다.

術と病理-』, 金剛出版新社, 1969, p.190)라고 서술하고 있다.

17) 關口安義 編, 芹澤光興,「蜜柑論の一視覺」, 앞의 책, pp.176~177.

하지만 순간적으로 공중에 떠있는 밀감은 어차피 떨어질 것을 전제로 한 떠 있음을 의미한다. 그것은 밀감이 떨어진 후에는 다시 '피로와 권태를 그리고 이해할 수 없는 미천하고 지루한 인생' 이 온다는 것을 의미하기도 한다. 그러므로 황색의 밝음과 삶이라는 상징성을 계속 유지하기 위해서는 끊임없는 예술적 감격을 필요로 하는데, 마치 대지에서 쏘아올린 밀감이 우주에 떠 있는 태양과 같이 언제나 빛나기 위해서, 다시 말해 예술적 감격이 유지, 지속하기 위해서는 작가(혹은 화가)는 신과 같은 초인이나 천재[18]처럼 끊임없이 예술지상적 세계를 만들어 가지 않으면 안 된다.

이와 같이 「늪지」와 「밀감」에 있어서 황색의 상징성에 나타난 어둠과 밝음, 죽음과 삶 그리고 광기와 천재는 결국 주인공 '나'는 물론이고 나아가아쿠타가와 자신에게 감추어진 하나의 상반된 내면적 자화상[19]이라 할 수 있으며, 궁극적으로 그가 문학 창작에 있어 끊임없이 예술지상주의를 추구하는 원동력이자 근원이라 말할 수 있을 것이다.

---

18) 쿠니야스 요는 천재와 관련해서 '근대에 들어와 천재는 인간 속에 근원을 가진 예술제작의 능력으로서 확실히 위치를 가지게 되었다. 천재(Genie, genius, ge'nie)라는 언어는 라틴어의 '게니우스'에서 유래하여, 원래는 모든 인간이 출생할 때부터 따라붙는, 그 운명을 안내하는 수호신을 가리키는 언어였지만, 나중에 그 수호신의 재주와도 닮은 인간의 천부적 재능, 특히 창조적 능력을 의미하게 되었다. 그것은 신의 힘에도 비견되는 탁월한 능력, 보통 사람이 도달할 수 있는 한계를 훨씬 넘어서는 무의식적 원동력이다'(国安洋, 『〈芸術〉の終焉』, 春秋社, 1991, p.20)라고 언급하고 있다.

19) 시모다 세이지는 '천재는 항상 모순과 상극 속에 있다고 말해지고 있다. 마음속에 자리 잡은 모순, 상극과 싸우며, 그것을 극복해 가려고 끊임없이 노력하고 있다. 이 점에 있어서는 노이로제 환자와 닮았지만, 노이로제 환자는 그것을 극복하지 못한 채 증상을 형성하지만, 천재는 그것을 승화하여 작품에 표현한다'(霜田静志, 『芸術及び芸術家の心理』, 造形社, 1967, p.162)고 서술하고 있다.

5. 결론

이상과 같이 「늪지」와 「밀감」에 나타난 그림의 도상해석학적 분석을 통해 황색의 상징적 의미를 고찰해 보았다. 처음 「늪지」에서 보인 황색은 대지인 진흙에서 생성된 색채로 어둠과 죽음을 상징하는 반면, 「밀감」에서 보인 황색은 대지에서 벗어나 공중에서 태양빛을 받으면서 밝음과 삶을 상징하고 있다. 이처럼 황색은 하늘로 올라가 생명이 충만한 태양빛으로 화하거나 아니면 땅 밑으로 내려가 진흙빛으로 나타내는 것에 의해 그 상징적 의미도 완전히 다른 양상을 가진다.

그리고 이러한 상반된 황색의 상징성에서도 공통적으로 자연의 질서나 신의 섭리를 바꾸려는 모습들(「늪지」에서의 '무명화가'나 「밀감」에서의 '나')을 찾아 볼 수 있었다. 이것은 바꾸어 말하면 대지는 모성을 상징-혹은 영원히 지키려고 하는 것(「서방의 사람(西方の人)」)-하면서 주어진 운명을 거역할 수 없는 세계인 것에 반해, 하늘은 남성을 상징-영원히 초월하려고 하는 것(「서방의 사람」)-하면서 스스로 운명을 창조해 나가는 세계라고 볼 수 있다. 그러한 의미에서 볼 때 카미무라 가츠미의 통계학적인 색채상징에 관련된 주장은 전적으로 타당하다고 말할 수 없을 것이다.

사실 「내가 우연히 마주친 일」에 나타난 단편은 주인공 내가 겪은 사소한 일상 세계를 작품화하였지만, 그 속에는 작가 아쿠타가와의 내면의 고백, 즉 자신의 문학 창작성에 있어서의 문제나 자신의 유전에서 오는 불안 등을 솔직하게 서술하고 있음을 알 수 있다. 따라서 아쿠타가와는 작품에 등장하는 주인공 나와 마찬가지로 자신 또한 어둠과 죽음에서 벗어나 밝음과 삶을 지향하기 위해서는 자신의 유전이 광기가 아니라 천재임을 증명할 필요가 있었으리라 추측할 수 있고, 그러한 증명은 바로 걸작이라 할 수 있는 예술지상주의-예술적 감격-만이 입증될 수 있었으리라 생각하였던 것이다. 이처럼 아쿠타가와는 황색이라고 하는 색채를 통해서 당시 일상 세계에 있어서의 자신의 심경 변화를 예술적으로 표현하지 않았는가 라고 생각해 볼 수가 있다.

「라쇼몬」에 나타난 하인과 도둑의 상관관계
- <생래성범죄자설> 관점에서 본 하인의 외형적, 신체적 특징을 중심으로

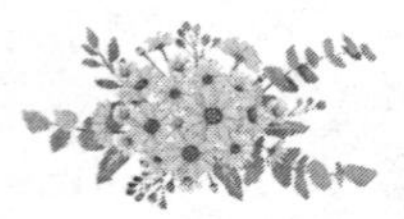

1. 서론

아쿠타가와의 「라쇼몬」과 관련된 연구[1]는 지금까지 무수히 많으며, 현재도 계속 이어져 오고 있다. 이것은 아쿠타가와와 그의 문학을 연구하는데 있어서 본 작품이 가지는 의의와 가치가 상당히 높다는 것을 말해주고 있다. 즉 「라쇼몬」과 연관된 많은 논문이나 연구서는 작가론적 관점에서 당시 아쿠타가와의 문학 성립 과정이나 창작 배경 등을 살펴보는데 중요한 원점(原點)[2]을 제공함과 동시에 작품론을 논

1) 예를 들어 1915년에서 1995년 사이에 「라쇼몬」에 관련된 논문을 수록한 『近代文学作品論叢書 芥川龍之介「羅生門」作品論集成Ⅰ,Ⅱ』(志村有弘 編, 大空社, 1995)에는 약 60편 이상 「라쇼몬」에 관한 작품론이 수록되어 있다.

2) 에비이 에이지는 '『라쇼몬』 한 편이 아쿠타가와의 전 작품에 있어 차지하는 중요성을 충분히 나타내고 있으며, 또한 그의 애착의 깊이도 언급하고 있다'(海老井英次, 『芥川龍之介論攷』, 櫻楓社, 1988, p.77)고 서술하고 있듯이, 아쿠타가와는 자신의 제 1창작집을 『라쇼몬』(阿蘭陀書房, 1917, 5)의 이름으로 출판한 것은 그의 문학 창작에 있어서 하나의 원점이라고 말해도 좋을 것이다.

하는데 있어서도 앞으로 그의 전(全)문학 세계에 다양한 모티브를 부여하고 있다.

특히 이제까지 작품론적 선행연구를 살펴보면 하인(下人)의 행위[3]에 관련해서 '독선적 에고이즘'(吉村 稠, 『芥川文芸の世界』,1977), '생의 섭리'(勝倉壽一, 『芥川龍之介の歴史小説』, 1983), '반역의 논리획득'(關口安義, 『芥川龍之介』, 岩波新書) 등과 같이 선악 혹은 삶과 죽음의 논리를 중심으로 이루어져 왔다. 그런데 하야세 테루오의 경우, 하인의 행위가 아닌 하인의 모습에 주목하여 '주인공인 하인을 통해서, 너무나도 경솔하게 일반적인 인간을 보려고 하지 않는가 하는 점입니다. (중략) 하인의 인물상이 특이한 것이라는 점은 물론이고, 이야기의 전개에서도 그것이 밀접하게 영향을 미치고 있습니다'[4]라고 언급하고 있다. 물론 하인의 인물상을 작품 주제와 관련지어 언급하고 있지만, 한편으로 이러한 하인의 모습-하인의 외형적, 신체적 특징-에 초점을 맞추어 분석해 나간다면 작품의 공간적 의미는 물론이고 서사 구조 또한 새롭게 재구축될 것으로 본다.

그러한 의미에서 본고는 작품에 있어서 하인의 외형적, 신체적 특징을 롬브로조(Lombreso)[5]의 〈생래성범죄자설(生來性犯罪者說)〉과

---

3) 여기서 하인의 행위란 구체적으로 그가 라쇼몬 위에 올라가 죽은 여자의 머리카락을 뜯고 있는 노파의 이야기를 듣고, 그녀의 옷을 훔치고 달아나는 것을 말한다.

4) 志村有弘 編, 早瀨輝男, 「『羅生門』- 下人の人物像と主題」『芥川龍之介「羅生門」作品叢集成Ⅱ』大空社, 1995, p.459.

5) 체자레 롬브로조(Cesare Lombreso, 1836~1909) 이탈리아 정신의학자, 법의학자, 범죄인류학의 창시자. 베로나 출생. 대학에서 정신의학과 법의학 강의 1905년에는 범죄인류학 강좌를 신설하는 등 범죄의 인류학적 연구 몰두. 그는 범죄자의 두개골을 연구하여 범죄인의 인류학적 특징을 밝혀내고, 이러한 특징을 지닌 사람은 선천적으로 범죄인이 될 수밖에 없다고 하였다. 그리고 범죄인은 그 범죄적 소질로 말

비교, 분석을 통해서 하인의 행위, 즉 도적이 되는 과정(혹은 범죄를 저지르는)을 고찰해 보고자 한다. 그러기 위해서는 먼저 아쿠타가와와 롬브로조와의 관계를 살펴보는 것이 선행되어야 한다. 그리고 나서 하인의 모습-등장인물인 하인 및 노파의 외형적, 신체적 특징-이 하인의 행위인 범죄와의 필연적(아니면 숙명적인 결과)인 관련성을 규명하고자 한다.

2. 아쿠타가와와 롬브로조

1927년 5월 아쿠타가와는 니이가타(新潟) 고등학교에서 강연한 후, 롬브로조와 관련해서 다음과 같이 말하고 있다.

> 아쿠타가와 : 니체도 정신병이었군요.
> 시키바 : 예. 천재에게는 꽤 많이 있습니다.
> 아쿠타가와 : 그러면 정신병을 예방하기는커녕 많이 양성해야겠군요. 사이토군도 저는 정신분열증 환자가 될 거 같다고 말하였습니다. **롬브로조 학설**은 이상하군요.… 중략 …
> 시키바 : 저는 착각에 관해 한 부분을 조사하였습니다만, 어린아이가 가장 적고, 다음은 보통 성인이고, 정신병자가 가장 많았습니다. 머리가 좋은 사람이나 상상력이 풍부한 사람일수

미암아 필연적으로 죄를 범하게 된다고 말했다. 또한 천재와 정신병자의 유사점을 논한 천재론으로도 유명하다.
『두산세계대백과 사전 9』, 주식회사 두산동아, 1996, p.264.

록 많다고 말하는 사람이 있습니다.

아쿠타가와 : 그렇습니까. 정신병자가 가장 진화된 인간이라고 말해 도 괜찮군요. (모두 잠시 침묵)[6] (진한색-인용자)

아쿠타가와는 이 자리에서 자신의 불면증이나 신경쇠약을 천재의 증거로서 롬브로조의 학설[7]을 부정하고 있다. 그러나 같은 해 7월 자살로 생을 마감한 아쿠타가와는 평생 동안 그의 생모인 후쿠의 광기에 의한 죽음이 자신에게도 유전될 것을 두려워하였던 점을 생각해 본다면, 이러한 롬브로조의 학설에 대한 부정은 오히려 강한 긍정이라고 보아야 할 것이다.

사실 아쿠타가와가 살던 당시 19세기 말 영국에서는 찰스 다윈의 『종의 기원』(1859)이 간행된 이래, 변이 · 적자생존 · 생존투쟁과 같은 여러 개념이 자연과학의 이론 분야를 넘어 모든 학문 영역에 영향을 미쳤으며 일본에도 유입[8]되었다. 그 중 하나가 다윈의 진화론에 나타난 적자생존 원리를 인간 사회에 적용한 사회진화론[9]이 있다. 이것

---

6) 葛卷義敏, 『芥川龍之介未定稿集』, 岩波書店, 1968, pp.428~432.

7) 롬브로조가 주장하고 있는 〈생래성범죄자설(生來性犯罪者說)〉은 3가지 가설로 이루어져 있다. (a) 범죄자는 태어날 때부터 범죄를 저지르도록 운명되어졌고 인류학상의 돌연변이(범죄인류)이다. (b) 범죄자라는 신체적 혹은 정신적 특징을 갖고 있어 이것으로 일반인과 식별할 수 있다. (c) 범죄자는 야만인으로 되돌아간다. 혹은 퇴화된 자이다. (중략) 이러한 범죄자의 신체적 특징을 들면서 롬브로조는 오랜 기간의 동물연구 성과를 덧붙여 원숭이, 다람쥐, 쥐, 뱀 등의 동물의 형상적 특징을 상기시켰다. 또 범죄자의 정신적 특징으로서 ① 도덕감각 결여 ② 잔인성 ③ 충동성 ④ 태만 ⑤ 낮은 지능 ⑥ 고통의 둔감 등을 지적하였다. 김상균, 『범죄학개론』, 청목출판사, 2010, pp.44~45.

8) 사회진화설과 일본유입에 관련해서『나는 소세키로소이다』(고모리 요이치, 한일문학연구회, 이매진, 2006) 참고.

9) 사회진화설과 관련해서 당시 영국에서는 허버트 스펜서(Hebert Spencer,

은 생물의 진화론이 단순히 자연뿐만이 아니라 인간 사회 또한 유전을 통한 인간이라는 종이 진화 혹은 퇴화한다고 보았는데, 특히 여기서 인종 퇴화란 진화론적 부적자(예를 들면 동일인종 사회 안에서 부적자에 해당하는 부류에는 광인, 정신박약자, 범죄자, 결핵 환자 동성애자, 매춘부 등이 이에 속한다)를 가리키는 말로, 롬브로조는 이러한 인종 퇴화와 관련해서 격세유전(隔世遺傳: 한 생물의 계통에서 우연 또는 교잡 후에 선조와 같은 형질이 나타나는 현상)을 주장하면서, 범죄자를 포함한 부적자들은 원시인이나 미개인의 소질, 더 나아가 하등동물의 성질까지 현대에 재생한다고 말했으며, 인간의 범죄는 유전되어 외형적, 신체적으로 확인 가능하다고 주장하였다. 구체적으로 생래적 범죄자는 시민사회와 생활에 잘 적응하지 못하며, 적절히 예방하지 않는다면 불가피하게 사회규범과 법을 위반하게 된다. 또한 생래적 범죄자의 외형적, 신체적 특징을 살펴보면 원시인의 체격, 정신능력, 본능을 지니고 있으며, 눈에 보이는 어떤 표시, 예를 들면 얼굴이나 머리의 비대칭, 원숭이 같은 큰 귀, 두꺼운 입술, 들어간 턱, 뒤틀린 코, 튀어나온 광대뼈, 긴팔, 많은 주름살, 정상보다 많은 수의 손가락이나 발가락 등에 의하여 파악[10]된다고 말한다. 하지만 현대에 와서

1820~1903)는 진화 원리에 따라 조직적으로 서술한 『종합철학체계』나 벤자민 키드(Benjamin Kidd, 1858~1916)가 인간의 사회를 진화론적으로 파악하여 그 발전과 퇴폐의 요인을 언급한 『사회의 진화』, 그리고 막스 노르다우(Max Simon Nordau, 1849~1923)가 진화론에 관점에서 퇴화를 논한 『퇴화론』 등이 있다.

10) 예를 들어 롬브로조는 '56개의 두개골을 조사하면서 나는 13개가 특히 심각한 비정상성, 즉 두개골 밑바닥에 후두부 중앙 함몰 형태가 있는 것을 발견했다. (중략) 이러한 뇌는 고등 영장류가 아니라 하등 설치류나 여우원숭이, 아니면 서너 달 된 영아의 뇌임을 암시해 준다. (중략) 범죄자의 두개골이 유색인종이나 열등인종의 두개골 특징을 가지고 있다는 점만은 지적하지 않을 수 없다'고 서술하고 있다.

는 부정[11]되고 있는 롬브로조의 〈생래성범죄자설〉은 당시 일본 메이지 시대부터 다이쇼 시대에 있어서는 확고한 학설로 받아들이고 있었다.

그 예로 아쿠타가와의 초기 문학 작품(주로 역사소설군)에 등장하는 주인공들의 모습에 나타난 특징을 살펴보면 나이구(內供, 「코(鼻)」)의 그로테스크한 긴 코[12]나 고이(五位, 「마 죽(芋粥)」)의 열등한 신체[13], 혹은 헤이키치(平吉, 「광대탈(ひよつとこ)」의 술버릇[14]은 롬브로조의 〈생래성범죄자설〉과 유사한 신체적 특징을 가진 진화론적 부적자라는 사실을 알 수 있다. 물론 이것은 아쿠타가와가 자신의 예

체자레 롬브로조, 이경재 옮김, 『범죄인의 탄생』, 법문사, 2010, pp.70~71.

11) 롬브로조의 등의 범죄인류학은 지지자를 증가시키는 한편 혹독한 비판대상도 되었지만, 이 후 롬브로조, 페리 및 가로팔로의 범죄인류학은 20세기에 들어와 독일, 미국을 중심으로 범죄생물학으로 한층 발전했다. 범죄생물학이란 범죄자는 생물학적으로 결정되어 있다는 전제하에 범죄행동의 요인과 메커니즘을 유전학, 체형학 및 생리학의 지식을 응용해 가면서 설명하는 학문이다.
김상균, 『범죄학개론』, 청목출판사, 2010, p.58.

12) '젠치 나이구의 코로 말할 것 같으면 이케노오(池の尾)에서 모르는 사람이 없다. 길이는 대여섯 치로 윗입술 위에서부터 턱까지 늘어져 있으며, 모양은 처음도 끝도 똑같이 굵직하다. 말하자면 가늘고 긴 순대 같은 물건이 얼굴 한복판에 대롱대롱 매달려있는 꼴이다.'(「코」 · 全集1 · p.140)

13) '고이는 풍채가 아주 볼 품 없는 남자였다. 무엇보다도 키가 작다. 그리고 빨간 딸기코에다 눈 꼬리가 쳐져 있다. 콧수염은 물론 엷다. 볼에 살이 없어 하관이 빠져 뾰족하게 보인다. 입술은 – 하나하나 세고 있자면 한이 없다. 고이의 외모는 그 만큼 특이하고 볼품없게 생겨 먹었다.'(「마 죽」 · 全集1 · pp.203~204)

14) '헤이키치는 둥근 얼굴에다 머리가 약간 벗겨졌으며 눈 꼬리에 주름이 져 있다. 어딘지 익살스러운 면이 있는 사내로서 누구에게나 겸손했다. 도락은 술을 마시는 일이고 술은 다 좋아한다. 다만 취하면 반드시 바카오도리(馬鹿踊り)를 추는 버릇이 있다.'(「광대탈」 · 全集1 · p.116) 이외에도 기독교소설군, 예를 들어 「기독교신자의 죽음(奉敎人の死)」(1918), 「스님과 지장(尼と地藏)」(1918, 未定稿), 「그리스도호로 상인전(きりしとほろ上人傳」(1919), 「줄리아노 키치스케(じゆりあの · 吉助)」(1919), 「남경의 그리스도(南京の基督)」(1919), 「왕생 그림책(往生繪卷)」(1921), 「선인(仙人)」(1922)에는 바보스러운 주인공 모습을 나타나 있다.

술적 이상을 실현하기 위해 의도적으로 주인공을 그렇게 설정한 것도 있겠지만, 한편으로는 주인공들을 이러한 생래적 범죄자의 외형적, 신체적 특징을 갖게 함으로써, 그 결과 그들의 운명 또한 자연스럽게 비극적 서사 구조로 맺게 하거나 아니면 반전의 효과를 노리는 장치로서 이용하였다고도 유추해 볼 수 있다.

이와 같이 아쿠타가와는 당시 시대적 배경에 따른 롬브로조의 〈생래성범죄자설〉을 직, 간접적으로 접하였으며, 나아가 이것은 자신의 운명뿐만 아니라 자신의 문학 창작에 있어서도 적지 않은 영향을 주었다고 생각해 볼 수 있다. 그리고 그러한 영향 관계를 그의 대표작인 「라쇼몬」에 나타난 등장인물의 외형적, 신체적 특징을 통해서 구체적으로 살펴보고자 한다.

3. 여드름(혹은 다른 어떤 것) 하인과 원숭이 노파

「라쇼몬」에 등장하는 인물에는 하인과 노파가 있다. 사실 하인의 외형적, 신체적 특징은 작품 전체를 살펴봐도 그다지 묘사되지 않다. 그나마 주목해야 할 점이 있다면 그것은 바로 하인의 오른쪽 뺨에 난 빨갛게 고름이 든 여드름(面皰)이다.

> 하인은 일곱 계단으로 되어있는 돌계단의 맨 윗단에, 많이 빨아서 색이 바랜 감색 겹옷 차림으로 걸터앉아, 오른쪽 뺨에 돋아난 큰 여드름에 신경쓰면서 비가 오는 것을 멍하니 바라보고 있었다.
>
> 「라쇼몬」· 全集1 · p.128

이제까지 하인의 여드름과 관련해서는 그다지 연구가 진행되어 있지 않다. 다만 가츠쿠라 도시카즈는 '정력적인 젊은이의 이미지'[15]를 암시한다고 말하고 있지만, 과연 여드름이 젊음을 상징하는가에 대해서는 의문의 여지가 많다. 왜냐하면 첫 번째로 단순히 젊음만을 상징한다는 여드름이 굳이 작품 전체에 걸쳐 네 번이나 나타날 필요가 있었겠는가 하는 점이고, 두 번째는 과연 하인의 얼굴에 난 것이 여드름인가 하는 점이 명확하지 않기 때문이다. 사실 「라쇼몬」은 1인칭 관찰자 시점으로, 작품 속 '작가'가 자신의 눈에 비친 '하인'을 관찰하면서 이야기가 전개되고 있다. 다시 말해서 작가의 눈에 비친 하인의 모습은 단지 작가의 주관적 묘사라고 말할 수 있으며, 이로 인해 하인의 내면은 물론 그의 외형적 모습을 정확하게 묘사했다고는 보기 어렵다. 그러한 의미에서 작가 자신 또한 하인의 얼굴에 난 것이 여드름인지 아니면 그 외 다른 어떤 것이 난건지 잘 알지 못한다는 표현이 오히려 타당할지 모른다.

그렇다면 하인의 얼굴에 생긴 것은 무엇인가? 이에 관련해서 롬브로조는 질병과 격세유전이 범죄의 주된 두 가지 원인이라 주장하면서 다음과 같이 말하고 있다.

> 나는 생래적 범죄인의 기괴함을 격세유전과 질병을 결합하여 설명했다. 질병은 생래적 범죄인이 가지고 있는 많은 비정상성을 말해준다. 예컨대, 비대칭적 두개골, 뇌경화증, 뇌막 협착증, 뇌 연화 및 경화증, 연약한 심장판막, 간암 및 간결핵, 위암, 신경세포의 이상증식, **분류** 등

15) 勝倉壽一, 『芥川龍之介の歷史小説』, 興英文化社, 1983, p.30.

이다.[16](진한색-인용자)

물론 여드름과 분류[17](혹은 나병과 같은 다른 이름의 종양)는 외형상으로 구분하기 어려우며, 만일 하인의 오른쪽 뺨에 생긴 것이 여드름이 아니라 분류라고 한다면, 그리고 질병에 의해 분류가 하인의 얼굴에 생긴 것이라면 하인은 롬브로조가 언급한 생래적 범죄인으로 생각해 볼 여지가 있다. 특히 하인이 라쇼몬 문 위로 올라가는 모습에서는 이러한 생래적 범죄인들이 가지는 외형적, 신체적 특징인 야만적이거나 동물적 행동이 두드러지게 나타나 있다.

> 라쇼몬의 누각 위로 올라가는 폭이 넓은 사다리 중간쯤에서 한 사내가 **고양이**처럼 몸을 움츠리고 숨을 죽이며 위쪽의 동태를 엿보고 있었다. 누각 위에서 비치는 불빛이 희미하게 그 사내의 오른쪽 뺨을 적시고 있었다. 짧은 수염 속에 빨갛게 고름이 든 여드름이 난 뺨이다. (중략) 하인은 **도마뱀붙**이처럼 발소리를 죽이고 가파른 사다리를 맨 윗단까지 기듯이 하며 간신히 올라갔다. 그리고는 **몸을 될 수 있는 대로 납작하게** 하고서 **목을 가능한 한 앞으로 내밀고** 조심조심 누각 안을 들여다보았다.(진한색-인용자)
>
> 「라쇼몬」· 全集1 · p.130

하인이 누각 위로 올라가는 모습, 예를 들어 '고양이'나 '도마뱀붙이' '납작하게' '목을 가능한 앞으로 내민' 모습은 흡사 동물의 행동과

16) 체자레 롬브로조, 이경재 옮김, 『범죄인의 탄생』, 법문사, 2010, p.254.
17) 분류(粉瘤, 아테롬 atheroma) 피부에 생기는 일종의 종양으로, 죽종(粥腫)이라고도 한다. 네이버 백과사전 참조.

비슷하다. 이러한 하인의 행동과 관련해서 요시다 토시히코는 '의도적으로 통일된 동물적 이미지 형상의 배후에는 사회적인 규범이나 일상적인 생활습관 혹은 합리적인 사고 판단을 넘어선 원초적 인간 생명의 본 모습'[18]이라고 서술한 바와 같이, 하인의 '동물적 이미지'는 하인이 선천적으로 가지고 태어난 외형적, 신체적 특징-신체적 · 정신적 질환-에 기인한 것으로 볼 수가 있다. 이와 같이 하인의 여드름-여드름일 수도 있지만 그와 유사한 분류로 명명해도 의미의 차이가 없는-과 동물적 행동은 그가 생래적 범죄자형 외형적, 신체적 특징을 가지고 있다고 볼 수 있으며, 나아가 그의 행동에 있어서도 범죄를 행할 가능성이 높다는 것을 시사해 주고 있다.

그렇게 본다면 작품 도입부분에 작가가 하인이 4, 5일 전 주인집에서 해고된 이유를 교토(京都)의 지진이나 화재, 기근과 같은 재앙으로 인한 피폐 때문이라고 서술하였다. 하지만 이것 또한 정말로 작가가 말한 대로 교토의 황폐에 따라 해고된 것인지, 아니면 하인의 질병-종양-이나 그의 선천적 동물적 행동에 의해 쫓겨난 것인지(혹은 격리된 것인지)는 재고의 여지가 있다고 보며, 다음 장에서 구체적으로 언급하고자 한다.

한편, 노파의 경우는 하인보다는 확연히 동물에 가까운 특징을 가지고 있음을 알 수 있다. 그 예로 노파가 누각 위에서 죽은 여자의 시체에서 머리카락을 뽑고 있는 행위를 다음과 같이 묘사하고 있다.

시체의 목에 양 손을 대더니 마치 어미 **원숭이**가 새끼 원숭이의 이를

---

18) 吉田俊彦, 『芥川龍之介 -「偸盜」への道 -』, 櫻楓社, 1987, p.41.

잡듯이 그 긴 머리카락을 한 개씩 뽑기 시작했다. 머리카락은 손이 움직이는 대로 빠지는 것 같았다.(진한색-인용자)

「라쇼몬」· 全集1 · p.131

'노송나무 껍질 색깔의 옷을 입고, 키가 작고 마른, 머리가 하얗게 선 원숭이 같은' 노파의 모습은 이 이외에도 '닭다리처럼 뼈와 가죽뿐인 팔'이나 '육식조와 같은 날카로운 눈' '주름살로 거의 코와 하나가 된 입술' '가느다란 목에서 튀어나온 결후(結喉)' '까마귀가 우는 듯한 목소리'에서 묘사된 바와 같이, 말 그대로 '보통 사람'이 아니다. 바꾸어 말해 노파의 원숭이같은 행위는 롬브로조가 말한 유전 또는 진화론의 사상을 근거로 범죄자가 될 사람은 처음부터 결정되어 있으며, 그 증거는 '조상회귀'의 특징으로 신체에 나타난다고 말한다. 즉 여기서 '조상회귀'의 특징이란 침팬지 등 유인원의 특징을 말하며, 그 예로 턱이 크고 머리의 크기에 비해 얼굴이 눈에 띄며, 팔이 길고, 어려서도 이마에 주름이 많다든가, 통증에 둔감하다든가 하는 것[19]이다. 이러한 원숭이[20]로 대표되는 노파의 이미지는 「지옥도」(1918)의 주인공인 요시히데(良秀)와 비교해 보면 더욱 분명하게 알 수 있다.

---

19) 크리스 라반 · 쥬디 윌리암스 지음, 김문성 옮김, 『심리학의 즐거움』, 휘닉스, 2009, p.155.

20) 후두부 중앙 함몰 현상은 원숭이의 하위 부류에서 가장 많이 나타나는 특징이며, 오랑우탄이나 긴팔원숭이와 같은 발달된 유인원에서 30마리 중 하나 꼴로 드물게 나타난다고 한다. 이러한 두개골의 비정상성은 뉴질랜드이나 아이마라족과 같은 몇몇 야만인들의 특징이기도 하다. 우리는 범죄자가 범한 범죄가 특정한 비정상성에 의해 특징지어진다고 결론지을 수 있다.
체자레 롬브로조, 이경재 옮김, 『범죄인의 탄생』, 법문사, 2010, p.350.

보기에는 그저 **작은 키에 뼈만 앙상한 성질 사나워 보이는 노인**이었습니다. (중략) 성품이 극히 비열한데다 왠지 나이에 어울리지 않게 **입술이 유난히 붉은 것**도 더할 나위 없이 비위에 거슬리는 **너무나 동물적인 느낌이 들게 하는 자**였습니다. (중략) 그보다는 특히 입이 건 누군가는 요시히데의 행동이 마치 원숭이 같다고 하여 '원숭이 히데'라는 별명을 붙이기도 했습니다.(진한색-인용자)

「지옥도」· 全集2 · p.184

카사이 아키후는 "요시히데의 예술은 가장 사랑한 딸을 태워 죽인다고 하는 매우 비도덕적인, 비인간적인 행위에서 완성된 것이다"[21]라고 언급하고 있는데, 노파와 마찬가지로 요시히데의 동물적인 특징-작은 키에 뼈만 앙상한, 유난히 붉은 입술, 원숭이와 같은 행동-은 단순히 환경적, 생물학적 특이성뿐만 아니라, 자신의 예술을 위해 사랑하는 딸마저 죽음으로 몰아 넣은 요시히데의 광기 또한 기존의 사회질서를 파괴하는 도덕적 정신이상자라고 말할 수 있다.

이와 같이 하인과 노파의 외형적, 신체적 특징에서 살펴본 여드름(혹은 분류나 다른 어떤 종양)과 동물적 모습이나 행동은 롬브로조가 주장한 질병이나 격세유전이 범죄의 주된 두 가지 원인이라는 점에서 앞으로 논할 하인의 행동에 결정론적 영향을 줄 것이라 볼 수 있다. 따라서 다음 장에서 논할 하인과 노파의 만남에 있어서 하인의 양자택일, 즉 '굶어 죽을 것이냐 도둑이 될 것이냐' 하는 결정은 어느 정도 이미 예정되어져 있다고 보아야 할 것이다.

---

21) 笠井秋生,「地獄変」,『芥川龍之介』, 清水書院, 1994, p.131.

4. 하인, 그 범죄자로서의 숙명

하인은 하룻밤을 지새우기 위해 누각 위로 올라간다. 그리고 거기서 죽은 여자의 머리카락을 뽑고 있는 노파와의 만남을 갖게 된다. 하인에게 있어 이러한 노파와의 만남은 그가 문 아래에서 굶어 죽지 않기 위해 '도둑이 되는 것 외에는 도리가 없다'는 것을 긍정하는, 다시 말해 도둑이란 범죄자가 되려는 용기를 갖는 계기가 된다.

> 오른손으로는 빨갛게 고름이 난 뺨의 큰 여드름에 신경을 쓰면서 듣고 있는 것이다. 그런데 이 이야기를 듣고 있는 동안에 하인의 마음에는 어떤 용기가 솟아 올라왔다. (중략) 하인은 굶어 죽을 것이냐 도둑이 될 것이냐로 방황하지 않게 되었을 뿐만이 아니다. 그때 이 사내의 마음가짐으로 말한다면 굶어 죽는 것 따위는 거의 생각조차 할 수 없을 정도로 의식 밖으로 밀려나 있었다.
>
> 「라쇼몬」· 全集1 · pp.134~135

누각 위에서 하인의 감정 변화를 살펴보면 처음 노파를 봤을 때의 공포나 호기심이, 노파가 자신의 행위에 대해 이렇게 하지 않으면 굶어 죽으니까 어쩔 수 없이 한다는 이야기를 듣는 동안 점차 증오심에서 안도감과 만족감으로, 그리고 이야기가 끝난 뒤에 오는 실망과 모멸감으로 전이되고 있다. 요시다 토시히코는 '「라쇼몬」에 나타난 하인의 마음에는 "60퍼센트의 공포와 40퍼센트의 호기심", "모든 악에 대한 반감", "노파의 생사"를 완전히 "지배"할 수 있었던 "득의와 만족", 평범한 대답을 한 노파에의 "격렬한 증오"와 "차가운 멸시" 그리고

"노파를 붙잡을 때"에는 "반대 방향으로 움직"이는 "용기"-이것들의 모순을 가진 다양한 심정이 반사적으로 기복(起伏)하고 있다. 이것은 사회적인 규범이라든가 일상적인 생활습관, 합리적인 판단을 뛰어넘는 반사적(反射的)인 자연적인 정서라고 바꾸어 말할 수 있다'[22]고 서술한 것처럼, 하인의 히스테리[23]적 정신이상은 롬브로조가 말한 대로 범죄자와 유사점[24]을 찾아 볼 수가 있다.

더욱이 하인은 노파의 이야기를 듣고 '용기'를 얻어 도둑이 되고자 결심하고 있는데, 여기서 말한 '용기'는 사전상에 서술된 용기(씩씩하고 굳센 기운. 또는 사물을 겁내지 아니하는 기개)와 같은 의미라고 보기 어렵다. 다시 말하면 문 위에서 하인이 느꼈던 '용기'란 바로 그가 들었던 노파의 행위인 범죄 행위-'이미 용서할 수 없는 악'-가 외형적, 신체적 특징에서 비롯되었다는 사실-'어차피 보통 사람이 아니다'-을 인식하기 시작한 것과 동시에, 하인의 말-정말 그래?-과 같이, 자신 또한 노파와 동일한 특이성으로 말미암아 범죄 행위를 할 수밖에 없다는 사실을 인정하는 것이라 하겠다.

즉 하인은 누각 아래에서 '굶어 죽을 것이냐' '도둑이 될 것이냐' 하

---

22) 吉田俊彦, 『芥川龍之介 -「偸盗」への道 -』, 櫻楓社, 1987, pp.38~39.

23) 히스테리(Hysterie)라는 말이 정신병 또는 이상성격의 한 형으로 사용되는 경우는 자기중심적으로, 항상 남의 이목을 집중시키는 것을 바라고, 오기가 있고, 감정의 기복이 심한 성격, 또는 현시성(顯示性)인 병적 성격을 가리키는 일이 많다. 네이버 백과사전

24) 정신이상의 유형은 매우 다양하기 때문에 정신이상에 걸린 범죄자의 모습을 한 가지로 묘사하기는 어렵다. (중략) 특히 정신이상자들은 선을 행하기는 어렵지만 악을 행하기는 쉽다. 정신이상은 도덕심을 상실케 하거나 적어도 이를 감소시켜 일반일들에게는 당연한 범죄에 대한 협오감, 동정심, 정의감, 양심의 가책 같은 것들을 무디게 만든다.
체자레 롬브로조, 이경재 옮김, 『범죄인의 탄생』, 법문사, 2010, pp.312~313.

는 양자택일에 있어 누각 위에서 노파와의 만남은 하인 스스로가 선천적으로 범죄(악)가 내재되어 있다는, 앞으로 자신의 미래 모습[25)]-범죄자-을 자각하였다고 보아야 한다. 그러한 의미에서 하인이 도둑이 되는 것은 그의 의지적 선택 문제가 아니라 그의 외형적, 신체적 특징, 즉 〈생래적범죄자설〉로 의해 이미 범죄자-도둑-로 정해져 있었다고 말하지 않으면 안된다.

나아가 이와 같은 라쇼몬 누각 위에서 벌어진 하인과 노파와의 사건을 통해 라쇼몬이라는 공간 또한 일반 보통사람들로부터 격리된 하나의 공간으로 생각해 볼 수 있다.

> 요 2~3년 동안 교토에는 지진이나 회오리바람, 화재나 기근 같은 재앙이 계속해서 일어났다. 그래서 장안의 피폐상은 이만저만이 아니었다. (중략) 그러자 그렇게 황폐해진 것이 잘됐다고 생각하는 **여우나 너구리**가 살고 도둑이 살았다. 드디어 마침내는 인수할 사람이 없는 송장을 이 문으로 가져와서, 버리고 가는 관습까지 생겼다. (중략) 그 대신 이제는 어디서 왔는지 까마귀가 많이 몰려왔다.(진한색-인용자)
>
> 「라쇼몬」· 全集1 · pp.127~128

25) 에비이 에이지는 '아쿠타가와의 「노트(ノート)」에 수록된 「라쇼몬」 초고에는 주인공 이름으로서 '가타로 헤이로쿠(交野の平六)'가 보인다. 그렇다면 이 이름은 「라쇼몬」의 주인공이 '하인'이라고 일반명사화된 이전에 가지고 있던 고유명사이며, 그것이 '하인'으로 바뀌고, 더욱이 「투도」로 옮겨 '세키야마 헤이로쿠(關山の平六)'→'가타로 헤이로쿠'로 와전된 끝에 재생된 것으로 말할 수 있을 것이다. (중략) 아쿠타가와의 창작의식상 두 작품의 연속성이 밝혀진 것처럼 생각되어진다'(海老井英次, 『芥川龍之介論攷』, 櫻楓社, 1988, p.142.)와 같이 서술하고 있는데, 이것은 「라쇼몬」의 끝 부분인 누각 아래로 내려간 하인이 「투도」(1917)에 와서는 도둑이 된다는 것을 보여주고 있는 것이라 하겠다.

히라오카 토시오는 '교토 마을이라는 일상생활에서 그 문 밖이라는 또 다른 세계를 방황, 떠도든가, 아니면 이 문에서 재차 교토의 마을로 돌아간다고 해도 이미 그것은 정주자(定住者)의 생활이 아닌, 도둑·거지·유랑 등등 "제삼자(異人)"로 있을 수밖에 없다. 어찌하였든 하인이 라쇼몬이라는 두 개의 세계에 있어 경계에 있는 것은 상징적이다'[26]고 서술하고 있는데, 사실 라쇼몬은 해가 저물면 누구(여기서 '누구'는 작품 속의 작가와 같은 일반 보통사람을 말한다)라도 불쾌한 기분이 들어 좀처럼 접근하기 싫어하는 것에 반해서, 여우나 너구리, 도둑, 시체 그리고 까마귀가 살고 있는 곳으로 서술되고 있다. 그런데 노파의 외형적, 신체적 특징을 원숭이로 묘사한 것처럼 여기서 여우, 너구리, 까마귀 등도 각각 퇴화된 사람들을 동물적으로 이미지화한 것은 아닌지 의심해 볼 필요가 있다. 바꾸어 말하면 교토 사람들은 기존 사회 질서를 유지하기 위해 라쇼몬이라는 공간을 중심으로 하여, 생래적으로 비인간이고, 야만적인 인간을 추방시킨 것은 아닐까 유추할 수 있다. 아니면 미셀푸꼬가 언급한 격리(隔離), 즉 '광인의 격리는 광인의 감금이 되어야 한다. 만약 광인이 (성문이라는) 문턱 자체나 다른 감옥을 갖지 못하거나 갖지 않아야 한다면 그는 항해 중에 있어야 한다. 그는 내부에서 외부로 추방된다'[27]라고 말한 바와 같이, 소위 이성적, 도덕적 사회를 유지하기 위해서는 이러한 격리된 장소(혹은 감금된 수용소)가 필요하며, 그러한 차원에서 라쇼몬이라는 격리된 장소에서야말로 비이성적인 범죄와 죽음이 가득한 것이 오히려 자연스

---

26) 宮坂覺 編, 平岡敏夫, 『芥川龍之介 - 理智と抒情 -』, 有精堂, 1993, p.117.
27) 미셀푸꼬, 김부용 옮김, 『광기의 역사』, 인간사랑, 1999, p.29.

러운 현상일지도 모른다.

5. 결론

이상과 같이 작품에 나타난 하인의 신체적 특징과 범죄와의 상관관계를 롬브로조의 관점에서 살펴보았다. 본문에서도 언급한 것처럼 현재 롬브로조의 주장은 대부분 부정되고 있다. 하지만 당시 메이지 시대부터 서양에서 유입된 롬브로조의 〈생래적범죄자설〉이나 격세유전이나 골상학 같은 학문은 당시 문학뿐만 아니라, 인종이나 문화 등 여러 분야에 걸쳐 많은 영향을 미쳤다. 특히 광기와 천재에 관한 문제는 아쿠타가와 자신이 광기에 의한 죽음을 맞이한 생모의 유전에 대한 공포는 물론이고, 그 공포에서 벗어나기 위한 노력의 일환인 그의 문학 창작-예술지상주의-에도 커다란 영향을 주었다고 본다. 그러한 의미에서 「라쇼몬」의 등장인물인 하인과 노파, 즉 그들의 외형적, 신체적 특징에 나타난 질병이나 동물적 이미지는 라쇼몬 누각 위에서 벌어진 일련의 사건을 통해 그들이 선천적으로 범죄자가 될 수밖에 없다는 것을 보여주고 있으며, 동시에 공간적 배경인 라쇼몬 또한 일상세계와는 다른 이질적인 공간으로 형상화된 것을 알 수 있다. 더욱이 하인의 경우 노파의 옷을 빼앗은 후, 「투도(偸盜)」(1917)에서 다시 도둑으로 등장하는 함으로써, 그의 바뀔 수 없는 운명의 한계를 엿볼 수가 있다. 이것은 달리 말하면 작품의 등장인물의 특징에 관련된 고찰은 결과적으로 소설의 구성 요소 중 사건이나 배경은 물론 플롯 전개에 있어서도 상당히 영향관계가 있음을 알 수 있었다.

이처럼 「라쇼몬」의 등장인물 외형적, 신체적 분석은 당시 메이지 시기에 유행하던 롬브로조의 〈생래성범죄자설〉이나 사회진화론이 어떻게 문학에 구체적으로 투영되었는가를 살펴볼 수 있는 것은 계기가 되었으며, 그와 동시에 이러한 작품론적 접근이야말로 앞으로도 「라쇼몬」이라는 텍스트가 열린 상태로 끊임없이 반복되면서 재생산되리라 본다.

「히나인형」에 나타난 일상의 감동

- '찰나의 감동'에서 일상의 감동으로 -

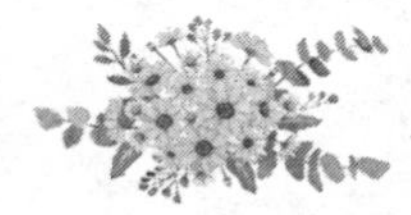

1. 서론

1923년 3월, 아쿠타가와는 『중앙공론(中央公論)』에 단편소설 「히나인형(雛)」을 발표하였다. 이 작품은 이른바 그의 〈개화소설군〉[1] 중 마지막 작품으로, 지금까지 아쿠타가와의 다른 작품에 비해 그다지 연구되어 있지 않다. 다만 쇼지 타츠야의 경우 '「개화시대의 살인(開化の殺人)」의 기타바타케(北畠)와 「개화시대의 남편(開化の良人)」의 미우라(三浦) 그리고 「히나인형」의 에이키치(英吉)는 스스로 이상(理想)으로 향한 일관된 자세, 혹은 행위는 그 때문에 스스로 파멸로 인도하는 성격을 가지고 있다고 말할 수 있으나, 여기서의 문제는 이러한 등장인물의 유형화 그 자체가 아닌, 이런 유형화를 작품 속에

1) 아쿠타가와가 쓴 〈개화소설군〉에는 「개화시대의 살인(開化の殺人)」(1918), 「개화시대의 남편(開化の良人)」(1919), 「무도회(舞踏會)」(1920), 「오토미의정조(お富の貞操)」(1922), 「히나인형(雛)」(1923) 등이 있다.

만든 작가의 심각한 현실인식에 비롯된다'[2]고 서술하고 있는 것처럼, 〈개화소설군〉이라는 특성상, 신시대로 대표되는 서양적인 것과 구시대의 일본 전통적인 것 사이의 이항 대립[3] 및 작가의 시대적 인식문제 등을 중심으로 대부분 평가되어 왔다. 이러한 기존연구 결과는 그 나름대로 의의가 있을지 모르나, 한편으론 작품 해석을 천편일률적으로 고정시키는 결과를 초래할 가능성을 내포하고 있다.

그렇게 본다면 이러한 고정된 관점보다는 오히려 다양한 접근 방법, 그 중 하나가 아쿠타가와 작품 전체에 일관된 예술지상주의 관점을 통해 작품을 재분석함으로써 '새로운 읽기'가 시도되어야 할 것으로 본다. 그 예로 에비이 에이지는 작품 주인공의 '어릴 적 찰나의 감동적인 체험과 노부인으로서의 현재 인식, 이 둘 간의 간격이야말로 작가가 파악한 인생 자체가 있다'[4]고 언급한 것은 주목할 만하다. 하지만 노부인의 어릴 적 회상과 현재의 모습 간의 중층적 연관성 및 히나인형의 상징적 의미에 대해서는 좀 더 면밀한 연구, 즉 예술지상주의에서 말하는 '찰나의 감동'에 관해 좀 더 구체적인 분석이 필요하다고 본다.

그러한 의미에서 본고는 우선 작품 구성에 공통적으로 나타난 히나인형의 상징적 의미를 규명하면서, 작품 주인공인 노부인, 즉 어릴 적

2) 菊地弘 編, 壓司達也, 『日本文学研究大成 芥川龍之介 Ⅱ』, 国書刊行會, 1995, p.182.
3) 등장인물 중 에이키치의 경우, 사카이 히데유키는 '에이치키가 〈일본의 전통적인 것〉을 부정하는 것은 자신의 모태, 자신의 존재 뿌리를 부정하는 것이다. 뿌리인 〈자연〉을 잃은 〈개화〉주의는 성숙하지 않는다고 류노스케는 말하고 싶은 것이다'(酒井英行, 『芥川龍之介 作品の迷路』, 有精堂, 1993, p.179)라고 언급하고 있다. 또한 작품에서도 엄마 혹은 오쓰루와 대립적인 인물로 그려지고 있다.
4) 海老井英次, 『芥川龍之介論攷 -自己覺醒から解体へ-』, 櫻楓社, 1988, p.351.

오쓰루(お鶴)의 회상에 나타난 찰나의 감동이 현재 일상의 감동으로 전이되는 연계 과정을 살펴봄으로써, 궁극적으로 아쿠타가와가 지향하고자 했던 예술지상주의의 보편성 획득에 관해 고찰하고자 한다.

2. 회상을 통한 히나인형 재현

「히나인형」은 단편소설이지만, 구성상 크게 3부분으로 나누어 볼 수 있다. 첫 번째로 부손(蕪村)의 서문을 시작으로, 두 번째 〈이것은 어느 노부인의 이야기이다〉에서는 노부인의 어릴 적 추억을 회상, 그리고 마지막에는 현재 노부인이 이 글을 쓰게 된 동기나 경위 순으로 구성되어 있다. 이렇듯 작품은 표면상 어릴 적 노부인의 회상을 중심으로 시간적, 공간적 서로 다른 중층적인 구성을 이루고 있는 것처럼 보인다. 즉 부손의 하이쿠는 말할 것도 없고, 지금은 이미 노부인이 된 오쓰루 또한 현재와 과거가 각각 떨어진 영역 속에 살고 있다. 하지만 이렇듯 「히나인형」이 서로 다른 이질적인 시공간들로 구성[5]되어 있음에도 불구하고, 하나의 커다란 의미공간을 만들어내는 이유는 바로 히나인형이라는 공통분모가 존재하기 때문이다.

---

5) 하야사와 마사토(早澤正人)는 '그와 같은 세 개로 분절화된 공간모델은 비시간적인 것으로 존재하고 있는 것이 아니다. (중략) 이들 공간을 끊임없이 횡단하는 〈사람〉이나 〈물건〉의 교류이며, 그러한 교류에 의해 〈구폐〉와 〈개화〉 등과 같은 경계간 흔들림이 되어 이야기를 성립시키고 있다'(早澤正人, 「芥川龍之介〈雛〉論 -空間構造の視点から-」, 『文学部・文学研究科学術研究發表會論集』, 明治大学文学部・文学研究科, 2012, p.1.)라고 서술하고 있다. 물론 일견 타당한 주장이긴 하지만, 그렇다면 과연 부손의 하이쿠과 같은 서문의 경우는 어떤 교류가 설명되는지에 관해서는 미흡한 점이 있다.

우선 노부인이 이 작품을 쓰게 된 동기, 즉 구성상 마지막 부분에서는 다음과 같이 언급되고 있다.

> 「히나인형」을 쓰게 된 것은 몇 년 전의 일이다. 그것을 지금 완성한 것은 다케다(瀧田)씨의 권위에 의한 것만이 아니다. 역시 4, 5일 전 요코하마의 어느 영국인 객실에서 오래된 머리만 남은 히나인형을 장남감으로 가지고 놀던 서양 여자아이를 만났기 때문이다.
>
> 「히나인형」· 全集6 · p.54

여기서 노부인이 된 오쓰루가 작품을 쓰게 된 동기를, 어느 날 서양 여자아이가 갖고 놀던 히나인형과의 우연한 만남에서라고 언급하고 있다. 하지만 사실 여기서 주목해야할 것은 노부인의 회상에서도 '예상 외로 그렇게 슬프다고 생각하지 않았습니다', '전에도 말한 대로 각별히 그것을 슬프다고는 생각하지 않았습니다'고 말한 바와 같이, 그녀는 어릴 적부터 히나인형-정확하게 말하면 30개의 오동나무로 된 상자에 들어있는 히나인형-에 그다지 애착을 가지고 않다는 점이다. 그것은 마치 지금 서양 여자아이가 가지고 놀고 있는 여러 장난감 중 하나에 지나지 않는 것처럼, 히나인형 자체는 단순히 어린 오쓰루가 한 때 가지고 놀던 장난감에 불과한 까닭에, 그것만으로 작품을 쓰게 된 동기라고 보기 어렵다. 오히려 낡고 오래되어 이제는 부서져 머리만 남아 있는 히나인형[6]이야말로 늙어 버린 노부인의 현재 모습이 투

6) 에비이 에이지는 '오래된 머리만 남은 히나인형은 근대화 즉 서구화의 흐름 속에서, 오빠 에이키치로 대표되는 일본인이 무시하고, 부정하며 잊어버리고자 했던 것 (중략) 이렇게 생각하면 졸속주의의 근대화 즉 서구화의 길을 나아가는 근대 일본사회야말로 이 〈머리만 남은 히나인형〉과 〈납으로 된 병정과 고무인형〉이 섞여있는 장

영되었기 때문에 회상의 완결성이 가능하였다고 보아야 할 것이다.

여기서 노부인 모습의 투영이란 과거 집안 생계를 위해 애쓴 아버지나 병으로 자리에 누운 어머니, 그리고 한 때 서구의 개화를 주장하며 정신병원에 간 오빠 그리고 골풍품점 마루사(丸佐) 주인, 인력거 마부 도쿠조(德藏) 모두 고인이 되어, 지금은 아무도 없다는 사실이다. 그리고 이러한 사실은 현재 노부인이 일상생활의 피로와 권태를 느끼며 언젠가 그들처럼 우울함 속에 죽음을 맞을 것이라는 인식이기도 하다.

그러한 의미에서 본다면 오래되고 낡아 머리만 남은 히나인형은 바로 노부인의 현실을 인식시키는 것과 동시에, 한편으로는 과거 어린 시절의 회상을 재현시키는 동기이기도 한 것이다.

3. 찰나의 감동에서 일상의 감동으로

이처럼 〈이것은 어느 노부인의 이야기이다〉은 노부인이 히나인형이라고 하는 기제를 통해서 과거 15살 어릴 적으로 되돌아간다. 그리고 그녀의 과거 기억들에는 이미 고인이 된 어머니와 오빠 에이키치(英吉)를 비롯하여, 골동품점 마루사를 운영하는 주인, 인력거 마부인 도쿠조 그리고 아버지 기노쿠니야(紀の国屋) 이베에(伊兵衛)가 마치 삽화처럼 나열되어 있다.

난감 상자 그 자체'(海老井英次, 『芥川龍之介論攷 -自己覺醒から解体へ-』, 櫻楓社, 1988, p.356)라고 언급하고 있으나, 이러한 주장 또한 누구나 예상할 수 있는 너무나 흔한 말로 그 연구의 한계성이 있다.

예를 들어 골동품점 마루사를 운영하는 주인의 경우, 노부인은 다음과 같은 기억을 떠올리고 있다.

> 이 마루사의 대머리만큼 웃겼던 것은 없습니다. 왜 그런가 하면 머리 가운데 마치 검은 연고를 부친 것처럼 문신을 하고 있었습니다. 이것은 확실히는 모르나 젊었을 적에 머리가 약간 벗겨진 곳을 감추기 위해 새겨 넣은 새겨 넣었다고 합니다만, … 후략 …
>
> 「히나인형」· 全集6 · p.36

그리고 오빠와 어머니에 관한 기억에서는 각각 다음과 같이 묘사하고 있다.

> 그 당시 아직 열여덟이었던, 화를 잘 내는 오빠였습니다. 오빠는 개화인이라고 할까, 영어책을 손에서 놓은 적이 없는 정치를 좋아하는 청년이었습니다. 그러다 히나인형 이야기가 나오면, 히나마쓰리는 구식이라든가, 그런 쓸모없는 것은 놔둬도 소용없다든가로 일일이 헐뜯었습니다. 그 때문에 오빠는 구식인 어머니와 몇 번이고 말다툼을 했는지 모릅니다. 「히나인형」· 全集6 · p.36

> 어머니의 종기는 악성 부스럼이라는 것이었습니다. …원래 악성 부스럼도 수술만 한다면 두려운 병이 아닙니다. 하지만 당시의 비극은 수술할 형편이 아니었습니다.… 중략 … 아버지는 매일 머리맡에서 혼마(本間)씨가 준 약을 달였습니다. 오빠도 매일 50전씩 거머리를 사러 나갔습니다. 저도 … 저는 오빠 모르게 근처에 있는 이나리(稲荷) 신에게 백배를 하러 다녔습니다. 「히나인형」· 全集6 · p.42

또한 인력거 마부인 도쿠조의 경우, 노부인은 다음과 같이 묘사하고 있다.

> 오랜만에 가게에 얼굴을 내민 것은 생선가게를 하는 도쿠조입니다. 아니, 생선가게가 아닙니다. 이전에는 생선가게를 했지만, 지금은 인력거 마부가 된, 가게에 자주 드나드는 젊은이입니다. 이 도쿠조에게는 재미있는 이야기가 몇 개나 있는지 모릅니다.
>
> 「히나인형」· 全集6 · p.47

노부인은 과거 에도시대 당시 호상이었던 자신의 집이 메이지 유신 이후 급속하게 몰락, 결국에는 아버지가 생계를 위해 가산(家産)인 히나인형까지 요코하마에 거주한 미국인에게 파는 과정을 회상하고 있다. 그런데 이러한 일련의 과정이 히나인형과의 우연한 만남을 통해서 이루어졌다는 점이다. 니헤이 미치아키는 '여기서 히나인형이란 다름 아닌 아버지 자신이고, 어머니 자신이고, 〈나〉 자신일 뿐 아니라 〈오랜 동안 정치일로 뛰어다닌 후에 정신병원으로 보내〉진 마음씨 고약한 오빠마저도 히나인형의 하나였다는 것이다'[7]고 서술한 바와 같이, 현재 서양아이가 가지고 놀던 히나인형은 단순히 인형이 아니다. 다시 말해서 히나인형은 과거 자신의 모습일 수도 있고, 가족이나 주위 사람들일 수 있으며, 그들과 함께 했던 추억들이 담긴 인형인 것이다. 이것은 노부인으로 하여금 하나의 기억이 떠오르고 사라지게 하는, 그리고 또 다른 기억이 떠오르게 하는 연속성을 가지면서 오쓰루

---

7) 清水康次 編, 仁平道明, 「〈雛〉試論」, 『芥川龍之介作品集成 第4卷無舞踏會』, 翰林書房, 1999, p.166.

의 회상을 구성하고 있다.

이처럼 노부인이 히나인형을 바라보는 행위는 곧 과거 어릴 적 오쓰루의 집에 있던 히나인형와 연결되면서, 그와 함께 그들과 있었던 기억이 현재화되고 있다. 그런데 여기서 유의해야 점은 바로 이러한 노부인의 회상이 단순히 과거 기억들의 나열에 머문 것이 아니라, 하나의 기억마다 각각 찰나의 감동이 내재되어 있다는 사실이다.

예를 들어 마지막 아버지에 대한 기억을 살펴보면, 그 속에는 다음과 같이 찰나의 감동이 묘사되고 있음을 알 수 있다.

> **꿈**일까 하는 것은 이런 때를 말하는 것이겠죠. 저는 거의 숨도 쉬지 않고, 그 **불가사의한 모습**을 지켜보았습니다. 흔들리는 초롱불 빛 속에, 상아로 만든 홀(笏)을 갖춘 천황 모습의 히나인형(오비나, 男雛)을, 관에 보석을 늘어뜨린 황후 모습의 히나인형(메비나, 女雛)을, 시신덴(紫宸殿, 조하(朝賀)나 공사(公事)를 행하는 궁전 - 인용자)의 정면 계단 왼쪽에 심은 귤나무를, 시신덴 정면 계단 오른쪽에 심은 벚나무를, 손잡이가 긴 우산을 쓴 잡역부 인형을, 굽 달린 그릇을 양손으로 치켜 든 궁녀 인형을, 작은 칠공예로 된 거울과 옷장을, 조개껍질을 붙인 히나 병풍을, 식기류를, 그림종이를 발라 붙인 작은 등롱을, 색실로 만든 공을, 그리고 또한 아버지의 옆모습을 … 중략 … 저는 그 날 한밤중에, 혼자서 히나인형을 바라보고 있는 나이든 아버지를 발견했습니다. … 중략 … 연약한 … 그러면서도 **엄숙한 아버지**를 보았던 것입니다.(진한 색-인용자)
>
> 「히나인형」· 全集6 · p.53~54

예문에서 살펴볼 수 있듯이, 노부인의 아버지에 대한 기억, 즉 어린 오쓰루가 꿈 혹은 환상 속에 바라본 아버지의 옆모습은 바로 여러 히나인형들 중 하나로 묘사되고 있다. 그리고 이러한 아버지의 엄숙한 모습[8]은 바로 찰나의 감동인 것이다. 그렇게 본다면 어릴 적 오쓰루에게 있어 평범한 일상에 불과하였을지도 모를 마루사 주인이나 어머니와 오빠, 인력거 마부 도쿠조 그리고 아버지에 대한 추억[9]이, 현재에 와서는 일상생활의 인물이나 사건이 아닌 찰나의 감동으로 재현되고 있다고 보아야 한다.

다시 말해서 이것은 마치 30개의 오동나무 상자에 든 히나인형들처럼 하나씩 상자를 열 때마다 그 속에는 아버지, 어머니, 오빠, 마루사 주인, 인력거 마부 모습이 차례차례 등장하면서, 하나의 찰나의 감동이 끝나면 또 하나의 찰나의 감동으로 이어지는 일상의 감동, 말하자면 일회성이 아닌 무한의 연속성, 그러나 반복이 아닌 매 순간 연속적 감동으로 새롭게 다가오는 것이다.

4. 일상의 감동, 그 보편성 획득

사실 지금까지 아쿠타가와가 작품에서 그린 예술지상주의는 보통

---

8) 아버지의 엄숙한(おごそかな) 모습은 「지옥도」(1918)의 광인 요시히데가 자신의 사랑스런 딸이 불에 타 죽는 모습을 바라보면서 묘사한 '묘한 위엄(怪しげな嚴か)', '불가사의한 위엄(不思議な威嚴)'과 중첩되어 있음을 알 수 있다.

9) 예를 들어 작품에 나오는 어머니와 오빠와의 추억인 어머니와 오빠와의 말다툼 끝에 오빠가 눈물을 흘린 일이나 병으로 자리에 누운 어머니를 위해 가족이 돌보던 일, 그리고 새로 산 램프를 켜고 저녁식사를 한 일이나 도쿠조와의 추억인 인력거를 타고 아이즈하라(會津原)에서 벽돌거리로 달렸던 일 등도 현재에 와서는 노부인에게 있어서 모두 찰나의 감동으로 보아야 한다.

사람이 접근할 수 없는 세계였다. 그것은 보통 사람이 아닌, 비인간적인 사람, 말하자면 광인과 같은 사람이 도달할 수 있는 세계라고 말할 수 있다. 그 예로 「지옥도」[10]의 주인공 광인 요시히데가 느끼는 '찰나의 감동'을 살펴보면 다음과 같다.

> 그 불기둥을 눈앞에 굳어진 것처럼 서 있는 요시히데는 – 뭐라할 불가사의한 일일까요. 좀 전까지만 해도 지옥 속의 고통에 시달리던 것 같은 요시히데는 이제는 이루 말할 수 없는 광채를, 거의 황홀한 법열의 광채를 주름투성이인 만면에 띄우며 영주님 앞인 것도 잊었는지 팔짱을 꽉 낀 채 멈춰 서 있지 않겠습니까? 그것이 아무래도 그 남자의 눈에는 딸이 몸부림치며 죽어가는 모습이 보이지 않는 것 같았습니다.
>
> 「지옥도」· 全集2 · p.193

즉 요시히데는 수레가 불타는 속에서 있는 자신의 딸이 죽어가는 모습을 바라보면서 느끼는 '사자왕의 분노와도 닮은 묘한 위엄' '원광처럼 걸려있는 불가사의한 위엄' '야릇한 환희의 기분에 차 마치 개안의 부처님'과 같은 '찰나의 감동'은 보통 인간이 접근할 수 없는, 이른바 비도덕적인, 비인간적인 광인만이 획득할 수 있는 예술지상주의 세계였던 것이다. 그러나 「히나인형」에 이르러서는 광인의 찰나의 감

---

10) 마사무네 하쿠쵸는 '내가 읽은 범위 내에서 이 한 편을 가지고 아쿠타가와 류노스케의 최고의 걸작으로서 추천하는 것에 주저하지 않는다. (중략) 아쿠타가와 류노스케가 가지고 태어난 재능과 수십 년간의 수업이 이 한 편에 결정되어 있다'(中島隆之 編, 正宗白鳥, 『文芸讀本 芥川龍之介』, 河出書房, 1975, pp.48-49.)고 언급하고 있으며, 특히 요시다 세이이치는 '광기에 가까운 예술지상주의'(吉田精一, 『芥川龍之介』, 三省堂, 1942, p.152)라고 언급하고 있듯이, 「지옥도」은 아쿠타가와의 예술지상주의를 가장 잘 구현한 작품이라 하겠다.

동이 보통 사람의 보편적 감동으로 변화 및 획득되어 가고 있음을 알 수 있다.

한편 작품에서 말하는 히나인형은 어린 오쓰루만이 전유물이 아니다. 그것은 예로부터 현재에 이르기까지 일본 가정마다 가지고 있는 인형이다. 그러한 의미에서 히나인형은 어느 한 노부인의 개인적 추억은 물론 모든 사람들에게 보편적 추억을 갖게 하는 중요한 상징성을 갖는다. 다시 말해서 노부인이 히나인형을 통해 과거의 기억들을 떠올린 것처럼, 그래서 찰나의 감동을 일상의 감동으로 연속성을 가진 것처럼, 일본사람이라면 또한 그들만의 히나인형을 가지고 있을 것이며, 그와 동시에 과거의 추억을 통해 자신들이 망각하고 있던 기억들이 하나하나 '찰나의 감동'이 되어 일상의 감동이 되는 초공간성을 가진다.

그리고 아쿠타가와는 이러한 노부인의 회상, 말하자면 일상의 감동 이야기를 부손의 하이쿠인 '箱を出る顔忘れめや雛二對(상자를 나서는 얼굴 잊을 수 없는 하나인형 두 쌍)'으로 응축[11]함으로써 초시간성을 보여주고 있다. 즉 상자를 여는 매 순간마다 새롭게 나타나는 히나인형, 그리고 그 속에 담긴 기억은 과거[12]에서 현재로 그리고 미래로 감동이 전이되고 있는 것이다.

한편 아쿠타가와는 일본 고유의 히나인형과 부손의 하이쿠를 통해 초공간성, 초시간성만 획득한 것이 아니다.

11) 이것은 아쿠타가와가 만년에 쓴 '인생은 한 줄의 보들레르만도 못하다'(「어느 바보의 일생」(1 시대))에서처럼 긴 인생보다 순간의 예술지상주의의 우월성을 한 줄의 시로 응축하는 것과 같다.

12) 그러한 의미에서 히나인형을 바라보는 아버지 또한 그 속에 내재된 기억을 통해 찰나의 감동을 느끼고 있다고 말할 수 있다.

역시 4, 5일 전 요코하마의 어느 영국인 객실에서 오래된 머리만 남은 히나인형을 장남감으로 가지고 놀던 서양 여자아이를 만났기 때문이다. 지금은 이 이야기에 나오는 히나인형도 납으로 된 병정이나 고무인형과 함께 장난감 상자에 아무렇게나 집어넣어져, 똑같은 우울함을 겪고 있을지도 모른다.

「히나인형」· 全集6 · p.54

노부인이 바라본, 즉 병정이나 고무인형을 가지고 노는 서양아이도 언젠가 자신과 같이 노부인이 되어 상자 안에 있는 오래된 장난감을 우연히 보았을 때, 자신이 어릴 적 부모님과 함께 일본 어느 호텔에 왔다는, 그리고 그들과 함께 행복한 시간을 가졌었다고 하는 일상의 감동을 느낄 것이라고 말하고 있다.

이와 같이 아쿠타가와는 자신의 예술지상주의를 「히나인형」을 통해서 시대와 장소를 초월한 보편적 감동으로 확대하고 있음을 알 수 있다. 그리고 이것이야말로 아쿠타가와가 추구하고자 했던 보통 사람의 일상생활 속에 예술지상주의화라고 볼 수 있다.

5. 결론

이상과 같이 「히나인형」에 나타난 노부인의 회상을 통해서 히나인형의 상징적 의미 및 찰나의 감동이 일상의 감동으로 되는 과정을 살펴보았다. 사실 「히나인형」과 관련해서는 두 편의 초고가 있다. 그 중에 하나인 「메이지(明治)」(1916)는 본 작품과 달리 3인칭 시점으로,

언니와 동생이 등장인물로 나오고, 마루사 주인이나 도쿠조에 관한 에피소드는 없다. 그러던 것을 아쿠타가와는 1923년에 이르러 시점이나 등장인물은 물론 제목까지 바꿔며 새롭게 「히나인형」을 창작하였다. 이것은 아마도 아쿠타가와가 「히나인형」을 시대적 비판이나 현실인식이라는 〈개화소설군〉보다는 예술지상주의를 염두해 두고 쓴 것이라고 생각해 볼 수 있을 것이다.

이처럼 아쿠타가와의 문학창작에는 그가 끊임없이 추구해 왔던 예술지상주의를 엿볼 수 있다. 다만 초기 작품에 나타난 예술지상주의는 이른바 그의 〈역사소설군〉에 나타난 광인과 〈기독교소설군〉에 나타난 우인만이 '찰나의 감동'을 느끼는, 보통 사람들이 접근할 수 없는 영역이었다. 그러던 것이 1919년 「용」 이후부터는 점차 보통 사람들도 일상생활에서 찰나의 감동을 느끼게 하였고, 마침내 1923년 「히나인형」에 이르러서는 찰나의 감동에서 일상의 감동으로, 그리고 개인적 특수성에서 전세계 보편성으로 확산시키고 있음을 보여주고 있다. 따라서 아쿠타가와의 문학 전반에 있어서 찰나의 감동을 일상의 감동으로 이끈 「히나인형」이야말로 그가 평생 추구해 왔던 예술지상주의의 실현시켰다는 점에서 의의가 높다고 하겠다.

참/고/문/헌

1부 아쿠타가와 류노스케와 예술지상주의

■ 텍스트

- 『芥川龍之介全集』(全12巻), 岩波書店, 1977~78.
- 『芥川龍之介全集』(全8巻), ちくま書房, 1989.

■ 단행본

- 吉田精一, 『芥川龍之介』, 三省堂, 1942.
- 江口渙, 『わが文学半生記』, 青木書店, 1952.
- 小穴隆一, 『二つの絵』, 中央公論社, 1956.
- 和田繁二郎, 『芥川龍之介』, 創元社, 1956.
- 中村真一郎, 『芥川龍之介 現代作家論全集 8』, 五月書房, 1958.
- 高木卓, 『芥川龍之介の人と作品』, 学習研究社, 1964.
- 宇野浩二, 『芥川龍之介』, 筑摩書房, 1967.
- 吉田精一 編, 『芥川龍之介 近代文学鑑賞講座』第11巻, 角川書店, 1967.
- 駒尺喜美, 『芥川龍之介の世界』, 法政大学出版局, 1967.
- 長野甞一, 『古典と近代作家 芥川龍之介』, 有朋堂, 1967.
- 霜田靜志, 『藝術及び藝術家の心理』, 造形社, 1967
- ガストン·バシュラール(Gaston Bachelard), 渋沢孝輔 訳, 『蝋燭の焔』, 現代思想社, 1967.

- 葛巻義敏, 『芥川龍之介未定稿集』, 岩波書店, 1968.
- 岩井寛, 『芥川龍之介』, 金剛出版新社, 1969.
- 鶴田欣也, 『芥川.川端.三島.安部』, 桜風社, 1972.
- 森啓祐, 『芥川龍之介の父』, 桜楓社, 1974.
- 芥川文, 中野妙子, 『追想 芥川龍之介』, 筑摩書房, 1975.
- 中島隆之 編, 『文芸読本 芥川龍之介』, 河川書房新社, 1975.
- 高田瑞穂, 『芥川龍之介論考』, 有精堂, 1975.
- 久保田正文, 『芥川龍之介-その二律背反-』, いれぶん出版, 1976.
- 三好行雄, 『芥川龍之介論』, 筑摩書房, 1976.
- 堀辰雄, 『堀辰雄全集 四巻』, 筑摩書房, 1977.
- 山崎誠 編, 『日本文学研究資料叢書 芥川龍之介 I』, 有精堂, 1977.
- 東郷克美, 『日本文学研究資料叢書 芥川龍之介 II』, 有精堂, 1977.
- 吉村稠, 中谷克己 編, 『芥川文芸の世界』, 明治書院, 1977.
- 進藤純孝, 『伝記 芥川龍之介』, 六興出版, 1978.
- 嶋田厚, 『大正感情史』, 日本書籍, 1979.
- 山崎誠 編, 『芥川龍之介 日本の近代文学 2』, 有精堂 , 1981.
- 海老井英次, 『芥川龍之介 鑑賞日本現代文学』11巻, 角川書店, 1981.
- 東郷克美, 『芥川龍之介 日本の近代文学 2』, 有精堂, 1981.
- 森本修, 『人間 芥川龍之介』, 三弥井書店, 1981.
- 渡部芳紀, 『芥川龍之介 一冊の講座 日本の近代文学 2』, 有精堂, 1981.
- 成瀬正勝, 『日本文学研究資料叢書 大正の文学』, 有精堂, 1981.
- 菊地弘, 『芥川龍之介-意識と方法-』, 明治書院, 1982.

- 平岡敏夫,『芥川龍之介-抒情の美学-』, 大修館書店, 1982.
- 池上洵一,『「今昔物語」の世界、中世のあけぼの』, 筑摩書房, 1983.
- 勝倉寿一,『芥川龍之介の歴史小説』, 教育出版センター, 1983.
- 米倉充,『近代文学とキリスト教-明治.大正篇-』, 創元社, 1983.
- 『今昔物語 四』(本朝世俗部 四), 新潮社, 1984.
- 吉田精一,『近代作家研究叢書 21』, 日本図書センター, 1984.
- 石割透,『芥川龍之介-初期作品の展開-』, 有精堂, 1985.
- 瀬沼茂樹,『大正文学史』, 講談社, 1985.
- 石割透 編,『芥川龍之介-作家とその時代-日本文学研究資料集20』, 有精堂, 1987.
- 吉田俊彦,『芥川龍之介-『偸盗』への道-』, 桜風社, 1987.
- 海老井英次,『芥川龍之介論攷-自己覚醒から解体へ-』, 桜風社, 1988.
- 清水勝,『新文藝讀本 芥川龍之介』, 河出書房新社, 1990.
- 国安洋,『〈芸術〉の終焉』, 春秋社, 1991.
- 関口安義 編,『アプローチ 芥川龍之介』, 明治書院, 1992.
- 石割透,『〈芥川〉とよばれた芸術家』, 有精堂, 1992.
- 石割透,『〈芥川〉とよばれた芸術家-中期作品の世界-』, 有精堂, 1992.
- 奥野政元,『芥川龍之介論』, 翰林書房, 1993.
- 酒井英行,『芥川龍之介-作品の迷路-』, 有精堂, 1993.
- 関口安義 編,『芥川龍之介研究資料集成 第1巻』, 日本図書センター, 1993.

- 関口安義 編､『芥川龍之介研究資料集成 第4巻』, 日本図書センター, 1993.
- 関口安義 編, 『芥川龍之介研究資料集成 第5巻』, 日本図書センター, 1993.
- 笠井秋生, 『芥川龍之介作品研究』, 双文社出版, 1993.
- 小山田義文, 『世紀末のエロスとデーモン-芥川龍之介とその病い-』, 河出書房新社, 1994.
- 菊地弘, 『芥川龍之介-表現と存在-』, 明治書院, 1994.
- 野口博久, 『日本文学と仏教』, 岩波書店, 1994.
- 笠井秋生, 『芥川龍之介』, 清水書院, 1994.
- 清水康次, 『芥川文学の方法と世界』, 和泉書院, 1994.
- 志村有弘 編, 『芥川龍之介『羅生門』作品論集成Ⅰ』, 大空社, 1995.
- 志村有弘 編, 『芥川龍之介『羅生門』作品論集成Ⅱ』, 大空社, 1995.
- 菊地弘 編, 『日本文学研究大成 芥川龍之介Ⅱ』, 国書刊行会, 1995.
- 河泰厚, 『芥川龍之介の基督教思想』, 翰林書房, 1998.
- 関口安義 編, 『芥川龍之介作品論集成 第5巻 蜘蛛の糸-児童文学の世界-』, 翰林書房, 1999.
- 浅野洋 編, 『芥川龍之介を学ぶ人のために』, 世界思想社, 2000.
- 関口安義, 『芥川龍之介』, 岩波新書, 2000.
- 山敷和男, 『芥川龍之介の芸術論』, 現代思潮新社, 2000.
- グリゴーリイ.チハルチシヴィリ/越野剛 外3人 譯, 『自殺の文学史』, 作品社, 2001.
- 정인문, 『芥川龍之介 作品研究(1)』, 제이앤씨, 2001.

- 海老井英次,『芥川龍之介-人と文学-』, 勉誠出版, 2003.
- 佐々木雅發,『芥川龍之介-文学空間-』, 翰林書房, 2003.
- 神田由美子,『芥川龍之介と江戸.東京』, 双文社出版, 2004.
- 関口安義,『芥川龍之介 永遠の求道者』, 洋々社, 2005.
- 安藤公美,『芥川龍之介-絵画.開化.都市.映画-』, 翰林書房, 2006.

■ 잡지

- 滝井孝作,「純潔-『藪の中』をめぐりて-」,『改造』, 1951.1.
- 笹淵友一,『国文学 解釈と鑑賞』, 至文堂, 1958.8.
- 稲垣達郎,「『地獄変』をめぐって」,『国文学 解釈と鑑賞』, 至文堂, 1958.8.
- 三好行雄,「『地獄変』について -芥川龍之介のアプローチⅡ-」,『国語と国文学』, 東京大学国語国文学会, 1962.8.
- 島田謹二,「芥川龍之介とロシア小説」,『比較文学研究十四巻』, 東大比較文学会, 1968.
- 福田恆存,「公開日誌〈四〉-『藪の中』について-」,『文学界』, 1970. 10.
- 大岡昇平,「芥川龍之介を辯護する」,『中央公論』, 中央公論社, 1970.12.
- 安田保雄,「芥川龍之介-『袈裟と盛遠』から『藪の中』へ-」,『国文学』, 学燈社, 1972. 9.
- 浅井清,「藪の中」,『国文学』, 学燈社, 1972.12.
- 宮坂覚,「芥川文学における〈聖なる愚人〉の系譜」,『文芸と思想』, 福岡女子大学文学部, 1977.3.

• 三好行雄 編,『別冊国文学 芥川龍之介必携』, 学燈社, 1979.
• 篠崎美生子,「『蜃気楼』−〈詩的精神〉の達成について−」,『国文学研究』, 早稲田大学国文学会, 1981.
• 海老井英次,「芥川文学における空間の問題(一)−『戯作三昧』の〈書斎〉と『玄鶴山房』の〈離れ〉−」,『文学論輯』, 文学研究会, 1983.3.
• 宮坂覚,「さまよへる猶太人」,『国文学 解釈と鑑賞』, 至文堂, 1983.3.
• 坪井秀人,『名古屋近代文学研究』, 名古屋近代文学研究会, 1983.
• 三谷邦明,「『羅生門』を読む」,『日本文学』, 日本文学会, 1984.3.
• 関口安義,「寂しい諦め−芥川龍之介『秋』の世界−」,『国文学論考』3, 都留文科大学国語国文学会, 1984.3.
• 三嶋譲,「玄鶴山房」,『国文学』, 学燈社, 1985.5.
• 高橋陽子,「鼻」,『国文学』, 学燈社, 1988.5.
• 真杉秀樹,「『羅生門』の記号論」,『解釈』, 教育出版センター, 1989.3.
• 高橋博史,「芥川龍之介『地獄変』を読む−現前する〈荘厳〉と〈歓喜〉の空間−」,『国語国文論集』, 学習院女子短期大学国語国文学会, 1991.3.
• 相原和邦,「『或阿呆の一生論』論−芥川の〈光〉と〈闇〉−」,『国文学』, 学燈社, 1992.2.
• 松村智子,「芥川龍之介における語りの構造」,『国語国文学』, 福井大学国語学会, 1993.2.

- 関口安義, 「『羅生門』-反逆の論理獲得の物語-」, 『国文学』, 学燈社, 1992.2.
- 濱川勝彦, 「『秋』を読む-才媛の自縄自縛の悲劇-」, 『国文学』, 学燈社, 1992.2.
- 宮坂覚, 「『大川の水』論」, 『国文学』, 学燈社, 1992.2.
- 海老井英次, 「芥川龍之介語彙集」, 『国文学』, 学燈社, 1994.4.
- 橋浦洋志, 『文芸研究』, 日本文芸研究会, 1995.5.
- 渡辺正彦, 「『藪の中』における〈現実の分身化〉」, 『国文学』, 学燈社, 1996.4.
- 浅野洋, 「開化のまなざし-〈画〉あるいは額縁の文法-」, 『国文学』, 学燈社, 1996.4.
- 菊地弘, 「再説 芥川龍之介『歯車』考-芸術家の肖像-」, 『跡見学園女子大学紀要』(第34號), 2001.

■ 사전

- 関口安義, 壓司達也 編, 『芥川龍之介作品事典』, 勉誠出版, 2000.
- 志村有弘 編, 『芥川龍之介大事典』, 勉誠出版, 2002.
- 『日本百科大事典』, 小学館, 1964.
- 『世界大百科事典』9, 平凡社, 1981.
- 『日本歴史大事典』, 小学館, 2000.
- 『日本国語大辞典』, 小学館, 2001.
- 『두산세계대백과사전』, 두산동아 백과사전연구소, 1996.

2부 아쿠타가와 작품의 현대적 재해석

■「라쇼몬」에 나타난 신화적 공간

- エリアーデ,『エリアーデ著作集 第三巻』, せりか書房, 1974.
- 海老井英次,『芥川龍之介論攷-自己覚醒から解体へ-』, 桜楓社, 1988.
- 酒井英行,『芥川龍之介 作品の迷路』, 有精堂, 1993.
- 清水康次,『芥川文学の方法と世界』, 和泉書院, 1994.
- 平岡敏夫,『芥川龍之介と現代』, 大修館書店, 1995.
- 志村有弘 編,『芥川龍之介「羅生門」作品叢集成Ⅰ』, 大空社, 1995.
- 志村有弘 編,『芥川龍之介「羅生門」作品叢集成Ⅱ』, 大空社, 1995.
- 関口安義 編,『蜘蛛の糸 兒童文学の世界』, 翰林書房, 1999.
- 마르치아 엘리아데/ 이재실 역,『이미지와 상징: 주술적-종교적 상징체계에 관한 시론』,
- 까치글방, 2005.

〈잡지〉

- 三谷邦明,「『羅生門』を読む」,『日本文学』(3月), 日本文学協会, 1984.
- 小泉浩一郎,「『羅生門』の空間」,『日本文学』(1月), 日本文学協会, 1986.

• 小沢次郎, 「『羅生門』にみる<超越者>の問題性』, 『論樹』(9月), 論樹の会, 1994.

〈사전〉

• 関口安義 編 , 『世界大百科事典』, 平凡社, 1988.
• 関口安義 編, 『芥川龍之介全作品事典』, 勉誠出版, 2000.
• 志村有弘 編, 『芥川龍之介大事典』, 勉誠出版,, 2002.

■「광차」에 나타난 의식의 흐름

• 吉田精一, 『芥川龍之介』, 角川書店, 1967.
• 吉村稠.中谷克己, 『芥川文芸の世界』, 明治書院, 1977,.
• 三好行雄 編, 『別冊国文学 芥川龍之介必携』, 学燈社, 1979.
• 海老井英次, 『日本近代文学2 芥川龍之介』有精堂, 1981.
• 菊地弘, 『芥川龍之介-意識と方法-』, 明治書院, 1982.
• 平岡敏夫, 『芥川龍之介-抒情の美学-』, 大修館書店, 1982.
• 海老井英次 , 『芥川龍之介論攷-自己覚醒から解体へ-』, 桜楓社, 1988.
• 笠井秋生, 『芥川龍之介』, 清水書院, 1994.
• 関口安義 編, 『蜘蛛の糸-児童文学の世界-』, 翰林書房, 1999.
• 에드문트 후설, 이종훈 訳, 『시간의식』, 한길사, 1998.

〈사전〉

- 진쿠퍼, 이윤기 譯, 「그림으로 보는 세계문화 상징사전」, 까치글방, 2000.
- 志村有弘 編, 『芥川龍之介大事典』, 勉誠出版, 2002.
- 関口安義 編, 『芥川龍之介全作品事典』, 勉誠出版, 2002.
- 〈조선일보〉 2009년 11월 26일.

■「코」에 나타난 나이구의 코 상징성

- 吉田精一, 『芥川龍之介』, 三省堂, 1942.
- 岩井寛, 『芥川龍之介 芸術と病理』, 金剛出版社, 1969.
- 三好行雄 編, 『芥川龍之介必携』, 学燈社, 1979.
- 石割透, 『芥川龍之介-初期作品の展開-』, 有精堂, 1985.
- 笠井秋生, 『芥川龍之介』, 清水書院, 1988.
- 海老井英次, 『芥川龍之介-自己覚醒から解体へ-』, 桜楓社, 1988.
- 奥野政元, 『芥川龍之介論』, 翰林書房, 1993.
- 酒井英行. 『芥川龍之介-作品の迷路-』, 有精堂, 1993.
- 清水康次, 『芥川文学の方法と世界』, 和泉書院, 1994.
- 菊地弘 編, 清水康次, 『日本文学研究大成 芥川龍之介 II』, 株式会社国書刊行会, 1995.
- 浅井洋 編, 『芥川龍之介を学ぶ人のために』, 世界思想社, 2000.
- 関口安義, 壓司達也 編, 『芥川龍之介全作品事典』, 逸誠出版, 2000.

■「내가 우연히 마주친 일」의 '황색(黃色)'의 상징성을 통한 삶과 죽음의 상반된 의미

• 霜田静志,『芸術及び芸術家の心理』, 造形社, 1967.
• 岩井寛,『芥川龍之介-芸術と病理-』, 金剛出版新社, 1969.
• 海老井英次,『芥川龍之介論攷-自記覺醒から解体へ-』, 桜楓社, 1988.
• 国安洋,『〈藝術〉の終焉』, 春秋社, 1991.
• 国松泰平,『芥川龍之介の文学』, 和泉書院, 1997.
• 上村和美,『文学作品にみる色彩表現分析』, 双文社出版, 1999.
• 関口安義 編,『蜘蛛の糸-兒童文学の世界-』芥川龍之介作品論集成 第5巻, 翰林書房, 1999.
• グリゴーリイ.チハルチシヴィリ, 越野剛 訳,『自殺の文学史』, 作品社, 2001.
• 에케하르트 케밀링 편집, 이한순 옮김,『도상학과 도상해석학』, 사계절, 2008.

〈사전〉
• 志村有弘 編,『芥川龍之介大事典』, 勉誠出版, 2002.

■「라쇼몬」에 나타난 하인과 도둑의 상관관계

• 葛巻義敏,『芥川龍之介未定稿集』, 岩波書店, 1968.

• 勝倉壽一,『芥川龍之介の歴史小説』, 興英文化社, 1983.
• 吉田俊彦,『芥川龍之介 -「偸盗」への道 -』, 桜楓社, 1987.
• 海老井英次,『芥川龍之介論攷』, 桜楓社, 1988.
• 宮坂覚 編, 平岡敏夫,『芥川龍之介-理智と抒情-』, 有精堂, 1993.
• 笠井秋生,『芥川龍之介』, 清水書院, 1994.
• 清水康次,『芥川文学の方法と世界』,和泉書院, 1994.
• 志村有弘 編, 吉田俊彦,『芥川龍之介「羅生門」作品論集成Ⅰ』, 大空社, 1995.
• 志村有弘 編, 早瀬輝男,『芥川龍之介「羅生門」作品叢集成Ⅱ』大空社, 1995.
• 志村有弘 編,『芥川龍之介大事典』, 勉誠出版, 2002.
•『두산세계대백과 사전 9』, 주식회사 두산동아, 1996.
• 미셀푸꼬, 김부용 옮김,『광기의 역사』, 인간사랑, 1999.
• 고모리 요이치,『나는 소세키로소이다』, 한일문학연구회, 이매진, 2006.
• 크리스 라반 · 쥬디 윌리암스 지음, 김문성 옮김,『심리학의 즐거움』, 휘닉스, 2009.
• 체자레 롬브로조, 이경재 옮김,『범죄인의 탄생』, 법문사, 2010.
• 김상균,『범죄학개론』, 청목출판사, 2010.
• 네이버 백과사전.

■「히나인형」에 나타난 일상의 감동

- 吉田精一,『芥川龍之介』, 三省堂, 1942.
- 中島隆之　編, 正宗白鳥,『文芸読本　芥川龍之介』, 河出書房, 1975.
- 海老井英次,『芥川龍之介論攷 -自己覚醒から解体へ-』, 桜楓社, 1988.
- 酒井英行,『芥川龍之介　作品の迷路』, 有精堂, 1993.
- 菊地　弘 編, 壓司達也,『日本文学研究大成　芥川龍之介　Ⅱ』, 国書刊行会, 1995.
- 清水康次　編, 仁平道明,「〈雛〉試論」,『芥川龍之介作品集成　第4巻無舞踏会』, 翰林書房, 1999.
- 早沢正人,「芥川龍之介〈雛〉論-空間構造の視点から-」,『文学部・文学研究科学術研究発表会論集』, 明治大学文学部・文学研究科, 2012.

찾/아/보/기

윤상현(尹相鉉)

한국외국어대학교대학원 일어일문학과 석사 취득 (근대문학)
일본 나고야(名古屋)대학교 국제언어문화연구과 박사과정 수료
한국외국어대학교대학원 일어일문학과 박사 취득 (근대문학)
가천대학교 아시아문화연구소 학술연구교수(2011~2014)
건국대학교 아시아콘텐츠연구소 학술연구교수(2016~2018)
현재, 성신여자대학교 신진연구자지원사업 연구원

〈저서〉
인간적 1분 문법책(김영사, 2005)
일본대중문화의 이해(공저, 역락, 2015)
아쿠타가와 류노스케의 「라쇼몬」에 관한 작품분석 연구(지식과교양, 2016)

〈역서〉
아쿠타가와 류노스케 전집 1~6(공역, 제이앤씨, 2009~2015)
'장소'론(공역, 심산출판사, 2011)
김옥균(인문사, 2014)
후쿠자와 유키치의 젠더론(공역, 보고사, 2014)
고종의 자객(지식과교양, 2017)

아쿠타가와 류노스케의
삶과 문학

초판 인쇄 | 2019년 12월 3일
초판 발행 | 2019년 12월 3일

지은이 윤상현

책임편집 윤수경

발행처 도서출판 지식과교양
등록번호 제2010-19호
주소 서울시 강북구 우이동108-13 힐파크103호
전화 (02) 900-4520 (대표) / 편집부 (02) 996-0041
팩스 (02) 996-0043
전자우편 kncbook@hanmail.net

© 윤상현 2019 All rights reserved. Printed in KOREA

ISBN 978-89-6764-151-1 93830 정가 26,000원

저자와 협의하여 인지는 생략합니다. 잘못된 책은 바꾸어 드립니다.
이 책의 무단 전재나 복제 행위는 저작권법 제98조에 따라 처벌받게 됩니다.